致青春 003

# 暗戀·橘生淮南

〈下〉

八月長安 著

高寶書版集團

# 目錄
## CONTENTS

序章

# 他們問，後來呢？

Dear Diary:

我曾經為 Tiffany 和 Jake 念過一個安徒生寫的童話。

很久很久以前，有一個皇帝。傳說他領地內有一隻比一切都美妙的夜鶯，可他竟從不知曉。一群僕從歷盡千辛萬苦將夜鶯捉來，將傳說變成現實，夜鶯的歌聲風靡全國。然而鄰國進貢的一隻機械仿製品，因為曲調流暢、易於模仿，身上又鑲滿了珠寶玉石，很快就取代了夜鶯的地位。夜鶯在大家對仿製品的膜拜和圍觀時，翩然而去。

我念到這裡，兩個孩子滿臉悵然，不停地問：「就這樣嗎？沒了嗎？後來呢？後來呢？」

後來呢？後來大家忘記了夜鶯。後來仿製品發生故障，修理，又故障。後來皇帝病危，所有人都在談論他的死期和未來的新帝，只留他一個人在病榻上，看著月光下的死神一步步走近。這時候他聽見了夜鶯的歌聲，在窗外，一如當初般美好，流瀉的旋律不是仿製品的匠氣可以捕捉模仿的。死神請求夜鶯繼續唱下去，為此貢獻了自己的王冠和鐮刀，因此無法再收割皇帝的生命。

我知道兩個孩子在期待什麼。他們期待國王重新認識夜鶯的可貴，期待夜鶯像夜晚的王者一樣歸來，期待短視淺薄的臣民在夜鶯面前垂下頭，羞愧於自己當初令明珠蒙塵。

然而，故事的後來並不總能讓他們如願。

夜鶯打消了皇帝要砸碎冒牌貨的念頭。牠說自己會在想來看看皇帝的時候，棲在黃昏的樹枝上，歌唱那些美滿幸福的，也歌唱那些受苦受難的。牠歌唱善，也歌唱惡。牠將停留在窮苦的漁夫身旁，飛向遠離皇帝和皇宮的每個人身邊去。

牠說：「相比皇冠，我更愛您的心。」

「不過，我想請求您答應我一件事：請您不要告訴任何人，說您有一隻會把什麼事情都講給您聽的小鳥。只有這樣，一切才會美好。」

於是夜鶯飛走了。

而皇帝站起身，對那些進門查看自己死狀的侍從說：「早安。」

我知道這個故事對 Tiffany 他們來說，遠沒有快意恩仇的故事好聽。也許很久之後，他們長大了，當過國王，也當過夜鶯，才會明白，旁觀者眼中的團圓，未必是戲中人願意承受的。

有時候最美好的故事就是無人知曉的黃昏裡，樹梢上婉轉的低語。

那是我給他們講的最後一個故事。他們家那時已經辭退了司機，工作結束後，我獨自搭地鐵回學校。在黑暗的地下道裡，白色的鐵皮世界隨著軌道搖晃，我看著冷清的車廂中僅有的幾個乘客，揣摩他們那張面孔背後的故事。

也許僵硬的表情下潛藏著對一個人的思念；也許一邊看報紙一邊內心不滿不給錢的加班；也許九死一生，終於與過去揮手道別，過著普通人汲汲營營的生活。

我們都是一樣的人。庸庸碌碌，看上去不配擁有出眾的故事；被生活撮成一堆，甚至無法分辨出幾許不同。

然而我們都知道自己那個獨一無二的祕密。概括起來，是幾句雷同的話；鋪展開來，卻有千差萬別的紋路與質地。它像一個胎記，凝結在衣服下面，平常你不會刻意想起，卻總在獨自一人的私密時刻，脫衣，洗澡，低下頭，忽然望見。

祕密讓每個人變得不一樣。

所以夜鶯的歌，不必唱給殿堂。

如果有一天，輪到我來把祕密講成故事。

我想說的故事叫作「我喜歡過一個人」。

這句話也許讓很多人唏噓。

而他們真正想聽到的是，後來，我們有沒有在一起。

如果我說，後來我們在一起，然後吵架，然後分開，然後又在一起，後來分別有外遇，後來因為買房子的事情互相猜忌，後來領了證，後來婆媳大戰。

如果我說，後來我表白了，對方卻沒有理會，然後我們反目成仇，然後我們冰釋前嫌，各自幸福了。

當然，我是瞎編的。我的故事裡沒有那麼多現實到逃無可逃的後來。故事講得好的人，總是知道在哪裡結尾，裁剪冗餘，留下最好的。

直至故步自封，退而結繭。

這樣，我的祕密就美不勝收。它叫作暗戀，叫作青春，叫作遺憾，叫作見好就收，叫作不老的少年。

可我不是那樣的人。

很多人都愛過一些自己得不到的人，又或許因為得不到才愛。

而我要的並不是美麗的遺憾。

我原來並不知道我是個這樣勇敢的人。

後來呢？

後來，每個黃昏，夜鶯落在窗外的樹梢上。

這麼多年我念念不忘的，原來竟是這些，而不是那個人。

——摘自洛枳的日記

# 第55章　勞動人民的智慧

「你陪我去，好不好？」

「什麼？」

她們兩個十一點才醒過來，錯過了新年的第一個早晨。洛枳正在床上打哈欠，模模糊糊聽見上鋪江百麗猶豫地提問。

「他……顧先生約我今天中午一起吃飯。」

洛枳怔了怔，把剩下的半個哈欠打完。

「所以呢？」

「我不是問過了嗎？」上鋪傳來江百麗劇烈翻身的聲音，床板吱呀吱呀地響，「要你一起啊！我都答應人家了，他也同意我帶著室友一起去，你能不能……」

洛枳不耐煩地正要回絕，抬頭就看到江百麗殷切的眼神——目光裡的那種活力似乎久違了。

愛情其實永遠是男人和男人的戰爭。要忘記一個舊男人，最迅速的方式就是認識一個新男人。

她沒有取笑江百麗，閉上眼睛躺回床上：「幾點鐘啊？我還能再睡半小時嗎？」

「你今天看上去還挺高興的。」

洛枳剛坐進後排，就聽到顧止燁這句不知道算不算是打招呼的開場白。目光所及只能看到他和江百麗的後腦勺——百麗原本要和她一起坐在後排，卻被她直接推到了副駕駛那邊。

「你說我？」

「說的就是你啊。比我昨晚見到你的時候，氣色好多了，好像心情也不錯。」顧止燁悠悠地說道。

「你們見過？」百麗興致勃勃地轉頭看顧止燁。洛枳一時語塞，她是不可能如實控訴坐在駕駛位的那個男人昨晚的舉止是如何變態的，幸而顧止燁四兩撥千斤地回答道：「昨晚她和學生會的一個男生在一起，我們說了幾句話。」

百麗朝坐在後面的洛枳賊賊地笑了：「盛淮南？」

洛枳嘆氣。

明亮的天光使昨晚晦暗的經歷一層層被抹去，她想起「顧止燁」這三個字的時候甚至都有些懷疑他們是否真的遇見過。然而看到駕駛位上轉過來微笑打招呼的臉，一時間許多畫面交雜著湧進腦海：碎了一地的餐具，掀翻的桌子，莫名搭訕的顧止燁，魂不守舍的江百麗，霸道的盛淮南，白雪覆蓋的小路，還有那個荒謬到讓她難以生氣的謊言。

所有畫面都是無聲的，彷彿強行靜音，在車窗外呼嘯的風聲與校門口小販的吆喝聲的襯托下，支離破碎，恍如隔世。

「關窗吧，我開暖氣。」顧止燁貼心地幫江百麗繫上安全帶，「昨天你說什麼來著？想吃老北京小吃？其實我也沒吃過，他們都說九門和護國寺不錯，我看就去後海好了。」

後海。洛枳默默閉上眼睛。江百麗，你去死吧。

她依舊話很少，江百麗出於羞澀也不怎麼講話，只剩下顧止燁一個人時不時找一些話題，諸如「快期末考試了吧」、「宿舍暖氣怎麼樣」、「新年休幾天假」，讓場面至少不會冷得太過分。還好，在吃飯的時候，顧止燁和江百麗勇敢地開始嘗試豆汁，並且愉快地強迫洛枳也喝下一口，三個人笑笑鬧鬧地融洽了許多。

走出九門小吃所在的胡同，洛枳就對另外兩個人說自己想要隨便轉轉。

百麗「騰」地紅了臉，急切地想要挽留她，倒是顧止燁寬和地一笑：「那我倆就去別處坐坐好了，天這麼冷，你打算回學校的時候打電話給百麗吧，說不定我可以過來接你一下，把你們倆一起送回去。」

「不用了，我今天晚上在金融街那邊約了我哥哥和嫂子，下午就不回學校了，你們去玩吧。」

洛枳目送顧止燁的車離開，江百麗在裡面用力招手，似乎是在發洩對洛枳逃跑的不滿，洛枳卻從每一下揮舞中讀出了她的快樂。

其實她剛剛很想揶揄略微緊張的百麗，最終還是保持了沉默。雖然和百麗越加熟悉，關係越加親密，可她仍然不知道應該怎樣做一個樂於穿針引線調節氣氛的標準閨密，何況即使百麗會答應顧止燁的午飯邀約，洛枳也並不能確定他們究竟熟絡到怎樣的程度了。

有時候一句含著笑意的賊兮兮的詢問，可能會驚跑公子哥兒，也可能傷害堅貞不渝的好友。

最最重要的是，洛枳並不能確定，顧止燁到底是不是個「好人」。

洛枳茫然地站在胡同口，發現自己完全不認識路，她只是希望盡快為那兩個人製造獨處的機會，卻發現把自己給扔下了。

她從來不記路，每次都要事先查好地圖帶在身上，僅有一次漫無目的地亂走，就是跟著盛淮南，就是在後海。他當時笑得很囂張，對她說：「跟著爺走，爺就是方向。」

你就是方向。

洛枳把手擋在額前，遮蔽湖面反射的陽光。已是深冬，兩岸的楊柳和上次過來的時候相比變得更禿了些。她漫無目的地沿著湖邊走，偶爾繞過幾個在湖邊練嗓子或練劍的老人，經過一家又一家沉睡中的酒吧。

她忽然想起了那個騎三輪車的大叔。蕭條的冬景就像凝滯在畫板上的靜物圖，除了洛枳這個旁觀者，竟然找不出其他還有些生氣的元素。不知道那些平日溜來溜去忙著攬客的三輪車夫是否通通隱匿到小巷子幽深的陰影中去了。

那時她還言之鑿鑿，不解釋，不掙扎，就不會落入對方假定的那個因果中。

車夫笑嘻嘻地問：「丫頭，你這麼說就怪了，那如果有人誣陷你殺了人，馬上要來報復，你也可以不解釋？」

誣陷。

真是個烏鴉嘴。她想著想著就笑起來，鼻子卻像在檸檬水中泡過一樣酸。

「姑娘等人，還是自己一個人逛？一百塊人民幣拉你轉一圈？」

洛枳彷彿被雷劈了一樣，脖子慢慢轉過來，幾乎都能聽見自己的骨骼咔嚓咔嚓響動的聲音。

「還是一百啊……我今天……真的只帶了二十……」

車夫笑起來，她終於看清楚了大叔憨厚樸實的面孔，眼角和臉頰上的皺紋深陷，一道道陰影連熾烈的午後陽光都照不亮。

「二十就二十吧，上來，拉你轉一圈！我還記得你呢，哎，對了，你的小男朋友呢？」

洛枳走向小三輪車的步子停住了，她頓了頓，在「他不是我男朋友」、「師傅你說誰啊」、「我們分手了」三個回答中快速地抉擇了一番，最後笑笑說：「我們……我們吵架了。」

這個答案將她自己都嚇到了，似乎嘴邊流露出的才是真實的想法。

真實地映照出了她到底有多麼不死心。

三輪車師傅看出了洛枳的低落，伸出手招呼了兩下：「行了，姑娘，小情侶哪有不拌嘴的，看在你們吵架的分上，再給你扣掉十塊錢吧。」

塑膠布和硬紙板糊成的車廂根本擋不住風，洛枳緊了緊外衣，有些擔憂地抬頭望著三輪車師傅的背影，透過胳膊下的縫隙看到他戴著手套，這才安心了一些。

「師傅……你怎麼不介紹胡同了？」

「說了你也不聽啊，你的心思都不在這，還想你男朋友呢吧？」

雖然是獨自一人，洛枳聽到他滿口「男朋友男朋友」的，還是尷尬地紅了臉。

「丫頭，你倆為啥拌嘴了？」

「因為……」洛枳語塞。

對話之初一個小小的謊言，需要牽扯出一整套的虛構情節來支撐。每個謊言背後都有一個故事，有時關乎說謊者，有時取決於被騙者。那些謊言背後潛藏的私慾和悲傷，洛枳第一次清清楚楚地觸摸到。說出口的故事就像冰山山頂，那些真相都潛伏在海面之下，隱密而龐大。

比如，她用那些巧合和驚喜來哄騙盛淮南；又比如，葉展顏用一塊水晶來推翻洛枳苦心營造的甜蜜。

昨晚的一切至今也無法讓洛枳產生一絲一毫的憤怒情緒。也許因為故事太過拙劣，也許因為始作俑者對她而言已經淡化成了兩個無所謂的名字，也許因為她自己也不清白。

洛枳忽然發現，這個故事的脈絡竟然如此簡單。

葉展顏和丁水婧用她們的謊言，擊敗了洛枳的謊言。

只剩下盛淮南站在中間，企圖找到真相。

這樣一想，被爭來奪去的盛淮南，被騙的時候竟然有一點尊貴而執拗的可憐——她為什麼要恨他呢？被騙的是他啊。

「就是一個誤會而已，」洛枳笑笑，「因為……」

她深吸一口氣。

「我們倆是高中同學，但我不是他的第一個女朋友。前幾天，他的前女友突然跑來說他們倆當年分手是因為誤會，她誣陷我，說這個誤會是我造成的。」

雖然是編造拙劣而簡略的故事，但她講話的時候語氣竟然不自覺地有了些委屈和撒嬌的意味，好像一瞬間就入戲了。洛枳不由得咋舌。

「那麼丫頭，你說實話，是不是你做的。」

「不是，她在胡說！」

她竟說得越來越大聲，尾音都冤屈得很。

在當事人面前死撐著拒絕解釋，做出理解並淡然的高姿態，卻在不相干的外人面前斤斤計較、義憤填膺——洛枳不得不承認，她錯怪了盛淮南。他固然做了許多傷害她的蠢事，但是在這一點上，他對她的認識還是準確的。

死要面子活受罪，只能把愁腸百結拿到陌生人面前去討一個公道。

「那你和他解釋啊！這他媽不是胡說八道欺負人嗎？」三輪車師傅也大嗓門地吼了起來，洛枳卻泄了氣。

「沒用的。」

「是你解釋了他不聽，還是你壓根不願意解釋，還是你害怕解釋了他也不聽你的，沒面子？」

人民群眾智慧多，三輪車師傅幾句樸實的話就把洛枳那點兒面子戳了個千瘡百孔。她不再講話。

三輪車開始爬坡，師傅又站起身來騎，小車板吱呀吱呀叫得淒慘。終於上去了，他長出一口氣，咳嗽了幾聲，忽然回過頭朝她笑了笑。

「丫頭啊，我說話難聽，但是道理是這個道理，你湊合著聽。」

「……您說。」

「我覺得吧，人這一輩子，哪來那麼多誤會？都是自己作的。你男朋友和他以前的姑娘要是真的愛得死去活來的，什麼誤會都拆不散。誤會算個屁啊，兩人都好得穿一條褲子了，就應該指著對方鼻子罵娘，不解釋清楚就他媽同歸於盡！——話糙理不糙[1]啊，丫頭，你別往心裡去。」

車子轉了個彎，她像個沉默的稻草人，隨著車一起歪向一邊。

「所以啊，他倆玩完了就是玩完了，你得理直氣壯點，看過老牛護犢沒？我倒不是說那個意思哈，但是那是你男人啊，你得站出來，該解釋就解釋，你是他女朋友啊，他敢不信你，就大耳光扇丫的，扇明白為止！」

洛枳目瞪口呆，半張著嘴說不出話。

師傅話音一轉：「當然，扇完了你還得哄回來，背地裡教訓就行了，男人要面子呢。」

看她只是呆傻狀地點頭，師傅恨鐵不成鋼地停下來，跳下車。

「得了，丫頭，你也別在我這兒蹭車玩了，有這工夫還不如趕緊去找他呢。你弄不明白他，就叫過來，我幫你教育他！」

洛枳望著師傅那張溝壑縱橫的黑臉，漸漸恢復了神志。她似乎是被氣氛感染了，輕快地跳下車，揉了揉被冷風吹得有些僵硬的臉，努力笑到最大範圍：

「嗯，我立馬就去！調教好了再給您帶過來！」

「去吧！丫頭，別給我丟臉！」

---

1 話糙理不糙：說話不加修飾，甚至有點粗俗，但卻很有道理。

她蹦蹦跳跳地跑到胡同口，回頭朝三輪車大叔揮手，臉上滿是幼稚的笑，心就像泡在42℃溫水裡一樣舒坦。然後被冷風一吹，忽然就清醒了。

她是他的女朋友，她賭他愛她，他一定會相信她。他不相信，她就抽他。

編造的甜蜜小故事被大叔寫上了一個很好很好的結局。她自己也在這個故事裡做了十分鐘的美夢。

然而，這並不是洛枳和盛淮南的故事。

洛枳回過頭，凝視著廣袤的湖面上那輪溫暖的太陽，藏在薄薄的雲層後面，沒來由地讓人心中不痛快。

忽然耳邊響起朱顏那語氣涼涼的兩個字。

「矯情。」

是啊，她步步為營了這麼久，小心翼翼地寫下這樣一個劇本，一個連在不相干的三輪車師傅面前都要用謊言去維護的劇本，現在被別人惡意地一筆轉折，難道她真的就要按下心中的憤恨不平，做出一副聽天由命、清者自清的姿態嗎？！

洛枳在身邊一個「關門大吉」的小店玻璃門上望見了自己模糊的身影。她驀然想起高中時主樓穿衣鏡映照出的那個蒼白卻堅定的少女。

暗淡，眼裡卻有不可遮擋的光芒。即便當年她無法駕馭那件明黃色的吊帶裙，心中也仍抱著對未來的期許。

未來會有很多色彩斑斕的吊帶裙。未來會精彩，會不一樣。

她終究是不甘心的。

去和他說。

洛枳在心中告訴自己。

她心中明澈，竟興奮得發抖，似乎有點迫不及待地去見他。正在這時，手機在口袋中振動起來，「洛陽來電」。

「哥，怎麼了？晚上吃飯計畫有變？」

「那倒不是。你下午有事嗎？」

她咧咧嘴，嘻笑起來，決定還是不要那麼猴急地去找盛淮南，於是明快地說：「沒事。」

「正好，幫我個忙吧。」

洛枳從西單地鐵A口出來的時候已經遲到了。她問了好幾個人都指不準路，迷迷糊糊中來到了一條蕭條的大馬路，跟洛陽約好的那個「××牛排」依然連個影子都沒有。她昨晚手機忘記充電了，現在螢幕一片漆黑，無法跟洛陽聯繫。才六點半，路上已經很冷清了，偶爾有幾輛計程車穿過，她思前想後，再磨蹭下去，似乎只能冒著被扁的危險，揚手叫了一輛計程車來問。

洛枳掏出硬幣抛向空中，決定正面左轉、背面右轉。一元硬幣掉在地上的時候叮叮噹噹沒有停住，竟然一路向前滾。她急忙追上去，彎腰幾次卻都撈不到，只能狼狽地像小雞啄米般跟著。硬幣終於在岔路口躺下來，她呼出一口氣。

正面，左轉。

洛枳抬起頭，看到左側人行道上五公尺開外一對養眼的情侶，以及他們背後一塊小小的橙色招牌，「××牛排」。

真是準哪。洛枳微笑。

盛淮南和葉展顏就站在她面前，顯然對她這個追著硬幣殺出來的「程咬金」的出現十二分的意外。

洛枳的第一個反應卻是笑出來。並不是見到熟人後禮貌的條件反射——她只是覺得好笑，實在太好笑了。不由自主，靈魂彷彿飄到了半空中，開始扮演起上帝，低頭憐憫地審視自己所處的局勢。

「新年快樂。」

她發誓，這輩子從沒笑得這麼燦爛過。

# 第56章 別人的愛情

葉展顏剪掉了長髮，梳著Bobo頭，比高中時更漂亮了。她穿著玫紅色的羊毛大衣，腳踩一雙深灰色過膝軟口靴。洛枳拾起硬幣抬頭，第一眼看到的就是這雙靴子。

真好看，靴子哪兒買的？

洛枳發現自己真是正常，正常到滿腦子都是正常女生對於正常著裝的正常好奇。可是放到她身上，這恰恰是最不正常的。

「洛枳，真是巧啊！」葉展顏的笑容和洛枳很相似——過分燦爛。燦爛的背後掩飾著什麼，也許她本人也不清楚。

「我和爸爸來北京過新年，之後我就要留在北京學一年的法語，學校會派我去法國讀兩年書再回來。2＋2的項目。未來我們會經常見面的，哪天出來一起逛街吧，我想死你了，好久沒有一起逛街了！」

葉展顏甜甜地笑著，仍然隨和可親，只是不似高中時說話那樣恣意張揚，也沒有了霸氣的髒話口頭禪，收斂得頗有幾分淑女氣質。

洛枳默默地看著那張美麗的臉龐，霎時間，高中時的許多過往畫面湧現在腦海中：幾句話就讓丁水婧跑來指責她冷落同學的葉展顏，最後的同學會上像野貓一樣朝她眯起眼睛的葉展顏……葉展顏早早就釋放過危險的信號，她怎麼從未發覺呢？

「好久沒有一起逛街了？我們從沒一起逛過街。」

洛枳收起笑容說道。

葉展顏肩膀微微向後一張，嘴唇動了動剛想講話，背後突然傳來跑步的聲音。

「洛枳！洛枳！」

洛枳仍然覺得神奇，她和葉展顏僅有的兩次無法繼續下去的對話總有別人來救場。洛陽從橙色的牌子下跑過來，說：「老遠就看見你了，打你的手機又關機，我和你嫂子急壞了，以為你路上出什麼事了……」

洛陽跑到他們身邊的時候，打量了一下，對盛淮南和葉展顏點點頭，然後接過洛枳的包說：「還真沉，你把它帶過來了吧。」

「當然。」她朝洛陽笑笑，意外地看到葉展顏驚訝地瞪大眼睛。

「你是……」

葉展顏喃喃自語，洛陽疑惑地歪頭看她：「我們認識嗎？洛枳，你同學？」

「高中同學，」她指了指葉展顏，又轉向盛淮南，「和她的男朋友。」

她只有在介紹盛淮南的時候才看了他一眼——盛淮南低著頭，眼睛偏向行道樹的樹根，裝飾燈的銀色燈光打在側面，有種不真實的憂鬱。

她掃了一眼就收回目光，朝洛陽笑笑。

「外面怪冷的，趕緊進去吧。新年快樂，我們先走了。」洛陽朝對面的這對小情侶笑笑，他雖然不知道這種場面是怎麼回事，人也遲鈍，但是自己妹妹臉上的假笑他還是分辨得出來的。

洛陽的手很暖和，洛枳被他拉著，冰涼的手心裡還緊緊握著那枚一元硬幣。

「再見。」洛枳朝他們兩個擺擺手。

盛淮南看向她的目光中流動著不明的情緒，而葉展顏則大方地笑出來：「洛枳，你什麼意思？」

一定要糾纏嗎？洛枳抿嘴笑了一下，感覺到洛陽捏著她的手緊了緊，側過頭看到哥哥皺了眉。她乏力的心忽然被注入了暖流。

很多時候人不應該奢求什麼知己，有一個親密的人就夠了。你的知己隨時可能站到你的對面去，而親人才會牽牢手站在你的身邊。他也許不知道你在糾結什麼，然而你做出的所有決定，哪怕第二天就推翻，他也會支持你，也會抱抱你，說：「看，又犯傻了吧？」

「我的意思很簡單，」洛枳回過頭，緩慢卻肯定地說，「你不是和你旁邊那個人說，我是用謊言拆散了你們兩個的罪人嗎？那你還笑嘻嘻地說要和我一起逛街？這齣戲的情緒不對啊，葉展顏，你才是撒謊太多，一不留神走錯片場了吧。」

洛枳說完就拉著洛陽離開了，她沒心情觀察身後兩個人的反應，走著說著，卻恍然大悟。

她那樣隱忍自己的感情，怎麼可能一點一滴都被別人抓在了手裡？柔軟的心思和祕密被製造成尖利的暗器，一切攻擊都無比精準，究竟為什麼？洛枳一直拒絕正視前一晚盛淮南坦承的一切，此刻那些字句卻密密麻麻鋪成了一條路，伏線千里，源頭清晰可辨。

洛枳轉過身。

那兩個人依舊在原地，葉展顏一臉冰冷地注視著她，怨毒的目光似曾相識。

洛枳卻笑起來，眼睛眯成月牙兒，弧度大到漸漸無法看清眼前的一對璧人。

「葉展顏，把我的日記本還給我。」

「什麼？」葉展顏倒是一愣。

「我高考前不小心弄丟的日記本，請你還給我。你，或者丁水婧。」

忽然意識到的這個事實讓她疼得心口翻騰，那本日記是她最最私密的事情，卻要當著三個人的面說出來。她撂下話轉身就走，一秒都無法停留。

雖然她答應了三輪車大叔不能那樣。

要有霸氣，要解釋清楚——可她終究不是鬥士，看見兩個人並肩而立，所有累積的情緒和心思悉數泄盡。姿態難看，贏了口水仗又有什麼用？

那本日記裡的每一個字，都是尊嚴的底線。

視若珍寶，小心翼翼保護的感情，落在了旁人手裡，反過來深深地捅了她一刀。

洛陽牽著她沉默地走了一段，不知道是否應該關心一下，洛枳卻很快就像沒事了一般，笑嘻嘻地抬起頭，指著店門口的橙色招牌說：「你知道嗎？我是擲硬幣找到這裡的。」

洛陽最終還是吞下了所有疑問：「又不戴手套！」他只能埋怨一句。

葉展顏也不戴手套，洛枳想，所以人家把手伸進盛淮南的口袋裡取暖。

那是當時她抬頭，除了葉展顏漂亮的靴子之外，看到的第二個小細節。

她曾經在日記本中執拗地只描繪盛淮南一個人的身影，那些字句卻落在了另一個人手中。多年來自欺欺人的無視，此刻終於還是把兩個人牽手的樣子刻進了眼底。

洛枳木木地看著洛陽擋住她的去路：「到門口了，怎麼不進去？」

直到洛陽伸出手，用粗糙的拇指擦去她臉上冰涼的眼淚，她才發現自己竟然在哭。

「被欺負了？」洛陽皺起眉頭關切地看著她，微微彎著腰，左手揉著她的頭髮。

她只是流眼淚，本來一點要哭的感覺都沒有，聽到這句話，卻一頭鑽進哥哥的懷裡，漾開了哭腔。

哇哇哇，像個六歲的孩子。

「不哭啊，咱們不哭，你哥明天就到建材市場僱幾個兄弟，拿麻袋把他們套住，吊起來打……」

她被逗笑了一下，然後反而哭得更慘，揪著洛陽風衣的前襟，哽咽得無法呼吸，憋紅了臉，暢快而狼狽，好像除了哭，這世上已經沒有任何一件事是她能做的了。

到底還是這樣了。

最後也只是這樣了。

她好半天才止住了哭泣，擦眼淚擤鼻涕，整理了好一會兒才抬起頭，做出神采奕奕的樣子問洛陽：「看不出來吧？」

洛陽苦笑著點點頭：「嗯，看不出來。」

洛枳最後回過頭去看那個空無一人的十字路口，心裡竟然一點都不疼了，好像那根神經被折騰得太疲乏，終於繃斷了。

終於死了。

三輪車大叔，對不起啊，你說的都對。
誤會根本阻止不了愛情，謊言也不能。
可是我忘了跟你說，我對你撒了謊，原來我跟你講的是別人的故事。
都是別人的愛情。

「走吧，進去吧。」洛陽拍拍她的肩膀。

# 第57章 難得糊塗

「念慈姐！」

洛陽聽到洛枳對陳靜的稱呼，不免一腦袋冷汗，而陳靜早就在座位上興高采烈地招呼她了。三個人坐下後服務生把菜單遞給洛枳一份。她低頭默默研究了很久，覺得頭都大了，索性放下，對陳靜說：「嫂子，我跟你一樣。」

陳靜也放下菜單，朝洛枳眨眨眼，又轉頭注視著洛陽說：「我跟你一樣。」

洛陽長嘆一口氣：「你們逼我。好，我要套餐。」

「什麼啊，套餐裡沒有奶油濃湯！」陳靜聞言按住洛陽的菜單。

「沒有就沒有唄。」

「不行，你重新點。這個我不喜歡。」

「那你想要什麼？」

陳靜低頭又看了一會兒菜單，抬起頭，繼續溫柔地笑：「隨便吧，反正跟你一樣。」

洛枳憋不住笑出聲，抬頭看到旁邊的服務生也彎起了嘴角。

吃飯果然可以讓人心情變好。新鮮的食物暖熱了胃，緊挨著的心臟也沾染到了一絲暖意。洛枳的牛排點了全熟，紋路清晰，厚厚的一大塊，中間還連著骨頭，切起來十分費勁。刀叉碰撞在餐盤上發出的聲音讓她有點不好意思，她只好放下刀叉喝了一口湯，陳靜卻又在另一邊弄出一聲極有金屬質感的雜訊。

「不行了不行了，什麼破玩意兒。」陳靜連發牢騷都是聲音輕柔的。

「哥，你動作真熟練。」

洛陽的變化，洛枳清晰地看在眼裡。不再是大學裡糾集一幫哥們兒直衝燒烤店的大男生，現在的洛陽穿著淺灰色襯衫，把陳靜的牛排端到自己面前，輕輕鬆鬆切成小塊，骨頭順利地剔除推到一邊，然後放回到她面前，又端起洛枳的這盤。

「不用了，我自己來吧。」

「得了，你別製造噪音了。」

「這才半年，你居然變化這麼大。」

「不就是切牛排比你俐落嗎？別告訴我，你因此覺得我步入精英的行列了。」

「嫂子，你不覺得嗎？我說的可不是切牛排，是氣質，成熟多了。你原來就比別的男生穩重，不過那頂多算是先天性格。現在不一樣了，反正不一樣了。開始有魅力了。」

「嗯，對，我該有點危機感了。」陳靜笑著接上。

「而且，我覺得我哥的氣質有點變憂鬱了，好像有心事似的。以前總是傻樂傻樂的，現在有點像男人了。是因為開始工作的關係嗎？男人都是這麼長大的嗎？」

洛枳一直在用嘮嘮叨叨的方式來避免自己回想剛剛街上的一幕，一邊低著頭吃東西，一邊前言不搭後語，並沒有看到自己的無心之言讓陳靜的眼睛微微一抬，轉瞬目光又低垂下去。洛陽左手的叉子不小心碰到水杯，發出「噹」的一聲。

場面一時安靜下來，洛枳吃了兩口覺得不對勁：洛陽盯著叉子，而陳靜捧著的果汁杯停在嘴邊。

「怎麼了？」

洛枳有些後悔，在親人面前過分放鬆，她都不知道自己說了什麼，更不知道自己是不是哪句話犯了他們的忌諱。

「男人不是這麼長大的。」洛陽認真地說完，朝洛枳眨眨眼睛笑起來。洛枳傻愣愣地看著他。洛陽什麼時候學會這種笑容了？這種笑容明明是戈壁和那個顧總的標誌。

「你傻了是不是？我讓你帶的東西呢？」

洛枳反應了兩秒鐘，才有點結巴地說：「現……現在？」

陳靜一頭霧水地看過來，洛枳立刻俯身從放在腳邊的書包裡掏出一個紙袋遞給洛陽。洛陽低下頭，從紙袋中掏出一個盒子，卻不拿上來，而是自己打開，在桌子底下弄了好一陣子，然後突然放到桌子上。

一個陶塑的小女孩，穿著天藍色的高領毛衣和白色及膝裙，眉眼淡淡的，鼻子上架著銀色框架眼鏡，笑得很溫暖。

陳靜的陶塑人偶。洛枳看到陳靜笑得彷彿潔白的山茶花，不禁從心底裡為洛陽高興。周圍認識的所有人，包括她自己在內，總是把日子折騰得雞飛狗跳，然而眼前的哥哥嫂子，在最緊張的高三氣定神閒地牽起手，考進同一所大學，西子湖畔攜手四年看透風景，仍然能在細水長流的今天因為一個小小的陶塑女孩執手相看，甜蜜得好像時間都停住了。

洛枳從後海走出來就接到了洛陽的電話，他給了她一個地址，說自己實在太忙，剛好趁今天見面讓她去代領一個完成的工藝品。三天後是陳靜的生日，他要製造一個驚喜——洛枳沒想到，洛陽居然等不及，這麼快就拿出來了。

是希望自己做個見證者嗎？她想著也會心地笑起來。

「生日禮物？」陳靜笑著，看看洛陽又看看洛枳。然而洛陽低頭指指人偶左手臂上掛著的手袋。那個小手袋是棕色的，並不是陶塑，而是毛線織的。陳靜伸手去摸，拇指、食指輕輕一捏，感受到袋子裡物件的形狀，瞬間瞪大了眼睛，用一副難以置信的樣子看著正笑得高深莫測的洛陽。

洛枳疑惑地皺起眉，看著陳靜小心翼翼地從那個毛線手袋裡捏出一個閃亮的戒指。

兩個女人不顧餐廳中眾多顧客的側目，一起尖叫起來。

「我說啦，男人不是這麼長大的，男人要長大呢，一定要沒事找事為自己添一個負擔，美其名曰學會承擔責任。喏，老婆，願不願意成為我的負擔？」

陳靜抿嘴笑著，眼中淚光點點。洛枳雙手托腮，幸福地微笑，看他仔細萬分地為她戴上戒指，餐廳暖色調的壁燈為對面的兩個人鍍上了溫暖的色澤。

她人生中經歷的第一個求婚。

無論如何，總歸還是會見證到讓人心底一暖的、別人的愛情。

「念慈姐，就這麼答應了？」

陳靜看了一眼洛陽，故意愁眉苦臉地長嘆一口氣：「唉，能怎麼辦，這輩子就這麼湊合到老吧！」

從餐廳走出來，洛枳再次回頭看了看那塊橙色的小招牌，它在這條格外冷清的長街上兀自閃耀著。童話故事中，主人公逃出黑森林中的巫婆的魔爪，一路狂奔，總會在路的盡頭看到這樣一盞溫暖的燈。

洛枳還在胡思亂想，洛陽突然拍了她的頭一下：「發什麼呆呢，走啦，送你回學校。」

「你不是說十點鐘同事還約好要去酒吧嗎？我送洛枳回去吧，正好我們倆順路聊聊天，你忙你的。這兩天我過來，耽誤你不少聚會，今天還是別缺席了。晚上我自己回賓館，明天開完會我再去找你。」

陳靜勾著枳的胳膊，朝洛陽做了一個「請迴避」的動作。洛陽皺著眉頭說：「喂，你們不會在背後說我的壞話吧？」

「都嫁雞隨雞嫁狗隨狗了，何必啊。」洛枳笑著說，陳靜伸手去捏她的臉，她趕緊閃身躲開。

「那好吧，你們小心點。」

洛陽的背影讓洛枳出神了幾秒鐘。她哥哥好像真的有點不一樣了，然而她說不出來是哪裡——也許真的就是笑容中的那一點點憂鬱？

側過臉，竟然看到陳靜同樣一臉迷茫。

一路上她們從期末考試聊到女生權益協會裡的各種八卦。地鐵車廂裡，燈管灑下蒼白的光，把洛枳的疲憊照得無處躲藏。

「沒睡好？」

洛枳打了個哈欠：「這幾天有點疲勞。」

「你哥這陣子也是總加班，昨天晚上在他租的公寓替他燉了點魚頭湯，裡面加了人參片和枸杞，對常常熬夜的人很管用。最近你也馬上要期末考試了吧？熬夜的時候容易餓，但是也別吃太多大葷大火的東西，越是油膩的越對身體不好，多喝優酪乳，多吃水果青菜，對眼睛好。早知道，今天把湯放到保溫瓶裡帶一點過來給你就好了……」

可能是意識到自己的囉唆，陳靜停住了嘴，有點不好意思地笑起來。

洛枳始終覺得陳靜的笑容是「賢妻良母」這四個字的最佳詮釋，看著就心安。陳靜披著多年不變的「清湯掛麵」，一身淡雅得體的裝束，臉上也總是掛著溫暖人心的笑容——好像縱使相交不深，她自己也並沒有太曲折的過往和複雜的心思。而且無論你和她說什麼，再扭曲再離奇，她都會理解，都會給你一個讓你不再孤單的笑容。

陳靜是個寶。洛枳很驕傲自己的哥哥是個有眼力的人。

「念慈姐，我哥真是好福氣，當初他得多有品味才能追到你啊。」

陳靜愣了一下：「不是吧，你不知道嗎？當初是我追你哥哥的。」

「啊？」

「高三的時候，我一直在幫他補語文，而他幫我補習物理，你不知道嗎？」

「我知道啊，可是……」

陳靜笑出一排整齊的牙齒：「他從來沒有跟你說過嗎？高三下學期運動會結束的時候，我們兩個一起回家，我對他表白的啊。」

「我第一次見到你就是高考前他把你帶到圖書館來的那次，我一直以為是我哥哥追你的，怎麼會……不過這都不重要。」洛枳笑了，都快結婚的兩個人，誰還在乎是哪個先追求的。只是陳靜這樣文靜的性格，想像她主動倒追，還真有點震撼到洛枳。

「你哥哥其實想得很周到，周圍的朋友都以為是他追我的，他從來都沒有跟別人提過我們是怎麼在一起的，不過在別人眼裡，我們在一起並不是什麼奇怪的事情，反正之前我們總在一起複習，就有人傳過我們的八卦。只是我沒想到他連你都沒告訴過。」

洛枳聳聳肩：「娶到你，到底還是我哥賺大了。」

「哪有，」陳靜笑，「當時可是有好多女生追你哥哥呢，卻從來沒有人追過我。大學裡也一樣。」

從外貌上來看，陳靜的確很不出眾，雖說並不醜，但是站在帥氣高大的洛陽身邊仍然有「不配」的感覺。然而陳靜總是淡定大氣的，看到她在洛陽背後柔柔一笑，別人總是會覺得兩個人有種說不出的和諧。

「所以當然要先下手為強啦，」陳靜繼續說，「還好成功了。」

她朝洛枳眨眨眼，難得出現俏皮得意的表情。

「看來真的是所有人都不知道呢。」陳靜靠在玻璃門上自言自語，若有所思。

「不對，有人知道的。」陳靜忽然緩緩地反駁了自己。

「啊？誰知道？」

陳靜沒有說話，目光飄到黑漆漆的窗外，過了一會兒又朝門上的電子顯示幕看了看：「快到站了吧。」

「是啊。」洛枳靜靜地看著她。

地鐵緩緩地停下，陳靜恢復常態，親暱地勾起洛枳的胳膊，邁步走上月臺。

陳靜和來北京開會的同學一起住在P大附近的校辦賓館，下了地鐵後，兩個人一起朝學校的方向走去。陳靜明顯話少了很多，有一搭沒一搭地勉強聊著，終於到了校門口，她要朝右轉，而洛枳要進門。

「早點休息吧，你看你的臉色白成什麼樣子了。」陳靜捏捏洛枳的臉，手放下來的時候，洛枳剛好注意到那只簡約大方的戒指。

「剛才一直忘了問你，收到私訂終身的戒指，開心嗎？」

陳靜先是甜蜜地笑，然後漸漸收斂笑容，猶豫了很久才輕輕地問：「洛枳，其實這個禮物，他並不是打算在今天送給我的吧？」

洛枳抬頭看她，覺得有些奇妙。女人的直覺真的很可怕。

「其實……我也覺得有點奇怪。我哥之前打電話說三天後是你生日，這是禮物，正好今天見面就讓我幫忙取出來帶給他。我猜可能他看今晚氣氛太好了，突然改主意想讓我也在場見證一下，防止你反悔，嘿嘿。」

洛枳乾笑了兩聲，陳靜嘴角向上一勾。

「你老哥把禮物從包裡掏出來之後，雖然很努力地躲著，在桌子下面弄了半天，但我還是看到他從自己包裡掏出戒指往小人偶的手提包裡塞——傻丫頭，你覺得洛陽做事會這麼匆忙嗎？居然當著我的面，偷偷摸摸地現場塞戒指？明顯就是臨時決定嘛。他倒是越來越會隨機應變了，呵呵。」

洛枳低著頭不說話。她想起哥哥讓她把禮物拿出來時那個眨眼微笑的熟練表情，不得不承認，這一切的確怪怪的。

可她還是笑著寬慰陳靜：「但是——但是，你想，如果是臨時起意，他怎麼會那麼巧合地隨身帶著戒指啊，是不是？」

陳靜伸手拍拍洛枳的絨線帽，說：「傻丫頭，你哥去刷卡，你去洗手間的時候，我翻了他的包，看到了戒指的發票和取貨單。他也真的就是碰巧今天去取戒指的。」

陳靜的聲音仍然柔柔的，這樣的一番偵查動作被她講出來時，淡然得好像她們談論的是北京元旦期間的氣溫。

「嫂子，」洛枳有些慌，不再叫她「念慈姐」，「你們……怎麼了？」

陳靜不知道是第幾次伸手捏她的臉：「我們沒怎麼呀，傻丫頭。」

洛枳心底漫溢出絲絲涼意。

「既然你懷疑，為什麼還假裝不知道手提袋裡是什麼，假裝捏到戒指形狀的時候興高采烈的樣子，為什麼……答應我哥？」她一臉迷惑，她的世界中唯一完滿的一對，竟然也在溫暖的橙色燈光下潛藏著讓人不安的暗潮湧動。

陳靜好像聽到了什麼童言無忌的笑話一樣，溫柔地笑起來。

「為什麼不？他願意娶我，我願意嫁他，為什麼不答應？」

是的，為什麼要因為這些細節而矯情？可是真的不在意，又怎麼會在冷風中對自己陳述那一點一滴的懷疑？洛枳覺得自己越來越讀不懂周圍的每一個人，也越來越讀不懂愛情了。

也許她從來都沒有懂得過。她之前的一切通透，不過是自以為是。

「傻丫頭，你也是個大人了。難得糊塗。」

陳靜的背影慢慢消失在小街盡頭。洛枳一直知道，陳靜的溫柔背後不是沒有銳利，也從沒有忽視過她綿裡藏針的機敏聰慧。然而這似乎是她第一次看到陳靜柔柔地笑著，對自己輕輕巧巧地說：「我翻了你哥哥的包，看到了取貨單啊。」

曾經有人笑稱陳靜和洛陽是模範夫妻，從不吵架從不鬧彆扭。陳靜笑，說因為兩個人的性格都很平實，沒什麼，好說話。

洛枳今天才知道，他們不是沒有，只是那些被稀泥包裹起來了而已。

# 第58章 麥琪的禮物

新年假期剛剛過去，期末考試就來臨了，連江百麗都把宿舍的桌子收拾乾淨開始看書。

第一科要考的是馬克思主義哲學與基本原理，閉卷。洛枳之前一直在複習專業課，特意把這一門留到臨考試前突擊，心知反正複習早了也一定會忘光。

「一本都不剩了，我剛在電腦上查到的，全部被借走了。」

洛枳在手機收件人一欄選擇「百麗」，按下發送鍵，接著從圖書館的電腦上登出，拎起書包走出去。早上出門前，江百麗央求洛枳去圖書館幫忙借本「馬原」的教材。戈壁把教材弄丟了，周圍的哥們兒都沒有多餘的書，學長學姐的舊書也紛紛扔掉或送人了，而教材中心也沒有存貨，關鍵時刻竟連一本都找不到了。

最終，他又找到了百麗頭上。

這是戈壁分手後第一次聯繫她。他逃了一整個學期的馬原，簽到一直是跟他選了同一堂課的江百麗代勞，所以專業課逃得天翻地覆的江百麗竟然在大家紛紛放羊的馬原課上拿了全勤。戈壁終究是太過懶散，快要考試的時候才想起來複習，卻找不到書。

洛枳皺著眉頭欲言又止。她很懷疑江百麗是在假裝聖母以繼續酒會上的陰謀，還是……真的是聖母。

百麗很快回：「謝謝了，這個時候去借書基本不可能再借到了，我自己想辦法吧。」

洛枳正要走出大廳，轉念一想，不如就在圖書館自習好了，如果找得到座位的話。

圖書館除了一樓外，其他層都有好幾個規模不小的自習室。洛枳坐電梯直接到六樓，然後一層層下樓尋找空位。圖書館冬季暖氣燒得很足，又不開窗通風，這使得洛枳走進每一個自習室，都會在溫暖停滯的空氣中聞到些許混雜著的陌生人的體味。

自習室乍看上去並不擁擠，但每個座位都被一疊疊的書霸占著，主人大多不在場，看起來就好像高中時大家都去上體育課了。

她一直下樓梯到二樓，看到最後一個自習室也沒有希望了，於是大踏步離開。

「洛枳，洛枳！」

聲音很小，是用氣息在發聲。洛枳回頭，看到張明瑞正興高采烈地朝自己揮手，坐在他左邊的女孩子也抬起頭，朝她禮貌地笑。

是許日清。

洛枳很高興地走過去，看了一眼桌面上的書，笑了，小聲說：「你們也複習馬原？來得真早啊。」

「我們七點鐘過來占座位的，哪像你這麼胸有成竹啊，十點半才慢悠悠散步過來。」張明瑞把右邊座位上的資料往自己的桌子上攏了攏，說，「這個座位沒人，是我們用來放東西的，你坐吧。」

原來如此，洛枳道了謝就坐下了。

「靠，你們文科生高中時是不是就一天到晚學這種東西啊？」張明瑞鬱悶地用原子筆敲打手裡的教材，「這些顛來倒去都在說些什麼啊，文科生居然沒有發瘋還考上大學了，都應該用糕餅壽桃供到廟裡去，你們都是超級賽亞人。」

洛枳憋著笑，輕聲說：「你高中會考沒考過政治嗎？」

「我們會考都是走過場，我都是抄的，從來沒背過。」

「不背人生不完整，趕緊看書吧。」洛枳拿原子筆桿敲敲他的書。

許日清默默看著他們倆，抿嘴淺淺一笑，低下頭繼續溫書。快到十二點的時候，張明瑞煩躁地扔下筆，低聲說：「煩死了，去吃午飯吧。」

洛枳點點頭，探詢的目光投向許日清，對方也笑著表示同意。於是他們把書簡單歸攏一下疊在桌上，各自帶著手機、錢包，穿好外套，一起走出了自習室。

剛踏進走廊，張明瑞就吼起來：「這他媽是正常人能背得下來的嗎？」

旁邊有個正在下樓的男生很大聲地附和：「對啊，等我背下來估計也成變態了。」

他說完，突然賊兮兮地看了走在張明瑞一左一右的洛枳和許日清一眼，用一副「你小子豔福不淺就別抱怨了」的表情朝張明瑞咧嘴一笑，三步併作兩步走下了樓梯。

洛枳不知怎的，忽然想起了當初張明瑞對自己提起過的他倆和盛淮南的三人行。

盛淮南。洛枳的思維有一秒鐘的停滯，然後立刻側過頭笑著問：「你們選的是哪個老師的馬原課啊？」

「等等，我要買本雜誌。」去食堂的路上，許日清跑到路邊的書報攤前，低頭掃了一眼讓人眼花繚亂的架子，拿起一本32開略微有些厚的雜誌，說：「我要這個。」

「八塊錢。」雜誌攤的大媽頭也不抬。

「你怎麼總不戴手套啊？」

許日清用食指和拇指捏著雜誌的一角，有點哆嗦地回頭說：「食堂挺近的，沒必要，我嫌麻煩……」

洛枳忽然表情很尷尬。因為張明瑞剛剛那句問話是對自己說的，而許日清回頭接話的時候，剛好看到面對面呈對話姿勢的他們倆。

張明瑞嘿嘿一笑：「有你覺得不麻煩的嗎？懶，受凍的不還是你自己？」

洛枳心中一動，張明瑞極其自然地轉過目光看著許日清，鎮定機智的一句話化解了三個人的尷尬。許日清從一開始茫然無措的表情中恢復過來，訕訕地笑了，像個小媳婦一樣不好意思地看了洛枳一眼，小聲反駁張明瑞：「哪有！」

「把手放口袋裡暖和著吧，雜誌我幫你拿。」張明瑞伸出手，接過許日清的雜誌。許日清把手放到羽絨衣的口袋裡，再次朝洛枳靦腆地笑笑，好像在說：「讓你看笑話了，他總是這樣。」

這樣的許日清，和那天咖啡廳中咄咄逼人的盛裝美女判若兩人。洛枳微微落後了兩步，看著前方一黑一紅的兩個背影，心裡有小小的快樂。

許日清有飛揚跋扈的一面，也有這樣靦腆羞澀的一面。到底哪一面是真正的她？或許獨處時更為真實？但是那個時候的她並不出現在任何人面前，對別人來說沒有任何意義。

有什麼樣的互動，就會表現出什麼樣的自我；什麼樣的對象製造什麼樣的真實，只是為不同的人擺出不同的斷面而已。

那麼在盛淮南面前的自己，是不是太變形了？即使依靠那些共同點而如願被他愛上，也只會成為一段漫長的演藝生涯的開始。

洛枳回過神來，張明瑞正朝落後的她招手，寬和的笑容中有些她看不懂的意味。

「喂，想什麼呢？」

三個人占了座位後就各自去打飯。張明瑞最後一個回到座位，端著三個麵包餅。

「你今天沒買麵包餅啊？」他詫異地看著洛枳。

「排隊的人太多了。」

「好久沒在三食堂看到你了。」

「三食堂這麼大，難免碰不到。」

許日清突然插話：「你們經常一起吃飯嗎？」

「嗯，最近這一個多月吧，我總在三食堂吃飯，張明瑞也是，所以經常能碰到。」洛枳笑著解釋。

張明瑞坐下後夾起一個麵包餅放到她的盤子裡：「要嗎？我有個哥們兒剛好排到窗口，我讓他幫我買了三個。」

「我沒吃過，給我一個行嗎？」許日清問道。張明瑞站起來說：「行，你自己拿吧，我再去買。」

許日清伸向麵包餅的筷子停在半空：「為什麼？」

「我只吃一個吃不飽。」

「哦，」許日清盯著盤子默默地算了一下，一個是洛枳的，兩個是他自己的……「那不用了，你，你吃吧，我自己去買吧。」

許日清突然站起來，張明瑞客氣的話還沒說出口她就朝賣麵食的窗口跑過去了。

張明瑞愣愣地看著她跑遠，聳聳肩笑了一下，又坐回座位。

「對了，洛枳，你……和盛淮南在一起了嗎？」

她聽完就嗆住了，咳了好幾聲才緩過來：「你能不能適當鋪墊幾句再問這麼勁爆的問題？」

「在一起了沒啊？」

張明瑞的聲音是輕鬆而隨意的，但是臉上的笑容有點假。

洛枳搖頭：「沒啊。」

「可他……我覺得他最近怪怪的。唉，反正問他他也不會跟我們說，只能問你了。」

「我跟你說過我喜歡盛淮南嗎？」

張明瑞低頭用筷子扒拉著盤子裡的青椒炒馬鈴薯絲，過了一會兒才反問：「難道不是嗎？」

洛枳長嘆一口氣：「呼喚邏輯啊邏輯。」

「用不著呼喚。那你敢說你不喜歡嗎？別撒謊。」

洛枳莫名地很想笑。她自己精心保管的祕密就像被投入石子的湖心蕩起的漣漪，一圈圈擴散。這個曾經被以為牢不可破的遮掩，現在看來竟然這樣明顯。

鄭文瑞、葉展顏、丁水婧、江百麗、張明瑞……以及盛淮南本人，他們都問她：「你是不是喜歡盛淮南？」高中時的洛枳如果知道了，恐怕會昏死過去。

「我們不如聊聊許日清。」她微笑著轉移話題。

「許日清——」張明瑞把尾音拖得很長，猶猶豫豫。

「你們——」洛枳和他同時說。

「你別誤會！」張明瑞大叫。

「我誤會什麼了？」洛枳笑得更賊，「我什麼都還沒說呢，我看你倒是挺希望我誤會的。」

「其實……」張明瑞急急忙忙擺手，筷子上沾的米粒被甩出去，在空中畫了道漂亮的弧線，輕輕落到桌邊一個身影的袖子上。

那個人把米粒彈開，嘆了口氣。

「真是巧啊！」

他們抬頭，看到盛淮南完美無缺的笑臉。

「喲，你也來吃飯？」張明瑞愣了幾秒鐘才冒出這樣一句話。

盛淮南朝張明瑞扔了一個鄙視的眼神：「這都被你的慧眼識破了。」

他兀自坐到洛枳身邊，把餐盤放到空位上：「背書背得想罵人，文科生的日子不是人過的。」

「你當初慫恿我選法雙的時候，不是說你『前女友』總是喊著文科很難，所以想要體會一下文科生的生活嗎？專業課考完，雙學位也要考試了，法導也要閉卷，沒天理。」張明瑞苦著一張臉，在把「前女友」三個字吐出來的時候依然一臉無辜。

洛枳若有所思地看了張明瑞一眼。

盛淮南的臉上波瀾不驚：「是啊，高中時看他們文科生背書背得要死要活，我還覺得不理解。就那麼幾本書，每次考試之前都要重背一遍，而且背了半天寫了一考卷密密麻麻的答案，文綜合的分數還是普遍比理綜合低那麼多，我真是搞不懂。」

「對了，你不是文科生嗎？」張明瑞看著對面的洛枳說，「你那時候背歷史、政治需要反覆好多遍嗎？你們可是背了整整兩年啊，怎麼有那麼多人還是背不下來？」

洛枳正在低頭喝玉米粥，並沒有回答。

「喂，問你呢，你不是文科的嗎，你們考前都會這麼突擊背書嗎？」張明瑞用筷子尾端梆梆地敲擊著桌面。

「呃？」她抬起頭，朝左邊一歪，笑了，「我記不清了。可能是吧。」

盛淮南沉默著，用筷子輕輕地戳著碗裡平整的米飯，戳出一個一個的小洞。

洛枳想起，她也曾賭氣過，那次在法導課上盛淮南買來洋芋片，她如數收下，說話時卻刻意不看他，要小彆扭——當時連洛枳自己都無法相信，她還有這樣任性的一面。

那時候，對方招招手，立即就可以挽回。

直到此刻，洛枳終於明白，其實盛淮南也許從第一次見面就感覺到了她對他的好感。多麼顯而易見。

不論她內心怎樣風雲詭譎，其實她只是喜歡他，從一開始，就沒有改變過。只要這一點被抓在手裡，不管發生什麼事，不管她表面上態度如何，輸家都是她。而他卻可以微笑著隨時出現在桌子邊，彈開米粒，說，好巧。

好巧，你喜歡我。

夠了吧。她想。

「許日清？」盛淮南看到了端著盤子傻站在不遠處的許日清，朝她點頭示意，然後問斜對面的張明瑞，「你們上午一起自習的？你們三個？」

「對啊，我們三個。」張明瑞回頭招呼許日清。

許日清慢騰騰地走過來，表情緊張，應對措施還沒想好，演技勉強及格。盛淮南的表情有些尷尬和愧疚，好像如果早知道許日清也在，他一定不會跑來這裡讓人家難堪。

那為什麼故意來讓我難堪？洛枳皺皺眉，放下叉子，開始撕麵包餅。

「你也來吃飯啊。」許日清僵硬地笑了笑。

盛淮南第二次被問到來吃飯這個問題，歪頭苦笑：「是啊，學得無聊，想休息一下，唯一正當的理由就是吃午飯。」

「哦……上午在哪裡自習的啊？」她邊問邊和洛枳一樣把麵包餅撕裂。許日清有雙很美的手，只是當著盛淮南的面，動作太過文弱，餅撕了半天也撕不開。

盛淮南頓了頓：「一教。」說完就不自覺地朝左邊看了一眼，可左邊的人自顧自地揪著麵包餅，動作熟練，毫不羞澀，聽到他的話沒有任何反應。

「一教？」

「對，清靜，人很少。」

「怎麼不去圖書館了？一教多冷啊，暖氣燒得也不好，凍壞了怎麼辦？」

盛淮南愣了一下，突然的安靜讓許日清也意識到自己的話太過親暱，張明瑞的臉上慢慢浮現出意味深長的淺笑。

突然，洛枳發現新大陸般驚喜地說：「許日清，你買了麻辣鴨脖子？我能吃一塊嗎？」

這個打岔打得很差，許日清卻恍惚了一下，立刻抓住救命稻草般熱烈地跟洛枳討論起鴨脖子來。

「喂，你是成都的嘛，你說呢，對不對？」

她們聊到四川小吃的時候，許日清突然側過臉問張明瑞，表情帶有一點示好的意味——洛枳心中一片明淨。

剛才許日清慌慌張張的，對盛淮南說了些親近的話，此刻怕是擔心張明瑞因此吃醋，所以笑得這麼討好。

張明瑞在發呆，因此沒有回答，讓剛才因為鴨脖子而緩和的場面突然又冷清了下來。

他們繼續各吃各的飯，嘈雜的食堂裡，彷彿有隔音的結界將四人桌籠罩了起來。

盛淮南碗中的米飯動也沒動，仍然顯示一個「井」字，好像已經涼了。

默默無語的一頓飯終於吃完了，送餐盤時，張明瑞對盛淮南說：「你還要待在一教嗎，要不要跟我們一起去圖書館自習？」

盛淮南看了一眼洛枳，忽然高興地呵呵笑起來：「洛枳，你們在圖書館自習？」

洛枳抬頭看他，眼中平靜無波，什麼都沒說。

「我記得高中的時候有篇課文，叫作《麥琪的禮物》。」他自顧自地說道。

「對啊，怎麼了？」許日清最後一個把盤子疊在回收臺上面，回頭興致勃勃地問，卻不小心迎上了張明瑞陰沉的目光。

許日清有些慌，不知道該說什麼，嘴巴卻控制不住地想要趕緊扭轉這古怪的氣氛：「跟我們一起去圖書館自習嗎？圖書館比較暖和，旁邊還有一個空位呢。」

張明瑞淺笑著又看了她一眼，對盛淮南說：「對啊，到圖書館來吧。」

# 第59章 最是微笑虐人心

洛枳輕輕抬起袖子，聞了一下，不出所料地沾染了三食堂油煙的味道。

然而身邊的男孩，脫掉在食堂一直穿著的羽絨衣後，露出了裡面的深灰色襯衫，坐下的時候帶過一陣輕微的風，仍然有清香的洗衣粉的味道。

憑什麼。

他用銀白色的鋼筆在紙上唰唰地寫著，發出好聽的沙沙聲，讓人恍惚的沙沙聲。

她低頭抿嘴笑了一下，掏出耳機戴上。

洛枳盯著手裡的馬原教材，目光只膠著於一個字上，周圍的字都圍繞著這個字開始打轉，慢慢地成了一個漩渦。

睏了。

儘管知道剛剛吃完飯就趴在桌子上容易脹氣，她還是俯身從地上的書包裡掏出了米黃色的大象抱枕扔到桌上。對於這個像變魔術一般出現在桌子上的抱枕，其他三個人都吃了一驚。洛枳習慣性地做了兩個深呼吸，揉了揉胃部，然後眼睛微閉，很愜意地向下倒。

她直接砸到了桌子上，顴骨和桌面接觸的時候發出巨大的響聲，半個自習室的人都回頭朝她的方向看。洛枳沒有叫出聲來，只是用手狠狠地壓著臉頰，疼得淚水在眼圈裡打轉。

她抬起頭，惡狠狠地瞪著坐在桌子對面的張明瑞。

張明瑞手裡拿著大象抱枕，嘴巴張成「O」形，故作驚訝地看著她。洛枳許久沒有說話，只能低著頭按住顴骨來止疼，等到眼淚慢慢歸位，她才重新慢慢抬起頭來，咬牙切齒地輕聲問：「你，你想死是不是？」

張明瑞笑得像個惡作劇得逞的七八歲孩子。

七八歲，狗都嫌。

洛枳迅速站起來，身子探到前方一把將抱枕抽回來，按在桌子上，衝對面的人狠狠地一齜牙，然後臉朝下把自己埋進米黃色的夢裡。

她睡覺的時候喜歡用雙手環抱住枕頭，臉朝向右側。閉上眼睛還不到兩秒鐘，她就覺得臉上發燒。

他坐在右邊。

即使他可能根本沒有看她，她也能隔著眼皮感覺到射向自己的視線。她皺了皺眉，迅速把臉轉到左邊去，只留下後腦勺。

洛枳漸漸入夢，恍惚中聽到對面椅子被挪開的聲音，好像有人離開了書桌。等她睡眼惺忪地爬起來的時候，對面的位置沒有人，張明瑞和許日清都不見了，桌子上面只有兩堆書和幾張草稿紙，還有淩亂的七八枝筆。

她朝右邊看了一眼，盛淮南也不在，銀白色的鋼筆還沒有蓋上筆蓋，反射的陽光一下子晃到了她的眼睛。她一偏頭躲開，肩頭的衣服滑下來。

她這才發現，自己身上竟披著盛淮南的黑白灰拼色羽絨衣，滑落下來的時候帶走了大部分的溫度。她打了一個哆嗦，趕緊把衣服拉上，小心地把胳膊伸進袖子裡穿好。寬大的羽絨衣把她包圍起來，有一種難以言說的溫暖。

洛枳忽然想起什麼似的，小心翼翼地舉起袖子，聞了聞，然後滿足地笑了，果然也是有油煙味的。

其實他們都一樣。

她把臉頰貼到抱枕上，雙手環抱住自己，用羽絨衣的溫度溫暖自己。胸口有個角落變得酥軟，可是，也只是一瞬間。

洛枳伸手幫盛淮南蓋上筆蓋，然後站起身，抓起桌子上的手機、錢包，打算到空氣清新的地方轉轉清醒一下。她把手伸進羽絨衣口袋的時候，不小心碰到裡面一個硬硬的東西，掏出來一看，是一個棕色牛皮皮夾。洛枳用指尖在皮面上輕輕敲了兩下，想起江百麗錢夾裡陳墨涵的照片，她不禁猜測，這裡面會不會也有一個人的照片？

她沒有打開，重新放了回去。

手放在口袋裡。新年那天，葉展顏的手也放在這個口袋裡取暖。

她揉揉發麻的臉頰，覺得胃裡存了好多氣，想打嗝又打不出來。走廊清冷的氣息讓她微微打了一個寒顫。

窗外是一片灰白色的景致。洛枳印象中的北京沒有紅牆綠瓦，也沒有方方正正的盛大厚重。P大所在的區域是這個城市最為尷尬的地帶，老的已毀掉，新的未建成，一切都披著灰沉沉的外衣，挾帶著灰沉沉的空氣。暗淡的色彩像是用落了葉的枯枝塗抹的，偶爾一陣冷風帶著塵埃和廢紙翻滾，給畫面帶來那麼一點可憐的動感。

洛枳抬頭發現自己已經繞了好幾個圈，走到了二樓的科技圖書文庫。她心知這一類著作自己能看懂的不多，除了裡面的《十萬個為什麼》，正要移步離開，突然聽到一聲輕微的啜泣。

走廊空無一人，書庫門口只有一個正在打盹兒的工作人員趴在借閱處的漆木桌子上。她四處打量了一下，在右側的樓梯口看到一抹紅色的身影。洛枳挪過去一點，抬起頭——許日清正坐在二樓通往三樓的樓梯臺階上，頭埋在膝蓋上，看不清臉。透過欄杆，她還能看到站在通往三樓的那段臺階上的一雙鞋，側面一個大大的白色勾勾。

張明瑞和許日清。

許日清努力壓抑著，仍然有隱隱約約的哭聲傳過來。洛枳退後一步，輕輕地走開。

背後突然傳來一聲沙啞的帶著鼻音的問話：「你是報復我吧。我是想跟你道歉的，但是覺得重提那件事很難堪，所以才當作什麼都沒發生和你相處的。其實你是在報復我，對不對？」

「我真的沒有。」

「你有！」

「你聽我解釋……」

「我才不聽！」

洛枳差點不合時宜地笑出來，不由得停下腳步。

「其實我是知道的，」許日清的聲音幽幽地在走廊中迴蕩，「耶誕節那天，我們一起去 798 藝術區。你們宿舍有人和我說，你剛一回去，就被他們幾個押解進屋，他們逼著你說和我的進展，你卻說我們只是朋友。」

「你說，你喜歡的是別人。」許日清慢慢地說。

張明瑞沉默著，洛枳等了許久，也沒聽到他的回應。

「我早就想問你，可總覺得問出口實在是難堪，萬一呢，萬一你是因為不好意思而胡說的呢，萬一呢……那樣多傷感情。」

世間大多數陰差陽錯，其實一開始是可以說清楚的，不是不可迴避，也不是造化弄人。阻擋在其中的，都是彼此的自尊和所謂的體諒。洛枳輕嘆。

「其實我都猜到了，」許日清冷笑，「其實你喜歡——」

「我以為你能吃一塹長一智。你適可而止。」

張明瑞冷淡乾脆的聲音讓抱著胳膊靠在牆上偷聽的洛枳略吃了一驚。她知道，自己其實一直低估了張明瑞。盛淮南是一道光，硬是把周圍的一切都照出了陰影，比如張明瑞。他在洛枳的生活中，是以一個愛傻笑臉紅、總是愛鬥嘴卻常常嘴拙的單純大男孩的身份出場的。然而今天在書報攤門口，他態度極為自然地接了一句話，緩和了三個人的尷尬，洛枳才開始正視他。

正視的結果，讓她心中不安。

「我怎麼不知道適可而止？我要是不知道適可而止，我憑什麼回頭？真正愛一個人，連幾個月的耐心都沒有，連等待都做不到？好，我的確沒有資格讓你等，可是你為什麼天天和我在一起？我找你自習、吃飯，你為什麼不拒絕？你還敢說你這麼曖昧不是在報復我，不是在給我錯覺？你和他有什麼區別？」

許日清的聲音空洞而淒涼，響亮得幾乎不需要偷聽了。洛枳眼前浮現出那天咖啡廳中流淚到無助的美麗臉孔。她有些擔心地看了一眼身邊，書庫的管理員居然打起了鼾，一聲接一聲，臉部贅肉下垂，堆積在桌上疊了兩層。

她想自己這輩子也不會忘記這個滑稽而悲哀的場景。

張明瑞卻笑了起來，好像許日清說了什麼很冷的笑話。可是即使看過這麼多次他的笑容，洛枳無論如何也想不出來此刻他的表情究竟是什麼樣子。

「是你跑過來跟我說舊事不提了，大家還是好朋友——當初你喜歡盛淮南的時候，你跟我也和現在一樣經常一起自習、一起吃飯，所以現在好像我沒有跟你玩什麼曖昧吧？至於你說等待……那我問你，如果現在盛淮南回頭，你接不接受他？」

「不會，我不會。有的人回頭我會等，有的人我不會了，我不是不長記性的人。」

「對，我也不是不長記性的人。」張明瑞輕聲笑了。

洛枳低下頭，長長的瀏海投下的陰影遮住了眼睛。

「你就這麼恨我？連朋友都做不成？非要報復我？」

「做朋友完全可以接受，其實我已經在這樣做了。我沒報復你，我只是很正常地拒絕了一個我不喜歡的人，你想的太多了。」

洛枳嘆氣，許日清完全不是對手。不論口才也不論氣勢，喜歡一個不喜歡你的人，還與之理論愛情，根本就是找死。

她拔腿離開，最後聽到張明瑞溫和而冷漠的一句：「我不跟你玩曖昧，今天開始，就當彼此不認識吧。」

洛枳閉上眼睛，仍然能回憶起書報攤前那一幕：張明瑞幫許日清拿著雜誌，許日清雙手插口袋，在洛枳面前很羞怯地低頭微笑，齊瀏海被冬季的冷風吹起來又落下去，像招搖的裙擺。

張明瑞真的看不出來嗎？

那時許日清很久很久才道謝，小聲說：「你老是對我這麼好。」而他笑嘻嘻地說：「嘖嘖，你反應真慢。」

一句戲言，卻錯過了千山萬水。

「如果錯過了太陽時你流了淚，那麼你也要錯過群星了。」泰戈爾總是說些看似溫暖實則殘酷的話。

最是微笑虐人心，比如張明瑞，比如盛淮南。

# 第60章 再見，皇帝陛下

洛枳獨自一人走在空曠的走廊裡，腳步聲好像心跳，平穩而寂寥。路過一個窗臺的時候，忽然一道陽光射過來——彷彿是灰白色雲霧遮蔽的天空突然裂了一道口子。

神明降臨了一樣。

洛枳抬手遮住眼睛，心念一動，回頭去看自己的影子，在褐色雜花大理石地面上，無言地拉出一道極長的簡單痕跡，還有一半投射到了牆壁上，轉折得觸目驚心。

口袋在這一刻振動起來。她伸手掏出來，是盛淮南的手機，螢幕上閃現著「葉展顏來電」。

洛枳第一個念頭竟是想起了那天在遊樂園看到的簡訊，那時顯示幕上還是「展顏」而非「葉展顏」。

手機在掌中溫柔地振動，洛枳不禁嘲弄地想，自己竟也開始從這種蛛絲馬跡中尋找心理平衡了。轉過臉的時候，頭髮掉進羽絨衣的領子裡摩擦著脖子，癢癢的，很舒服。她抱著胳膊，手機就一直在懷裡抖啊抖。

溜冰場裡王子般半跪著幫她穿冰鞋，記得把可愛多冰淇淋的巧克力口味讓給她吃，查火車的到站時間想著去北京站接她，樂事洋芋片五袋一個系列，會去寒冷的一教自習希冀偶遇她，會在她睡夢中為她披上自己的羽絨衣怕她著涼……

都是盛淮南的小恩惠。因為太過歡喜，她才把這些小恩惠擴大再擴大，擴大成愛情。其實，都是怪她自己。

從他們第一次牽手，到他莫名其妙的疏遠。

從咖啡廳的小皇后到後海之行，再到那個狼狽的雨天。

從新年酒會後差點成真的表白，到二十一小時後，她看到他和葉展顏像從童話中走出一樣站在她面前，能感覺到的只有掌心中的那枚硬幣冰涼扎手。

許日清可以高聲譴責，狼狽到不可收拾仍然帶有一份驕傲和痛快。而她，則乾乾脆脆吸取教訓，躬身退出。

洛枳上前一步踏入陰影中繼續前進，葉展顏的電話戛然而止。她終究還是沒有那份鬥爭和澄清的心意。她想起後海的車夫。不解釋，不糾纏，是不是真的就不會落入那個因果？她曾經有一瞬間憤恨得渾身發抖。天降人禍，輕而易舉地砸毀了她步步為營、小心設計的愛情。然而一秒鐘後，又被一種深深的疲憊感覆蓋。

洛枳悄悄回到自習室，盛淮南已經坐在裡面了。他的位置對著門口，洛枳剛一進去他就能看到，然而他並沒有抬頭，只是皺著眉頭奮筆疾書，十分專注的樣子。

高一時洛枳努力學習，想要跟他一較高下，每天都熬夜看書，但是大部分時間都不專心。現在想來這就是差距吧，不光是智商問題，即使在勤奮上，他的密度也擊敗了她。

她繞了一圈才走到他背後，脫下羽絨衣，輕輕掛在椅背上。盛淮南這才驚醒一般地回過頭，看到是她，輕聲說：「你回來了。」

洛枳低頭細心地把袖子下擺塞進口袋裡防止拖到地上，沒有看他，點點頭說：「謝謝你了。剛才你有未接來電。」

她回到座位，把書放在腿上看，低著頭。盛淮南掏出手機看過後，重新放回口袋中，默默看了她許久，似乎想要說什麼，終於還是嘆了口氣，轉過身繼續看書。

洛枳不自覺地微笑，在他轉過身重新開始學習的時候，抬起頭去看他。

他身上穿的就是那件傳說中跟自己一對的深灰色襯衫吧。那天她穿著深灰色襯衫忸怩著走到他面前，滿心歡喜地以為，後海堤岸沿線的漫步，所有細細碎碎的對話，都是鋪在幸福路上的鵝卵石，她終於不再亦步亦趨，終於和他比肩。

此刻，那個人就在自己身邊。

他伏在桌前，她靠在椅背上，椅子比桌子拉後了一段距離，所以這個角度看過去，她仍然在看他左側的背影。他們所坐的位置正好在窗邊，冬日的陽光即使沒有溫度，也仍然保持著奪目刺眼的光澤，薄薄的白色紗質窗簾過濾了陽光，光線斂去了直射的囂張，柔柔地瀰漫在室內。然而窗簾並沒有拉緊，仍然露出一道縫隙，細細的一線陽光斜著劈下來，正好把盛淮南和他左斜後方的洛枳連成一線。

在他的頭頂上方，可以看到空氣中飛舞的浮塵。

盛淮南是一道光。

洛枳想起高中的自己。考試前大家都在說自己看不完書，開夜車突擊，只有她可以閒閒地翻著課本瀏覽重點和主線。然而平常的時候她又太過努力，像一根繃得太緊的弦，好像輕輕一碰就能聽到利箭發出的嗖嗖聲。很多人對她無視——那種無視與對張敏的忽視不同，大家對張敏的忽略帶有幾分廉價的同情和不屑，然而對洛枳，那種無視帶有淡淡的敵視和不滿。

刻板印象，就像連線遊戲。優秀與高傲，寒酸與可憐。眾人遠觀，遠觀不需要大腦。但相比她不懂收斂的鋒芒，是什麼讓盛淮南燦爛奪目而又不灼傷別人？

洛枳看著白色紗簾，忽然明白了。他的外表好像美麗的百合形狀的落地燈，磨砂的白色燈罩，打散了所有的銳利。

銳利的光射入水面，升騰起些許暖意。暗流潛動，水底的人抬頭看到的是搖曳恍惚的一片光彩，不會追究太陽究竟有多熱。

陽光下的盛淮南留給洛枳一個如此蠱惑人心的側面，完美的下顎線，挺拔舒展的雙肩和脊背，專注的姿態，甚至連筆尖下的沙沙聲都與眾不同。

可惜她不是待在水底的人。她和很多因他而失意的女孩子一樣，是掙扎著浮上水面看太陽的人，是仰起頭不知死活的人。因為仰視，太陽才如此耀眼，耀眼到被刺盲仍不自知。

灼傷的青春，也值得驕傲嗎？

正在她盯著他的背影若有所思的時候，盛淮南忽然沒有預兆地轉過頭看她。

洛枳的目光並沒有一絲閃躲。如果眼睛真的可以講話，那麼她已經用最平和的方式告訴了他一切。她和他有過很多次對視，聊天時忽然沉默，目光相接讓她臉紅地轉頭；或者某個雨天，她穿著粉紅色的Hello Kitty雨衣，淚眼模糊，胸中憤恨不平；又或者是那個初冬寒冷的夜裡，橙色的燈光下，她被他憐憫的眼神刺痛。

這次好像不一樣。

他欠她一份心有靈犀，所以他不會讀得懂。她曾經無數次地跟隨著他穿梭在早晨一明一暗、光影交錯的走廊裡，無數次地想像，如果此刻他轉過頭，她會不會突然心事敗露，落荒而逃？

依稀記得，他第一次回頭，是在那個柿子掉下來的時候。她的確落荒而逃，高中時的預想如此富有自知之明。

然而今天，她沒有逃走，甚至目光沒有偏移哪怕一分。

這樣的場景，是高中時的自己幻想描摹了多少遍的？她高中時每見到他一次，都會那麼認真地在日記裡記下來，場面描寫、動作描寫、神態語言描寫，加上自己的心理描寫……然而。

然而書架上那本新的日記，直到今天仍然只有一篇日記，一篇沒有寫完的日記，記述一個柿子掉下來的瞬間。她再也沒記日記，也不會在他的目光下逃走。

這樣的轉變中間，究竟經歷了多少疲憊不堪的期待與失落、羞恥和憤怒，整顆心都被拉扯到無法恢復原狀。

洛枳突然再也沒有興致去關心日記本的去向。感情一旦變味了，不如被時光的洪流裹挾而去。抱在懷裡，也釀不成酒，醉不了人。

都放了吧。

盛淮南的眼睛裡波濤洶湧，他好像有很多話想要說，然而洛枳突然沒有了聆聽和探詢的興致。

他們從來沒有這麼近，也從來不曾這麼遠。

洛枳闔上手中的書，將抱枕、筆袋一一塞進書包，穿好外套。

「洛枳，你……」她看見他艱難地動了動唇，陽光打在他的後腦上，耳朵邊緣細微的絨毛都清晰可見。她忽然微笑，上前一步，俯下身子，毫不遲疑，歪著頭輕輕地在他唇上啄了一下。

這個吻太匆忙，乾乾的，其實什麼感覺都沒有。倒是他左眼的睫毛刷到她的眼皮，有些癢。還有他因為驚訝而圓睜的眼睛，在她俯身的一剎那，她看到自己在他瞳孔中的倒影瞬間拉近變大，措手不及。

她拎起書包。

「再見了，皇帝陛下。」

她最好的年華全部都鋪展在他的細枝末節中，可是道別的時候，她都沒有抬起頭好好看過他一眼。不是因為丁水婧的誣陷，不是因為葉展顏勾著他的胳膊。

誤會其實是最最微不足道的障礙。他們之間沒有誤會，因為他們從來沒有彼此理解過。

耳機裡，黃耀明輕唱「請輕輕一吻，證明這個不是路人」。

吻過，才是路人。

# 第61章 沒有人活該被俯視

張明瑞獨自一人回到自習室，盛淮南抬起頭，兩個人目光相接，面無表情地對看。張明瑞朝洛枳清空的座位望了一眼，什麼都沒有問，低下頭繼續翻書，拿起筆在演算紙上塗塗畫畫。

盛淮南也沒有問許日清去了哪裡。

剛剛洛枳沉睡的時候，盛淮南聽到一陣窸窸窣窣的聲音，對面的許日清把一張字條塞給了張明瑞。張明瑞打開看了一眼，揉成一團，點點頭。

於是這兩個人就一起走出了自習室。許日清的表情再明顯不過，明顯得就像張明瑞對洛枳的戲弄和關心。盛淮南知道，這兩個人一定是出門攤牌去了。

張明瑞平時總是嘻嘻哈哈很憨厚的樣子，可是盛淮南一直都知道他實際上是個清醒且有決斷力的男生。他們都明白，該殘酷的時候只能殘酷，哪怕傷了面子，留下裂痕。

然而同樣信奉乾脆簡單的自己，現在明明就是在做一件極其不乾脆的事情。他就像得了一種怠惰的病，只會愚蠢地拖，彷彿水落石出是靠時間拖出來的，他只要站在旁邊看就可以了。

只是沒有考慮到，水落石出，還有個同義詞叫作滄海桑田。

再見了，皇帝陛下。

他的猶疑，讓時間把她隱藏的銳利和驕傲打磨得如此耀眼，幾乎傷到他。

陽光漸漸暗淡下去，太陽重新被雲層遮擋住。盛淮南發現書上所有的字都連不成句，顛來倒去不知所云。明明幾分鐘前剛背過的那一大段，現在看起來如此陌生。

他抬起手，用食指輕輕地碰了碰自己的嘴唇。那個吻，比他自己的觸碰都要輕，卻又重得讓他心裡鈍痛。有句話哽在喉嚨裡，直到她的背影消失在玻璃門後，他也沒能說出口。

最最簡單的一句話。

盛淮南大義凜然地把淺綠色的馬原教材闔上，問張明瑞：「咱們院以前有人這科被當掉過嗎？」

張明瑞抬起頭：「沒聽說。幹什麼，你想被載入史冊？」

「不看了，看不進去。」

「你瘋了吧？明天就考了。」

「可能是吧。」他笑。

盛淮南收好書包，站起身離開，經過張明瑞身邊的時候，聽到了一聲不大不小的「其實有時候你這種樣子真是挺欠揍的」。

他愕然，不知道對方是不是在調侃他打定主意裸考馬原這件事，不過低下頭看到張明瑞不苟言笑的側臉時，立刻領悟了。

「彼此彼此嘛。」他發現自己的臉頰也是僵的。

坐電梯到理科大樓頂樓，然後從最角落的側樓梯上去，就能爬上全校最高的天臺。

他一直很喜歡站在高處，空曠無人的高處。忘了是在哪裡聽說過的一句話：「這個世界上有些人生來萬眾矚目，有些人生來不甘寂寞。如果天性不甘寂寞的那個人恰巧擁有萬眾矚目的命運，那自然是兩全其美。」

盛淮南自知是不甘寂寞的。

只是他所謂的不甘寂寞，並不是指熱鬧的朋友圈──站在最高的地方，看著下面庸庸碌碌來來往往的人潮湧動車水馬龍，就能給他一種既充實又完滿的快樂──當然，一定要用俯視的姿態。

他害怕所謂的親密無間。倒不是擔心自己的缺點暴露無遺而遭到他人的遺棄，他只是不希望他們失望。

這細微的差別是不是勉強稱得上善良？盛淮南不常胡思亂想，可是一旦思維出軌，就天馬行空再也拉扯不回來了。

天臺的鐵門是半掩著的。他忽然有一點不明不白的期待。

是……洛枳來這裡了嗎？

他曾經帶著洛枳來過這裡。他們唯一稱得上是約會的遊玩，後海、西單、王府井，究竟走過哪些地方，他已經有些記不清了。印象最深刻的，是她一路上說過的很多話，像用小刀淺淺刻在了記憶的幕牆上。

她說起的故事，傾訴的困惑，隱藏著的囂張和驕傲，低頭時溫柔的期待和羞澀。

送她回宿舍前，他突發奇想，說：「我帶你去一個地方，好不好？」

這個天臺彷彿是他的祕密基地。高中時學校裡有個常年不開放的圖書館，其實也有方法從外面爬上那個不高的天臺，他有時候翹了晚自習就爬上去吹風，誰都不知道，包括葉展顏。

其實早就已經很喜歡洛枳了吧——就是那種喜歡，讓人變得想要陳述表白自己的一切，又想分享自己的所有祕密，就等她誇讚一句：這裡真好。

也是那天，他含含糊糊地說起自己格外喜歡站在高處看下面的人。洛枳背靠商業區繁華絢爛的夜景，目光投向學校北側零星的遙遠燈光，許久才慢吞吞地說：「我也是，只不過我以前是被迫的。」

她喃喃地說了一大堆話，好像在和深處的自我對話，半晌才醒過來似的，不好意思地眯著眼睛笑，問：「你呢？應該不是被拒絕的局外人吧？你是有選擇的權利的。」

最後那句話說得如此肯定，彷彿已經認識他多年，了解至深。

盛淮南目光放空，沉默良久，身邊的女孩慌忙道歉，說自己冒昧了。可是她不知道，在她低頭說「對不起」的時候，正是他突然很想擁抱她的時候——手都抬了一半。

她面對他的時候，有時會格外地小心翼翼。她的謹慎小心和他自己的猶疑驕傲，常常聯手扼殺了擁抱的機會。

就像四年前，她的拘謹戒備與他的吞吞吐吐，一個時間差，就錯過了整個窗臺的風景。

記憶奔湧出來，盛淮南觸在門把手上的食指冰涼。是你嗎？

凝神一聽，竟然有人在說話。

「都別說了，明天還要考試，好好複習吧，我不想討論這個問題了。」

「沒心思複習，你今天把話說清楚。」

「有什麼可說的。你還不明白？就是你這種看不清眉高眼低、死纏爛打的人才讓她壓力這麼大的，你還沒完了是不是？！」

竟然是三人行的攤牌。他聽了一會兒，一個顯然是占了先機的男生趾高氣揚，另一個則咬定了「過去」二字不鬆口。更有趣的是，夾在中間的女生硬是不肯給一句痛快乾脆的結論，一直說著模稜兩可的話安撫雙方，反而越鬧越僵。

他慢慢踱下樓梯，苦笑著，思緒回到了兩年前。

那一刻，葉展顏坐在體育場高高的看臺上，居高臨下地看著他們。六班的一個他現在已經想不起來樣貌的男生滿臉淚痕，好像瓊瑤劇裡的馬景濤一樣大吼，吼叫的內容他已經記不清。他側過頭去看葉展顏，葉展顏雖然沒有笑容，嘴角仍然可疑地上揚，眼睛微微眯起來，危險而誘惑，但有一絲壓抑著的張揚和喜悅——那個表情和他所以為的葉展顏大不相同。

如今回想起那個爭風吃醋的幼稚場景，盛淮南不由得難堪地笑了出來。可他當時竟然認真地壓抑著自己心底那種無聊的情緒，鄭重而禮貌地對著咆哮的男生說：「作為她的男朋友，我請你不要騷擾展顏。」

後來怎麼收場的他已經記不清了，總之他刻意保持的優雅和冷靜似乎沒過多久就淪陷於對方口齒不清的糾纏中。最後他有些疲憊地呆站在那，葉展顏不知什麼時候從看臺上下來，從背後抱住他——他仍然清晰地記得她微涼的懷抱，和一句很輕很輕的話：「你是真的愛我的吧？」

原來，愛情是要考資格證書的。人需要各種各樣的形式來證明自己，那些過後冷靜下來會覺得愚不可及的各種折騰，在當時的情緒中卻是重要的過程。就好像沒有噴火龍的阻隔，騎士和公主的愛情就不會圓滿。

年輕真好。盛淮南加深了笑容，門後的爭論在他耳朵裡，交織成了小孩子們自以為是的歡樂鬧劇。

他剛下了兩層樓，突然從上面衝下來一個男生，在樓梯間和他擦身而過。一個女生追下來，另一個男生喊著女生的名字緊隨其後。盛淮南詫異地想，何必一副大事不好的表情──畢竟打頭陣的那個淚流滿面的男生還是選擇了走樓梯而不是直接往下跳──只要還活著，就沒什麼大不了。

他折回去，爬上樓梯，重新推開了天臺的門。

北京冬天荒涼的風吹亂了他的頭髮。這個城市披著灰色的水泥外套，灰黑色的殘雪讓它看起來更狼狽。今天路上的行人很少。

盛淮南閉上眼睛，有些想不起來洛枳的樣子。

他曾經能夠清楚地感覺到她的情緒變化，即使並不確定她背後真實的想法，但情緒本身的顏色，他還是可以分辨得清楚的。

這種辨識能力並不是出於對洛枳的情有獨鍾。這種能力一直是他的習慣，甚至是他得意的把戲。

他從小就喜歡叼著一盒牛奶坐在機關大院的花壇旁邊，默默地觀察來來往往的人。到家中拜訪的叔叔阿姨坐在客廳裡開始對父親說明來意的時候，他就抱著皮球站在無人注意的地方，靜靜地看。

這麼多年，他儘管無法記住那些謹小慎微、謙卑禮貌的面孔的主人都是誰，說了什麼，可是暗潮洶湧的話裡有話、平和的眉眼、誇張的假笑與捧場的面具下那可能的扭曲表情，逐漸填滿了他乏味的成長。

這種默默的窺視，就像一種兒童不宜的遊戲。

機關大院裡，錯綜複雜的利益交纏，就這麼擠在一起，是需要這樣一張謹小慎微的臉的吧？包括他父親。

拿這樣的經驗去看身邊同學那小小的心計和虛榮心，實在是輕而易舉。儘管少女千迴百轉的心思他無法有切身體會，然而一旦發現苗頭，他就立刻微笑著用最溫和的眉眼來一邊斷絕她們的夢想一邊盡可能降低傷害，要這種把戲，他還是有一定能力的。

洛枳曾經對他說：「你太自以為是了，盛淮南。」

可是，他從來都沒有猜錯啊。

他似乎又看到她俯下身吻他，動作輕緩從容，卻好像隔著一層濃重的白霧，什麼都看不清。再也看不清。

再見，自以為是的皇帝陛下。

他早就該知道，從來就沒有人活該讓他俯視。

背後的門吱呀一響。盛淮南的心彷彿被看不見的手瞬間握緊，他猛地回過頭。

一個身穿紫色羽絨衣的微胖身影閃現在門邊，額前幾縷稀疏的瀏海，遮不住她驚呆了的神情。

是鄭文瑞。

盛淮南平靜下來，笑笑對她說：「是你啊。好久不見。」

的確好久不見。最後一次見到她，應該是將近兩個月前，北京最後的一場秋雨。

洛枳藏在粉紅色 Hello Kitty 雨衣下的身體微微顫抖，泛白的嘴唇動了動，對他說：「更重要的是，我爸爸再也不能替我買雨衣了。」

雨簾遮不住她的視線。

洛枳離開後，盛淮南站在雨中很久。他把傘壓低，安靜地聽著雨點打在傘面上的聲音。明明被試探的是她，結果反而像是自己的一切都攤開在了溼冷的空氣中，無法掩飾。

那一刻的心痛讓他忽然有種衝動，想要立刻打電話把她叫出來，他會問清楚的。他打開手機，卻看到兩則未讀訊息。就在這時候聽到了腳步聲。他在抬頭的時候看見了鄭文瑞，她不知道什麼時候出現在自己身後，打著紅色雨傘站在雨幕中，滿臉淚水。

「我傳簡訊給你，為什麼不回？」她的聲音有些淒厲。

他低頭看手機，原來那兩則訊息都是她發的，已經有十五分鐘了，他都沒打開看一眼。

「你在哪裡？沒有被雨困住吧？」

「你在哪裡，沒有被雨困住吧？」

# 第62章 你才喜歡鄭文瑞

盛淮南看到鄭文瑞出現在門口的一瞬間，腦海中冒出的卻是高中那幾個哥們兒在食堂嬉鬧時開的玩笑。

每次晚自習前大家約好了去占位打球，總有兩三個人要不窩在教室自習，要不就是和曖昧的女生閒聊，把打球的事情忘得一乾二淨。於是有天陳永樂在食堂用筷子敲著桌邊，大聲地拖著長音說：「都他媽的給我聽清楚了，今天晚上，跟一班打練習賽，運動場最裡面的那個籃球架，誰都不許遲到。我再說一遍，誰都不許遲到！誰不來，誰就喜歡鄭文瑞！」

原本嚴陣以待的男生們聽完最後一句話，全體笑噴趴倒在桌面上，弄翻了一盆紅燒茄子，惹得食堂人人側目而視。

第一個緩過氣來的男生掙扎著說：「陳永樂你滾蛋，你才喜歡鄭文瑞呢，你們全社區都喜歡鄭文瑞！」

盛淮南雖然知道這樣諷刺挖苦一個女孩子是不對的，但是仍然不免被這刻薄的玩笑逗樂了，只能克制著不要笑得太大聲，甚至都沒辦法對這個笑話產生一絲一毫的愧疚不安或者憤怒不平。

高一入學時誰都不曾注意過鄭文瑞。她成績中游，很少講話，衣著普通，相貌平平——甚至有點難看。盛淮南在幫老師發第一次期中考試的物理考卷時，面對這個陌生的名字愣了一下，轉頭去問坐在第一排的同學，人家為他指向窗邊的角落。他一走過去，正在座位上吃飯的女孩立刻把飯盒蓋扣上，慌張地抬起頭，卻不小心嗆到，摀著嘴咳了半天，然後跌跌撞撞地衝出教室往女廁所的方向去了。

他傻站了一會兒，然後在滿當當的桌子上找了一個乾淨的地方把她的三張考卷放下。鋁飯盒旁邊的白紙上，帶魚肉的刺被吐得亂糟糟一團。

等他發完考卷回到座位上，那個女生卻低著頭走到他面前，笑得很慌張，對他說：「對不起，剛才嗆到了。」

「你沒事就好，你也沒對不起我什麼……」

「那你，你找我……找我什麼事？」

「我……」盛淮南啞然失笑，說，「我發考卷而已。」

剛剛為他指方向的第一排的同學回過頭善意地嘲笑他說：「喂，你行不行啊？好歹是班長，剛開學時我們的檔案都是你幫老師整理的，到現在咱們班同學的名字還認不全。鄭文瑞，我允許你扁他！」

盛淮南不好意思地朝鄭文瑞笑笑，一邊感慨著，這個女孩子，怎麼會像透明人？

鄭文瑞不再維持她那燦爛而怪異的禮貌微笑，嘴角垮下來，什麼都沒說就轉身走了。盛淮南呆坐在座位上，前排的同學一個勁地賠不是，說自己只是開玩笑，沒想到這個女生真的生氣了。云云。

盛淮南放學的時候找到她，跟她道歉，然而她只是低著頭，倔強地抿著嘴巴。這樣出奇內向的人，你永遠分不清她是在生氣還是在羞澀，那張臉上沒有什麼生動的表情，只有一雙小眼睛，偶爾抬頭看他一眼，亮得嚇人。

他無奈，就差剖腹謝罪了，難道真要他血濺當場？盛淮南的姿態大多也是裝出來的而已，他有點不耐煩了，聳聳肩，拎起書包朝門口走去。

她平板的聲音裡貌似壓抑了許多他無法辨識的洶湧感情，淹沒在值日生挪動桌椅嬉笑打鬧造成的喧嘩聲中，聽不清楚。然而在她抬頭逼視他的一瞬間，那雙幾乎噴火的眼睛讓他無法確定，自己究竟是不是真的被原諒了。

「不怪你。……是我的錯。」

「多……多大點事啊，什麼錯不錯的，反正現在我認識你了嘛，鄭文瑞啊，你好，我叫盛淮南，請多關照——你看，這不就結了嗎，我估計我這輩子都忘不了你了。」

他無奈地苦笑著，摸摸後腦勺，然後胡亂地點了個頭，逃亡一般從後門溜出去了。

一向被大人稱讚穩重的盛淮南，竟然也有稀裡糊塗狼狽逃竄的時候。

如果說那時候這個女生的奇怪只是表現在抿著嘴巴內向倔強的注視上，後來她的變化則可以稱得上令人瞠目結舌。她的名字也是這樣慢慢走進了大家的視野，甚至成了陳永樂對於打球遲到和曠賽者最嚴厲的懲罰措施。

她會在那個喜歡東拉西扯的語文老師正講到興頭上的時候，大聲冒出一句：「能不能正經講課了？有完沒完？」

也會在大家都馬馬虎虎對付的課間操中，姿勢標準，一絲不苟，甚至用力得過分，以至於所有人都喜歡站在她後面做操，一邊觀摩一邊笑到肚子痛。

又比如，她的成績突飛猛進，中午吃飯的時候她也邊吃邊做練習冊，左手持勺右手持筆，抓緊時間到令人膽寒的地步。

嚴肅，古怪，刻薄。

最主要是醜。

男生喜歡在背後議論她，或者已經遠遠不僅「背後」了。前排幾個女生很喜歡跑到盛淮南他們這群男生座位附近閒聊，有一段時間大家雷打不動的話題就是鄭文瑞。每當陳永樂等人拿鄭文瑞尋開心的時候，幾個女孩子總會假裝很吃驚的樣子嬌嗔道：「哪有你說的那麼嚴重，什麼啊，淨胡扯，人家哪得罪你了？哎呀，哎呀，你好討厭啊……」然而語氣中滿溢著贊同，在陳永樂追加的「你說不是嗎？我哪說錯了，你看，她那個德行……」中，每個人都收穫了很多快樂。

無人背後不說人。有些人的存在好像僅僅是用來被娛樂的，單純地協助促進了同學關係的融洽進展。

在他們每天的談話笑鬧中，盛淮南只是偶爾捧場地笑笑，儘管很多時候覺得他們有些過分，他也只是不動聲色地把話題引到別的地方去，從來不曾指責過他們。他的善良讓他同情那個奇怪的女孩子；然而另一方面，他的聰明又讓他懂得，淩駕於眾人之上帶著至高道德感的指責並不能真的幫助這個女孩子擺脫這些嘲笑挖苦，只能讓自己陷入不利的境界，甚至還會帶來很多意想不到的麻煩。

說白了，盛淮南追求的是找到同時滿足善良的天性和圓滑的處世之道的方式。他幾次三番勉強地參與到他們無聊的談話中，為她引開話題，直到有一天自己都煩了，索性戴上耳機聽音樂，遮蔽所有的愧疚感。

偶爾他會側過頭去看看她，鄭文瑞坐在左前方窗邊，抿著嘴巴咬牙咬到臉頰上的腮骨像魚一樣微微鼓起。她彷彿擁有特異功能一般，常常能在第一時間立刻轉過頭對上他的目光，盛淮南無一例外地被嚇到。

那雙眼睛總是充滿說不清的憤怒火焰，沿著視線一路燒向他。

就這麼記仇嗎？他想不通，搖搖頭，把音樂的音量開大，低下頭去做題目。

高二的時候，她已經成了班級前五名的穩定成員，但仍然勤奮得嚇人，常被老師拿來當作進步典型教育全班。高三衝刺階段，她甚至被老師調到了盛淮南附近，用來鎮壓這幾個調皮的男孩。那時候已經沒有人敢明目張膽地議論她了——在他們這樣的重點高中，好成績意味著話語權，鄭文瑞漸漸不再是無名小卒。

然而，盛淮南記得最清楚的並非她坐火箭般竄升的成績。高三寒冷的初春，她穿著清涼的服裝做課間操震動全校。解散的時候，陳永樂他們笑嘻嘻地說她是振華高中版芙蓉姐姐。鄭文瑞以鬥牛的姿態從背後衝過來，飛身甩了他一個耳光。

所有人都驚呆了。

然而，她並沒有訓斥陳永樂什麼。

她轉過臉，腮幫上青筋抖動，幾乎是咬牙切齒地看著站在不遠處的盛淮南，他甚至清楚地在她的眼珠中看到了兩團跳躍著的藍色火焰。

盛淮南站在人群中，所以她的直視並不能被確認為是單獨投向他，彷彿是對所有人的沉默控訴。

她轉身大踏步走開，淺綠色的繫帶涼鞋在地磚上敲擊著，鏗鏘有力。

所有人都呆若木雞，只有盛淮南默默地笑了。

有意思。他想。

然而他從來沒有想到的是，大一下學期，春天剛剛染綠學校湖畔的垂柳梢，他意外地接到了鄭文瑞的電話，約見。

他到得早，正在湖邊徘徊發呆的時候，忽然聽見背後中氣十足的一句：「我喜歡你！」

那句「我喜歡你」，因為說話人太過緊張和直接，脫口而出的瞬間，語氣竟然很像「快點還錢」。

是的，他一直以來的想法是對的。這個沉默的女孩子，就是一座加了蓋子的火山。

盛淮南訝然，兩秒鐘後才找到自己的表情，調整到熟練的笑容，帶有幾分理解、幾分疏離，說：「對不起。」

女孩刻意畫過眼線的眼睛又亮了幾分，然後斂去了光芒，二話不說，乾脆地離開了。

盛淮南在湖邊發了一會兒呆。波光粼粼的湖面偶爾反射過來一兩道陽光，刺痛了他的眼睛。他不知怎麼就想起了那時班級裡不新鮮的空氣中攢動的後腦勺，老舊的黑板，禿著腦袋的班主任，前桌男生堆了半公尺高搖搖欲墜的考卷，和坐在一條窄窄的走道左邊的那個幾乎不講話的女孩子。

好像過往的年華在自己毫不留意的情況下就這麼溜走了。他周圍的許多人都喜歡回憶，喜歡在space（空間）或者blog（部落格）上寫些帶著小情調的追憶性的日誌，只有他一直都缺少回頭看的心意。

高中畢業後的那個暑假，他去葉展顏班級的同學聚會上接她。喝得醉醺醺的葉展顏靠在他肩膀上落淚，喃喃自語道：「舊時光再也不回來了。學生時代也不回來了。都不回來了。」

「淮南，你會回來嗎？」

他有點好笑地說：「為什麼要回來？人不是應該一直向前走的嗎？」

葉展顏苦笑，說：「你果然不會懂。因為你沒有遺憾，所以你從來不回頭。」

他笑笑，沒有再說話。

所有人都覺得，他過得完美無缺。旁觀者永遠保留著武斷的自信。

然而剛剛從湖畔回到宿舍，他就接到了陳永樂的電話。

八卦傳播的速度是極快的。那句中氣十足的「我喜歡你」驚嚇到了湖邊的一對「鴛鴦」，當時他們倆誰都沒有注意到，樹後長椅上坐著一男一女。男生也是振華高中的，更是陳永樂的初中同學。陳永樂挨鄭文瑞巴掌這件事成了他的大恥辱，挖苦鄭文瑞從此不再是消遣，而是關乎尊嚴的執念。

「哥們兒，我同情你啊，大眾情人的光環下的確有風險啊。」

盛淮南冷淡地笑笑，不置可否。

陳永樂在那邊絮絮叨叨地說，他在電話另一邊心不在焉地聽：「嗯嗯，沒，哪有，你淨胡扯，得了吧！別提這事了，你最近過得怎麼樣……」

「說真的，用不用我幫你問問她，我讓她把為什麼喜歡你一條條地列出來，然後發給你，你照著單子，一條條地改。」他在電話那邊樂不可支，盛淮南卻失神了很久。

女孩子們為什麼喜歡他，他是知道的。被喜歡，是對魅力的一種證明。然而，如果對方愛上的只是你那張鮮亮的皮呢？

他又想起洛枳，想起那天吃飯的時候聊到粉絲對明星的愛，他不屑地說：「其實和聊齋沒區別，不過是妖精的畫皮。」

洛枳搖搖頭，伸手捏住他手背上的皮膚，輕輕地向上扯了扯，說：「當然不一樣。我們的皮是剝不下來的，即使是虛偽的面具，戴久了，照樣血肉相連。」

他當時注視著對面的女孩，心口再次有溫水流過的感覺。

血肉相連。盛淮南抬起手，看著自己溫暖乾燥的掌心，掌紋的走向清楚乾淨，沒有多餘的支線，也沒有迷惑。透過五指的縫隙，他看到，靠著鐵門佇立在面前的鄭文瑞，額髮被寒風吹亂，終於遮住了她多年來從未熄滅過的眼睛。

## 第63章 我為什麼愛你

「我可以到天臺上吹吹風嗎？」鄭文瑞問。

盛淮南不知道怎麼回答好。對方仍然是執拗的眼神，刺目而強悍，態度生硬得並不像在禮貌地詢問。

請便，天臺不是我家開的。他心裡想著，臉上自然地露出溫和的笑容：「當然，你怎麼這麼客氣。」

鄭文瑞猛地上前一步，咄咄逼人地笑著問：「那你是不是馬上就要走？」

如果是高中時代，這句話會讓他以為這個女孩子討厭他至極，恨不得用赤裸裸的手段趕他走。後來對方討債一般的兇狠表白過後，聰明如他，瞬間觸類旁通地理解了鄭文瑞。

如洛枳所說，每個人都有一張自己畫的皮，那麼鄭文瑞這張皮，肯定是厲鬼，疾言厲色，掩飾的不過是內心的無措。「厭惡」這個詞，有時候只是為「不被愛」打掩護。既然被拒絕會帶來顯而易見的落魄和尷尬，不如一開始就畫出一張鐵骨錚錚、眉毛倒豎的臉來怒視對方。

盛淮南自知這種居高臨下的分析終歸也是仗著對方傾心於自己，更是仗著他並不在乎對方。他的同情和理解，在某些人眼裡好過踐踏和漠視，而在某些人眼裡卻虛偽至極，是比辱罵還要嚴重的欺侮與蔑視。

剛剛的溫和笑容被他一點點收回，盛淮南嘆口氣，淡淡地說：「這不是我家天臺，所以你愛來就來。這也不是你家天臺，所以我想走就走。」

鄭文瑞愣住了，終於低下了她高貴的額頭，喃喃道：「我，我不是趕你走。」

盛淮南感覺到氣氛開始朝著古怪的曖昧轉變。如果是平常，他一定會第一時間閃到門邊，禮貌地告訴她冬天風大小心著涼，然後解釋一句自己吹風吹得頭痛，必須趕緊回宿舍睡一覺，最後理由充足、彬彬有禮、不傷和氣地——逃跑。但說不上是什麼原因，他這次沒有打圓場，轉身回到欄杆邊繼續看風景，只是再怎麼做出無物無我的樣子，也只是表皮。背後照射過來的灼熱視線並不是錯覺，記憶中他一次次在這樣的目光下哭笑不得，不需要回頭也知道，鄭文瑞正站在背後一動不動地緊盯著他，用盯著殺父仇人的方式。

口袋裡的手機振動起來，依舊是葉展顏的電話。剛剛在圖書館，洛枳進門的時候平鋪直敘地說了一句「你有未接來電」，臉上連一絲裂縫都沒有。曾經在遊樂場的時候，她看到葉展顏的簡訊，表情中有一道尷尬不自然的裂縫，不知道什麼時候，竟已經彌合得完美無瑕。

「喂？」

「淮南，明天有考試吧？」

「嗯。」

「好好加油。打電話就是想告訴你，我爸爸給了我兩張票，保利劇院上演《人民公敵》，聽說很不錯，剛好是你們放假當天晚上七點的場次。不許偷懶，考好了我們一起去看！」

葉展顏的聲音好像一大串口服液的小瓶子在一起乒乒乓乓地撞，清脆明亮，傳到他耳朵裡的時候，卻亂成了一大片。

「淮南？」

做朋友。

他最後說「再見」，她哭著說：「做朋友吧。」

做朋友是起點不是終點。只做朋友怎麼可能滿足。

「再說吧。我有點事，先掛了。保重身體。」

明天有考試，盛淮南終究還是想到了這一點。他應該放下所有的胡思亂想，回圖書館，學習。

即使高三那年葉展顏問他如果自己在高考那天被人綁架，他會不會放下考試奔去救她；即使這個問題並不比「我和你媽同時落水你先救誰」高明多少；即使他信誓旦旦地說高考可以重來，世界上沒有第二個葉展顏；即使那時候他說的是真心話；即使那時深愛，面對危急存亡的選擇，他自然會放下一年一次趕廟會一般的高考——可是葉展顏並不知道，如果沒有人命關天，只是她在高考當天要求和他分手，或者讓他在愛情和高考中做一個選擇——也許他放下她的速度，比計算一百以內的加減乘除還快。

為愛瘋狂這種事，盛淮南這輩子也許都不會理解。

被洛枳擾亂的心緒在葉展顏的電話響起的一瞬間恢復了正常。他拎起地上的書包，大步朝出口走過去。

「要走了嗎？」鄭文瑞沒有擋住他的路，也沒有凶巴巴的，這次倒是很平靜。

「嗯，去自習。」

「我剛剛一直在數數，看你的禮貌能堅持多久。結果是，207秒，四分鐘不到。其實，你真的不必特意裝作不討厭我的樣子。真的。」

「我沒有。」盛淮南懶得解釋。

「你表面上不討厭我，實際上很討厭。我表面上討厭你，其實一點都不。你受的是短暫的小委屈，我受的是長久的大委屈。」

一股無名火席捲全身，盛淮南從圖書館走出來的那一刻開始就努力克制著的情緒，此時終於崩盤，他皺起眉頭，明明白白地盯著她，說：「沒人能給你委屈受，除非你自找。」

鄭文瑞沒有針鋒相對，反倒迴避了目光。

「對，我自找。我不光自找，自虐，而且還總是讓你知道我不好受，讓你愧疚，我這個人很可惡吧，奇奇怪怪的，還一副陰魂不散不知好歹的樣子，對不對？」

「對。」

冷冰冰地扔出這個字，之後，他還是有些不忍心，頓了頓，又和緩地補上幾句說：「你是奇怪了點，不過……不過也沒有你自己想像得那麼不堪。而我，我也沒有你想像得那麼好，彼此彼此。」

「不是的，」鄭文瑞笑得很蒼白，「你一直以為我跟她們一樣，都是把你當成完美無缺的雕像來膜拜的吧？她們一個個都是有條件、有資本的女孩子，她們愛你是因為她們愛做夢，也有資本做夢，所以把你想像得太好了。我沒有資本做夢，所以從來都是像個小偷一樣在背後觀察、等待，你們每一個人，每一個，我都看得清清楚楚，包括我自己。」

她一直笑，一直笑，笑到彎下腰，笑到蹲下來抱住膝蓋，笑到哭。

盛淮南覺得自己又回到了高中體育場的看臺上，彷彿那個六班痛哭流涕的男生重新站在了他面前，讓他尷尬又好笑，卻不敢真的笑出來，暴露了自己的殘忍。

「她們愛你，有的把你當成自己的成就來愛，有的把你當成自己的榮耀來愛，有的把你當成理想和執念來愛。我愛你什麼？我愛你的冷淡、你的自私，你眼中只有有利的事情，你瞧不起周圍庸庸碌碌的傢伙，你聰明，你自負，你清醒——但我最喜歡的是，每次你假裝溫和禮貌、平易近人的樣子，每次你披上那張皮走出宿舍走進人群，我在背後看著，看到千瘡百孔，我還是喜歡。」

一陣風吹起盛淮南的衣角，鐵質拉鍊打到臉上，冰涼涼地疼。鄭文瑞的話犀利無情，又有些酸酸的肉麻，甚至偏頗，然而仍然字字句句戳進他心裡。

「我怎麼才能不喜歡你？看到再多你的醜惡面，我還是喜歡，怎麼辦？」

他抓著門把，輕輕地握了兩下。

「我喜歡你自己知道別人也知道的優點，也喜歡你自己知道但是別人不知道的缺點，甚至，包括所有你自己都不知道或者你根本就不願意承認的那部分。我該怎麼辦？」

她突然摘下書包，單手抓著，另一隻手伸進去掏了半天，拎出來一張薄薄的紙，表面似乎浸過髒水，有種皺巴巴的脆弱。

「我高一的時候寫過匿名信給你。你知道那是我嗎？我把它夾在你的練習冊裡，第二天做值日生的時候就看到它在你的座位下面，被踩得全是溼淋淋的腳印。你就是這樣對別人的。如果不是匿名信，你為了維護自己的形象，至少也會妥善保存，對不對？」

盛淮南看她的眼神漸漸迷茫得像在看古詩詞填空題。

「後來我才發現，你根本不認識我，發考卷都找不到我的座位。開學那麼久了，你還不認識我。你踩了我的信，我卻一直把它帶在身邊，不管換什麼書包，都會把它放在裡面。我有時都會產生幻覺，是不是再拿出來的時候，它就會變成兩封，書包裡會不會長出回信……」

也許只是翻練習冊的時候不小心抖落的吧。他覺得無奈，想安慰安慰她，卻無從開口。

「你別這樣，」他嘆氣，乾巴巴地說，「你讓我覺得自己把你給毀了。」

鄭文瑞聲聲泣血，卻在這時候抬頭，笑得意氣風發。

「可惜，你永遠不知道我毀了你什麼。」她說。

神經病。盛淮南耐心盡失。

他大力拉開鐵門，回頭看了她一眼，什麼也沒說，只是輕蔑地笑了一下。

# 第64章 她與地壇

洛枳只需要一步，就退回了屬於自己的殼。

她連一教都不再去，窗外天寒地凍，不如省去那些路程，待在有暖氣的宿舍裡，只在洗澡和吃飯的時候才出門。江百麗則有幾天連床都懶得下，除了洗澡和上廁所，午飯、晚飯都是洛枳帶回來，而早飯就直接睡過去省略掉。

不知為什麼，有那麼兩三天的時間，百麗一直不開機。宿舍電話因此響得很頻繁，洛枳去接，電話那頭永遠是戈壁，但她通通按照百麗的吩咐回答說：「對不起，百麗不在。」

「好手段啊，終於反客為主了。」洛枳又一次放下聽筒，一邊按著計算機一邊笑。

百麗在床上翻了個身，書頁唰唰地響，「其實……我也不知道我這樣子，到底想做什麼。」

洛枳的食指在乘號上方懸空了一陣子，鈍鈍地落下。

她想起馬原考試前的那天晚上，自己拎著水壺沿小路往宿舍樓走，突然在樹下聽到江百麗的聲音。

「真的不用謝。」

於是洛枳很沒有道德地繞了個大圈潛入樹下長椅的後方，不遠不近地看著長椅上兩個人的背影。

「書給你了，我要回去了。」

「百麗……對不起。」

「什麼對得起對不起的，明天好好考試，雖然你高中政治總是考得特別好，不過，還是大致看看複習範圍吧。」

「你總是……對我這麼好。」

洛枳輕輕地嘆氣，對話開始朝著苦情的方向發展了。

「因為我愛你啊。」

江百麗輕鬆坦然的一句話，彷彿在說「因為咱們是好哥們兒啊」。

「所以，你用不著對得起我，我愛你，自然就會對你好，你也不必因為受了我的恩惠就這麼愧對我，說白了都是我樂意。就像你愛陳墨涵，可以等她這麼多年，也沒埋怨過什麼，道理是一樣的。等我什麼時候不愛了，也就結束了，你不必操心的。」

洛枳心中聳然一動，幾乎為這段話擊節叫好。轉念想到自己，竟覺得深深地敗給了百麗。她當年那些不為人知的深情和翹首期盼的等待，通通都是自己樂意，現在竟然心態失衡，想要從盛淮南身上討個公道——他固然在倚仗著這份感情而輕視她，但把她送過去讓人奚落的，還不都是自己。

願賭服輸。

因為圖書館的道別而鬱結的心思就這樣被江百麗悄然化解。

當初她問許日清，這口氣是不是就是嚥不下去？

旁觀的時候，每個人都是智者。洛枳閉上眼睛，輕輕撫著自己的心口，嘆了口氣。

要甘心，談何容易。

但時間會讓她認命，這未嘗不是一種拯救。

「其實……我覺得墨涵變了。」戈壁的聲音有些含糊和沒底氣，洛枳拿腳尖輕輕地踢了地上凸起的樹根一腳。

「她一點都沒變，她高中就是那樣，」百麗坦然地說，「只不過現在她搭理你了，就是這樣。」

百麗站起來，在路燈下，洛枳看得出，即使對方現在的口氣再輕鬆坦然，本質上仍然還是全副武裝、嚴陣以待的——和每天穿得馬馬虎虎的樣子相比，此刻的江百麗應該是為了見戈壁刻意修飾了一番，還化了妝。

「我走了，以後有麻煩事，我能幫得上你的話一定盡量幫忙。畢竟墨涵學校離咱們太遠了。」

洛枳忍不住輕笑，江百麗的溫柔刀，刀刀見血。

她拎著水壺經過獨自一人坐在長椅上發呆的戈壁，偷看了一眼，卻發現，那張英俊的臉上，的的確確寫著迷茫。

後來她才知道，因為實在借不到書，百麗把自己的馬原教材一頁頁地重新複印了一本，甚至在上面做了很多筆記，為他畫了重點，還附贈了一疊BBS上下載的提綱。

洛枳想著，重新轉頭去看伏在床上蓬頭垢面的江百麗，不禁懷疑，這個女人究竟是段數越來越高，還是打著報復的旗號難以自拔？

「那個……中心極限定理的證明到底考不考？」百麗被洛枳盯得有點心虛，急忙岔開話題。

「考。」洛枳點頭，床上頓時翻來覆去一陣哀號。

期末考試終於結束的那天，江百麗成功地敲詐到了洛枳的一頓晚飯。

最後一門是統計學考試，洛枳曾經矜持委婉地表示自己統計學還算值得信賴，江百麗也憑藉自己雙眼5.3的無敵視力從階梯教室的後排把洛枳的考卷富有創意並極具隱蔽性地複製了一番。為了製造出自己的確是原創的假像，她把答題紙寫得滿滿的，很多一點意義都沒有的計算步驟也擴展得不亦樂乎。

直到洛枳發現有一道大計算題自己好像做錯了。

在她豪邁地從左端起向右下斜劈一筆的瞬間，聽到背後不明物體「匡噹」撞到桌子上的巨響。

考試結束後，江百麗捣著腦袋說：「撞傻了，你得賠。」洛枳點點頭：「好吧，算是我的錯，不應該為你的智商雪上加霜。晚上一起去吃飯吧。」

江百麗先是雀躍地點頭，然後就開始支支吾吾。

「怎麼，沒空？」

「也不是……」她拉上書包拉鍊，甩到背後背好，「就是今天不是最後一天考試嘛，然後說好了要慶祝的。」

洛枳無法接受這句連主語都沒有的含糊答覆：「說好了？和誰說好了？」

「一群……高中同學。約好五點半在西門，還有半小時，我先走了，回去放書包。那個，那個，明天晚上，明天晚上一起吃飯，說好了哦！」

她說完就撒腿跑遠，留下洛枳一個人呆站在人來人往的教學樓門口。

一群高中同學。

她嘆口氣，心中了然，無奈地踢著腳下被殘雪半掩的小石子。

口袋裡的手機嗡嗡地振動起來，發話人那一欄顯示的竟是許日清。

「你們考完了吧？明天地壇公園有舊書市集，要不要一起去看看？」

洛枳有點意外，「好啊，幾點？」

「路線我查好了，明天早上十點，我到你們宿舍門口找你，如何？」

「沒問題。」

她按下手機的 hold 鍵時，左肩膀被人撞了一下，一個急匆匆衝出來的男生，一邊跑一邊回頭不好意思地朝她笑，右手半舉在眼前致歉，一溜煙不見了蹤影。

那個傻呵呵的笑容，像極了一個人的側臉。就在昨晚，三食堂，她遇到了張明瑞。圖書館一別之後已經一個多星期沒有見面，他們聊起天來依舊是嘻嘻哈哈的，從雪災凍雨到期末考試，一起聲討變態的試題，諷刺食堂越來越不靠譜的菜式搭配……

洛枳幾乎記不清他們說過什麼，愉快輕鬆的對話中，兩個人都很聰明地繞過了一切敏感尷尬的話題。她發現，張明瑞其實是個很善於跟別人合拍的人。

現在發現會不會太遲鈍？

走出食堂的時候，洛枳為江百麗打包了一份魚香茄子蓋飯，搖搖頭說：「她天天吃這個，我都膩了。」

張明瑞笑笑說：「什麼時候你徹底對麵包餅和三食堂膩了，不想來了，千萬記得告訴我。」

「啊？」洛枳抬起頭，「為什麼要特意告訴你？而且這句話，我印象中你好像和我說過好多遍。」

「不為什麼。」張明瑞擺擺手，拎起書包朝圖書館的方向去了。

洛枳一邊回憶著一邊擺弄手機。許日清只約過自己兩次，她希望不會兩次都是為了男生——那麼，她們兩個都會變得很可憐。

晚上十點半的時候，洛枳正坐在桌前從袋子裡拎出面膜細細展開，還沒開始往臉上貼，門忽然被推開。她嚇了一跳，雙手停在半空中，精華液順著腕部緩緩地流向手肘。

江百麗眼睛通紅，然而臉上的神色是悲喜交加的，並不是全然的憤怒或者悲傷。洛枳張口結舌，不知該不該問她一句「你怎麼了」。

然而對方只是扔下大衣、踢掉鞋子，照例爬到上鋪，將頭深深埋進被子裡，嗚咽著說：「洛枳，幫我看著，我只哭十分鐘。」

這一幕好像已經很久沒有上演了，洛枳嘆氣說好，然後轉身隨手從 iTunes 播放清單選了一首曲子。

蘇格蘭風笛高遠空靈的旋律流瀉一室。洛枳恍然。她曾經用這張 CD 遮蔽了葉展顏最快樂的那節課上鋪天蓋地的竊竊私語，現在又用這寬容的聲音來覆蓋江百麗隱忍的低泣。

第二天，她九點五十分出門，百麗仍在上鋪睡得酣。在門口見到同樣很早到達的許日清時，洛枳覺得眼前一下子亮了起來。她認識的女孩子中，只有許日清可以把紅色穿得這樣明豔、這樣充滿生機。

平心而論，洛枳真的非常喜歡許日清，她向來對漂亮的女孩子抱有好感，何況許日清遠不僅是漂亮而已。

對方見面就自然親密地挽住了自己的胳膊，這讓幾乎從未跟女生把手或者勾著胳膊並肩走的洛枳有一瞬間的僵硬，然後慢慢放鬆下來，愜意地享受著對方帶來的溫暖。

在北京上學快兩年了，洛枳卻並沒有對這個繁華現代而又古舊破落的城市生出太多遊玩的興趣。也許是因為地壇舊書市集的邀約，昨夜她做夢的時候竟然回到了高一的語文課堂上。一臉青春痘的實習老師正在做最後的匯報課，主講史鐵生的《我與地壇》節選。

實習老師聲情並茂地朗讀課文，然後用乏善可陳的口才拚命啟發大家講講自己的母親。洛枳的夢一向瑰麗離奇，然而這一次畫面淡如水墨畫，宛如一瓢水把記憶沖淡，只是樸素地重新勾勒一遍而已。

夢裡，葉展顏正在發言，說著她早逝的媽媽。媽媽因為醫療事故離她而去，臨終前叮囑她要聽父親的話——美麗的少女哭得像要融化掉，也把周圍的女孩子感染得淚流成河。

煽情的選秀節目裡常有選手伴著背景音樂在主持人的誘導下講起自己的父母，一邊說感謝，一邊抿著嘴巴流眼淚。觀眾也許會被感染得涕淚漣漣，也許會因為心情不好而翻臉說好假好做作。洛枳心知，大多數人當眾提到父母時，都會控制不住淚腺上的水閘，哪怕平時與媽媽冷臉相對、話不投機，說起「母愛」兩字，照樣如洩洪般勢不可當。

她理解，卻不懂為什麼。

《我與地壇》，洛枳清晰地記得這篇文章，課本上節選了第二章，她讀後也心生感慨，為此特意買了很多史鐵生的文集來看。原本以為這個講述母親的散文與課堂上飆高的空氣溼度相互作用，也會讓自己聯想到艱辛的母親和艱辛的年代，然後跟著一起流下鹹澀的淚水。然而奇怪的是，她的眼睛自始至終都是乾澀的。小時候的模糊影像漸漸清晰，母親的剪影彷彿靜音的紀錄片，被殘酷的生活剪輯得毫無感情色彩。

洛枳的媽媽打過她，塑造過她，也讓她看清了愛的背後有多少無奈和心酸。沒有母親是完美的，她們也曾是少女，也曾迷茫困惑被誘惑，不會因為晉升為母親就忽然變得正確無比。

她和她一起在生活中成長，一起度過那些寒冷的時光。

洛枳趴在課桌上聽著大家此起彼落的哭聲，獨自想像著史鐵生日復一日坐在輪椅上逃避人世，看著眼前的一片衰敗，尋找生的意義——那究竟是怎樣的一種感覺？

這感覺自然不會被包括她在內的大好年華的孩子們懂得。她們完整，健康，做著夢，被生活的河流帶往未來——她們如何能夠懂得？

整篇文章裡，能被這些少女拿出來作為共鳴的，也只有母愛這一點了。

在她淡漠地環顧四周，把每一個哭泣的女孩子都審視一番之後，忽然感覺到葉展顏平靜的注視。那雙美麗的眼睛裡除了平靜還是平靜，彷彿臉頰上還未擦乾的幾滴淚水都是不小心灑出來的珍視明眼藥水。

她當時挑了挑眉，目光裡應該是有些許詢問的意思在，甚至因為自己的漠然被對方發覺而有一點心虛。然而葉展顏並沒有回應，毫無痕跡地轉過頭去注視著在講臺前用感情飽滿的語調不斷煽動大家情緒的實習老師，表情瞬間鬆動，眼裡好像又泛起了淚光。

再次夢到這個場景，洛枳才意識到，她自以為平靜的生活周圍一直有著深深淺淺的暗影，它們也許連綴成了某種圖畫，暗示著某種內容，可是她太專注於自己的世界了，竟然什麼都沒有發現。

或許她早就落入了她們為她設置的因果。

## 第65章 明天又是嶄新的一天

地鐵車廂空蕩蕩的，她們找到靠門的地方並排坐下，剛才一路上斷斷續續的談話一不小心就找不回來了，搭在一起的手臂也因為剛剛一前一後上車而鬆開了。病態蒼白的節能燈燈光照在她們臉上，在封閉的車廂裡，光線給人一種時間就此打住的錯覺。

洛枳從來都不排斥沉默，更不會將它臆想為尷尬、冷漠或者對抗的表現形式。只是顯然許日清並不擅長在沉默中相處，洛枳從對面的玻璃上可以看到她有些局促，不停撥弄眼前漆黑如墨的齊瀏海，像碎碎的串珠門簾一般，撥開，合上，再撥開，再合上……

「今天人好少呢。」許日清終於開口。

「是啊，」洛枳點點頭。她也想找點什麼話題，至少緩和一下身旁女孩子的緊張，但是搜腸刮肚，無功而返，「人……好少呢。」

說完，她不覺有些愧疚。

列車再次啟動，通道兩側鼓動的風聲湧入她們之間，彼此再也無話。

地壇公園有些讓洛枳失望，熙熙攘攘的人潮上空，行道樹間扯起了粉紅嫩綠的大條幅。小攤主們一臉漠然地坐在小凳上，婦女們一邊販賣烤魷魚、烤燒餅和涼茶，一邊回身去咒罵自家滿地撒野跑得正歡的泥猴兒，頭上裹著的花花綠綠的三角巾和大條幅相映成趣……洛枳一腳踏過地上的黃色塑膠袋，這場面讓她臉頰抽筋。

她也算慕名而來，可是，沒有趕上史鐵生所描繪的黯然頹敗。圍牆上沒有殘雪，天空中沒有殘陽，一片和諧大好，實在不適合感懷。

她沒有趕上好時候。無論什麼事，她永遠都慢一拍，永遠錯過最好的時光。

至少史鐵生趕上了吧，她想，那樣的時光給了那樣的人就夠了吧。反正她既不需要，也不會懂。

洛枳越發堅信，今後和不熟的人見面，一定一定要選在熱鬧的地點，讓周遭的熱氣掩蓋自己的冷清，於人於己都有好處。她倆在人海中擠來擠去，為了防止走散，不停地彼此呼喚要跟緊對方，時不時地詢問一下互相都對什麼樣的書感興趣……許日清很自然地拉住了洛枳的手，兩個人都沒有戴手套，她的手也不比洛枳溫暖到哪去。

「我總是忘記戴手套。你也是吧？」她回頭朝洛枳笑，洛枳剛想回答，卻看到許日清收斂笑容，低下頭轉過去了。

洛枳不明就裡，逆著人潮跟隨她跌跌撞撞地擠了好久，才想起那天書報攤前，張明瑞和她們倆關於手套的烏龍對話。

即使張明瑞很自然地化解了那一瞬間的尷尬，然而哪個女孩子不是心細如髮？許日清怎麼會不懂。兩隻冰涼的手緊緊握在一起，握到山無稜天地合，恐怕也暖和不起來。

許日清買了一堆法學專業的課外讀物，裝了一書包，手中還多了一個沉重的塑膠袋。洛枳轉了半天，卻只買了一本《毛主席語錄》。

「買這個做什麼？」許日清把塑膠袋往地上一放，揉了揉被勒出紅印子的右手，湊過來看了一眼。

「我也不知道為什麼會買，」洛枳輕輕翻了翻，生怕用力過猛將這本泛黃的舊書扯裂，「可能因為它夠舊吧。我很少買舊書。」

的確是一本夠古老的書，最外層的封面已經磨沒了，只剩下內頁的標題。每一頁都有主人的筆跡，紅鉛筆或藍鉛筆，認真得彷彿小學生一般，某一頁上好多個「林彪」都用黑筆重重地打了叉。

「我覺得這種書有魔力，說不定哪天晚上，前任主人的魂魄就入夢來跟我話家常呢。」

「哈哈，」許日清大笑時很動人，「滿腦子什麼亂七八糟的想法啊。我以為你會買很多書呢，聽說你很喜歡看書。」

「嗯，」洛枳點點頭，「不過，我還是喜歡買新書。」

她想起盛淮南用他的半吊子心理學知識分析她的處女情結。

洛枳努力驅趕這些陰魂不散的念頭，低頭看了看許日清龐大的書包和塑膠袋，貢獻出自己的書包：「來，把你的書分到這裡一半，我幫你拿著吧。」

許日清不好意思地笑笑說：「好啊。」

終於從公園走出來，已經是下午三點半。她們中午什麼都沒吃，把邊邊角角轉了一遍，最後拎著沉重的袋子茫然地站在大街上。

「餓了。」洛枳摸摸肚子。

「回學校吃，還是在附近找找看？」許日清正說著，忽然驚喜地拍了一下手，「對了，我突然想起來，這附近應該有三元梅園的店吧？我想吃杏仁豆腐。」

洛枳茫然地點點頭，說：「好，你指路。」

天色漸晚，頭頂天幕一片藍紫色。蕭條的北京冬天總是讓洛枳想起小時候跟著媽媽為生計奔波東跑西顛的那幾年，每當太陽完全落下去的時候，她就會感覺到心底一陣涼，一種想哭卻又並非出於悲傷的感情充滿了整個身體，直到夜幕徹底降臨才會消失。即使那時她還年幼，即使直到今天她仍然無法理解這種對於黃昏的嚮往與恐懼，這種感覺也仍然在每個黃昏擊中她，從未失約。

「怎麼了？」許日清站住，看著有些魂不守舍的洛枳。

「沒怎麼。」洛枳咧了咧嘴，跟上她繼續向前走。

許日清的方向感差得驚天地泣鬼神。她們像拖著水泥袋子的民工一樣氣喘吁吁地徒勞轉圈，終於在繁華的交叉路口看到了紅黃相間的牌匾。

「看到了，那個紅黃相間的，是吧？」許日清興奮地指著前方。

「麥當勞嗎？」

許日清用空閒的右手臂狠狠地勒住洛枳的脖子：「我告訴你，中國的民族產業就是被你們這群人逼上絕路的！」

洛枳肅然，點頭點得像廣場上覓食中的鴿子。

許日清吃了小半碗就放下了。

「吃飽了？」洛枳抬起頭問。

「沒有想像中好吃。不吃了。」她微微噘著嘴，像偶像劇中驕傲美麗的大小姐。洛枳眯起眼睛看她，竟然覺得怎麼都看不夠，每個角度都很好看——並不是美得驚天動地，但就是很好看。

於是她也點點頭：「其實地壇也沒有我想像中那麼……」她想了半天，也沒找到一個合適的詞來形容。

「沒有那麼好。」最終不得已，用了樸素而萬能的「好」字。

許日清詫異：「那你以為地壇應該是什麼樣的？」

洛枳不知道應該怎麼說，低頭沉默地笑了笑。

「你怎麼是這樣的人？」

洛枳聞言有些糊塗地微張著嘴看著眼前的女孩，對方托腮望著她，和自己一樣一臉的探詢與不解。

「我是……怎樣的人？」

許日清搖頭：「你跟我們第一次見面的時候相比，太不一樣了。」

「我們第一次見面的時候……」那次受張明瑞的囑託，她扮演了一次惡女人和知心姐姐的合體，然而無論怎樣努力回想，記憶都有些模糊，兩個人究竟說了些什麼？

富含目的性的見面讓她的行為舉止有些變形，究竟留給許日清怎樣的印象，她自己也完全沒有把握。

「其實那天和張明瑞一起自習的時候，我就覺得你和我印象中不一樣。今天再看到，發現更不一樣了。」

洛枳用食指抹了抹額頭，發現果然是一手的油光。她不知道應該說些什麼來回應許日清，場面因此再次冷清下來。其實她心裡有些難過，明知對方正在努力地說些坦誠的話，她也不是不想迎合，只是不知道該怎麼承接。這一路上，她們時不時也笑著開玩笑，說到某本書的時候也會激動地討論一番，然而話題就像一串斷了線的珠子，在沉默的荒野四處跳躍，偶爾撿到一顆，光澤耀眼，卻是孤零零的。

她們缺少相處的感情，興趣有交集，中間卻橫亙著彼此都努力裝作看不見的兩個男孩，那時不時的冷場和沉默，並不是毫無緣由的。但許日清還是付出了努力，想要找到一根線將彼此串聯起來。

洛枳真心喜歡這個明朗的女孩，那樣澄澈的一顆心，想哭就哭，想笑就笑，愛就愛，不愛就不愛，即使回頭，也從不忸怩。

多好。可惜誰都不懂得珍惜她，自己更是沒資格替她惋惜。

「有個東西，請你幫我轉交給張明瑞。」許日清從書包中將所有的書一股腦掏出來疊在桌子上，最後從書包底部拉出一個NIKE的袋子。

「當年我鑽牛角尖的時候被他痛罵一頓，他被我的冥頑不靈氣得甩手就走，可是走之前怕我著涼，還是把自己的衣服披到我身上了。後來我跟他關係緩和，重新成了好朋友，一直想要把衣服還給他，又害怕衣服讓他想起大家鬧翻的那段很尷尬的日子，所以就這樣拖著，直到現在，還是沒有還。」

洛枳接過袋子，伴隨著嘩啦啦的響聲說：「我知道了。」

許日清笑起來：「跟你在一起真是輕鬆，你很討厭說廢話，對吧？我記得第一次在咖啡廳見你，你還是挺能說的，頭頭是道，條理分明，但是後來再見到，話就少了那麼多。」

洛枳笑：「其實我的確不大喜歡說話。第一次見你的時候可能正好趕上我情緒不大穩定，話多。」

許日清托著腮看向藍黑墨水一般的夜色，輕輕地說：「我情緒一直不大穩定。」

「自己覺得痛快就好。」

「但是我也並不痛快。」

「很少有人活得痛快，你並沒吃多少虧。」

許日清聞聲笑得很明媚，洛枳由衷地讚嘆，這樣的笑容，誰看了不痛快？

「你看，又來了，其實你挺牙尖嘴利的。」

「我就當你其實是想說伶牙俐齒。」洛枳無奈地笑笑。

許日清嘴角上揚，狡黠地揚揚眉，左手一直在用小勺蹂躪著碗中已經碎成渣的杏仁豆腐，沉默了一會兒，又說：「張明瑞是個很好的男孩。」

洛枳點點頭。

「我想我沒有辜負當初他的教導。盛淮南拒絕我的時候，我一直挺難以自拔的。但是期末考試的時候張明瑞也拒絕我了，我吸取教訓，這次抽身得挺乾脆的。」

清清爽爽的陳述句，洛枳心中讚賞。

華燈初上，許日清彷彿化身文藝片中的孤寂獨白，絲毫不需要洛枳的回饋，只顧著自己絮絮地說。

「我也不確定你是不是已經知道我跟張明瑞鬧翻的事情了。你什麼都不問，好像什麼都知道了似的，讓我看了就心虛。不過，其實是我自己什麼都張揚，所以總覺得別人都知道我的那點醜事。」

洛枳低頭笑。這算什麼醜事。能在陽光下晒乾不怕人知的傷心事，再苦也乾淨透亮。要知道，這世上有多少人的難過是不可說的？

「呵呵，反正這一年連撞兩次南牆，事不過三，再撞南牆我『許』字倒著寫！」

霸氣的宣言之後，許日清的聲音還是軟了下來：「我一直都覺得我挺好的啊，所有人都覺得我不錯，為什麼我喜歡了兩個人，每個都錯得不能再錯了？你知道嗎，當初我喜歡盛淮南，跟張明瑞賭氣，我告訴他，我愛撞南牆，跟他一毛錢關係都沒有，讓他趕緊離我遠一點。當時他也不低頭，還說，當然跟他沒關係，撞傻了自己兜著去！結果，沒想到是真的，的確是我自己兜著。張明瑞竟然這麼快就喜歡上了別人。」

「我那時候就想，故事裡那些一直一直等著女主角痴情不變的男配角，全是騙人的，就是在騙我這種吃著碗裡望著鍋裡的白痴。勇敢地奔著鍋去吧，即使失敗了，至少手裡還有一碗粥可以果腹。」

「其實都是我自己太能作。」

許日清的眼底亮晶晶的，迎著窗外橙色的路燈和牌匾上的霓虹，流光溢彩。

洛枳沉默著伸出手，覆蓋上她冰涼的手背。

「張明瑞喜歡你，洛枳。」她說。

洛枳平靜地看著她，沒有點頭沒有搖頭，沒有驚訝也沒有了然，古井無波。她們對視了很久，許日清先轉過了頭。之後再也沒話說，枯坐了一會兒，洛枳說：「我吃完了，走吧。」

當地鐵車廂蒼白的燈光在頭頂搖晃時，身邊的許日清累得歪倒睡去了，沉沉地靠在洛枳肩頭，沉靜的粉紅臉頰那樣美好，美好得不應該嘆息。

在許日清的宿舍門口，洛枳將塑膠袋中自己的那本《毛主席語錄》取出來，把整個袋子遞給許日清，說：「那就再見了。」

「嗯。」

洛枳離開的時候，聽到許日清在背後清晰地問道：「洛枳，你說，我和你會成為好朋友嗎？」

她想了一會兒，問：「你有很多朋友嗎？」

許日清肯定地點點頭，做出了一個和她的開朗笑容很匹配的肯定回答：「當然。」

所以不差我這一個。洛枳放心地點點頭說：「我想我們很難成為朋友。儘管我非常非常喜歡你，我說真的。」

她想，她終於對許日清說了一句很坦誠的話。

許日清愣了一下，她沒想到對方並沒有和大多數人一樣熱情地回應著說：「當然啦，咱們現在不就已經是朋友了嗎？」——她有些不甘心，但同時又因為這句實話而感到欣慰。

「你喜歡我就好。至少還有人喜歡我，」她還是笑到最大幅度，「說真的，洛枳，我最近才明白，如果我能對愛我的人好一點，離討厭我的人遠一點，永遠不去試圖討好和解釋，我是不是會得到更多呢？」

她擺擺手進門離開，口袋太重，讓她的背影看起來有些笨拙。

洛枳獨自走在小路上，準備回宿舍，手機振動起來，是許日清的簡訊。

「別像我一樣，回頭太晚。要麼及早，要麼永不。」

洛枳不知道應該回覆什麼。她也許是在告誡自己，關於張明瑞的事情，不要重蹈她的覆轍。洛枳覺得有些感動：「好好休息吧，傻丫頭，明天的事情，明天再說。」

許久之後許日清才回覆：「你說得對，明天又是嶄新的一天。也請你不要為我擔心。」

最後一個小分句帶有一點點自作多情，然而無疑是自信而可愛的。洛枳難以不喜歡這樣的許日清。

但也必須承認，她絲毫不曾擔心過對方。

一個擁有那麼耀眼笑容的女孩子，跌倒了，哭一哭、鬧一鬧，還有很多人哄她愛她。

她還有很多明天。

洛枳抬頭，晚上的天空有些陰沉，暗紅色，低垂著，像是不斷迫近的末日，壓抑著說不清道不明的疼。

明天。洛枳生命中的每一天，都和它的前一天與後一天一樣，毫無區別。

## 第66章 死局

洛枳剛剛和許日清道別就立即傳了訊息給張明瑞，問他有沒有時間出來見個面，有東西要給他。

洛枳拐個彎望見自己的宿舍樓，張明瑞的簡訊鑽進了手機，說：「你如果在宿舍的話，現在就下樓吧。」

她遠遠看到張明瑞在樓下等，手中拎著的塑膠袋正往外冒著熱氣。騰騰白霧，濃郁的食物香氣讓她感覺到胃裡一陣絞痛——一整天只吃了些冰涼的優酪乳和乳酪，現在餓得受不了了。

「好香。」她從背後叫他。

張明瑞嚇了一跳，轉過身，先是咧開嘴笑，忽然想起初見的往事，又疑心地聞了聞身上的羽絨衣：「紅燒牛肉味？」

洛枳失笑：「我說煎餅。」

「別提了，我們的懶鬼老大，整個就是一株長在宿舍床上的蘑菇！我剛從自習室回來，他就傳簡訊讓我替他帶煎餅果子。的確很香，你沒吃飯嗎？要不你等我把煎餅帶回去給他，一起去吃飯吧，反正我晚上也沒吃多少，正好也有點餓了，沒辦法，煎餅太他媽誘人了……」

洛枳愣愣地看著他，直到他自己也不好意思地搔搔後腦勺：「對不起啊，今天一整天在圖書館複習法導，都沒說話，憋成話癆了。那個，你要給我什麼東西？」

她笑起來，把手中的袋子遞給他：「你的衣服。」

洛枳沒有解釋衣服的來歷，為了避免尷尬，她在張明瑞接過衣服的那一刻立即問起：「法導複習的如何了？正式考試都結束了，雙學位非要延後一週，我都沒有心情複習了，氣數都散掉了。」

「不是還有三四天嗎？其實我知道，就跟馬原一樣，我現在背書的話肯定考試的時候都忘記了，還不如考前通宵一夜狂背，然後趁熱上考場！」張明瑞一邊說著一邊掀開袋子看了一眼，臉上的笑容沒有一絲變化，將袋子換到拎著煎餅的那隻手上。

「也對。」洛枳鬆了口氣，點點頭。

「所以一起去吃飯嗎？」張明瑞問。

「好。你先回去送吃的給室友吧。」

「那一會兒我打電話給你吧，天冷，你先回宿舍等著吧。」

「你盡快，都七點多了，食堂都快關了，一會兒就只剩下麻辣燙和包子鋪了。」洛枳從口袋中掏出手機看了一眼。

「那就出去吃唄，我請客。為了法導考試，一鼓作氣把剩下一半的人品集滿。」

「剩下一半的人品？」

「當然，前一半已經集夠了，」張明瑞苦笑起來，「我的自行車丟了。估計是捲入隔壁學校的黑車市場，進入流通環節了。」

洛枳忽然想起第一次見到張明瑞時的情景，不自覺地眯起眼睛笑出了聲。張明瑞看到她眉眼彎彎、嘴角上揚的樣子，有點慌，結結巴巴地問：「笑什麼？」

「你自行車騎得不錯。」她點點頭。

張明瑞反應了一會兒，確定自己認識洛枳之後都沒有在她面前騎過自行車，才慢慢地問：「你看見過我騎自行車？」

洛枳點點頭：「我還看見過你吃泡麵。」

「你火星人附身了吧？」張明瑞站在原地思索了半天，才想起某個秋光明媚的下午，因為跟老六他們打牌輸了，他只好捧著康師傅牛肉麵邊吃邊騎車，同時見到迎面路過的每個女同學，都要大聲問對方「餓嗎，一起吃吧」……

他很窘迫地搔搔頭，正想著應該怎麼解釋自己當初的怪異行為，頭頂橙色的路燈突然滅了，他抬頭，張著嘴愣了一會兒。洛枳卻茫然地看向張明瑞，目光的焦點落在遠處，彷彿他憑空消失了一般。

「……張明瑞……你在哪裡？」

他想都沒想，迅速伸出一隻手卡住了洛枳的脖子──「我有那麼黑嗎？！」

洛枳眉開眼笑，卻在這一刻聽見背後淡淡的一聲：「張明瑞，老大都快餓瘋了。」

張明瑞收回胳膊，不再笑，說：「正好我倆要出門吃飯，你要是回宿舍，幫我把煎餅帶給老大吧，剛買的，還沒涼呢。」輕鬆的語氣中暗含機鋒。洛枳低下頭當作沒聽出來。

「我不回宿舍。」背後的聲音一丁點溫度都沒有，卻也聽不出惱怒。

洛枳想要撤離這個尷尬的場景。她把手伸進褲袋，暗中作業，無比熟練地翻開手機按了幾個鍵，一串華麗的鈴聲就響了起來。她連忙假裝接電話，朝張明瑞歉意地點點頭，往轉角處的花壇走，邊走邊說：「喂？哪位？」

還沒走出多遠，貼在耳邊的手機猛地振動起來，嚇得她差點直接扔出去。

她還是保持了冷靜，急忙按下接聽鍵，生怕後面的兩個人發現自己的窘境，沒想到手機中傳來的是那個無比熟悉的聲音：「太假了吧，看不起我的智商嗎？你一向都用振動的，剛才的鈴聲是怎麼回事？」

她回頭，盯著那個示威一般高舉著手機朝自己微笑的人。

盛淮南站在不遠處，因為路燈罷工，只有手機發出幽幽的光，照著他冷冰冰的笑容。

洛枳站了一會兒，三個人誰都不講話，等腰三角形的站位在地上勾勒出了孤零零的燈塔形狀。

她突然不耐煩起來，大步走回去，對張明瑞說：「快把煎餅送回去吧，一會兒就全涼了。等你下來再一起去吃飯吧。」

張明瑞點點頭，呼出一口白氣，抬腿朝路的盡頭走了過去。

背影的確很黑，又穿了黑衣服，在沉沉的天幕下分不清正面背面。

「真不給人面子，」洛枳笑笑，揚揚手機，「我撒謊不也是為了躲避尷尬嘛，你何必這麼犀利。」

黑暗中對方只有一雙眼睛亮晶晶的，模糊的輪廓勾勒出沉默的剪影。洛枳出門時衣服穿得太單薄，此刻微微刮起一陣風都能讓她渾身起雞皮疙瘩，手也握了起來。她跺了跺腳，就在這一瞬間，頭頂的路燈不治而癒，一瞬間橙色燈光從天而降籠罩了他們，彷彿冷清舞臺上僅有的聚光燈，將他們和周圍安靜的黑暗隔絕開。

洛枳仰起頭，燈光落入她的眼中，點亮了兩盞溫暖的圓燈籠。魔法般的一刻讓她忘記了此時尷尬的沉默，真心地笑起來，圓燈籠慢慢彎成兩彎月牙兒。

何必這麼陰陽怪氣呢，就算信了葉展顏。洛枳把盛淮南的拆臺理解為替葉展顏和他們那份被中途打斷的愛情抱不平。他不會知道，她才是真正被打斷了愛情的那個人。

她的睫毛投下陰影，斂去了無可奈何的神色。

「我回去了。」她說。

晚上終究沒有和張明瑞一起吃飯。張明瑞發來簡訊，告訴她，宿舍老六突然肚子抽痛，懷疑是急性闌尾炎，他們急急忙忙把他送去校醫院了。她回覆一則「bless（願神保佑）」，自己下樓也買了香噴噴的煎餅。大約晚上十點，她再次收到張明瑞的簡訊。

「拍完片子，出結果了。」

「怎麼樣？要轉院嗎？」

「轉個頭！他只是岔氣了！」

洛枳笑起來，身子往後重重地一靠，組合書桌震了一下，有什麼東西從櫃子的頂端掉下來。她急忙閃身，差點被砸個正著。「匡噹」幾聲，東西先是掉在桌子上，然後又跌落至地面，最終滾到她腳邊。

一瓶午後紅茶。

震盪得太猛，瓶子裡金棕色的茶湯都泛起了白沫。洛枳撿起來，拂掉上面的灰塵，許久沒有動。

時間定格。

她仰起頭看向櫃子頂端，想起當初自己是怎樣小心翼翼地踩在椅子上踮起腳把它高高地放上去，又站在下面傻看了很久。稀薄的落日餘暉穿越窗子照進來，透過金色的液體在牆壁上折射出異樣動人的光斑。她努力回憶著當時是怎樣抓起它，他的手指又是怎樣拂過自己的手背，還有那聲潦草到聽不清楚的道歉，默然抓起另一瓶迅速轉身離開的背影……

命運的齒輪哢嚓哢嚓轉得嘲諷，只是那時候她竟然絲毫沒有聽出來。她試著去擰瓶蓋，手心握得通紅，終於聽到塑膠斷裂的響聲。洛枳踱步到窗邊，剛剛想喝，忽然如夢初醒般停下，仔細看了一眼保存期限。

保存期限還沒過。她小口小口地喝著，目光懶散地望向樓下。橙色的路燈下，早已空無一人。驀然回首，那人不在燈火闌珊處。或者說，他從來就不曾在她背後等待過她。一直以來獨自站在燈下的都是她，只不過這一次，連她都離開了。如果他回頭，會不會失望於背後徒留下一地光芒？也許不會吧，她想，他從來不回頭的。即使回頭，他也從來不知道自己曾經以怎樣的姿態守望和等待過，自然不會失落。

對方這樣看待自己，她剛剛的那些話自然也沒能說出口。

手中的紅茶不知不覺已經見了底，洛枳不知道是不是剛才煎餅裡的甜麵醬刷得太多，讓她渴成了這個樣子。

她揚起手，瓶子「嗖」的一聲，進了垃圾桶。

## 第67章 人間煙火

洛枳在圖書館看了一整天的法律導論，悶得額頭青筋一跳一跳，下午四點左右，她收到了江百麗的簡訊：「說到請客，今天還有效嗎？」

其實距離專業課的最後一門考試已經過去兩天了。江百麗連續爽約兩次，每次都是神祕失蹤，只是傳了則簡訊要求改天再說。洛枳無奈地一再更改海底撈的預訂座位。

「嗯，還有效，那就今天晚上吧。你要是再敢爽約，就等著吃糕餅壽桃吧，我每年七月十五燒給你。」

她們兩個快要到達海底撈門口的時候，江百麗的手機響了起來。她低頭看了一眼螢幕，迅速地看了一下洛枳，有些不好意思地別過頭去，輕聲接起來：「喂？喂？」

洛枳笑笑：「我先進去吧，裡面太吵了，你在外面打完電話再進來找我。」

海底撈的服務員一如既往地熱情，笑容璀璨真誠，絲毫沒有程式化的感覺。別處服務員的微笑讓你覺得他們很禮貌，而這裡服務員的笑容卻讓你詫異——他們為什麼這麼開心？

她冰封住的心一點點活動起來，被火鍋飄香的氣息融成碎冰，現在看到一張張如此鮮活的笑臉，她終於覺得自己的心臟開始緩慢地、試探性地跳了起來。

結束了呢。

收起舊的教科書，打掃房間，買車票，然後去看看半個月沒見的 Tiffany 和 Jake，把兼職的資料通通翻譯完畢，錯過的動畫更新通通補全，新年時買回來卻尚未來得及拆封的《歷史研究》終於可以一點點讀下去了……

多麼充實的生活，好像輕易就和遇見盛淮南之前的日子毫無痕跡地拼接起來了，中間半年的輾轉反側牽扯糾結，從來沒有發生過。

很多事情，可以想通，可以看破，然而卻不能放下，不能忘記。

那麼就算不能放下，不能忘記，她也可以不再提及，不再想起。

來來往往健步如飛的服務員，還有走道上甩著功夫麵的小夥子，火鍋沸騰的響動，氤氳的熱氣，潮水般湧動著的歡聲笑語，還有空氣中辣絲絲、油膩膩的人間煙火的香氣。

洛枳的笑容一點點放大。

質樸的少年時代曾經歷過的那些赤裸裸的貧寒與卑微，尚且可以咬牙扛過，因為憧憬著以後的「更好」，因為知道自己可以變得強大，大步越過一地險阻。然而，此時此刻心靈淺灘上緩緩流過的酸澀，只能用時間來中和。

愛情的求而不得，是她無論怎樣努力去變得「更好」也無法改變的現實。

不過，洛枳知道，只要還活在熱鬧的人間，哪怕坐在鼎沸的人聲中感受到的只是浮誇的虛熱，久而久之，終究會把記憶蒸發得一乾二淨。

她正發呆，服務員走過來詢問她是否要點菜，她告訴對方，正在等人。

正說著，有人敲了敲桌面。洛枳只看到敲桌面的手指上戴著銀戒指，知道是江百麗回來了，頭也不抬地扔給她一句：「慢死了，正好回來了趕緊點菜。」

「洛枳……」江百麗欲言又止。

她疑惑地抬頭，看到滿臉通紅地把脖子縮進羽絨衣裡的江百麗，以及她背後那個穿著黑色大衣、笑得很溫柔的顧止燁。

洛枳思考了兩秒鐘，遲疑地說：「相煎何太急啊……當初說好了不能找外援也不能打包帶走的，你是真心實意要吃窮我啊，太沒素質了！」

背後的男人笑得很明朗，看來挺開心：「這頓我請，你們倆放開了肚皮吃，怎麼樣？」

洛枳輕輕地捏了捏羞澀的江百麗的臉蛋，朝顧止燁笑笑，說：「我早就看出來了，你是個好人。」

「我覺得你的氣色越來越好了。」

洛枳聞言抬了一下頭，不小心將竹筐中所有的菜一股腦都倒進了鍋裡，濺了她自己一臉。

「沒事吧？」百麗急忙把桌上消毒過的毛巾遞過去，洛枳接下後輕輕在臉上擦了幾下：「沒關係，就濺上幾滴而已。」

她用筷子把麻辣鍋中過剩的蔬菜夾到奶白色的骨湯鍋裡，笑起來：「可能因為已經考完試了吧，心情當然好。」

飯吃得有些悶，還好周圍喧鬧的背景音讓沉默顯得不是那麼尷尬。吃火鍋這個行為本身充滿了參與感，面對熱氣騰騰的水面，三個人還是很開心的。
顧止燁幾乎沒怎麼吃，一直在幫她們往火鍋中下各種菜品。百麗吃到一半才想起來問對方一句：「你不是說沒吃飯嗎？怎麼不吃？」
「不是很餓。」
「那你為什麼……」為什麼非要過來？她說到一半，停住了，「還是吃點吧，睡覺前會餓的。」
「也好。」
百麗從骨湯鍋撈出很多青菜，注意到洛枳帶著笑意的目光，不好意思地對顧止燁說：「那個，我記得你說過不吃辣，對吧？」
「嗯，你還記得啊。」
洛枳低頭笑得更燦爛，感覺到百麗在桌子底下踢了自己一腳，連忙站起身說：「我去洗手間。」
當她正對著洗手間的鏡子笑出十二顆白牙的時候，背後竄出一個身影狠狠地勒住了她的脖子：「你想死是吧？活膩了是吧？你捨得死，我就捨得埋，信不信？」
透過鏡子，洛枳看見自己背後的江百麗臉上那半笑不笑尷尬萬分的表情，笑意不斷加深：「我死不死不重要，反正我知道，你肯定捨不得死。」
百麗放開她，靠在鏡子前嘆了口氣：「不是你想的那樣。」
洛枳也不再笑：「我什麼都沒想，只是覺得你緊張的樣子挺有趣的。」
百麗不好意思地低下頭，把碎髮攏到耳後：「其實我也不知道到底是什麼樣子。只不過，洛枳，如果現在跟我們一起吃飯的是周杰倫，我也會臉紅的，這跟喜不喜歡沒關係，我是說……」

江百麗還在兀自糾結措辭，洛枳了然地摸摸她的頭，說：「顧叔叔比周杰倫帥，嗯？」

百麗立刻抬頭齜牙，洛枳以為她要為周杰倫討公道，沒想到她張牙舞爪地大喊：「什麼顧叔叔？！他哪有那麼老？！」

洛枳淺笑。喜歡離愛還有一段距離。但是，看樣子，至少有點喜歡吧。

洗手間裡負責幫顧客遞送擦手紙巾的服務員一直低頭抿嘴笑，百麗叫囂到頂點的時候才發現自己成了洗手間一景，慌忙拉著洛枳跑出了門。

顧止燁開車送她們回學校，不意外地堵在了西直門。「西直門的這個橋……」顧止燁說了一半，無奈地笑了起來。

「聽說沒有人不抱怨這座橋的。到底為什麼啊？建了橋居然比不建還要塞？」百麗身子一歪倒在洛枳身上。

「聽說是因為這座橋設計的，從空中俯瞰是一個中國結。」洛枳說道。

百麗噗哧一聲，戳了戳洛枳：「喂，當初這座橋是不是中國聯通投資的？」

這個極為無聊的笑話卻讓顧止燁笑起來，洛枳透過正前方的倒車鏡看到這個男人眼角、眉梢的暖意，那是盛淮南、戈壁他們這些男孩尚無法擁有的氣度和魅力，有種說不清道不明的踏實和危險，交織在一起，綿延成他嘴角恰到好處的弧度。

顧止燁說已經是晚上了，擔心不安全，堅持要送洛枳和百麗到宿舍樓。路過超市的時候，百麗偷偷跟洛枳嘀咕了一句「用光了」就急忙跑進去了，剩下一頭霧水的顧止燁和反應慢半拍的洛枳站在原地。

「她去做什麼了？」

「一件很重要的事情。」洛枳嘴角抽筋。

「百麗真的挺有趣的。」

洛枳停頓了一下，慢慢地說：「是，很好的女孩子。」

她有些想念火鍋店，因為此刻的沉默太過刺耳。江百麗不在的時候，顧止燁也不再特意找話題寒暄，拿出手機開始看。洛枳呆站了一會兒，打了個哈欠，把頭偏向背離顧止燁的那一側。

她看到了盛淮南，雙手插口袋閒庭信步，經過校醫院，一步步靠近超市門口，然後不經意中抬頭，瞥見了並肩站在這裡的自己和顧止燁。

洛枳一路注視著他走近，那個人閒適地融入了濃重的夜色中，口中呼出的白氣讓他看起來像一列減速的小火車。她被自己的想法逗笑了，猛然發現東門小超市這個地方，竟然是自己第一次鼓起勇氣衝過去幫他和許日清解圍的地方。

盛淮南眼底寫滿了詫異，他站住愣了一秒鐘就落落大方地走過來，點點頭說：「顧總。」然後轉頭問她：「怎麼在這？」

聲音親切自然，甚至有幾分做作的熱情和熟稔。

很像他，又很不像他。

洛枳雖然早已熟悉，每次和盛淮南尷尬鬧翻過後再次見面，對方都能將場面粉飾得歌舞昇平——然而這次有點過頭了。

其實自己不也是一樣。即使嘴角酸澀下垂，拚了命也會讓它上揚到最大弧度。可以關上門咬牙，可以躲起來切齒，人前只能笑。

是不是應該慶幸，自己和他，從來都是同類。

「我等人。」洛枳也禮貌地笑。

顧止燁一臉憋不住笑的樣子，說：「對啊，我們等同一個人。」他說到一半終究還是笑了出來，問：「洛枳，這位學生會的幹部，是你的男朋友？」

「哦，和顧總一起等？」

洛枳和盛淮南同時開口：「不是。」、「還不是。」

「還不是」是什麼意思？洛枳瞪圓了眼睛看他，盛淮南的表情裡沒有作弄她的故意為之，反而有點較勁的意思。

她被徹底激怒了。

洛枳冷下臉，努力調整著呼吸使自己胸口的起伏能夠平息下來。她轉過頭不講話，顧止燁竟然也沒有打圓場。

盛淮南站了半分鐘，三個人的沉默遠比兩個人難熬，他再開口的時候聲音略微暗啞：「我晚上還有事，那我先走了。」

「再見。」洛枳點頭作別。

「跟我第一次見你們的時候，感覺不大一樣了呢。」

洛枳想起那天告誡自己不要淪為被包養的女大學生的霸道而孩子氣的盛淮南，有些心酸，長嘆一口氣，卻看到顧止燁臉上高深莫測的笑。

「我說，感覺你變得不大一樣了。」他又重複道。

「可能酒會的時候比較瘦一點。」她淡淡地說。

顧止燁沉默了一會兒：「這話接得好冷。」

許久，江百麗還是沒有出來，他低頭點了一根煙，有些含糊地說：「你好像對我很戒備。」

「哪有。不過我們兩個又不要交朋友，想那麼多做什麼。」她笑。

「百麗最好的朋友，自然應該是我的朋友。」

這樣的姿態和立場讓洛枳的心情複雜起來，她低頭整理了一下外套的口袋，鄭重地說：「儘管我知道這話是廢話，但還是要說，請你善待她，哪怕你並不是想要追她。」

「如果我是呢？」

「那就更要真心地對她好。我希望你是個好人。」

「說得好像你根本不相信我是個好人似的。」

「因為我的確不大相信。」

「憑什麼？直覺？」顧止燁啼笑皆非。

洛枳抬頭平靜地看著他：「就憑第一次見面時您搭訕我的樣子。」

# 第68章 亂

顧止燁很久沒說話，彷彿在斟酌用詞，不一會兒才輕描淡寫地說：「那天可能是個誤會。」

她笑起來：「我想我沒有誤會你，但是恐怕你現在正在誤會我。」

洛枳不是沒有想過，她此刻冷淡地說起這些，也許會讓顧止燁誤會為自己在吃百麗的醋，畢竟她才是第一個被搭訕的人。但是對她來說，相比被顧止燁誤會，更要緊的是，如果顧止燁的確是個四處狩獵的登徒子，她至少可以在百麗尚未淪陷之前，給這個人一個警告。畢竟，當時的新年酒會，即使稱不上美女如雲，洛枳和百麗在其中的打扮都毫不起眼，甚至百麗和戈壁、陳墨涵的那場鬧劇，顧止燁也從頭看到尾。究竟是什麼原因讓他在一開始死皮賴臉地搭訕洛枳，轉頭又追出去結識江百麗的？難道真的是被她們倆所謂的「獨特的氣質」所吸引？洛枳自然不相信這種鬼話。

說是警告，由於眼前的男人讓她感到了年齡和閱歷造成的巨大差距，所以即使字斟句酌，洛枳仍然覺得自己的每句話都稚嫩得好笑。她知道自己的腦子絕對轉不過他，想要探聽他的真實想法恐怕是徒勞，貿然勸誡百麗，效果更會適得其反。

即使擔心，也只能選擇觀望。洛枳一直相信，在感情問題上，凡人自作聰明的舉動不但無法力挽狂瀾，反而極有可能推波助瀾。

顧止燁只吸了半支煙就掐滅了，順手扔進了身邊的垃圾桶。他饒有興趣地看了洛枳半天，才點點頭，說：「我懂了。」

百麗終於走出來了，塑膠口袋中裝滿了零食。洛枳猜到，她一定是用這些遮掩著最中央的蘇菲夜用衛生棉。

「你這麼著急跑進去，就是為了買吃的？你沒吃飽？」顧止燁一臉的難以置信。百麗窘迫極了，支支吾吾半天，洛枳連忙插嘴：「啊，我想起來了，咱們輔導員讓你明天一早幫她看孩子，對吧？」

百麗把頭點得像搗蒜：「對對對，哄孩子，所以買了好多吃的。」

正當她鬆了一口氣的時候，洛枳卻看到顧止燁眼底一絲狡黠的笑意，低頭發現，大包的蘇菲夜用衛生棉不知怎麼已經被擠到樂事洋芋片的旁邊，碩大的logo讓睜眼說瞎話的她們倆看起來很蠢。

洛枳也憋住笑，把手搭在百麗肩膀上，把她向前推，說：「走吧，回宿舍。」

顧止燁的手機忽然振動起來，他擺擺手示意她們稍等，就走到稍遠的綠化地帶那邊去接電話了。過了兩三分鐘他才走回來，笑著問她們：「好歹最後一門結束了，你們回宿舍後會狂歡嗎？」

百麗搖頭：「又不是第一次期末考試結束，狂歡什麼啊。其實也沒什麼好做的，就是上網閒逛唄，看看電視劇，BBS灌水什麼的。」

「那不如去唱歌？」

洛枳看到百麗的眼睛閃亮起來，剛想出聲阻止，百麗就拉著她的胳膊跳起來：「好啊好啊！不過現在……學校附近這幾個KTV肯定早就滿了，都快九點了，又是週末，考試一結束好多人都去唱歌了，社團期末聚餐什麼的……」

顧止燁被她一會兒興奮一會兒沮喪的樣子逗笑了：「沒事，反正有車，我們就去遠一點的地方看看，唱完了我把你們送回來就好。」

百麗建議：「遠一點的話，白石橋附近有一家『錢櫃』！」

顧止燁考慮了片刻，搖了搖頭：「我知道雍和宮那裡有一家很不錯，去看看？」

洛枳發現友情果然是一種麻煩的東西，比如她此刻面對百麗一臉期待的表情，「算了吧」三個字無論如何也說不出口。

要出發的時候，洛枳接到了洛陽的電話。他特意打電話來告訴她，不知道什麼原因，今年的火車票很難買，勸她不要像往常一樣悠哉悠哉的，提早準備為好。

洛枳忽然想起陳靜，於是在洛陽詢問過自己的期末考試情況之後，沒頭沒腦地問起：「哥，你很愛念慈姐嗎？」

洛陽失笑：「你考試考傻了吧？這都哪兒跟哪兒啊？」

「回答問題！」她只有在洛陽面前才會撒嬌一般佯裝發怒，這一面卻嚇到了坐在副駕駛位上的江百麗，對方索性回過頭半倚在椅背上注視她。

「愛，當然愛，愛得要死要活的，我這輩子就愛四個女人：我媽、陳靜、你，還有我未來的女兒。」

洛枳不知道自己異樣的心慌來自哪裡，聽到洛陽略帶調侃的再正常不過的回應，也無法放下心來。

「唔，很好。我沒事了。」她悶悶地說了一句，準備掛電話。

「……陳靜跟你說什麼了嗎？」

在洛枳「再見」二字即將脫口的瞬間，洛陽忽然拋出這個問題。看似不經意的語氣，卻有那麼一點點緊張，彷彿有人揪住洛枳的一根頭髮輕輕地扯了一下。

她沒有說話。密閉的車廂內，自己的呼吸聲和心跳聲都能聽得一清二楚。

「陳靜想多了。」洛陽淡淡地說。

洛枳仍然沒有講話。

「我只是替她覺得可惜，沒有別的意思。小姑娘太魯莽了，我覺得不值得，就是這樣。你們都想的太多了。」

洛枳聽得滿腹疑惑，但是仍然保持沉默。

沉默是最好的逼問。

「好了好了，你也別跟著湊熱鬧了，女人就是多事，小八婆，考完試就好好休息吧，聽見沒有？」

估計洛陽仍然在加班，電話那邊，寫字間裡含糊的對話聲、鍵盤的敲擊聲與電話鈴聲，和洛枳這邊的一片寂靜形成鮮明的對比。

那樣的環境裡，的確不適合細細地談感情。

洛枳點點頭，又想起這樣對方也看不見，忙說：「哥，其實念慈姐什麼都沒說，我就是突然想起一個笑話，想學著嚇嚇你，沒想到的確詐出點內容。我需要封口費。」

洛陽在那邊安靜了幾秒鐘，才笑出來，說：「行，這週末一起吃飯吧。」

掛斷電話，洛枳才看到一則新訊息。是盛淮南，說：「我是說真的。」

她盯著螢幕看了一會兒，然後抬手刪除簡訊，刪除聯絡人。她發現自己在按下刪除鍵的時候，並沒有哪怕一秒鐘故作姿態的遲疑和猶豫，很乾脆。

每當他們的關係降至冰點，她都會在被窩裡捧著手機一頁頁翻看曾經親近時的簡訊紀錄。來來回回，哪怕只是一行省略號，都被她留存好，直到收件匣撐爆了，才萬分不捨地挑出最不重要的刪掉。一字一句的曖昧與試探，是深夜裡僅有的一點點光芒，帶著自欺欺人的溫度，告訴她曾有的熱烈不是假的。她就依靠這些渺茫的訊息和判斷，將他飄忽不定的背影用實線勾勒清晰。

她鄙視自己的行為，卻一夜夜地瀏覽，像背不完的書、猜不透的考題。

「你跟你哥打電話啊？」

「嗯。」

百麗翻白眼想了想：「我見過一次，他來咱們宿舍，你拿了一本書給他。我當時就想，你哥好帥啊，氣質很好，他怎麼會是你哥哥？你看你長得這麼平民。」

洛枳幾乎吐血，半晌才想起來：「你當時沒睡覺啊？」

「我趴床上看小說呢，大氣兒都不敢出。」

「我哥長得也就一般吧，看起來挺順眼的。我覺得可能是因為他工作了，打扮和氣質有點變化，你身邊的男生都是邋邋遢遢的半大毛孩子，對比當然很強烈。」

「我一開始還以為他是你男朋友呢。後來我才發現，作為一介平民，你的野心還不小，居然看上了更帥的，話說盛……」她忽然停住，吐吐舌頭，很慌張地看向洛枳。

洛枳本來想甩過去一句「帥帥帥，你以為我是你啊，找男朋友只看臉」——突然覺得在顧止燁面前講這些很沒意思，更擔心對方會誤解這些玩笑，覺得江百麗膚淺。

索性閉嘴。

快到門口的時候，顧止燁又接了一個電話，車裡還算安靜，只有百麗一邊看雜誌一邊輕聲哼歌，電話另一端卻非常吵鬧。一個女孩子不得已大聲地對著電話用吼叫的方式說著什麼，洛枳聽不清楚，但模模糊糊的幾個字還是能辨識得出的。

顧止燁將車停在門口：「你們先下去，在櫃臺等我，我去停車。」

霓虹燈下，洛枳看到江百麗臉上色彩流轉。

「原來是『糖果』啊。我來過的。」百麗笑笑。

洛枳愣了愣，本能地感到有什麼地方不對勁，但還是拉緊了她，穿過門口等客的計程車隊朝裡面走。

顧止燁很快趕到了，對服務生說：「有預約。」

「請問先生貴姓？」

他愣了一下：「哦，敝姓顧。」服務生皺眉低頭去查閱記錄，他轉過身朝洛枳和江百麗做了個手勢，示意她們到遠處的沙發上坐著。

過了幾分鐘，服務生走過來笑著說：「兩位裡面請。」

穿過流光溢彩的走廊，在包廂滲漏出來的混亂的音樂聲中，洛枳聽到了一聲細細的呼喚：「江百麗？」

江百麗沒聽見，依舊含著笑，毫無反應。洛枳卻透過鏡面看到了站在她們後面不遠處的陳墨涵的側臉，一瞬間決定假裝失聰，拉著她快步向前走。

「百麗？」

這次是男聲，洛枳感覺到江百麗的身體僵了一下，不由得心中哀嘆，完蛋了。

江百麗驚訝地轉過頭，戈壁和陳墨涵站在洗手間門口。戈壁一隻腳已經踩在了門口的臺階上，此時側過臉，帶著難以置信的表情看向她們。

「百麗，怎麼不走了？」

顧止燁從後面追上來，話音未落，戈壁就先笑著打招呼：「顧總，好巧啊。」

洛枳嘆了口氣，這下可熱鬧了。

陳墨涵帶著假笑看了江百麗一眼，就推著戈壁往洗手間走：「你不是著急要去嗎？還傻站著幹什麼，人家幾個人還要去唱歌呢。」

戈壁看了一眼江百麗，又看了一眼顧止燁，頭也不回地推門而入，陳墨涵緊跟其後。走廊裡只剩下他們三個人，而服務生早已消失在走廊轉角處。

「怎麼了？」顧止燁一臉不明就裡，百麗勉強勾起嘴角，說：「同學而已，走啦走啦，去唱歌。」說完就一個人大步朝著走廊盡頭走了過去。

洛枳疑惑地觀察著顧止燁臉上的表情，想要找出一絲破綻——這個人在酒會上將江百麗和戈壁的鬧劇從頭觀摩到尾，就算江百麗不清楚，旁邊還有自己這個知情者，然而他此刻的那一臉無辜竟渾然天成。

「我都知道，他是百麗前男友吧，」他看到了洛枳皺眉凝望的神情，笑起來，「好歹也是一件丟臉的事情，你就讓我假裝不知道吧，省得百麗難過。」

洛枳點點頭，心中稍覺寬慰。

江百麗是絕對的麥霸，洛枳坐在一旁負責幫她點歌，也私心發作，擅作主張點了幾首爛大街的情侶對唱給他們倆。

剛剛的一幕讓她瞬間做出了一個決定，寧可將百麗推向這份前途未卜的新感情，也誓要阻撓那份舊的。

然而在顧止燁點了一首《獨家記憶》的時候，洛枳敏感地發現，江百麗又有點不對勁了。

我喜歡你，是我獨家的記憶。

不管別人說得多麼難聽。

江百麗站起身說了句「我去洗手間」，就急急地出了門，甚至還沒跑出房間的那一刻就捣住了嘴巴。

不用說，又是一首背後有故事的歌。

屋子裡只剩下顧止燁和洛枳，顧止燁也不再唱，靠在沙發背上，雙手枕在腦後不說話。這樣呆坐了一分鐘後，洛枳嫌背景音樂太惱人，索性按了靜音。

靜下來，卻凸顯了尷尬。

顧止燁忽然站起身，說：「我去抽支煙。你唱吧，剛才到現在都快一小時了，你還沒唱過呢。」

他說完就推門出去了，留下洛枳一個人坐在昏暗的包廂裡。她伸長雙臂，舒服地仰頭靠在沙發上，輕輕閉上了眼睛。

記憶是蓋棺論定。不論曾經多麼甜蜜或者痛苦的經歷，變成記憶的時候，總是需要最終的結果來為之上色的。結果美滿，曾經的艱澀苦楚也都能裹上蜜色；結果慘烈，曾經的甜蜜芬芳也必然蒙上塵土，時時刻刻提醒著自己，早知如此，何必當初。

洛枳此刻終於想起了這首《獨家記憶》，也想起了「糖果」。小鎮姑娘江百麗大學一年級時興奮地和洛枳說，戈壁帶她去了一家好大的KTV，離學校很遠。戈壁為她唱的第一首歌是《獨家記憶》，陳小春的。

「戈壁唱歌可好聽了。真的真的，特別好聽。」

那首歌真的是唱給你的嗎？

我喜歡你，是我獨家的記憶。

不管別人說得多麼難聽。

戈壁愛陳墨涵，才是他的獨家記憶。估計此刻江百麗才終於明白。

也恭喜她，這首歌從今天開始屬於她，戈壁也成了她的獨家記憶。

「一個人來KTV，而且還不唱歌，你真是有個性。」

門被推開，門外亂糟糟的音樂也乘虛而入。洛枳睜開眼，半晌反應不過來。

眼前倚在門上探進來半個身子的男生，正是幾小時前在超市門口和她尷尬道別的盛淮南。

她張了張口，端正了坐姿，最後還是笑了一下，不知道說什麼。

盛淮南毫不見外地走進來，轉身關好門，就到她身邊坐下。洛枳下意識朝旁邊挪了挪，心想這個包廂怎麼這麼小。

「那個顧總把你一個人扔在這裡了？」

洛枳皺眉看著點歌螢幕，不悅的表情直接掛在臉上。

盛淮南剛說完就立刻急急地擺擺手：「不是，我不是那個意思。我……我經過了好幾次，看到你們三個人在唱歌。我是說……」

這種語無倫次的致歉連他自己都覺得無奈，盛淮南停頓了一會兒，就不再說話了。

洛枳眉頭漸漸舒展開，終究還是緩和了語氣問他：「那你怎麼在這裡？這裡距離學校很遠的。」

「我……我被朋友叫過來唱K。」

他的手肘拄在膝蓋上，笑得有點緊張。

「來了才發現挺無聊的，包廂裡面很悶，空調溫度太高了，喘不過氣來。」

洛枳點點頭，沒搭腔，也不知道應該說什麼。

「出來上洗手間，路過這裡，從玻璃門正好看到你。我還在想呢，你蹺著二郎腿，雙臂打開，很大爺的樣子嘛，讓人很想替你左右各塞一個陪酒小姐在懷裡。」

哪兒跟哪兒啊。盛淮南的玩笑像硬擠出來的，十分無趣，聽著尷尬得很。

你怎麼了？你今天被誰附身了？怎麼一點都不像你？

不適感造成的疑慮差點讓她脫口而出，結束了獨白的盛淮南突然轉頭看她。

即使已經挪開了距離，她仍然被他和點唱機夾在中間，燈光灑下彩色的星星圖案，在他臉上身上游走。他們離得太近，她忽然語塞。

即使她已經不再對每次偶遇都欣喜若狂並將它賦予豐富含義，此刻仍然捨不得開口趕他走。情感和理性交戰，勝利的永遠都是情感。

無論靠近還是遠離，最後的結果都是難過。

這時口袋中的手機振動起來，是一個陌生的號碼。洛枳連忙接起來，順勢站起身朝門口的方向走過去，脫離了他的包圍。

「洛枳嗎？我是顧止燁。我陪著百麗，帶她兜兜風。暫時先不回去了，真不好意思。你繼續唱歌吧，或者叫幾個朋友過來一起，我請客。真的很抱歉，把你一個人留下。」

兜風嗎？洛枳有點欣慰地笑了一下，也好，尷尬的偶遇和故地重遊雖然讓百麗失態，但對他們來說不失為一個契機。

不過，她忽然想起另一件事：「那個，這裡應該是離開的時候才結帳吧？你怎麼請客啊？」

對方似乎是驚訝於她居然在關心這個，而且如此直白，不禁失笑。

「是啊，對不起，我疏忽了。一小時 180 塊，你要是現在就離開，估計也就 360 塊，你現金帶夠了嗎？有信用卡嗎？百麗回學校的時候，我讓她帶給你，真是……是我考慮不周。不過，你直接就問出來了，還真是……還真是挺有趣的。」

「嗯，我有學生信用卡。那麼我就唱通宵了，你說的，錢你來付，我不會忘記跟你要的。」

顧止燁在電話另一端爽朗地笑起來。

「好，你自己小心點。」

在對方要掛電話的瞬間，洛枳差點就開口問：「顧總，您是認真的嗎？」轉念一想，問不問又有什麼意思，感情的事順其自然，即使他只是隨便玩玩，即使江百麗是飲鴆止渴，你情我願的事情，何必畏首畏尾。

這就是愛情理論，你可以搓扁揉圓，顛過來倒過去，怎麼說都有道理。

她放下電話，回過頭，看向陰影中那個好像憑空出現的男孩。她印象中千百個他的形象：背影，側面，正面，拎著書包的，夕陽下追趕撿垃圾的三輪車的，在溜冰場上滑行的，大雨中撐著傘的……怎麼疊加都無法把顏色塗抹得更深，深得和此時眼前的他相提並論。

這個故事就像裹腳布，糟糕的電影無一例外有一個糟糕的結尾，每一刻你都覺得它好像要上字幕了，下一秒卻又出現了一個新的鏡頭，交代著一些毫無意義的細節。

但反過來說，也是件好事。她的表現一直很糟糕，所以上天給了她不斷練習的機會，一次又一次地修正。磨平她的驕傲，舒緩她的緊張，消滅她的期待，撫平她的憤恨不滿。

這麼長時間以來的拉扯，縱使是毀掉了她想要俐落灑脫地為這段感情畫上句號的希望，但也緩衝了痛楚。太漂亮的收尾等於另一重意義上的美化，與其讓人念念不忘，不如用平庸來摧毀。

「你到底想做什麼呢？」

她走過去，坐下，雙手放在膝蓋上，做出放鬆而真誠的姿態看著他。

# 第69章 迷魂

盛淮南避開她的目光：「來唱歌啊。什麼做什麼？」

「那你唱吧，」她皺皺眉，忽然站起身，把麥克風塞到他懷裡，「我還一首都沒唱呢，今天你付錢好了，反正你很有錢。今天本來是別人請客，這樣我還能再白賺一份。」

「貪小便宜吃大虧。」他尷尬地笑。

「虧已經吃了，再不貪點豈不是更虧？」她眯起眼睛。

盛淮南握著麥克風張張嘴巴，還沒想好說什麼，洛枳已經站到點唱機前彎下腰：「你要唱什麼？我幫你點。」

「洛枳……」

她轉過頭看他，目光炯炯，竟然盯得他眼神閃躲。

他背後就是鏡子，或者說，其實四面牆都是鏡子。他垂眼迴避的時候，她的目光就被鏡子中的自己吸引了。她以為自己的眼睛裡會是懶散和釋懷，然而鏡中人明亮的視線中寫滿了憤怒和嘲弄。

惡狠狠的，刺得她自己都難受。

回想起剛才的對話，她尖酸又無聊的嗆聲，實在無味。這場時光的默劇，他玩票裝蒜，她演技太爛，結果才如此難看。

洛枳的手指停在點唱機螢幕上的「返回」鍵上許久，終於收了回來。

如果說，這樣的糾纏證明了他們之間的確是有緣分的，那麼紅線上也是被打了太多的結，疙疙瘩瘩，伸出手卻不知道應該先解開哪一個。將就著繼續，誰看著都難受；一刀斬斷，她又捨不得。

「你到底想要怎麼樣啊，盛淮南？」

他牽著葉展顏的手，卻對顧止燁說，目前「還不是」她的男朋友。

他指責她背地裡惡毒搗鬼，卻跑到一教去碰運氣尋找可能在自習的她。

他譏笑著問：「你喜歡我？」卻又把羽絨衣溫柔地披在熟睡的她的肩上。

盛淮南，你到底在想什麼呢？

話說出口的瞬間，洛枳甚至決定，如果他還裝傻，她就像三輪車夫說的那樣，大耳光抽過去，然後拎起包就逃跑。

做好了準備，她略微緊張地握了握拳，滿懷希望地看著他——自己也不知道是希望他坦白還是希望他裝傻，好讓自己抽個痛快。

他似乎並不打算跟她在這近乎一團亂麻的問題上糾纏，而是轉過頭，有點不自在地說：「你別怪我多管閒事，我是為你好。不管你們是怎麼熟識起來的，你還是應該離那個顧總遠一些，這個人在某些方面的口碑……」

洛枳訝異地睜大了眼睛，但是並沒有跟他解釋自己和顧止燁的關係，她生硬地打斷他：「好，我明白了。」

盛淮南突然無奈地嘆口氣：「洛枳，你知道嗎？我倒是希望你能氣得滿臉通紅地對我說『我跟誰在一起跟你沒關係，你憑什麼管我』一類的……」

洛枳啼笑皆非。

盛淮南渾然不覺，繼續闡釋著他的歪理：「我總是覺得，你如果能失控一次，埋怨我幾句，或者乾脆指責我，不要總那麼滴水不漏，也許我就能離你近一些，也許……你明白我在說什麼嗎？」

一句憤怒的「你憑什麼管我」其實帶著幾分委屈和撒嬌的意味，所以就能更親近，是嗎？洛枳在心裡畫了個問號，抬頭明媚地笑：「那麼，為什麼是我而不是你呢？」

「什麼？」

「為什麼不是你來抓著我的肩膀氣得滿臉通紅地說：『你說，你和那個顧總到底什麼關係，我不是說過讓你離他遠一點的嗎？』」她學著他的語氣，挑著眉，笑得很譏諷。

盛淮南安靜地低著頭，雙手握著麥克風，兩根拇指交疊，來回摸著。

他就是不說話。

洛枳覺得自己要火山爆發的瞬間，他突然站起身，說：「那就唱歌吧，我請客。」說完就走到點唱機前認真地選起歌來。白光打在他的臉上，洛枳看到他微蹙的眉頭，萬分鄭重卻又有些不情願的彆扭神情，一時也不知道該做何反應。

剛才的話題說完了？洛枳覺得自己被他擺了一道，像一顆啞彈。

下一秒響起的前奏竟然是詹姆士·布朗特（James Blunt）的《美麗的你》（You are beautiful）。

「這首歌不大好唱……」她喃喃自語。

「反正對我來說都一樣。」盛淮南一副豁出去了的懶散樣子，猛地倒向背後的沙發，悠哉悠哉地蹺起二郎腿，在熟悉的旋律響起來的時候，唱出了第一句，My life is brilliant.（我的人生繽紛燦爛。）

洛枳完全驚呆了。她終於理解了「對我來說都一樣」是什麼意思了。

盛淮南閉著眼睛放開了唱歌，旁若無人，微揚著頭，那種什麼都不怕的樣子讓她驚訝。

洛枳僵硬的表情面具開始慢慢崩裂。

You are beautiful, it's true.

（你那麼美麗，千真萬確。）

But it's time to face the truth.

（但，是時候面對現實了。）

I will never be with you.

（我永遠不會擁有你。）

一曲終了，他挑挑眉毛，一副喝多了的樣子，粗聲粗氣地問她：「怎麼樣？」

洛枳吞了吞口水。

「太難聽了。」她低下頭，覺得自己也喝多了。

盛淮南開懷大笑，笑得仰過頭去，把麥克風扔在一邊。洛枳一開始木木地看著他笑，看著看著，也跟著笑起來。

「我沒想到你唱歌這麼難聽。」

「有多難聽?」

「不能更難聽了。」

她話音未落,他就又開始笑,然後一躍而起,好像禁慾多年之後忽然愛上了音樂一樣,越過她接著點歌。

「不,還能更難聽。」他聲音輕快地說。

洛枳傻傻地坐在一旁,一邊讚嘆他的涉獵廣泛,一邊惋惜,自己喜歡的歌幾乎被他糟蹋了一遍。後來竟然也漸漸習慣了,沉默地任由他跑調跑得不知東南西北,然後在《管不住的音符》(Free Loop)到副歌部分的時候,一把拉過另一隻麥克風和他一起吼。

他驚異地看了她一眼,然後眉開眼笑,一把抓住她的胳膊,拉著她站起來,更加忘情地號著高音。

洛枳被拉了個站不穩,但沒有掙扎。她也不知道自己在做什麼,熱血直往臉上湧,總之不要掃興就對了。

如果有酒就好了,她想。

沒想到,盛淮南比她直接得多:「要不要去喝酒?」

她被說中心思,嚇了一跳,看向那個臉頰紅紅、眼睛明亮、意氣風發的少年。他緊緊地握著她的左胳膊,搖了又搖,還沒喝呢,似乎已經多了。

手心出汗。

其實她還有太多問題沒解決,太多疑惑沒有答案。歷史經驗告訴她,這一場開懷就是下一場傷懷的序幕。

洛枳，你要冷靜。

然而她點頭，說：「好。」

他扔下麥克風，拿起她的包，說：「走！」

洛枳嘆了口氣。

其實她唱歌很不錯，可是誰也沒給她機會唱。

這樣想著，於是也揚起笑臉，說：「走。」

他仍是拉著她的左胳膊，疾步行走在富麗堂皇的走廊中，混亂的音樂穿耳而過。她一路小跑，腦袋還有點昏昏沉沉的。

誰來潑我一頭冷水吧。洛枳心想。

就在這時，前方包廂的門向內拉開，兩個女孩、三個男孩一擁而出。高個子男生一邊打著電話一邊四處張望：「靠，誰知道他跑哪去了，這小子不接電話，我有什麼辦法……」

然後盛淮南就停了下來，前面的五個人也陸陸續續轉過身看著他們。

洛枳先看見的是掛著兩個誇張的白色耳環的胖女生。許七巧的臉部語言一如既往地精彩豐富，滴溜溜亂轉的眼睛把在場的每個人都掃了一遍，依次上演了驚訝、憤怒、興奮等多重表情。

高個子男生放下電話，吞了好幾次口水，才尷尬地笑起來：「你跑哪去了，我打了好幾通電話你都沒接，怎麼出去上個廁所這麼半天，我們以為你掉進去了，正想去撈你呢……」

洛枳安然地躲在盛淮南身後，嘴角含著一絲笑，並沒有掙扎著將左胳膊從他手中抽出來——她的右手四指卻緊緊地握了起來，做好了揮出去的準備。

你如果撒手。

盛淮南，這一次，你如果敢撒手。

「洛枳也在啊，真巧。」葉展顏輕輕地撥了撥頭髮，緩緩閉上眼睛，笑了笑，才又慢慢張開，卻不看她，「真巧，一起來唱歌吧？」

洛枳被盛淮南擋著，只能看到葉展顏的半張臉，橙黃色燈光下，完美的妝容遮掩了對方所有的情緒，依舊是笑容明媚、語氣溫柔，卻少了一絲活力。

「不用了。」盛淮南說。

洛枳感到他握緊了她。

「我們得回學校了，太晚了。改天再一起吃飯吧，謝謝哥兒幾個叫我來。」他笑著，拉了拉她，示意她跟上。

她沉默無語地經過他們身邊，目光沒有朝身邊的幾個人偏離一分，只追隨著左前方那個人的背影，後腦勺昂揚的髮絲和記憶中分毫不差。

「淮南！」

葉展顏的呼喚終於還是如洛枳所料想的一樣在背後響起。盛淮南停了一下，回過頭先是看了一眼背後的洛枳，然後目光飄向葉展顏。

「真沒想到今天能在這碰見你。你們幾個女生也別玩得太晚，你和永樂他們幾個的學校是相反方向，晚上如果自己搭車的話小心點。」他說。

洛枳這時候才回過頭去看了一眼背後的群像。

場面靜默了幾秒鐘，那個高個子男孩笑著開口打圓場：「不是，今天不是故意，都是碰巧的。對了，那邊那位同學是……盛淮南，你看你也不介紹一下！一起來唱歌吧？」

盛淮南笑起來：「唱個鬼啊，得了吧，你們根本不管我的死活，我最討厭唱歌了。」

眾人表情都有點尷尬，葉展顏忽然問道：「為什麼？」

洛枳憋不住笑了，感覺到盛淮南拉住她的手又緊了緊，似乎是在威脅她不要說出去。

他迅速轉過身，拉著洛枳邊走邊喊：「改天再聚，今天我們倆先閃了哈！」

我們倆。

洛枳覺得好像被燈光晃瞎了眼。

兜頭冷水沒潑成，卻灌了滿肚子迷魂湯。

洛枳坐在大廳沙發上，結完帳的盛淮南走過來。

「你結帳時幫我問了沒？」她仰頭看著他。

「問了。姓陳，怎麼了？」盛淮南疑惑不解。

洛枳若有所思地點點頭說：「謝謝你。」

兩個人一起走出門，冬天冰冷的空氣湧入肺裡。洛枳好像突然醒了過來，她低頭拉上外套的拉鍊，一不小心夾到了下巴，疼得嘶嘶吸涼氣，這更加劇了她清醒的過程。

她卻有些留戀迷糊些的自己。

洛枳抬起頭去看店面巨大的霓虹牆，由衷地覺得「糖果」這個名字實在是很可愛。她不自覺地一直仰著頭盯著眼前的流光溢彩傻笑，過了好一會兒才發現盛淮南沒動靜了，左看看右看看，望見他正站在右後方盯著她，一臉嚴肅。

她不知道說什麼。周圍的計程車都等著接客，密切地關注著任何一個剛出門的客人。她被盯得發毛，遲疑著挪到他身邊，發現他也是一副有點不知所措的樣子。

洛枳皺眉，他這是猶豫還是後悔？

不知道哪來的勇氣，她伸出雙手抓住他的肩膀，微微揚起頭，深深地看進他的眼裡。

先開口的卻是他。

「對不起。」盛淮南垂下眼睛。

# 第70章　夜奔

洛枳的心就像太陽神車俯衝而下，抓著他肩膀的手也滑了下來。

又來了，她想。

盛淮南卻急急忙忙地反手抓住了她的肩膀，按得很用力：「我是說，之前所有的事情，對不起。你你……你耐心聽完！」

她失笑，歪頭說：「你結巴什麼？」

盛淮南搔了搔後腦勺，也笑了：「我也不知道，我就是覺得……好像說慢了一步你就會揍我似的。」

「對。」

盛淮南瞪圓了眼睛，洛枳嚴肅認真的表情讓他笑出聲，許久才收斂了表情，說：「我也覺得你應該揍我。」

洛枳饒有興致地看他一點點地變回她所熟悉的那個盛淮南——表面上並沒有太多區別，可她就是能感覺得到，那一絲慌張已經不見了。

見到她和張明瑞在一起的時候，見到她和顧止燁一起站在超市前的時候，KTV裡面僵持著不點歌的時候，他身上緊繃著的一根弦，上面掛著他無法掩飾的忌妒和孩子氣。她感覺得到。

男人的孩子氣是讓女人安心的理由。

然而，這一絲孩子氣帶來的緊張慌亂已經不見了，他重新控制住了場面。

也許是因為她毫不猶豫地和他走了，她的不拒絕讓他優越而篤定。他不就一直是這個樣子的嗎？

「盛淮南？」

「你先聽我說，」他鄭重地看著她，「整件事情我都錯怪你了。我很後悔。但是，關於葉展顏的事情，如果我不願意說，你可不可以不問我？」

洛枳看了他很久，剛剛抓著他雙肩的手已經滑到了腰部，她索性收回來，也不再傾向於他，站直了身體。

她甚至都沒有就這個問題提出疑問——葉展顏的哪件事？過去的還是現在的？栽贓陷害的，還是偷日記本的，還是新年牽手的？我為什麼不問？

「好。」

盛淮南如釋重負地笑了。他深呼吸一口氣，緊抓著她雙肩的手也放了下來，插回口袋裡，環顧周圍，聳聳肩，語氣輕鬆地問：「走嗎？搭車回學校？」

洛枳低頭笑了。

「我改主意了。你自己回去吧，我想回去唱歌。」

反正是顧止燁請客嘛，她想。

不用看都知道此刻盛淮南臉上會是什麼表情——一定是無辜地瞪圓眼睛，神態好似一頭面對弓箭時歪著頭不解的鹿。

洛枳迎著風大步走回去，瀏海被風高高揚起，吹涼了一腦袋的迷魂湯。她好不爽，心裡像堵了一大團棉花。

她猛地推開玻璃門，門口的服務生甚至都沒反應過來，伸手要幫忙拉門的時候，她已經目不斜視地衝著前臺走了過去。

「小姐幾位？」服務生趕緊追上來。

洛枳剛要開口，忽然被大力地向後一扯，後背撞進了一個懷抱中。

「老婆別鬧了，鬧夠了沒有？」盛淮南一邊說一邊朝服務生道歉，得到對方見怪不怪的笑容回應後，硬是把她架出了大廳。

洛枳大力掙脫開，回過頭怒視著他：「你幹什麼？」

「我知道你心裡不舒服。」

「你又什麼都知道了？你是不是覺得，我的所有反應都在你的意料之中？」

「什麼？」

「這件事情不明不白地折磨了我這麼久，可是你一拉我我就跟你跑了，你只要說一句話，我就答應你前因後果什麼都不問——現在一切又盡在你的掌握了，可以按照你的步驟慢慢來了，是嗎？你現在確定了我果然還是喜歡你的，之前冷淡不理你，包括和你道別，都是在演戲、是在矯情。現在好了，你有充分的自信和自由按照你自己想像的方式來操作，我肯定會賤兮兮地配合你，不是嗎？」

洛枳的語氣很溫柔，講話時身體卻微微地顫抖著。她用盡力氣控制自己，結果卻用力到脖子開始痛。

「對啊，」盛淮南剛剛一直低著頭聽她講，現在終於抬起頭，目光炯炯地看著她，「你說得特別對，你口才多好啊！你們都很有能耐。葉展顏喜歡我就像喜歡名牌包。你呢？你喜歡我什麼？你就是喜歡你的那點記憶而已，你又知道我的什麼？！」

洛枳知道，她此刻也一定是無法控制地目露凶光。

「這就是你諷刺和踐踏別人的理由了？因為我愛得太膚淺，沒喜歡到你的深層本質？沒看到你靈魂的閃光點？我怎麼喜歡你是我的事，是我的私事，你用不著跑來幫我規劃我應該怎麼去喜歡一個人！」

「我憑什麼不管？！你喜歡的是我，大活人，不是充氣娃娃！」

她愣了愣，實在難以想像「充氣娃娃」這四個字會從盛淮南的嘴裡冒出來。不遠處，幾個司機都靠在車門上笑得前仰後合，就差為他倆叫好了。洛枳霎時間大窘，低聲叫道：「你胡扯些什麼？」

盛淮南卻紅著臉強詞奪理：「充氣娃娃就是充氣的洋娃娃氣球，你想哪去了？」

洛枳冷笑：「是嘛，您真是童心未泯。」腦子裡卻是不相干的念頭——男生就是男生，表面上再王子也不過就是男生。她又想起充氣娃娃，想笑，卻怕那一腔積蓄已久的怒火悉數泄盡，再也找不到矯情的機會與理由。

意難平。

他說錯怪了她，一句「對不起」就要彌合之前的一切，什麼都不解釋，還希望她不要問。她可以不問，但她不爽。

寧可像許日清和張明瑞，一個要解釋，另一個大叫「我不聽、我不聽、我不聽」，好歹夠痛快。

盛淮南恰好用雙手箍住了她的肩膀：「你聽我解釋……」

我不聽！洛枳還沒開口，突然因為這時機來得過分巧合而破功，哈哈笑了起來。盛淮南的臉更紅了，大聲地說：「那個東西我只是聽說過，我也沒有見過！」

洛枳一愣，怒目而視：「誰要聽你解釋這個？」

他看著她，慢慢地彎起嘴角，眼睛裡是一片溫柔的海，連接著燈紅酒綠和遠空那輪遙遠的月。

「還去喝酒嗎？」他微笑著問。

洛枳低頭：「充氣娃娃解釋完了？」

「走吧！」盛淮南完全忽略了她剛剛的挑釁，長長地呼出一口氣，在嫋嫋白氣中很霸道地大聲說，「走，我們去夜襲圓明園！」

## 第71章 我聽說的你

他們搭車到101中學，偷偷摸摸地穿過操場，找到了BBS夜襲攻略中提到的守衛薄弱地點。

洛枳小心翼翼地高抬右腿跨過去，終於騎坐在了高高的牆上。夜風吹亂了她的額髮，她深吸一口氣，清冽的刺痛感在胸口膨脹，這種搖搖欲墜的感覺讓她心裡發空，腳下的夜色彷彿深沉的暗河，她一不小心就會跌落進去，被時間沖走。

盛淮南幾下就翻了上來，動作比她輕巧俐落得多。剛剛洛枳笨拙又膽怯地往上爬的時候，盛淮南一直在圍牆下面扶著她，最後推著她的屁股使勁向上一托。洛枳臉一紅就啟動了超能量，坐火箭一樣衝了上來，脫離了他的幫扶。

「騎在牆上的感覺不賴嘛。」他狠狠地拍打了一下背後鼓鼓囊囊的書包——裡面裝著提前買好的幾罐啤酒和一瓶紅星二鍋頭。

當時在7-11裡，洛枳拿起Rio酒和磨砂瓶子的日本清酒朝他晃了晃。盛淮南不屑地搖了搖頭，直接拎起了一瓶二鍋頭：「要喝就喝烈的，那些算什麼。」

洛枳心裡冷笑，不動聲色地將清酒放回冷藏櫃。喝烈的？你就嘴硬吧。

在7-11白亮得過分的燈光下，她把啤酒取下來的時候窺見了酒瓶後面的鏡子，那裡面的女孩子，唇色蒼白，兩頰和鼻頭卻是紅通通的，一雙眼睛閃耀著興奮而又執拗的光芒——她趕緊轉過頭去。

她害怕這樣冷靜的燈光嘲弄自己不長記性，晒乾胡鬧的勇氣。

「喏，」盛淮南剛剛走出7-11就遞過來一罐啤酒，「你要是沒問題，乾脆先喝一罐熱熱身、暖暖胃。」

洛枳遲疑了一下，然後一把接了過來，扯開拉環。

他們站在7-11門口相對而立，仰脖咕咚咕咚各自乾掉一罐。洛枳斜覷到玻璃後面一臉驚訝的店員，趕緊閉上了眼睛。

「我先下去，」盛淮南伸出一根指頭在發呆的洛枳面前晃了晃，「下去可能比上來要難一點，所以我先下去在圍牆下面罩著你。你要是真的掉下來頂多砸死我，所以……所以你不要乘人之危，千萬手下留情。」

洛枳被他氣樂了：「你小心點。」

「這點高度算什麼。」話沒說完，他已經一轉身撤回左腿往下去了。洛枳還沒反應過來，離地一公尺多的時候，他就鬆手跳了下去，穩穩落到了地上。

「下來吧，」盛淮南拍了拍手上的灰，「慢點，別擦傷了手掌。你又沒戴手套吧？」

洛枳閉上眼睛吞了一下口水，硬著頭皮先將左腿跨過圍牆，面朝圓明園坐了一會兒，發覺這樣跳下去會面朝下栽倒，於是又費工夫將坐姿變換成了背朝圓明園，兩條腿搭在了圍牆外面，想了想才明白這樣更不對。她有點心急，不知道牆下的盛淮南是不是已經不耐煩了，冷風襲來，額頭上冰涼一片，才發現自己出汗了。

最後，她背朝圓明園跪在了圍牆上，腳鉤著圍牆邊，手緊緊抓著石頭，保持著微弱的平衡。

「洛枳，你就保持這種姿勢，腳踏在牆面上，慢慢滑下來，支撐不住了就直接跳下來好了。我在下面呢，別怕。」

她眼裡已經急出了淚花，慌亂地點點頭，想到對方看不見，才壓抑住哭腔，說：「我知道了，我不怕。」才滑了半秒鐘，就因為手臂力量太弱而直接掉了下來。

「唉，你上輩子真是笨死的，」盛淮南從背後緊緊架住她的胳膊，將她擁在懷裡，確定她沒事後狠狠地揉了揉她的頭髮，「好了好了，總歸是下來了。」

洛枳不好意思地低著頭嘴硬：「我沒翻過牆，出去的時候再翻就有經驗了。」

盛淮南大笑起來：「出去的時候我可不翻了，我看還是帶著你去找保安自首吧。」

洛枳咬緊牙關抱著他的胳膊，就像落水的貓抱住一截浮木，恨不得把爪子摳進去。

他們一前一後，默默地沿著狹窄的湖岸土路向園子的更深處走。若不是一輪圓月掛在當空，這種黑漆漆的荒園怕是伸手不見五指。小路左側是寬廣的湖面，右側是雜亂的灌木，張牙舞爪的禿枝在夜色中平添了幾分恐怖的氣氛。

倒是湖面，因為結了冰，被月光照得一片瑩白，一路綿延到看不見的遠方。

「你確定你能找到大水法？」她將外套背後的帽子罩在頭上，耳朵已經被凍紅了，不禁有些擔憂地抬頭去看走在前方的男孩。他的耳朵被月光照著，也是紅通通的。

「那是什麼東西？我要找的是電視上常常用來做布景的那幾處西洋風格的斷壁殘垣。」

「那東西就叫大水法，謝謝。」

「……記住這些有什麼用啊！」

這種強詞奪理、氣急敗壞的樣子——有種奇異的感覺在心頭升騰，洛枳歪頭一笑，不自覺地帶上了幾分戲弄的口吻。

「喂，高中的那些傳聞，都是真的嗎？」

「什麼傳聞？」

「比如，你從來不背古詩詞，每次語文考試那五分的古詩詞填空都白白丟分，一個字也不寫，是嗎？」

盛淮南後背一僵，咕噥了幾句才說：「投入產出比太小啊，背了好半天，才五分，而且那麼多篇，我背的那部分還不一定中標，何苦呢？還不如多睡一會兒。」

那語氣讓洛枳不由得想要伸出手去揉他的臉。

「那……那他們說你們老師逼迫你背新概念的課文，你不到一個星期，就把第四冊倒背如流……」

「誰說的？太能扯了吧，老師只是開玩笑而已。我從來沒有背過新概念，對它的印象就停留在『Pardon（原諒）』上了。哦，還有第三冊第一課的標題，什麼『A puma at large（逃遁的美洲獅）』的……」

洛枳怔怔地聽著，不覺失笑，搞什麼啊，害得她硬著頭皮背了一整本。

她不知道是否該繼續問下去。雖然她清楚他只是血肉之軀，可日復一日的描摹和想像中，他仍是她造的神，照耀在據說和聽聞中。

但是，她更喜歡這樣的他，不是銅牆鐵壁，不是驚才絕豔，只帶著小小的囂張，將自己說得平凡而不重要。

她真心喜歡他將自己說得平凡而不重要。

「其實我有好多好多問題要問你。」

前面的人腳步一滯，然後繼續向前走：「什麼？」

「不用緊張，只是些無關緊要的事情而已。」

無關緊要的事情。她徐徐地在他身後問，問他高中一共有幾次坐122公車回家，問他是不是在比賽後被興奮的同學們拋到空中卻沒有接住，問他摔得痛不痛，問他是不是經常逃避掃除……

他沒有不耐煩，柔聲地一一回答，有時候也會羞赧地大吼：「不要問了我不記得了」……

「最後一個問題，你身上怎麼總有洗衣粉的味道？」很好聞呢。

「可能是……因為洗衣服總是沖不乾淨吧……」

她一愣，然後就傻笑起來。竟是這樣。

「這都是你當初聽說的？」輪到他發問。

洛枳低頭笑，心裡不知道是什麼滋味。

「其實高一的時候我聽說過你的不少事情，很大一部分拜我的後桌所賜。對了，你認識她嗎？她叫張浩渺，曾經和你上過同一個補習班，還坐同桌呢。」

盛淮南微微側過臉向後看，一臉茫然：「誰？」

洛枳啞然。

後桌那兩個嘰嘰喳喳的女孩子，總是將自己對盛淮南的喜愛之情張揚而坦率地鋪展開來。洛枳何嘗不知道，對暗戀的人來說，徹底封口不言固然是一種自我保護，然而將一顆真心藏在戲謔誇張的示愛中供人玩笑，其實更是一種安全的宣洩。

大家都當她們是開玩笑，誰也不知道，其實她們是認真的。

高一尾巴的一個上午，翹了體育課的洛枳看到後桌張浩渺趴在桌子上安靜出神地微笑，那笑容溫柔羞澀，卻發著光。她不由得也愣住了。張浩渺抬頭看到她注視著自己，紅了臉，突然開口說：「我跟你講一件事情，你不要告訴別人哦。」

她們其實不熟，洛枳也對這種「不要告訴別人」的祕密並不十分感興趣。然而那天直覺告訴她，這件事是她想要了解的。

「好，你說。」

「你別笑我哦，我只是突然發現，盛淮南果然是個很好的人。」

洛枳甚至還挑起眉頭，做出從迷惑不解的「盛淮南是誰啊」再到恍然大悟的全套表情。她也不知道自己在偽裝什麼。

「昨天晚上我們一起上英語課的時候，我有點分心，就在那裡玩橡皮擦，可是一不小心橡皮擦就飛了出去，掉落在他腳邊，然後他笑了一下，就是那種……就是那種很無奈又很溫柔的笑容，彎腰幫我撿了起來，說了句，小心點。」

洛枳靜靜地等著，發現張浩渺已經講完了。

「完了？」

「完了。」

「……這有什麼啊？」

張浩渺惱羞成怒地白了她一眼，猛地站起身出門去了，把洛枳一個人尷尬地留在原地。她心裡的確是這樣想的，這有什麼啊——卻又很想叫住對方，說，其實我了解的。

其實我了解的，真的。

「怎麼了？」盛淮南停住腳步，回頭看磨磨蹭蹭的洛枳。

洛枳正在神遊，此刻趕緊補上一個笑容：「沒什麼，走吧。」

他不記得張浩渺，那個補習班坐在他身邊的胖女生，那個整整一年都在哀嘆競賽補習班講課像天書，卻一直捨不得退課，硬著頭皮穿越大半個北城去上課只為了坐在他身邊的花痴女孩……

她叫張浩渺，他不記得。

她叫洛枳，曾經他也不記得。

但是這又有什麼好難過的呢？這些隱忍的喜歡，如果只是為了自娛，那麼已經得到補償；如果目的是得到，那麼各憑本事，各憑緣分，又為什麼要他來承擔呢？

從相識之初到此刻，她那顆跌宕起伏的心終於如身邊的湖泊一樣，在月光下凝結成了一片雪白。

洛枳突然笑了起來。

「到底怎麼了？」盛淮南終究還是停下腳步轉過身，他逆著月光，在她眼前只化作一個剪影。

「我發現我自己好像有些改變了。」

她大步走到他前面去，然後轉過身倒退著走，這樣就能借著月光看到盛淮南迷茫又有些緊張的神情。

「我好像想通了，或者說，以前我一直都能想得通，但是心，」她抬起右手用食指在左胸口畫了個十字，「心裡始終是堵著的。我不知道我為什麼難過。」

「但是現在，」她微笑起來，「我發現我既不惋惜，也不生氣，也不憋屈了。」

他安靜地看著她。

「我是不是喝多了？」她揉著鼻子。

「應該不是。」

「我覺得我好像是喝多了。」

他背過手拍拍身後的書包：「太好了，那趕緊再喝一點。」

洛枳被逗笑了，一口白牙在月光下閃著柔和的光澤。盛淮南伸出手去揉她的腦袋，動作慢下來，目光漸漸凝結在玉帶一樣的湖面上。

「怎麼了？」

半晌，盛淮南才收回目光，看向她：「有時候我真的很害怕，害怕我和你聽說的不一樣。」

洛枳抬起眼，忽然意識到他們並不是這裡唯一「偷渡入境」的人，遠處天空飄起一盞盞孔明燈，星星點點的火焰漸漸融化進幽暗的天空中。她不知道要從何說起，那些「聽說」並不只是膚淺的、對傳奇的崇敬和仰視。然而，她又本能地覺得自己懂得他的害怕。

她卻不知道要如何讓他明白她不只是聽說。

在他們還是「好朋友」的時候，她曾經用無數真假參半的謊言來讓他感慨他們這麼像——她用笑容來表達一切不快樂的情緒；她喜歡阿嘉莎．克莉絲蒂多於福爾摩斯；每次坐公車都選擇坐在同樣的位置；喜歡玩《逆轉裁判》；討厭肥肉，會把肥肉擺在凳子橫檔上；用三根筷子吃飯；高中時，每週五晚上放學會帶著很多練習冊回家過週末以減輕愧疚感，但是會很快沉迷於線上漫畫以至於週一把它們原封不動地帶回來……

然而，這些相見恨晚都是假的。或許她曾用謊言打動他，但她喜歡上他的理由從來就不是這些。透過這些愉悅對話製造的煙霧，她知道盛淮南心底的不快樂。那是一種微笑著的不快樂，不信任任何人也不關心任何人的寂寞。縱使她不了解這其中的緣由，但從她第一眼見到車站上和幾個同學一邊聊天一邊假笑的男孩開始，她就知道。

然而，她不想談論這些。

「我聽說的你和別人聽說的，恐怕不一樣。」

洛枳看向遙遠的孔明燈，不知道那裡面究竟承載著誰的希冀，柔軟地飄向夜空，熄滅，飛散。她自己的願望不在紙燈裡，卻不會熄滅。曾經小心翼翼卻怎麼都到不了的目的地，在放棄的當口，胡天黑地作了一番，竟看見他站在面前——她不會再退縮一步。

「我不想再『聽說』，只想聽你自己說。哪怕說假話，我也能聽懂真相。」洛枳鄭重地直視著盛淮南的眼睛。

他看向她，鋪天蓋地的動容，在目光中怦然而生。

# 第72章 每朵雲都下落不明

盛淮南放棄了尋找大水法的想法，在湖邊找了一塊平整的大石頭拉著洛枳坐下來，想了想，將書包中所有的酒都掏出來立在地上，把扁平的空書包遞給她：「墊著坐吧，就在這裡一醉方休好了。」

洛枳輕笑：「好。」

他拿起一瓶紅星二鍋頭，折騰了半天才發現打不開，苦笑了一下，拎起一罐啤酒，「啪」地扯開拉環遞給洛枳。

他們碰杯，卻不知道該說點什麼祝酒詞，只是相視一笑。洛枳覺得冷，心裡卻是暖和的，好像住進了荒原的溫柔鄉。

「你知道我是什麼時候第一次看見你嗎？」他仰頭灌了一口酒，再開口的時候，聲音有些澀澀的。洛枳直覺她將聽到的也許是些他講起來很艱難的事，下意識地抓住了他的衣服下擺，抬起頭，給了他一個寬和的眼神。

盛淮南感激地一笑。

洛枳記得他第一次當面認出自己是那天在超市門口，他與許日清拉拉扯扯，她出手解圍，猶如神兵天降。

「其實這樣說來，我真是慶幸自己對人過目不忘。」盛淮南道。

高考後的暑假，文科班最後一次同學聚會，他去飯店接葉展顏。人已經走得稀稀拉拉，葉展顏還在窗邊坐著，見到他來了，突然指著窗外一個正在過馬路的白襯衫女孩，說：「喏，那個就是傳說中的洛枳，你看怎麼樣？」

傳說中的，我怎麼不知道？什麼叫「我看怎麼樣」？

盛淮南聞到葉展顏身上的酒氣，心想她果然糊塗了，匆匆朝她指的方向看了一眼。正好此時有人喊「洛枳」，那個女孩轉過頭。

他聳聳肩說：「還行啊，問這個幹嘛？」

葉展顏忽然笑了，那個笑容和他之前熟悉的笑容完全不同，不知怎麼，居然很悲哀。

「很好是吧，我也覺得很好。」葉展顏說完，潸然淚下。

他一頭霧水，忘了糾正她，他只是說還行，隔這麼遠連鼻子眼睛都看不清，他能說什麼？盛淮南趕緊掏出面紙幫她擦眼淚，她只是反反覆複地說一句話：「的確很好，的確很好……你看，你馬上就要去那麼遠的地方了，離我那麼遠。」

那副脆弱的樣子讓他覺得陌生而心疼。他從背後抱著她，卻不知道說什麼好，只是用下巴在她頭頂蹭了一下，說：「傻瓜。」

洛枳沉默不語，心中肅然，一陣冷風拂過她的臉，好像命運那隻看不見的手，冰涼卻憐惜。

盛淮南當時並不知道那會是他最後一次見到葉展顏。之後的一個月，他們只能透過簡訊和電話聯繫。媽媽徹底控制了他的閒暇時間，先是把他打發到香港去五日遊，又命令他陪表弟去馬爾地夫玩了一個多星期，緊接著爸爸在上海的朋友發出邀請讓他去為自己家的孩子輔導高三數學，他的爸爸媽媽更是一口答應。他無奈，但同時也覺得離家前還是順著父母的心意比較好。然而一轉眼就到了要去北京報到的時候，家裡人去機場送他，葉展顏自然不方便出現——很荒謬也很無奈，他居然再沒見過她。

大一上學期寒假回家之前，他們就分手了，此後再無聯絡。

那天，超市門口，盛淮南叫出洛枳的名字為自己解圍的時候，想起的就是莫名落淚的葉展顏。

洛枳哭笑不得。

他最後一次見到葉展顏，冥冥中竟然好像是專門為了引薦洛枳。而和洛枳的第一次見面，他卻滿腦子都是葉展顏。

她心裡有她的不為人知，他腦子裡也有他的心酸曲折。

「你第一次和我喝咖啡，就看出來我……我對你……有意思了吧？」

洛枳還是說不出「喜歡你」三個字，只能結巴兩下，用不倫不類的「有意思」含糊過去。

盛淮南的啤酒停在嘴邊：「你想聽實話還是假話？」

「假話。」

「我哪有那麼自作多情。」

洛枳放聲大笑。

平心而論，和洛枳在咖啡廳的第一次聊天讓盛淮南很愉快。在他看來，洛枳沒有流露出那種讓他厭煩的、故意用清高來遮掩的熱切。相反，她很自然，毫無痕跡。

「你都是裝的嗎？」

「嗯，大部分，」洛枳越發感覺到了自己的變化，似乎這段時間的磨礪教會了她真正的坦然和自信，「重來一次，我還是會選擇假裝。」

「了不起，」他讚賞地笑笑，眼神牽連著遙遠的夜空，淡淡地問，「你說，這種心態算不算自戀？」

洛枳搖頭：「可是你並沒有猜錯。」

盛淮南仰頭灌下最後一口啤酒，暈暈呼呼地又拿起一罐。

當年他用簡訊表白，然後到文科班門口找葉展顏。她問：「你怎麼知道我一定會接受你的表白？」他笑，說：「我一看就知道你喜歡我啊。」

我一看就知道你喜歡我。這句話，他以前對著各種找藉口搭訕的女生皺著眉頭內心抱怨了許多次。雖然他的感情經歷是空白，然而就像他不需要偷過東西就能分辨出來火車站裡哪些是扒手一樣，有些事情看一眼就夠了。

可是面對葉展顏說出這句話時，他居然有一點點不自信和恐慌。對方一下子紅了臉，說：「你……別那麼自戀。」

那時候，她們班級的同學趴在門口八卦兮兮地張望著他們倆，偶爾起哄，盛淮南破天荒沒有一點厭煩。他從來都討厭自己的事情被別人插手，那天圍觀的人群，因為他心情好，都被當成是幸福的見證者了。

「是啊，我幾乎沒有猜錯過。」他呵呵笑起來，說的是幾乎，心裡想的是全部。

洛枳也灌下了最後一口啤酒，嗆了一下，啤酒沿著嘴角流下來一點點，她還沒抬起手，盛淮南已經用手背幫她抹了下去。他好像有點醉，臉很紅，眼神飄忽，動作沒輕沒重的。

洛枳的臉騰地燒起來，不自覺地朝旁邊挪了挪。

盛淮南不讓她問葉展顏的事，他自己卻不斷地說。她知道，他一定是因為葉展顏而不痛快，卻一絲忌妒的感覺都沒有。

「喂，我問你……」洛枳說話時抬起眼睛，突然看到晴朗的夜空裡，月亮邊纏著一抹潔白的雲彩，很高、很遠，薄如面紗。月色隱藏在雲的背後，全身發出琉璃般的華彩。

日暈天將雨，月暈午時風。

那一瞬間，好像一切都不存在了，她怔怔地看著天上這片孤零零的雲，彷彿一頭鑽進了如煙的往事。

就這樣吧，她答應了不問，就再也不問。

他們沉默地喝著酒，漸漸也就暖和起來了，直到盛淮南有些迷迷糊糊地垂下頭，晃了晃，就往她肩頭一靠。

洛枳心中溫柔地嘆息。

這點酒量怎麼靠得住啊！

她早就聽說過，他酒量極差，那些關於高考後同學聚會的各種小道消息，只要與他有關，她都聽說過，所以才會在他要買烈酒的時候心中嘲笑。雖然他說害怕自己與她聽說的不一樣，然而這件事情，她總歸沒有聽錯。

這樣想著，她還是解下自己的圍巾，往他的頭上纏了幾圈，像不擅包紮的護士，將他通紅的耳朵保護起來。

「你不知道，我收到那個丁什麼的女孩子的簡訊時，心裡有多生氣。」

他含含糊糊的語氣，像個孩子。

「彼此彼此，你也讓我很生氣。」她邊說邊喝，想起那件雨衣，不覺有點咬牙切齒。

「可是，」他眼神渙散地抬起頭看她，「那天晚上我跟蹤你，你在路燈下，特別坦然地說，我的確喜歡你。我發現你說的是真的，真的對我……有意思，」他也避開了每每讓她勃然大怒的「喜歡」和「暗戀」這種字眼，抬起手輕輕地、反覆地敲了敲胸口，「這裡，這裡就像一瓢溫水直接澆了下來。」

洛枳哭笑不得，想起他對語文課的厭惡，心知這種形容真的是難為了他。然而每一個字都敲著她的鼓膜，手指微微地發抖。

「我當時覺得，葉展顏雖然愛耍脾氣，但她一定不會說謊害人。」

洛枳靜靜地聽著。

「但是我捨不得你。」他鈍鈍地說。

其實只是捨不得。

捨不得那個曾經眼神明亮地看著他微笑的女孩子消失不見，擦肩而過的時候像對待陌生人一樣疏離冷淡。

哪怕她惡毒狡詐、深藏不露，哪怕她手段卑劣，只要她愛他。

洛枳心裡有一塊冰嘩啦一下瓦解，忽然就紅了眼眶。

她終於明白了自己一直以來錯在哪裡。原來她獨自一人在這場曠日持久的沉默暗戀中耽擱了太久，對每種難過和偽裝駕輕就熟，卻從未懂得，在兩個人的感情世界中，一錘定音的，不是心有靈犀的睿智，不是旗鼓相當的欣賞，更不是死心塌地的仰望。

是心疼，是憐惜。

是兩難境界裡，那一點點無可奈何的捨不得。

正如她曾經擲地有聲地諷刺他：「死無對證的事情，怎麼與親疏無關。」

「還真是不分好歹呢，自戀狂。」她心中溫熱，聲音卻很冷淡。

「才不是，」他掙扎著起來，大著舌頭糾正，「我理智上絕對是非分明。」

感情上卻不知好歹。

她含著眼淚的笑聲被風裹挾帶走。

盛淮南靠著她慢慢地睡著了。他們到底沒有找到那些「不重要」的斷壁殘垣，洛枳也並不覺得可惜。左肩沉沉的，搖搖欲墜，她猶豫幾許，終於還是輕輕地抬起左手，攬住他的肩。

怎麼好像顛倒過來了。她心中發笑。

時間像夜風一樣呼嘯而去，她摟著他，看著湖面盡頭那一抹雲，心中安然。

他們聊了什麼，還有多少疙瘩沒解開，她已經不在意了。

靈魂回到了身體裡。

不知道過了多久，肩膀酸痛的洛枳聽到盛淮南咳嗽了兩聲，努力坐直了身子，迷濛地望著前方：「幾點了？」

洛枳揉了揉肩膀，艱難地站起身子，拎起屁股底下的書包，拍了拍交給他：「不知道，我們回去吧。」

她死活不肯走正門，也不願意去挨園子裡保安的訓，寧可再翻一次牆。盛淮南睡醒後，清醒了不少，大手搭在她的肩膀上，愧疚地幫她敲了敲。

他們原路返回，依舊是盛淮南推著她的屁股把她送上了圍牆。

她安穩地坐在上面，像個驕傲的女皇，任憑風吹亂她的頭髮，也不去管，反而高昂著頭眺望東方的魚肚白。盛淮南很快也翻了上來，緊挨著她坐好，兩個人誰也沒講話，四條腿在高空晃來晃去，像喝醉了的船夫在搖槳。

他的左手小指碰到她的手背。洛枳的心跳忽然快得過分。

下一秒鐘，他的氣息鋪天蓋地傾覆了她。牙齒撞在牙齒上的時候，她笑場了，目光越過他微紅的臉龐和氣急敗壞的眉頭。

第一縷陽光從她背後伸出手，溫暖了少年的臉龐。洛枳從他鑲著毛茸茸金邊的頭頂望過去，西邊的天空明亮得一片空白。她已經找不到那蒙著雲彩面紗的月亮了。

每朵雲都下落不明。

每輪月亮都不知所終。

## 第73章 相見恨晚

洛枳坐在商業大廈一樓的咖啡店角落，邊打哈欠邊等待週六仍在加班的洛陽。她點了一杯白巧克力摩卡，然後就托腮坐在桌邊，用調羹將上面的奶油抹來抹去，時不時微笑。

也不知道在笑什麼。

那天她回到宿舍時已經是早上七點了。搭車回學校的時候路過麥當勞，盛淮南讓她在車上等，幾分鐘後捧著兩杯熱飲和一個紙袋走出來，遞給她說：「凍壞了吧？」

她想著，像當時一樣，將咖啡杯貼在臉頰上，好像還能感覺到那天清晨的溫度。

推開宿舍門的時候，江百麗竟沒有睡，像個女王一樣坐在上鋪，睥睨眾生，在洛枳小心翼翼地踏入房間的那一刻，笑得奸詐萬分。

洛枳知道之前的幾個晚上她推遲海底撈的約定，都因為和戈壁一起出去了；而她從「糖果」落荒而逃之後，顧止燁陪她到深夜，雖然沒什麼承諾，可也足夠曖昧。

「恭喜你啊，」洛枳吐掉漱口水，抬頭仰視沐浴在晨光中的女王，「前幾天還哭哭啼啼呢，現在就在兩個帥哥中間左右為難了。真是三十年河東，三十年河西。」

百麗笑了，普通女孩子的虛榮和羞澀背後，卻有一絲絲無奈。

洛枳鑽進被窩，迷迷糊糊漸入夢鄉的時候，忽然聽見上鋪傳來江百麗有些沙啞的聲音。

「昨天晚上，我們在包廂裡的時候，戈壁也和陳墨涵的一群大學同學在唱歌。我猜，他一定還是唱得那麼好聽，一定讓陳墨涵在同學面前很有面子。」

洛枳在清淺的夢中嘆息。

「在顧止燁唱那首歌之前，我忽然收到了他的簡訊。他說，他還記得第一次和我去KTV，點了一首《獨家記憶》。他當時很想把這首歌唱好，狠狠地震懾一下我這個土包子，哈哈。」

百麗乾巴巴地笑了幾聲，許久才慢慢地說：「他說後來好可惜，不知道怎麼就迷上了胡亂飆高音，秀難度，唱小眾搖滾，卻忘記了認認真真地為我唱一首口水歌的感覺。」

「抱歉，終於把資料都送上去了。越到過年前越忙，來實習的三個學生一個比一個沒用，交代的事情辦不好，就知道坐在那刷網頁掛QQ。」

穿著黑色羽絨衣的洛陽從遠處跑過來，坐到洛枳對面。

「實習生不是常常搶著幹活嗎？」洛枳有些疑惑。

「我們部門的這幾個不是走正常招聘程序進來的，都是主管的親戚或者朋友的孩子，來這裡幹活只是為了開個實習證明，以後簡歷上好看點。」

洛枳點點頭：「去哪吃飯？這頓飯可是我無意中敲詐出來的。」

洛陽笑了，表情有點尷尬和無奈：「你想吃什麼？」

洛枳仰頭想了想：「我聽說南鑼鼓巷有家蚵仔煎，你看怎麼樣？」

冬天的南鑼鼓巷有些冷清，巷子兩側的特色小店有許多都早早關門了。洛枳從岔路口拐出去，急忙地跑到一扇木板門前輕輕推開，然後放鬆地深呼吸一口氣：「哦，還好，沒有打烊。」

店很小，只有三張石桌，看起來像住家特別開闢出一個小客廳做生意似的。冰櫃裡有許多臺灣產的罐裝飲料，點餐時洛陽拎著一罐嫩綠色的飲料苦著臉問洛枳：「這個芭樂……是不是『香蕉你個芭樂』的那個芭樂……」

洛枳被他的繞口令逗笑了，點點頭：「好像是。」

飯菜上得很快。洛枳中午沒吃飯，一直低著頭攻擊鮮嫩的蚵仔煎，也沒有注意洛陽許久沒有動筷。她終於吃完，喝了一大口陽桃汁，才發現洛陽面前的涼麵幾乎還是滿的。

「你不餓？」

「不餓，中午吃了兩人份的員工餐。」

「拿給我吧，我沒吃飽。」

洛陽笑了，把盤子推給她，自己靠著石桌旁邊的書架閉目養神。很久之後他睜開眼睛，看到桌上的蚵仔煎、涼麵、洋蔥圈、魷魚圈被一掃而光，只剩下一點點殘渣。

「飽了？」

「嗯，」洛枳低頭用面紙擦擦嘴，「有點撐。」

「有什麼高興的事嗎？我看你好像氣色不錯。」

洛枳抿嘴笑起來，眯著眼睛不回答。

然後就是更長時間的沉默。店主和服務員都在門後另一個房間裡聊天，有些清冷的小屋裡只有他們兩個相對無言地坐著，死盯著面前的盤子。

「票已經訂了嗎？」還是洛陽打破了沉默。

「明天直接去火車站碰碰運氣，學校附近的訂票點沒有臥鋪。」

「我大年初一的時候才能回家，上個月訂了機票。如果你明天買不到票，趕緊打電話給我，我幫你聯繫一下我們公司用的那個代理商，實在沒辦法就坐飛機回去吧。」

洛枳點頭，歪著腦袋忽然笑了。

「笑什麼？」

「沒，」她笑眯眯地搖搖頭，像隻善良的小狐狸，「這個氣氛……沒什麼可說的，我還是回學校吧。吃人家嘴短，拿人家手軟，我會閉緊嘴巴的。」

洛陽有些啼笑皆非：「那你原本想問什麼？」

「你當時電話中提到的『她』。」洛枳索性直視他，不再東拉西扯。洛陽還是笑，笑得越來越淡，最後望著天花板上的吊燈出神。

上午在影印房簽字趕製資料的時候，他聞著影印機獨有的那股奇怪的味道忽然很想吐，有些眩暈。想起下午即將見到洛枳，那個還在校園中純純的妹妹，低頭再看看自己一塵不染的皮鞋，洛陽有些恍惚。等待資料送達的五分鐘裡，他用代理IP登錄了Z大的校園網，只是工作了半年，曾經的學生時代就恍如隔世。BBS上面因為校園熱點事件蓋起的口水高樓，在他看來無異於扮家家酒的小朋友壘出的沙堡。

洛陽回過神來，蒼白的燈光下，洛枳清澈的眼睛正不依不饒地緊盯著自己。

「一個小師妹，以前關係不錯，大一都快念完了，不知道什麼原因忽然就退學了。你嫂子對我們有點誤會，不過後來澄清了，就這麼簡單。」

洛枳愣了一下，低下頭微微思考了一會兒，沒有繼續問下去，只是笑著點點頭：「算了，我不問了。不過，哥，我希望你能珍惜念慈姐。」

她自己也覺得這種囑託肉麻而無意義，洛陽卻並沒有笑她。

她說讓他珍惜陳靜，卻不敢問，他是不是真的如她一直以來所想的那樣深愛著陳靜。

「還用你說？傻丫頭。」

「那就付錢。」

洛陽無奈地笑了，伸手摸摸她的頭，喊了服務員結帳，一邊掏錢包一邊順口問：「上次在牛排店門口，那兩個人是誰？一男一女。」

洛枳愣了一下，旋即摸摸鼻子：「沒誰，都過去了。」

洛陽也不再追究。所有一言難盡的故事，他們都學會了不再刨根問底，也沒有時間和心情再去聆聽細節。很多時候彼此需要的不過是詢問時表現出的關切而已，所以乾巴巴的一句話，就已經足夠了。

洛陽看著洛枳消失在學校門口，才轉身鑽進了等在一邊的計程車裡。

連著幾天不分日夜加班，他終於可以好好休息一番了。剛打開公寓的門，他就看到帶著黑眼圈的室友從廚房端出泡麵，端坐在客廳一邊吃一邊看中央六臺的國產電影。他疲憊地打了個招呼就回到自己的房間，倒頭便睡，連襯衫都沒有脫。

一覺就睡到早上八點，他竟然連睡了十二小時有餘。

而且，竟然夢見了她。

洛陽夢見丁水婧在接到第四通電話的時候終於下定決心關手機的樣子，嘴角帶著乖乖女的笑容，手指卻堅決地按下了關機鍵。這個畫面持續的時間很短，只是一個片段，夾雜在其他亂七八糟的夢中間，顯得很突兀。

可他醒過來的時候，不記得所有連續不斷的亂七八糟，唯獨記得這個短暫的瞬間。

冬天的陽光灑在被子上，浮塵在空氣裡招搖。

那時候，講臺上的老田正十分投入地講著三位一體。

「聖父、聖子、聖靈，這三者的關係會有多種不同解釋，其中也產生了很多矛盾和紛爭，最終導致了基督教的一次分裂，我們常常談起的天主與東正的分歧之一就是對這三者關係的不同理解。一會兒我們的討論課就從這個話題和宗教戰爭開始說起。」

丁水婧在紙上隨手畫了一大一小兩個人手牽著手，大人吐出一個煙圈一樣的東西，她為它畫上了個尾巴，在邊上寫上「Hi, holy ghost（你好，聖靈）」。她正要為大人的頭上畫上光圈，描了一半，本子就被老師抽走了。

「大家看，丁水婧同學的畫充分揭示了東正教的觀點。」

底下有善意的笑聲和掌聲，洛陽看了看丁水婧的側臉，她的嘴角微微地上翹，眼睛裡滿是俏皮的得意。

洛陽窩在溫暖的被窩裡不想起床，閉上眼睛就好像聽到了老教室裡空蕩蕩的笑聲。

幾乎每堂課，老田都會拿丁水婧的畫來當輔助講義，大家習以為常。中世紀史是一堂公共選修課，主講的田學平是歷史系有名的包公臉，因此選課的學生並不多。

丁水婧為大家所熟悉，只是因為第一堂課裡，她坐在第一排正中央，居然在本子上畫老師的漫畫。老田一招「空手奪白刃」把畫紙抽走，對她怒目而視，然而丁水婧只是淡淡地笑了一下，平靜地問：「老師，您看，我畫得像嗎？」

回想起來真的很奇怪，這堂課開設了多年，課堂氣氛一直死氣沉沉，那天竟有幾個同學起哄說，展示一下看看吧。一直都板著臉講課的老田自己偷偷看了一眼，噗哧一聲笑了，大家就更壯著膽子說展示一下、展示一下。

果然很像，老田的招風耳、黝黑的臉和招牌的歪嘴笑容——底下笑成一片，居然還有掌聲。老田說：「要不是你畫得像，我都懶得管你，來，上講臺來自報家門吧。」

「大家好，我叫丁水婧，是國際政治學院國際法專業的新生。」

老田揚揚眉毛說：「喲，我還以為小才女是藝術學院的，下次別畫得那麼好，我就不會注意到你了。有時候天賦也是一種負擔呢。」

丁水婧有一瞬間的失神，然後聳聳肩膀說「謝謝老師」。洛陽現在也不知道自己當時是怎麼了，在丁水婧回到座位上的時候從後面遞給她一張字條，上面寫著：「你好，我是數學系的洛陽，已經大四了，就在你身後，認識一下。」

十分輕浮的搭訕。

一年後的畢業生酒會上，洛陽站在臺上敬酒發言，底下的同學忽然起哄，讓模範情侶洛陽和陳靜講述戀愛史，從剛認識的時候開始講。洛陽並不喜歡鬧哄哄的場面，底下熟悉不熟悉的種種面孔看得他頭皮發麻。不過也沒有什麼難以忍受的，畢竟在別人看來，他和這種熱鬧溫馨的場面再契合不過了。

「就那麼認識了唄。」他隨口說。

「高中同桌而已，」陳靜在一旁溫柔地接上，「高一時還是我先跟他說第一句話的。」

「什麼啊，原來是嫂子主動啊。我們大家誤會了這麼多年啊，老大太不像話了。」宿舍的老三在底下起哄。

「你以為我像你啊，搭訕漂亮小姑娘是我幹的事嗎？」

洛陽自己剛說完，就在大家的哄笑聲中愣住了。

那一刻，他好像又看到丁水婧轉過身來，好看的臉上是慵懶的笑容。「嗯，我最討厭數學。你好。」

和丁水婧這樣打過招呼之後，兩個人就再沒有說話，下一週的中世紀史課前，洛陽走進教室的時候，看見丁水婧坐在第一排朝他招手，臉上是落落大方的笑容。於是他走過去和她坐在一起。

丁水婧的桌子上有兩本書，一本是老田指定的教材《中世紀簡史》，另一本實際上是她漂亮的塗鴉本。丁水婧聽課很不認真，總是在書上面塗塗畫畫，有時候老田不知道說了什麼觸動了她，她就會很快地翻開塗鴉本，亂寫亂畫一陣子。

丁水婧永遠都坐第一排，畫的畫永遠會被老田發現，被發現後她也不怕，仍然懶洋洋地在下面接老田的話，一老一少、一唱一和的樣子讓人覺得很溫馨。洛陽腦海中對於中世紀史那門課的知識已經所剩無幾，然而他始終記得丁水婧頻繁振動的手機。她似乎有那麼多的朋友，簡訊不斷，劈劈啪啪的按鍵聲像冬日的柴火燒得正旺。

那天正好是期中課堂即興辯論會，法學院的學生和歷史系的學生爭先恐後地站起來慷慨陳詞。老田也意氣風發地參與評論，好像歲月倒流，皺紋都舒展開了。最後老田終於想起了丁水婧，在下課前，他帶著一臉饒有興味的笑容看著丁水婧說：「我們的畫家同志想說點什麼嗎？」

當時，丁水婧剛剛推了洛陽一把說「你看你看」，冷不防被點名，發出了很響亮的一聲：「啊？」洛陽聽到了笑聲，很善意的笑聲。大家都把這個小妹妹當成迷糊而又搞笑的角色。她是課堂的吉祥物，所有人都很喜歡她，常常會有人在進教室的時候和她打招呼。洛陽問起，丁水婧往往會恢復一臉懶懶的表情說：「其實我不認識。」

丁水婧慢慢地站起來，先是看了洛陽一眼，然後朝老田笑笑，像個孫女一樣討巧的笑容。大家都因為她奇怪的安靜而把目光聚焦在她的身上，等待著她說出和以前一樣賣乖的笑話。然而，丁水婧溫柔的聲音、流暢的語言和臉上天使般的笑容使氣氛來了一個逆轉。

那天丁水婧的侃侃而談讓老田很高興，洛陽卻很困惑。老田做總結的時候，洛陽問丁水婧：「你剛才推我想要說什麼？」丁水婧連忙翻開塗鴉本，指著上面的一個人頭說：「你看，這個人像不像剛才說『信仰是思想懶惰的一種表現』的那個男生？」

大大的鼻子和善良的眼睛，還有一頭亂髮。

「嗯，像，當然。」

丁水婧很得意地笑了，又在本子上面塗了兩筆：「你看，現在他像不像老田？」

洛陽差點一口水噴出來，果然，丁水婧這個舉動讓洛陽一瞬間懷疑，發言的男生是老田的私生子。

讓洛陽欣賞的是，她並不是沒有注意到大家對她發言的讚賞——畢竟，能做出那麼精彩大方的即興演講的人不可能是不懂得體察觀眾的人，可是丁水婧就像習慣了一樣，並不是出於羞澀和謙虛而與洛陽避而不談，只是因為習慣了，所以才懶洋洋地沒什麼興奮和驕傲。

因此洛陽沒有誇她，沒有像對其他女孩子一樣笑得很溫和地說：「啊，誰說美女肚子裡沒有墨水？」

洛陽從來都不是喜歡計較輸贏和氣勢的人，他心裡通透，做事穩當，人緣也極好，自然不會在她面前自卑。可是不知道怎麼，他就是不想誇獎她，不想讓她像對待別人一樣，詫異地看自己一眼，然後淡淡地說：「哦，謝謝，也就那麼回事，沒什麼了不起的。」好像這樣自己就會在丁水婧心裡被劃歸為某類俗人，再也沒有變得特別的可能。

特別。洛陽在那間舊教室裡盯著琥珀色的光影，慢慢地、慢慢地，開始感覺到胸腔中的心臟格外有力地跳動起來，怦怦，像強勁的幫浦，連帶耳邊也開始轟鳴。他回過頭看她，發現她也正側過臉看自己，笑得俏皮，裡面包裹著一絲過早顯露的默契和隨之而起的欣喜。

她笑得很好看。他想。

生活總是深深淺淺、光影交錯。有人得到濃墨重彩，有人輕描淡寫地經過，有人在你生命裡屢屢劃過卻留不下痕跡。而有些人，一面之緣就嵌入大腦回路深處，走進記憶裡，彷彿不請自來，過期居留。

「你畫畫真的很有靈氣，」他拿過那張塗鴉仔細地端詳每一筆的走向和紋路，突然轉頭看她，「你畫一張我的畫像，行嗎？」

他們離得有點近，洛陽轉頭的時候意識到了這一點，不動聲色地將脖子向後縮了縮，又像煞有介事地舉起紙，朝著另一邊有光線的方向抖了抖。

他聽見丁水婧在背後笑。回頭的時候，她已經拿著本子在畫了，只是用左手擋著，不讓他看見塗鴉的過程。

「別人看著我就不好意思。」她沒有抬頭，嘴角卻彎著。

然而，洛陽看到的是兩個人的畫像，半身，並肩站著，分別靠近紙的左右兩側，中間留出了一個人的空白。

「這是……」

「我覺得，人的特徵和神韻，還是在與別人互動的時候最容易表現出來。我沒看見過你和別人在一起時是什麼樣子，所以就畫了我們。」

洛陽定神盯著，畫中的自己不知道為什麼，好像活潑得過分，像個大一新生。

「這幅畫哪裡有互動？」

「當然有，」丁水婧用炭筆的另一端在紙上畫了個圈，頓了頓，卻又抬起頭笑，笑得洛陽不敢直視，「你看不出來嗎？」

「好吧，那這幅畫送給我吧。」

「不行，我覺得畫得很好，我要自己留著。」

女人無理取鬧起來真是奇怪。還好陳靜不是這個樣子。

當然有時候，奇怪點也沒什麼不好的。他想。

下課的時候，陳靜忽然出現在門口，朝他招招手，指指右手拎著的外賣，溫柔地歪頭一笑。

洛陽的餘光看到丁水婧狡黠的微笑，八卦得恰到好處。

「女朋友？」她問。

「是。」他朝丁水婧點點頭，拎起書包先一步離開了教室。

「學妹？」陳靜問。

「是。」

回過頭，他看到女孩伏在桌面上望著地面上的某一點，美好的側面彷彿安靜的油畫。正午的陽光從厚重的酒紅色窗簾縫隙漏進階梯教室，正好打在她身上，就像上帝偏愛的聚光燈。

她恰好也偏過臉看他們，嘴角向上一勾，若有所思地打量著。

洛陽心中悚然一動。

世界上很多事情，都開始於那一眼若有所思的打量。

「學妹嗎？」他回過神來，身邊的陳靜依舊溫柔地笑著，像時間打了個旋兒。

「你剛才問過了。」他笑，左手接過外賣，右手輕輕牽住她。

褲子口袋裡的手機「叮」的一聲，提示新訊息。

是丁水婧說：「你和你女朋友的關係真有趣。」

他不知道這句話是什麼意思。

# 第74章 Two strangers fell in love（兩個陌生人墜入愛河）

洛枳是早上五點鐘被江百麗的手機鈴聲吵醒的。然而手機的主人還在上鋪睡得酣熟，翻了個身，硬是將那個又吵鬧又振動不停的「炸彈」從縫隙裡砸在了下鋪洛枳的肚子上。

洛枳咬著牙爬起來，正要敲床板，忽然瞥見螢幕上閃爍著的「陳墨涵來電」五個字。

洛枳思考了兩秒鐘，還是決定把江百麗弄醒，讓她自己來面對這個事實。然而拿著手機爬梯子的時候，拇指不小心碰到了接聽鍵，手機並不是揚聲器免持狀態，可她還是隔得老遠就聽見裡面幾乎是撕心裂肺的一句：「你自己和她說，和那個賤人攪在一起相提並論，我都為自己丟臉！」

「你別鬧了！」

洛枳呆呆地聽著江百麗的手機兢兢業業地用那不怎麼靈光的破喇叭播放著陳墨涵和戈壁機關槍一樣的爭吵聲。她連忙再爬上去兩級，狠狠地推著江百麗的肩，用氣聲喊著她：「喂，醒醒！」

電話卻在此刻斷了。

洛枳聽見的最後一句話並不完整：「江百麗，你給我聽好了——」

陳墨涵的話斷在半截，她猜是戈壁將電話摔了。

江百麗此時才睡眼惺忪地坐起來：「幹什麼？」

睡意全無的洛枳將手機塞到她手裡：「未接來電，你……」話音未落，江百麗卻身子一歪，靠著牆斜斜地躺倒，就這樣睡了過去。

她靜默了一會兒，將手機輕輕地放進江百麗睡裙胸口的口袋裡，然後下了梯子，鑽進被窩，拿起自己的手機，熟練地撥通了百麗的號碼。

又一陣讓人心悸的響鈴加振動劃破了黑沉沉的空氣，不同的是，這次伴隨著江百麗心悸的尖叫聲。洛枳的心裡終於舒坦了不少。

江百麗聽洛枳講述了剛才那個短暫的電話的全部內容後，好長時間沒說話。

「看樣子，前女友的復仇計畫進展得很順利嘛。」洛枳打趣道。

她已經徹底清醒了，那個被打斷的夢境像急速退去的潮水一般，無論她如何努力伸手挽留，夢中的情景已經模糊得不可救藥。

可她始終記得，她夢見了火葬場的那個紅衣服的女人。

她的五官就像退潮時遺落在沙灘上的貝殼，在淡退的薄暮中，竟然越加清晰。

洛枳正要著魔，突然聽見上鋪江百麗的鬼哭狼嚎。

「反正我煩死啦！」江百麗不斷地踢著被子。

「矯情。得了吧，我知道你心裡歡喜得很。」

江百麗急急道：「不是，真的不是……雖然……但不是！」

上鋪安靜了好一會兒，江百麗才聲音低落地說：「其實，是我在找碴。戈壁他應該是可憐我吧，所以才主動找了我好幾次，也許是希望和我做朋友。但我從來沒給過他一句好聽的話，總是用各種方式刺激他、諷刺他。我沒想到，他不像以前那樣脾氣暴躁地和我翻臉，不管我說了什麼。你別笑我，我從沒見過他那樣低頭，我真的……」

洛枳盯著頭頂棕色的密度板，手指敲著床沿，輕輕地說：「我覺得，分手後，只有不甘心的那個人，言談中才會總帶著機鋒。」

江百麗止住抽噎。

「他讓著你，也許是因為還愛你。不過我倒覺得，這只是表象，他早就不需要再通過言語上的勝利和壓制來彰顯他的優勢地位了。和談戀愛的時候不一樣，他早就贏了。適當低頭，可以讓你不要為他製造太多麻煩，緩和關係，甚至能讓你再多愛他一會兒。」

洛枳也不知道自己是不是應該繼續，狠狠心，還是說了：「我不知道對他來說，這種多一會兒的愛到底有什麼作用，可是對你來說，肯定沒意義。」

「洛枳，」江百麗有些底氣不足地說，「有時候，你把戈壁想得太壞了。」

「沒，」洛枳笑，「我只是對你的魅力有正確的認識。」

「滾！」江百麗從床沿探出頭，氣急敗壞地將手機像扔手榴彈一樣朝洛枳砸了過去。就在這時，手機華麗的鈴聲再次響了起來。江百麗臉色煞白，不安地盯著下鋪正在打量螢幕的洛枳，頭髮倒垂下來，像個女鬼。

洛枳抬頭朝她冷笑了一下，直接接起了電話。

「對不起，您撥打的用戶正在耍脾氣。」

江百麗差點一頭栽下來。洛枳聽了幾句後，對電話另一端說道：「我會告訴她的。」然後就掛斷了。

「誰？」

「你家顧叔叔。他說希望沒有打擾到你，他現在在巴黎，午夜時分，剛和客戶吃完飯，窗外就是艾菲爾鐵塔，忽然想起你很喜歡巴黎，就很欠考慮地打給你了。不過沒想到是我接的，跟我說不要吵你了，轉告他的話就好了，保重。」

江百麗有些呆，迅速將頭縮了回去，不知道是不是臉紅了。

「真浪漫。」洛枳眯著眼睛，憤怒地盯著江百麗那隻貼滿了 Hello Kitty 貼紙和水鑽的手機，心想，早上五點鐘打電話的精神病竟然都和自己的上鋪有染。

「我們沒什麼的，」江百麗表白道，「顧止燁他什麼都沒說過。」

洛枳反應了許久，才明白「什麼都沒說過」的含義。

她以為他和江百麗打得火熱，也親見他對百麗的呵護與關心，但追根究柢，仍然只是恰到好處的牽腸掛肚，百分之百的遊刃有餘。

只是曖昧，輕輕地吹著耳邊風。

「唉，老男人呀。」江百麗乾笑。

「三十幾歲，名字騷包的家族企業闊少而已，」洛枳翻了個身，「比你多活了十年，自然段數高。這不是你前陣子特別喜歡的成熟類型嗎？」

「其實，我沒那麼堅貞啦，」百麗的聲音溫柔如水，「可是我覺得我搞不明白他，就在眼前，卻不知道怎麼接近，我又擔心是自己在自作多情，所以全都是他在主導。」

「你以為小說裡泡上闊少的女生都是吃素的啊？」洛枳被她逗笑了，「光記著賊吃肉，沒看見賊挨打。」

江百麗尖叫起來，沒有手機可扔，就把眼罩扔了下來。

「不過，」鬧了一陣江百麗沉寂下來，「我承認我有點喜歡他，但也沒那麼喜歡。可能是條件太好了，我從來沒想過這種誘惑會降臨到我頭上。」

然而她此生的怦然心動，被確確實實的喜歡鋪天蓋地砸中的心動，永永遠遠地與路燈下倚著車微笑的少年連在一起。

不是不會再遇見愛情。只是長大了，見識得多了，再也不會用那樣的方式遇見愛情了。

洛枳想到了盛淮南。

「你知道嗎？戈壁和我說，說他和陳墨涵在一起，沒有想像中快樂，反而沒有和我在一起的那種……感覺。」

「那還不簡單，廢什麼話，讓他和陳墨涵分手啊！不分他不是男人。」

江百麗再次將頭髮垂下來：「你吃炸藥了？」

洛枳愣了愣，她也發現自己格外興奮，一大早睡不著的原因或許不全是電話的錯。

「其實我也覺得他在說謊，」江百麗輕聲說，「你知道嗎？顧止燁告訴我，當你覺得男人可能在撒謊的時候，他就一定是在撒謊。我說，他不認識戈壁，不了解他。他說，認不認識都不會有錯。」

怎麼不認識。洛枳皺皺眉，卻不得不承認顧止燁這話很有趣。

「為什麼呢？」

「他說，因為他就是戈壁。」

洛枳的心跳漏了一拍，她也不知道自己在擔心些什麼。明明只是一句蠻有道理的、善意的警示。她正在思考的時候，聽見了上鋪江百麗沒心沒肺的笑聲。

「不過洛枳，我現在覺得挺開心的，考完試了，最難熬的分手初期也挺過去了，馬上要過年，還有顧……總之啦，我覺得我應該開心點，其實人生挺美好的，什麼都不缺。」

洛枳翻了個白眼：「能這麼想的人，至少缺心眼兒。」

這次連枕頭都扔了下來。

洛枳走進法導考試教室的時候，發現平時只坐了寥寥數人的最後一排此刻已經滿滿當當，甚至最後三排都已經被瓜分完畢，一群人隔位就座，正低著頭狂翻書。

正在這時，她看到階梯教室中間有個「黑人」正朝自己誇張地揮舞手臂。

「替你留位置啦！」

張明瑞占了一整排位置，洛枳這才知道他在這個課堂上竟然有這麼多熟人。

「這位是文科生姐姐，抓緊時間，快點拜！」

旁邊幾個五大三粗的男生聞言趕緊做出熊貓燒香的動作，對著她念念有詞地拜了起來。洛枳哭笑不得地放下書包，轉身看著張明瑞說：「複習得怎麼樣了？」

張明瑞聳聳肩：「他要是敢當我，我就廢了雙學位，不學了。你沒看見嗎？」

他說著，指著自己的下巴，睜大眼睛：「我複習得都瘦了兩圈，你看你看，瓜子臉！」

「……瓜子尖朝上還是朝下？」

在一群大漢對著表情扭曲的張明瑞捶桌狂笑的時候，洛枳感覺到一隻手搭在了自己的肩頭。她回過頭，盛淮南站在比自己高一級的臺階上，像高中時一樣單手拎著書包，微笑著看她。

「複習得好嗎？」

洛枳定定地盯著他拎著書包的手，脫口而出：「我寫過好多次了。」

他的習慣，在日記裡。

「什麼？」

她回過神來，笑著搖搖頭。盛淮南也不追問，揉了揉她的頭髮，走下來把書包挨著她的放下。另外幾個男生紛紛起哄道：「原來是你的妞啊，太好了，能不能借我們抄一下……」

你的妞。

洛枳看到張明瑞咧著嘴，又合上，又咧開。她轉過頭避開他的無措，放下折疊椅坐好。盛淮南坐到了她左邊，張明瑞原本坐在她右邊，此刻忽然站起來，拿著書包，帶起一陣風。

然後又坐下。

他摸索著拉開書包拉鍊，從裡面掏出一袋花花綠綠的樂事洋芋片。看到洛枳注視著他，笑了笑，說：「早上沒吃飯。特意來占位的。你可得靠譜哦。」

洛枳默默點頭，深吸一口氣，咬著嘴唇什麼都沒說。

張明瑞費了半天勁才打開，吃了兩口，突然毫無預兆地無聲笑起來。

「為什麼呢？」

「嗯？」

張明瑞認真地看著洛枳，慢慢地說：「為什麼，每次打開黃瓜口味洋芋片的一瞬間，我就忽然很想吃番茄口味的。」

洛枳點點頭，說：「是啊。」

我也是呢。

考試波瀾不驚地結束了，被起哄說要肩扛大任的文科生洛枳最後什麼忙都沒幫上。六道申論題，滿考卷的空白，所有人都奮筆疾書，不會的題目也長篇大論，誓要亂中取勝，看花閱卷人的眼睛。

只是考試進行到一半的時候，後門忽然被推開，兩位帶著紅袖箍的五十歲左右的女老師長驅直入，直直地走向倒數第四排坐在最外側的一個鬈髮男生，動作俐落地從他的抽屜中掏出一本書，摔在了桌面上。

男生的考卷留在桌面上，本人垂著頭收拾好書包，跟著那兩位不苟言笑的女老師離開了教室。

「他完蛋了，」盛淮南看向講臺，用很輕的聲音說，語氣中有些惋惜，「按規定，只要一次就沒有畢業證書了。」

驚心動魄的小插曲很快被大家拋在腦後。洛枳有些心慌，更加規規矩矩，寫到手酸。

考場的前門被鎖住了，考試結束後，洛枳隨著浩浩蕩蕩的人群往後門走去，她低頭專心繫著外套的扣子，一抬頭就在前方看到了鄭文瑞那張浮腫的白臉。鄭文瑞在她看過來的瞬間轉回了頭，走得莊重。

一級一級寬臺階，一級一級邁上去，在嘈雜的人聲中，鄭文瑞的身軀在她眼前晃，好像一抬鼻尖就會撞到。

盛淮南卻在這時候從手機上翻出一則笑話，伸到她眼前讓她看：「我剛開機時收到的，你看！」她翻了個白眼，他卻笑出一口白牙，說：「目測了一下，還有七級臺階就結束了。」

洛枳聽懂了，也轉過臉朝他微笑。

下午，盛淮南去上GRE課，洛枳拉著江百麗在她離校之前做最後一次大掃除，從她桌底下掃出不少滿是灰塵的小物件，都是她平時大呼小叫到處找不到的。

洛枳捏著一盒包裝還沒拆的萬寶路問她：「你也不抽，有害健康，替你扔了吧。」

江百麗正蹲在地上饒有興致地看一本剛掃出來的髒兮兮的言情雜誌，頭也不抬就「唔唔」地答應下來，過了一會兒才大叫一聲從垃圾桶裡將煙撿了回來。

「好不容易才鼓起勇氣買的，雖然沒怎麼抽，也別扔了呀，多浪費。」

「你抽煙的方式才叫浪費。」

「就你懂。」

「本來嘛，」洛枳放下掃帚，「真正會吸煙的人，都是真的吸進肺裡面，然後鼻子、嘴巴一起吐煙圈的。你只是在嘴巴裡面過了一遍而已。」

「你吸過？」

「我看電影的。」

洛枳這樣說著，心裡想到的卻是洛陽。半年前的那個暑假，她結束了大學一年級的生活，而洛陽剛剛到北京安家落戶。回鄉的火車是洛陽去月臺送她的，列車緩緩開動的時候，她看到洛陽低頭點了一支煙，深深地吸一口，吐出來，被風拉扯成一條白線。

那是她第一次看到洛陽吸煙，也是第一次看到他的眼睛裡波濤洶湧。他沒有看她，卻和他的煙一起注視著鐵軌的盡頭，不知道在想什麼。

陳靜並不知道洛陽吸煙。洛枳也再沒見過洛陽在她們面前吸煙，甚至從未聞到過煙味。可他低頭點煙的樣子，熟練而自然，好像煙已經是他不離不棄的老朋友。

五點半，洛枳準時出門去三食堂，繞過堵在門口排隊買燒烤的人群，停在了距離賣麵包餅窗口幾公尺遠的地方。

張明瑞穿著上個星期她代許日清轉交給他的外套，只露出一段黝黑的脖子。

她想起在DQ那天，他們看到鄰桌夫婦抱著的十四個月大的小娃娃。張明瑞大呼可愛，還大言不慚地說，自己以後一定也會有個這麼招人疼的兒子。

洛枳當時用小勺挖著冰炫風，笑得邪惡。

「你可別找長得太白的姑娘啊。」

「為什麼？」他果然愣頭愣腦地追問。

「會生出斑馬來的。」她還沒說完，就開始哈哈笑。

洛枳回憶起一幕幕，心裡五味雜陳。她不知道盛淮南在面對無以為報的喜歡的時候，究竟是什麼心情。

也許不會像她現在這樣心軟而酸楚。

所以才會有很多人因為這份心軟而做蠢事，比如藕斷絲連地「做朋友」——給對方渺茫的希望和無用的安慰，看到那短暫的緩和，自己也會減輕心中的愧疚吧？

她固然知道張明瑞不需要她的同情，正如她拒不接受盛淮南的憐憫。

想想你自己，想想你自己，這沒什麼，她在心中不停地默念。

洛枳在張明瑞刷了飯卡端起盤子的瞬間，閃到了柱子後面。

她想等張明瑞找好地方坐下來吃飯了，再沿著他視覺死角的方位找路線離開。

然而，張明瑞一直端著盤子走來走去。這時候的食堂人並不多，空位子到處都是，可他抻著脖子看來看去，似乎怎麼也找不到一個賞心悅目的座位——洛枳迷茫地偷看了許久，忽然心中雪亮。

「以後你不想吃三食堂的麵包餅的時候，千萬記得告訴我。」

張明瑞說過好多次。

他不是在找座位。他是在找她。

洛枳閉上眼睛，讓眼皮和黑暗一起阻擋滾燙的淚水，竟然真的硬生生地忍了下來。

那個男孩已經找得有些疲憊，失落的神情掛在臉上，眼睛卻沒有放棄搜索。洛枳猜不出，她不來三食堂的時候，他到底需要找多久才能認命地坐下來吃飯。

張明瑞看著大門口的方向，忽然笑了，男孩端正的臉上仍然是倔強的神情，嘴角卻翹得勉強。那個自嘲的神情只持續了一秒鐘，他就低下頭，將盤子裡的麵包餅倒進了旁邊的回收臺，大踏步地離開了。

他也許從來就沒有喜歡過麵包餅吧，洛枳想。

她記得自己高中的那本日記最後一篇的最後兩句話。

那是已經記不清出處的摘錄。

Two strangers fell in love.

Only one knows it wasn't by chance.

兩個陌生人墜入愛河，只有一個知道愛絕非巧合。

再也不會有男孩端著麵包餅，「偶然」地出現在她面前，說：「好巧啊。」

她也不會再出現在賣麵包餅窗口的隊伍裡了。

# 第75章 紅玫瑰與白玫瑰

洛枳與江百麗一起將碩大的箱子搬到宿舍樓門口，洛枳幫她刷卡撐開了電子門。

「一路平安！」洛枳擺擺手。

「提前拜個早年哈！」百麗笑著招手，拖著紅色行李箱的單薄背影隱在薄薄的晨霧中。顧止燁送她去火車站，因此一大早將車開進了學校，停在不遠處的十字路口，人站在車尾吸煙，遙遙地對洛枳點了個頭。

洛枳並沒有在學院統一訂學生票，她每次都是回家前一個星期自己跑去學校附近的訂票點，因為只有這樣才可能買到臥鋪。然而這次春運的情況比往年更加緊張，訂票點全數告罄，洛枳在送走百麗後，也不得不一大早趕赴北京站碰運氣。

從地鐵口走出來的一剎那，她又有些恍惚。每次來北京站，她都會覺得胸口處有種不知名的感慨，跟著心臟一起跳動著。站前廣場黑壓壓的人群，彷彿是上帝失手潑下的墨跡，所有人都面目模糊，卻在廣場上空蒸騰起一片交織著焦躁恐慌的煙雲。

洛枳的目光瞥向三五成群緊摟著大包小裹擠坐在燈柱下面的農村女人，視線在她們的頭巾和飽經風霜的眼角、嘴角打了個結，迅速轉開臉。

她深吸一口氣，朝著售票大廳走過去。大廳裡倒還算井然有序，票務資訊螢幕下面有十幾個窗口，後面排著一列列的隊伍。洛枳研究了一下資訊螢幕，赫然發現近幾日去R市的各種臥鋪票已經售完。

碰碰運氣吧，她想，於是挑了最短的那列隊伍站在了最尾端。隨身聽裡面的音樂極大地緩解了她的無聊，黯淡的售票大廳似乎也被旋律上色，宛如通過攝影機濾鏡，她也成了電影的一部分——配樂永遠跟著她，隨著歌曲的情緒起伏，面無表情地在心裡演繹各種悲歡。

洛枳等了一會兒才發現隊伍紋絲不動。她往旁邊走了幾步，向前面張望，才看到視窗處堵了四五個人，還不時有人晃過來企圖插隊。很快隊伍中就有了躁動的氣息。

規矩是一種最容易被破壞的東西，不遵守規矩會帶來額外的利益，利益不均又會導致因為不公平而產生的憤怒不滿，對於公平的追求恰恰又會打破平衡，最終被踩得一地渣滓的，就是形同虛設的規矩。

比如現在。她嘴角上翹，一臉譏諷地看著姍姍來遲的工作人員在隊伍裡進行調解，已經有四五個人吵了起來。

「洛枳？」

她從看熱鬧的心情中被喚醒，回頭時，竟看到盛淮南的臉。

白色羽絨衣的挺拔少年，短髮清爽，笑臉盈盈，彷彿是上帝潑墨時不經意遺留下來的空白，在人潮湧動的售票大廳，有種不真實的光彩。

她眼裡的他，總是蒙著薄紗。

「你怎麼在這裡？」

「我剛剛去送團委陸老師的小兒子上火車。今天團委有活動他脫不開身，讓孩子自己坐動車又不放心，所以讓我來送送他。剛才本來想直接坐地鐵回去補一覺，又覺得正好來了火車站，不如到售票大廳參觀一下春運盛事，結果居然遇見了你。」

他喘了口氣，然後用無可奈何的眼神看她：「你為什麼不告訴我你一大早要來買票？我陪你過來不好嗎？」

自從那天夜襲圓明園後，她在法導考試之外就沒有見過他，只是通過電話、簡訊聯繫。盛淮南的簡訊不再回覆得時快時慢、飄忽不定，然而洛枳擔心打擾到他的GRE課程，很少和他聊個沒完。

「我是你男朋友啊，你應該叫我的。」

排在隊伍前面的中年女人聞聲回頭，肉色套頭毛衣，繡花牛仔褲，襯得人又黑又胖。她齜著牙，一邊笑一邊用指甲剔著牙。

洛枳一愣，下一秒鐘就被盛淮南拉出了隊伍。排在她後面的大媽也不客氣，趕緊上前一步將她的位置頂替了。

拜她所賜，半天不挪動的隊伍終於向前面移了移。

洛枳惋惜地回頭看著隊伍：「我好不容易排了半天……」她脫口而出，轉回來果然看到盛淮南垮下眉毛，一副恨鐵不成鋼的表情。

「排什麼排啊，顯示幕上都說沒票了。」

「萬一我排到的時候，有人退票了呢？」

洛枳被盛淮南用「你是白痴嗎」的表情看得耳朵發燒，認命地垂下頭：「好吧，那我只能坐飛機了。」

「坐什麼回去交給我，」盛淮南把雙手壓在她肩上，「你先告訴我，為什麼不和我說，你今天要一早趕過來？」

洛枳被他近在咫尺的直白的眼神逼迫得六神無主，目光漸漸下移到他的嘴角，又想起做夢一樣的翻牆經歷，第一縷晨光中的親吻，以及自己在酒精作用下放肆的笑場，心就突突地跳得劇烈。

她從來沒有在清醒的情況下，和他這麼近。

過了許久，她終於決定講實話。

「我習慣了一個人。不想麻煩你。」

「可我是你男……」

「這個我更不習慣！」她急了，就喊起來，惹得旁邊不少人側目而視。

盛淮南定定地看著她，臉上的表情不是困惑，也不是憤怒。她看不懂，只能用軟軟的語氣，繼續實話實說：「我的確從來沒有想過在一起以後的事情。」

和日記本相依為命的少女時代，她有時候會用第二人稱來與假想中的盛淮南對話，一邊在心中鄙視這種行為，一邊無法控制地臉紅心跳，像孤零零地在太空中遨遊的衛星，日復一日地將來自地球人的信號傳送給不知在哪裡的外星人。

倒也漸漸習慣和平靜。

然而，即使她高中時一直在和他「對話」，即使她曾覺得冥冥中自有定數，即使曾經堅信「我們一定會在一起」——她也從來沒有想過，在一起後，應該怎樣，又會怎樣。

和她處心積慮、全副武裝的接近不同，現在他們真的接近了，毫無偽裝。

「我也不知道談戀愛該是什麼樣子，你輕輕鬆鬆地就能說是我……男朋友，可我真的不知道女朋友要怎麼做，是不是所有事情都要一起做，是不是能自己解決的事情也要折騰你，是不是……」

盛淮南忽然在人滿為患的大廳裡哈哈笑了起來，眼睛都眯成了一條線。

他一把將洛枳拉進了懷裡，她也跟著他的胸腔一起共鳴。洛枳一下子懵了，旁邊人的目光讓她趕緊閉上眼睛，深深地將頭埋進他的懷裡，埋進她一直喜歡卻被他說成是沖不乾淨的洗衣粉的清香中。

「沒談過戀愛啊，沒關係。我談過，我教你。」他的聲音中滿是笑意，堅定而溫柔。

洛枳一愣，先是羞澀地笑，反應過來後狠狠地踩了他一腳。

她瞪著他：「談過戀愛了不起啊？」

盛淮南笑得更開心：「吃醋？這就對了，恭喜你進入角色。」

他們離開了售票大廳，坐進旁邊的肯德基，好不容易在大包小裹的旅客離開後搶占了一個雙人桌。

盛淮南把洛枳按在座位上，然後站起身，說：「吃早飯了沒？你要沒什麼特別想要的，我就做主嘍。」

「好。」她點點頭。

盛淮南堅絕不同意她去買站票，說十幾小時站在春運人滿為患的列車上，一定會死。洛枳想了想，覺得也很成問題，索性就不堅持了。

「別喝可樂了，替你點熱可可，今天可真夠冷的。」

他坐到對面，衣料摩擦發出窸窸窣窣的聲響，在嘈雜的人聲中竟格外清晰。

「我還是讓洛陽幫我問他們公司的票務經紀吧，那就只能坐飛機走了。」

「洛陽？」

洛枳笑著解釋：「哦，我哥哥。舅舅家的孩子。」

「舅舅家的孩子，為什麼和你一個姓？」

洛枳失笑：「從來都沒有人問過我這個問題。理科生真嚴謹。我隨外婆姓。我家這一代，都隨外婆姓。」

洛枳看到盛淮南「為什麼」三個字的口型都擺出來了，卻仍然吞下肚子，她也沒有善解人意地為他主動解惑。

或許還沒辦法一下子走到那麼親密的境界。

但他說要教她，反正慢慢來。

「那這次，你能不能不讓你哥哥幫忙？」

她正在撕上校雞塊的糖醋醬包裝，聽到這個問題，歪頭看他：「那要怎麼辦？」

「給我點時間，我幫你問問我爸媽在北京的朋友，看能不能想想辦法。D字頭、Z字頭和T字頭的車不少都留了內部票，也許能有辦法弄到一張，我試試。實在不行的話，把身份證給我，我幫你去問在國航工作的哥哥，等我GRE課程結束了，你和我一起回家。」

洛枳抬頭看他：「為什麼？」

「什麼為什麼？」盛淮南的聲音讓洛枳驀然想起那天電話裡拒絕還她行李箱的無賴男孩，「我是你男朋友，這些事自然要我解決。而且我想跟你一起走，你居然問我為什麼。」

洛枳連忙解釋，盛淮南憤憤不平地大口吞下一塊漢堡，佯裝不理會她。

她大窘，直接掏出身份證拍在桌子上：「給你，我們一起飛回去。」

盛淮南這才眉開眼笑地接過來，看了一眼，臉上的表情變得很古怪。

「小姐，請問這真的是你的身份證嗎？」他指著上面豬頭一樣的照片問，「我要怎麼跟我哥說這是我女朋友啊？等他見到你本人，會覺得我在劈腿。」

洛枳飛起一腳踢在他的小腿上。

他們並沒有直接回學校，薄霧散去，天氣正好，於是搭地鐵轉乘到了王府井去逛王府井書店。進門就看到張愛玲的作品又多了某個版本，鮮豔的海報貼在扶梯旁。

盛淮南也看到了，雖然臉上帶著洛枳意料之中的迷茫。她又想起古詩詞填空的事情。

「《紅玫瑰與白玫瑰》是她寫的吧？那個飯粒和蚊子血的。」

「喲，你知道啊。」洛枳忍著笑，下一秒鐘卻想起了洛陽。

退學的小師妹。你們想多了。

其實她一直不敢去驗證自己的猜想，洛陽也一定知道她發現了什麼。同樣的事情發生在別人身上，她一定會為陳靜鳴不平。然而現在她知道，她不懂洛陽，不懂陳靜，也不明白感情。卻本能地維護和理解自家的哥哥。

盛淮南在她腦門上彈了一下，喚回了她的胡思亂想：「我還是懂點文學的好不好。除了這個，我還知道另外八個字——現世安穩，歲月靜好。」

眉目中滿是「快來誇我」的自得。

洛枳恍惚，她沒見過這樣的盛淮南，即使去後海那段時間他們熟識，他也曾這樣放鬆地展露過幼稚而親暱的一面，但那時她不敢有所回饋，總是沉沉的，像背著什麼。

他這樣也好看。她忽然很想走過去親親他。

洛枳被這個念頭嚇到了，慌張地低下頭。

這種感覺，就是戀愛嗎？

曾經她喜歡他，卻不會被這種突如其來的念頭擊中。

「你怎麼了？」

她連忙轉移話題：「這八個字並不是她說的。」

「那是誰？他們都說是張愛玲。」

洛枳笑：「他們是誰？是葉展顏告訴你的吧？」

那八個字曾經令她的高中同學們如此心折而惆悵，帶頭的就是葉展顏。那時他們熱戀，然而對於除了課程表之外什麼都無法確定的高中生來說，這八個字只能是觸不到的鏡花水月。

盛淮南的表情有點尷尬和自嘲，卻沒有傷感。洛枳看在眼裡，揪起的心也平靜下來。

「我和你講前女友的事情，你不會生氣吧？」

洛枳笑：「你說要教我談戀愛，自然要你告訴我該不該生氣。」

「……這次不能生氣。」

「行。」她臉上滿是狡黠的笑意。

那是高三第一次月考家長會的事情。

他的一個高二學弟林楊慌慌張張地打電話給他說：「哥，你可千萬別罵我，我也不知道我媽是怎麼知道的，可能因為她老是偷聽我打電話吧。總之今天我們也開家長會，我媽遇見你媽媽了，特三八地把你和葉學姐的事情告訴你媽媽了。大人講話我在旁邊也不能說什麼，你媽媽回家可能要審你，你千萬做好心理準備！」

洛枳莞爾。那時候，很多成績好的學生家長都會互相聯繫，互通有無，協同監視，出了這樣的事情倒也正常。

盛淮南對此並不是毫無準備，這樣的事情，因為葉展顏的高調和自己的坦率，早晚都會被老師和家長知道。

然而，他媽媽回家的時候什麼都沒有說。

他知道，自己的母親永遠習慣於在背後為他「掃清障礙」。他告訴葉展顏，如果他媽媽打電話給她，希望她諒解，同時什麼也不要理會，無論他媽媽說什麼，一定要全部告訴他，他來處理。

他平靜地告訴她，他會保護她。

家長的干預是讓所有早戀的孩子都心慌恐懼卻又興奮不已的。葉展顏先是眼淚汪汪地說自己連累了他，然後又撲到他懷裡說謝謝他這麼「男人」地保護自己。幾齣戲後她就恢復了神采飛揚，大大咧咧地坐在走廊的窗臺上笑得陽光燦爛。

剝離了所有當時當地的感情色彩，那一幕此刻看起來就像小孩子過家家一樣無趣和幼稚，無論是眼淚汪汪但是卻透露出興奮的葉展顏，還是那個故作鎮定表情淡然而又心潮澎湃地說「我會保護你」的自己。

盛淮南的語氣平淡，洛枳卻不免聽出了其中的悵惘。

「可是，那才是青春吧。」她安慰他。心裡卻酸了起來。

盛淮南聽同學說自己的媽媽坐在老師辦公室裡的時候，飛奔過去敲門，面無表情地問他媽媽為什麼干涉他的事情，在班主任面前傷了他媽媽為人母最要緊的面子。他媽媽陰沉著臉看著他，終於勃然大怒──沒有喊叫沒有訓斥，而是徑直走出辦公室要去找葉展顏。

他將他媽媽堵在半路上。

盛淮南至今仍然記得自己手心出的汗。他並不是喜歡對父母唯唯諾諾的乖寶寶，但是從小到大都沒有和他們起過衝突。

他媽媽最終還是離開了。

這件事情不知是怎麼被傳出去的，他突然成了英雄。葉展顏每天看到他時，笑容綻放得好像早春的桃花。

但他記住的是母親回家後對他說的話。

「盛淮南，」她叫他的全名，「不是我故意為難你們。」

「你記住今天，記住你當時說的話和你背後的女生，也記住所有圍觀看戲的人，不管他們是為你叫好，還是說你愚蠢。一年以後你就知道，我為什麼要你結束這種不合時宜的關係。你長大了，但是還沒有成熟。」

洛枳無言地嘆息，這話說得像她記憶中那個冷厲的婦人。可自己卻從這居高臨下的話中，聽出了深深的灰心和無能為力，包裹在強硬的態度之下。

或許是錯覺吧。

盛淮南在和葉展顏分手之後，難堪得不願意面對自己的母親。然而，他那消息靈通的母親在他寒假回家之後輕描淡寫地說：「替你報了旅行團，簽證的事情你自己聯絡他們吧。」

丹麥、挪威十日遊。

「去散散心吧。」她說。

可能，傳說中的人物都是這樣，在創造了讓後人津津樂道的壯舉之後，就退縮到了他人所不知的瑣碎中，漸漸發現自己的生活其實也逃不脫那些無聊的老路，然後，就不再冒傻氣。

他踏過哥本哈根街道上古樸的小方磚，一瞬間陶醉在時間靜止的童話世界裡，再一抬頭，旅行團裡一個一直很吵鬧的大嬸正在麵包店門口吵吵嚷嚷地照相，擺出萬年不變的V字形手勢——他啞然失笑。

才想起，葉展顏用看英雄的眼神看他的時候，曾讓他記住兩句話：

現世安穩，歲月靜好。

來之不易，我們一定要幸福。

她寫給他看，於是他就稀裡糊塗地念了許多遍，竟然真的記住了。

「其實這句話是胡蘭成說的，」洛枳微笑著說，「他們結婚的時候寫了四句話：『胡蘭成張愛玲簽訂終身，結為夫婦，願使歲月靜好，現世安穩。』前兩句是張愛玲寫的，廣泛流傳的後兩句，其實是胡蘭成想到的。」

然而這對愛侶後來的故事，同樣事與願違。

她正兀自感慨，突然聽見旁邊盛淮南聲音低落地說：「其實，我真的一直不大明白，這兩句話到底是什麼意思。」

他被逼背了好多遍。五分的填空題他都放棄了，卻把這根本不是張愛玲說的八個字，背了好多遍。

洛枳的眼神突然軟下來，一點點忌妒凝成的酸意被心底溫柔的暗河沖淡，她破天荒主動地上前一步，伸出雙臂擁抱了他。

他回抱她，用力地。

「你知道我在售票大廳的人群裡看見你的背影時，是什麼感覺嗎？」他問。

洛枳不說話。

「你做什麼事情都不叫我，也不主動聯絡我。我看著你在那裡排隊，忽然覺得我離你特別遠。」

「從我問你高中是不是……暗戀我，到現在，你的反應，都讓我不知道該怎麼辦。你總是讓我覺得，這一切都跟我沒關係。」

「除了那八個字，我還知道一句話，也是很多人都在說的『世界上最遙遠的距離，就是我在你身邊，你卻不知道我愛你』。我不知道你是不是這樣想，但我覺得，更遙遠的是，我知道你喜歡我，卻不知道你喜歡的到底是不是我。」

「所以你不想黏著我，也不需要我陪著你。我只是個你想像出來的假人而已。」

「充氣娃娃嗎？」她終於插話，想要緩和氣氛，卻沒有等到他的笑容。

這個傢伙。她不知道怎麼告訴他，他的擔心和恐慌卻讓她不再恐慌。所有的歡喜終於踏踏實實地落在了心底。

於是她也斂去眼中的戲謔，仰起頭，踮起腳。

他一愣，然後將她抱得更緊。下一秒鐘卻被她狠狠地咬到了下嘴唇。他吃痛，卻沒鬆手，反而更兇狠地回敬了過去。

「我們到底還是成了以前我最鄙視的那種，在公共場合摟摟抱抱的情侶。」半晌，她鬆口氣，低笑著說。

「再說一遍。」

「……我們到底……」

「只要最後兩個字。」

洛枳笑了，被他摟得太緊，連笑聲都悶悶的，像咳嗽。

「情侶。」

# 第76章　時間的罐子

「在寫什麼？」

盛淮南頭剛湊過來，洛枳就慌忙掩上扉頁：「記點事情而已。」

「從上飛機開始就低著頭寫啊寫，什麼事情那麼急著記下來？」

正在這時，飛機開始緩慢地朝著跑道飛行，大家紛紛將桌板收起來，洛枳也闔上筆記本扣上安全帶。

她只是重新開始記日記了而已。

那本只寫了一篇日記的筆記本在書架的角落被擠得可憐巴巴。洛枳從王府井書店回來的那天下午，終於將它抽出來，拂去灰塵，坐到書桌前。用了多年的鋼筆在接觸到紙面的那一刻，彷彿有了靈性，流暢的一字一句輕易地將中間空白的歲月彌合得毫無瑕疵。

曾經有位作家說過，他會不斷地把自己最美好的時光轉移到文字中去，藉以逃避時間的流逝。

洛枳深切地懂得這種感覺。高中生活乏善可陳，然而看著自己厚厚的寫滿了字的日記本，會覺得每一天都有了清晰的面孔。

沒有白過，沒有浪費。一千個日日夜夜都在手裡握著，沉甸甸的，像某種證明。

可惜那些滑稽而傷感的對話，那些將盛淮南稱為「你」的隻言片語，那些被日記本收納起來的歲月，最終還是被傾倒進了時間的洪流中，無可逃避。

她不再對日記中的盛淮南講話，卻可以在日記中記下和他講的話。

她失去的某種情懷，換取了溫熱的、有著心跳聲的快樂。

「他剛剛將頭湊過來要看，頭髮都擦到了我的耳朵，癢癢的，像隻好奇的小狐狸。」

不過真是肉麻。洛枳尷尬地將日記本收了起來。

飛機平穩飛行的時候，盛淮南站起身從行李架上取下筆記型電腦：「看電影吧？」

「好，看什麼？」她隨手幫他放下桌板，一眼瞥見電腦桌面上有個資料夾，名字叫「她喜歡的」。

心裡有一瞬間的狂喜，好像發現了戀人偷偷收集的關於自己的東西，卻又不動聲色，窺視到了對方對自己的一腔愛意然後佯裝不知——

直到盛淮南輕輕鬆鬆地直接點開了那個資料夾，還回頭朝她笑了笑，一副討表揚的賤表情。

她笑慘了。

那部電影的名字叫作《兒時的點點滴滴》。

吉卜力工作室作品。

小學五年級的妙子。

晴天、陰天、下雨天，你喜歡哪一個？

時間不可阻擋地向前，好的故事卻可以讓過往的碎片迴光返照，精心挑選，細細打磨，把那些不該被遺漏的通通帶回來。洛枳靠在盛淮南肩上，分享一半的耳機，愜意地眯著眼睛，看影片中的火車將成年的妙子送回過去。

「你知道嗎？我喜歡這部電影，並不僅僅是因為懷舊的情懷。」

「還因為什麼？」他輕輕地親了親她的頭頂。

「好東西僅僅有好的意願是不夠的，還要有好的形式，才不會辱沒故事。比如你看，他們排練舞臺劇的時候，妙子在練習時自己加了一句臺詞，『烏鴉先生再見』，被老師批評為出風頭——你注意過嗎？當時，妙子身邊的一個女孩子的神態刻畫得極為傳神，就是……」她出神地想著怎麼措辭，「就是，略帶同情又有些『讓你出風頭，活該』的那種幸災樂禍的表情。非常棒的細節呢！」

他摟緊她的右肩：「對，只有好的意願是不夠的。」

「明明是很少有人會注意的地方，他們依舊這樣敬業而細緻。」

「因為真的喜歡自己在做的事情啊。」

洛枳看向他，舷窗外的陽光照在他臉上，近得幾乎能看清他臉上細小的絨毛。

「那你喜歡的事情是什麼呢？」

盛淮南沉默了。電影的片段不斷閃回，妙子依舊在成年和少年之間行走。她回憶起剛剛開始學習分數除法的年紀，讓人沮喪的數學成績和天書一樣的除法法則。

÷的演算法始終讓人搞不懂。妙子的姐姐生搬硬套除法法則，硬要她記住用乘以倒過來之後的4，然而妙子一直試圖用切蜜瓜的辦法來演示和相除，怎麼算都是，終究還是失敗了。

盛淮南這時候笑笑，說：「她只是需要一個辦法來把它具體化。」

「有什麼辦法嗎？」

他很得意地刮刮鼻子說：「我一定能講明白。假設你把一個盤子平均分成四份，每份就是個盤子，在每一個盤子上面都放上一個蜜瓜，那麼一整個盤子上面有多少個蜜瓜——這樣就很簡單了啊。她只是有些混淆概念而已，而她的姐姐只是給她硬套公式，不解釋為什麼，當然會讓她沮喪。」

「盛老師果然很厲害。」

「那當然，我以前總是替別人輔導數學，包教包會哦。」

奇變偶不變，符號看象限。

洛枳忽然想起葉展顏。

單位圓，三角函數——其實後來的課堂上，洛枳發現葉展顏果然還是不懂，卻可以在他面前不懂裝懂。她們在偽裝這一點上倒的確是很像，她不知道如果自己有機會，是不是也會拿一些蠢問題去問他，在那份小心翼翼的後怕中，體會自己製造的甜蜜。

如果是以前，一定會的吧。

可她不希望直到最後，他喜歡的也是一個虛假的洛枳，哪怕他因為不好的那部分而不再喜歡她。

「可惜啊，」她笑起來，「我數學還可以的，以後也用不著你輔導了。」

她迷迷糊糊快睡著的時候，聽到他闔電腦的聲音。

「謝謝你當時推薦了這麼好看的電影給我，不過高中的時候，說實話我看了兩遍，甚至還覺得有點無聊。現在我發現，的確是部好片子。」

高中。她心中嘆息。

「其實，我當初以為窗臺邊的那個人是葉展顏。」盛淮南一邊往包裡裝電腦，一邊貌似不經意地說。

洛枳詫異：「當時你感冒了，我可沒有，我和葉展顏講話的聲音差很多啊。」

「你以為男生和你們女生一樣，對細節那麼注意啊，什麼指甲鞋子頭髮顏色的，看一眼就都記住了。我第二天就想不起來窗臺邊那個人的聲音了，又去了幾次那個窗臺，都沒見到人，也就不再碰運氣了。後來遇見葉展顏，我提起我喜歡在那個地方看夜景，她立刻說她也是，高一開始就常常在晚自習溜出去，到行政區窗臺坐一坐。」

盛淮南把書包扔在座位下面，收起桌板，像講述別人的故事一樣，語氣平淡地說。

「後來我就問，我是不是高一時在那裡遇見過你，你是不是那個跟我推薦《兒時的點點滴滴》的女生。現在想起來，她的確很聰明，沒承認也沒否認，當時就臉紅了，看著鞋子傻笑，然後抬起頭問我，那要不要現在再去窗臺坐坐？」

洛枳彷彿能從他平凡無奇的敘述中，一眼看到葉展顏當時嬌憨的樣子。

「我自然就以為窗臺邊的就是她。當然，我跟你說這些並不是想要表示我是被騙了，如果她不騙我我們就不會在一起什麼的——我那時候早就準備對她表白了，這些細節，是與不是又能怎麼樣，我不是因為高一的偶遇而對她有感覺的。」

你能不能不要這麼肆無忌憚地跟我講前女友……洛枳心中有些奇怪的感覺，卻並不是吃醋，相反，竟然很有探聽的欲望，甚至為他能夠平心靜氣地講述這些而高興。

「不過，這的確讓人激動，因為她的默認，那段感情就給人一種命中注定的感覺了。」

愛情產生的原因千奇百怪，青春期激素躁動的時候撞上一個女孩若有所思的眼神，如墜冰窟的人生低谷拉住一雙溫暖的手，談婚論嫁的當口遇見一個條件合適的人——愛情來者不拒，只要它合適地嵌入那時你心中的缺口。

「巧的是，我懷疑整件事情是她說謊，也是因為耶誕節那天晚上，我得知窗臺邊的女生原來是你。」

命運奇怪的迴圈。

盛淮南的手指按在旋鈕上，來回擰了許久，慢慢地說：「從那一刻起我才開始回想以前的很多事情，我發現自己可能從來就沒有真正了解過葉展顏。她比我想像得複雜多了，卻一直都藏著。可我未必就喜歡單純的傻大姐，她為什麼要偽裝呢？我不明白，但是我們之間的感覺早就沒了，所以也不必去探究了。」

他突然轉過臉，看向洛枳：「我之前問你，如果高一時沒有繞這麼一個大圈子，我們因此就認識了，大家的命運會不會都改變——當然，我還沒說完，你就拿雪球砸我了。真彪悍。」

洛枳有點尷尬地咧咧嘴：「可你當時的確很欠打。」

「那你現在能回答問題了嗎？」

洛枳微笑著想了想，說：「這個問題恐怕只有平行世界的洛枳能回答了吧？也許我們高中就早戀了，現在正好是我們分手一整年；也許你高二時遇上葉展顏就把我甩了；也許……」她頓了頓，也轉過臉看他，「也許我的生活會很明朗，很普通，很多祕密和壓抑的感情都不復存在，我也不再是今天這個樣子的洛枳。」

洛枳覺得，相比所有未知的可能，她還是喜歡今天這個樣子的自己。

時間偷走的選擇，總會在未來用它喜愛的方式還給你。

她微笑著沉入夢鄉。

等行李的時候，洛枳接到了媽媽的電話。看著螢幕上閃爍的名字，她望了望正在不遠處的輸送帶邊認真地盯著每一件過路行李的盛淮南，退後了幾步，按下接聽鍵。

「媽媽？」

「洛洛，下飛機了？坐機場大巴回來嗎？」

「嗯，我正在等行李。」

「本來說讓你陳叔叔來接你的，結果今天廠裡有事，要用車。」

「媽媽沒事啦，本來也是廠裡的車，這麼用不好。」

「唉，哪裡不這樣。」

洛枳苦笑，忽然耳邊炸響一句：「這個行李是你的，沒錯吧？」

「洛洛，你和同學一起回來的？」

「啊……對。」她看著一手一隻行李，正指著出口的方向朝她微笑的盛淮南，心突然沉了下去。

「男朋友？」

洛枳沉默了許久，在是非題中盤桓，終於下定決心，點頭說：「對。」

電話另一邊的安靜不知道是出於驚訝，還是出於對她隱瞞至今的怨氣。

「……叫什麼名字啊？能不能帶來讓我見見？」

盛淮南拖著兩個行李箱，在她前方慢慢地走，時不時回過頭看她是否跟得上，每次回頭都帶著微笑。

洛枳怔怔地看著，高中光影交錯的走廊和此刻明亮寬闊的機場大廳重疊在一起，她覺得自己也和妙子一樣，走進了時間的迴廊。

唯一不同的是他。現在他在回頭看她。

「洛洛？」

她回過神，深吸一口氣，心下堅定。

「剛認識不久，見什麼啊見，以後再說吧。我回家和你說。」

她假裝用輕快的聲音回答。

「打完電話了？」他剛剛善解人意地和她錯開一段距離，此刻就放慢步子走回到她旁邊。

她點點頭。他習慣性地揉了揉她的頭髮。

「不去坐機場大巴？」

「我爸爸的司機過來接我們，已經在外面停車場等著了。」

洛枳頓住：「什麼？」

盛淮南拉過她的手：「放心啦，只是司機江叔叔而已，不會看見我爸媽的。如果你不想，我暫時也不會告訴他們有你這個人的。」

洛枳任由他拉著走，心中的祕密卻在咕嘟咕嘟冒泡，沸騰，爭先恐後衝上來，在水面上炸裂。飛機在這個城市落地，那些盤根錯節、枝蔓縱橫，此刻全部都伸展開來將她束縛住。

她看到司機遠遠地朝他們招手，忽然停步，脫口而出他的名字。她的眼睛有些酸，被她強行忍了下來。

「盛淮南！」

正如她逃避的一切，和淚水一起，封鎖在身體裡，寧可和時間一起腐爛掉。

「不管以後發生什麼，你一定要記得，我是真心喜歡你的。」

他驚呆了，卻沒有急著說些什麼來安撫，更沒有問為什麼。

「我答應你。」他的手心溫暖，輕輕地捏了捏她的手背。

愛讓人是非不分，這可能是它最可貴的地方。

你要記得。你一定要記得。

# 第77章 針鋒相對

洛枳走到升旗臺前的時候，葉展顏還沒有到。她默默猜測著葉展顏將自己約到這個地方的原因。以前盛淮南的班級常常在這裡打籃球，她是知道的。在溜冰場，他和她說，明知道會在這裡遇見葉展顏，明知道會緊張出糗——「但那感覺倒也不壞」。

只是當時他不知道，遙遠的某個角落，另一個女孩子左顧右盼地在操場閒逛，心裡裝著自習室，又控制不住自己的雙腳，偏偏轉到太陽徹底下山，也不敢看他們班的場地一眼。

兩年過去了。

收發室的值班老師竟是當年文科班的語文老師，見到她開心得很，和她聊了一陣子就放她進來了。

「不過現在快過年了，高三補課都停了，你過來也看不到別的老師了。」語文老師提醒她。

「就是隨便轉轉。」她撒謊。

老師臉上滿是了悟的神情，很是體諒她懷舊和傷感的情緒。有時候，教文科老師的自以為是蠻可愛的。

洛枳幾步走上升旗臺，站到鏽跡斑斑的旗杆旁邊。升降繩在獵獵風中抖動，她舉目四望，那片曾經校服的海洋只是一閃，就在白雪覆蓋的操場上消失得無影無蹤。

她看到葉展顏從角落的側門走出來，玫紅色的身影斜穿過雪地，美不勝收。

她們打招呼。沒有寒暄。

「你猜，我為什麼這麼著急傳簡訊找你出來？」

「我希望是還我日記本。」

葉展顏挑眉哂笑：「我沒拿過你的什麼日記本。你為什麼總跟我提這個？到底是什麼日記本？」

洛枳微微一愣：「我以為是你。否則，那個謊話你是以什麼為依據編出來的？」

那個宛如天方夜譚的謊話其實並不容易編造。

不了解洛枳和盛淮南當時的熟識程度，就不會掌握到好的時機；不了解洛枳的個性，就不會編出那樣死無對證又讓她不屑解釋的故事。

更重要的是，他們沒有其他途徑可以知道：洛枳喜歡盛淮南。

「什麼謊話？我從不撒謊。」葉展顏仰頭。

洛枳嘆氣。

「我沒錄音也沒攝影，更沒有安排證人埋伏在旁邊抓你的破綻，你就說實話吧。否則，我們兩個大冬天跑出來一趟就是為了面對面扯謊，何苦。」

她說完就跳下升旗臺，自顧自往教學樓的方向走：「這裡太冷了，去樓裡吧。」

葉展顏卻沒作聲。

她走到一半，轉過身，看到葉展顏仍然站在高高的升旗臺上，昂著頭，迎著風，沐浴在陽光裡，像個巡視國土的女皇。

洛枳忽然好奇，葉展顏究竟在這片荒蕪的白雪上看到了什麼。一定和自己看到的不一樣。

學校一樓大廳竟然已經設立了自動販賣機，洛枳走過去買了兩罐熱咖啡，遞給葉展顏一罐。她們一起走上四樓，在文科班曾經的教室門口站了站，然後就近坐在了走廊盡頭的窗臺邊，肩並肩。

「就是這麼一間小破教室，居然關了我們整整兩年。現在再讓我回到這個動動胳膊肘都能碰到人的地方，還不如殺了我。」

故地總有種魔法般的壓力，可以將人重新逼迫成原來的樣子，拂去葉展顏臉龐上的脂粉，讓她重新像高中時一樣語氣隨意，嗓門兒洪亮。

洛枳卻不怎麼想和她追憶似水年華。

「我剛才問你，沒有日記本，你是怎麼編出那麼一大堆瞎話的？」

葉展顏露出不耐煩的表情：「沒完沒了。我真沒拿過。那套說辭有一大半是丁水婧編的。」

「那麼，拿日記本的是丁水婧？」洛枳若有所思，暖熱了手才拉開咖啡罐的拉環，香氣溢出來，隨著嫋嫋白煙一起飄向另一邊的葉展顏。

「我不知道。不過，也只有她能想得出這麼離奇的鬼話，我一開始不明白她為什麼盡心盡力地幫我這些，後來才知道，她這輩子就遇見過兩個完全不給她面子的人，居然是一對兄妹，不整死你，我都瞧不起她。」

洛枳差點被嗆住。

是的，那天洛陽說出Z大退學的小師妹這句話時，洛枳已經將蛛絲馬跡串聯起來，想通了這一個重要環節，只是她沒有問出口。

「窺視欲太強了是病，得治，」葉展顏道，「丁水婧太習慣通吃了，朋友的朋友也是她的朋友，朋友的敵人也是她的敵人。」

洛枳不該以為葉展顏當初潑辣而口無遮攔的一面已經被淑女的新形象所傾覆。這才是真正的葉展顏，而不是盛淮南面前那個嬌憨的傻姑娘。

她轉過頭去看那張美麗的側臉：「你也認識洛陽？」

「哦，」葉展顏漫不經心地用手指在玻璃的灰塵上寫字，「她退學後我們見過幾面。她給我看過一張照片，她和一個男孩子，並排站著，卻留了一段距離在中間。不過，我是那天在金融街看見了你們倆，才知道他原來是你哥哥。丁水婧倒是沒和我說起過這一點。我以為她那麼討厭你，只是因為被你掃了面子呢。原來她也只是利用我而已。」

「你們兩個人，還真談不上誰利用誰。」洛枳直言。

葉展顏斜覷她一眼，並沒反駁。

「但是，丁水婧為什麼迂迴地找我的麻煩，而不是直接去跟我嫂子談談？」

「你以為她沒有？」葉展顏啼笑皆非，「你以為別人都是吃素的？」

洛枳訝然。

「不過呢，」葉展顏幸災樂禍的聲音跳躍在晨光中，「你嫂子更不是吃素的呀。」

洛枳不想再與她談論自己哥哥的私人感情，在葉展顏興致正濃時，忽然轉換了問題：「你和盛淮南一年前就分手了，怎麼這學期忽然想要重修舊好？」

葉展顏立刻冷笑道：「關心這個幹什麼？我礙著你事了？」

洛枳點頭道：「差一點。」

一層冰霜瞬間覆上葉展顏的臉龐。

其實洛枳並非故意刺激葉展顏，即使身邊這個美麗的女生曾經差點摧毀了她珍而重之的感情，她也沒想要在此時通過言語爭鋒來報復。於是她和緩了語氣，笑著解釋道：「我只是出於好奇，怎麼你做的每一件事，都剛好破壞了我的計畫。」

也許是訝異於洛枳的坦然，葉展顏被「破壞了我的計畫」這個說法逗笑了，放鬆了一些戒備：「當然是因為有小人不斷地拿你刺激我。你認識鄭文瑞嗎？」

洛枳默然。葉展顏哼了一聲，譏笑道：「那個醜八怪。」

她念出這三個字時的笑容是毫無保留的燦爛，天真無邪的神情出現在這張初具風情的臉孔上，連洛枳都有點失神。

她有資格說她們所有人是醜八怪。

葉展顏渾然不覺，繼續說：「這個醜八怪和許七巧一樣，因為醜，所以比別人離愛情遠，八卦的欲望也更強，死八婆。她喜歡盛淮南很久了，一聽說我們分手了，就總是出奇不意地傳一些嘲笑我的簡訊。我倒沒有很生氣，只是覺得這種人可憐。」

鄭文瑞和許七巧是很不一樣的。然而洛枳沒有出言糾正，這不關她的事。

葉展顏目光渙散地盯著窗外，過了一會兒，開口繼續說：「直到有天她傳簡訊說，她在一個什麼什麼超市門口看見你和盛淮南在一起，你們去喝咖啡了。鄭文瑞問我是不是很後悔，早知如此，當初會不會努力學習也考去P大。」

葉展顏說完就哈哈大笑起來，笑得上氣不接下氣：「這個鄭文瑞腦子有病嗎？她傳這麼一句，想讓我回覆什麼？祝天下好學生終成眷屬？」

「可是鄭文瑞的話到底還是起作用了。」洛枳打斷她。

葉展顏果然不再笑了。

為什麼在鄭文瑞的一則簡訊後就忽然決定要放手一搏？難道真的是因為多了一個競爭者，激起了葉展顏的好勝心？洛枳不解。

她沒有興趣陪葉展顏閒聊，她答應赴約也只是為了滿足自己的好奇心，想知道更多這個誣陷背後的故事。現在葉展顏透露的資訊已經足夠她自己勾勒出真相的概貌，怪不得葉展顏每次遠程打擊她的時機都那麼精準。她想起從後海回來的那天晚上，在草坪上砸自行車的鄭文瑞，忽然不寒而慄。

太陽隱身到一片雲後，光線忽然黯淡下來，就像兩個人之間降溫的氣氛。

洛枳加快了談話的進度，引入正題：「所以之後你就找了丁水婧來幫你？丁水婧可能是拿了我的日記本，所以很了解我，你們就商量了這麼一個辦法？可是這個謊言很容易被戳破。」

「我賭盛淮南信我。丁水婧賭你不會解釋。」

太陽再次從雲層後現身，霎時間照亮葉展顏的半邊臉頰，她笑意更盛，卻和冬天的陽光一樣沒有溫度。

「她賭贏了。我賭輸了。」

這是落井下石的最佳機會。然而洛枳只聽到自己心中一聲嘆息，什麼都沒說。

「你今天急著把我叫來，」洛枳滿足了所有好奇心，終於想起今天約會的主題，「是要做什麼？」

葉展顏沒有回答，反而轉過頭，直勾勾地盯著她。兩人坐得很近，洛枳甚至能從那雙大眼睛裡看清楚自己的影像，幾乎要融化在她深棕色的眼珠裡。

視線中詭異的壓力竟讓洛枳的手心滲出冷汗，她立刻跳下窗臺。

葉展顏忽然大笑起來，問她：「我剛才那樣子，是不是特別嚇人？」

「是。」洛枳點頭。

「是不是像精神有問題？」

她再次遲疑地點點頭。

葉展顏的美麗帶著一點點異域風情，雖然她不像混血兒，氣質中卻有些微的邪氣，藏在童稚的笑容下，從來沒有這樣明顯地展露過。

「你跟張敏很熟？」

話題轉得太快，洛枳有點跟不上。

「張敏？算不上吧，不過，我的確比你們和她關係好。為什麼忽然問起張敏？」

洛枳自己有時候也搞不清楚張敏和姜敏。這個沉默寡言的女生高二的時候把名字改成了姜敏，聽說是媽媽再嫁，她也改了姓氏。然而大家早就習慣了舊的名字，常常還會姜敏、張敏地亂叫一氣，反正兩個姓發音也差不多，她自己也從不糾正。

張敏是個反應有點慢的女孩子，似乎對洛枳頗有好感，常會跑過來和她說說話，問幾道地理題的解法，拿著飯盒找她吃午飯。

但絕對算不上親密的朋友，充其量只是兩個不惹眼的女生做個伴，上了大學後甚至都不再聯絡。非要說特別的經歷，恐怕就是在操場翻垃圾堆的那一次了。

她對此仍然心懷感激。

「張敏和你提起過我嗎？」

洛枳倒真的努力想了很久。

「就問問你，還挺認真，」葉展顏陰陽怪氣，「果然天下好學生終成眷屬。」

洛枳沒有理會她，想清楚了就回答道：「我記得有天中午，我沒有去食堂，她拿著飯盒過來找我，坐在我旁邊吃。正巧你和幾個朋友從前門進來，她突然和我說，你現在和以前很不一樣了。」

「然後呢？」

「沒有然後了。我沒有問下去，她也沒有再說。」

葉展顏沉默，許久才說：「張敏很好。」

所以呢？洛枳用詢問的眼神看向葉展顏。葉展顏突然伸出手，摸了摸洛枳的臉。

這個怪異的親暱動作讓洛枳怔住了。

「聽我講個故事行嗎？」葉展顏微笑著重複，「聽我講個故事。」

# 第78章　往事並不如煙

「你知道嗎？張敏的腦子是有病的。」

初二的某個中午，同桌女生眼睛滴溜亂轉，莫名其妙地冒出這樣一句話。

葉展顏抬起頭，愣住了，過了一會兒才把嘴裡塞滿的番茄炒雞蛋吞下去。

「什麼意思？」她小心地問。

「你怎麼老是這麼遲鈍？！」同桌嫌棄地白了她一眼。

葉展顏低下頭不辯駁什麼，她早就習慣了。同桌的女生是自己的朋友——其實葉展顏不大清楚什麼是朋友，反正轉學過來的時候這個女生就是自己的同桌，指出女廁所的位置並且每次去廁所的時候都會叫上自己的是她，為自己介紹全班大部分同學的名字，卻順帶把人家的八卦糗事都放在姓名後面加以解釋的也是她，中午一起吃飯的還是她。是她是她都是她，是她「拯救」了孤僻又呆板的轉學生葉展顏。

葉展顏並不喜歡她，她這樣的人不過是每個班級中大多數普通女生的代表，沒多少腦子，跟風，有點小惡毒又不是太離譜，沒個性又八卦。

偏偏內心是自命清高的，不甘泯於眾人，所以就把身邊人給「眾人化」了，比如葉展顏。

葉展顏你好呆啊，葉展顏這種題目你都不會做啊，葉展顏你怎麼老是這麼磨蹭，葉展顏你連孫燕姿是誰都不知道？

但是別人又都說她是自己的好朋友，因為更多時候她會說：葉展顏我去廁所，你去不去？葉展顏我那個來了，你有沒有帶衛生棉？葉展顏你看昨天晚上的音樂盛典頒獎典禮了沒有？葉展顏你是不是又忘帶鞋套了，今天有電腦課……

她們最大的友情危機來自於那天葉展顏穿上了爸爸的同事送給她的淺藍色連身裙而沒有穿校服，也沒有用那個俗不可耐的紅色小星星髮夾把瀏海像傻妞一樣別到側面，而是讓它們隨意地趴在額前——於是，前排那個長得像河馬的、最喜歡跟葉展顏的同桌鬥嘴瞎貧的男生在轉身借橡皮的時候不自然地多看了她兩眼。

這兩眼讓敏感的同桌非常不爽，看向葉展顏的眼神裡也多了幾分「就你愛顯擺」的鄙視。下午葉展顏又把頭髮別上，「河馬」大膽地向她示好：你頭髮散下來比較好看——葉展顏惶恐地看了一眼氣鼓鼓的同桌，說：「不不不，還是別著好，還是別著好。」

初中生的審美觀不過如此，一片呆滯的臉孔中，敢於把長長的頭髮散下來的女生，敢於利用班主任不在的一切機會脫下校服外套的女生，敢於在書包外面掛上很多毛絨玩具的女生，敢於最早塗指甲的女生……這樣的女生就是美女。

至於身材，至於長相，通通沒有這些喧賓奪主的外在條件能吸引人的目光。

所以，那時候的葉展顏不是美女。

沒有人會認真地看看她光潔的額頭和綿長微翹的睫毛是不是顯示出了潛力美女的苗頭。

葉展顏在心不在焉時發現同桌的眼神已經不耐煩，連忙討好似的問：「我真的聽不懂啊，為什麼說張敏腦子有……有病？張敏成績多好啊，老是考第一呢。」

「這個東西跟腦子聰不聰明沒關係的好不好？今天我們幾個去語文辦公室看成績，正好碰上她媽跟老師談話。我們幾個在屋裡的時候他們就不說了，所以我們出門後就留在門口聽了一會兒，你猜怎麼著？」

葉展顏這才想到，同桌和幾個女生上課的時候一直在傳字條，下課時也抓住一切時間和別人興奮得嘰嘰喳喳——原來是在八卦這個。

她不想破壞同桌的興致，裝出很想知道的樣子問：「怎麼了，難道是張敏媽媽說她腦子有病？」

「你這才叫腦子有病好吧？誰的媽媽會這樣說自己的女兒啊？」

同桌嘴角一撇，葉展顏突然有些憤怒——的確，誰的媽媽也不會這樣說自己的女兒。只有你們這些缺德的八婆才會這樣說。

「那是因為什麼？」她忍住脾氣。

「她媽跟老師訴苦，說張敏的爸爸已經沒辦法在家裡接著待下去了，鬧得鄰居都受不了，還總是往街上跑……」同桌說到這裡，忽然像煞有介事地看了一眼周圍，然後壓低聲音說，「衣服都不穿的，就往街上跑呢！是被家裡人好不容易找到綁回去的。前幾天剛剛被送到精神病院去，否則張敏就要被打死了——她爸爸是武瘋子，在家逮著誰就打誰。她媽媽說自己做護士，總要值夜班，照顧不了張敏，讓老師多擔待呢。她希望張敏有出息，能考上振華。」

同桌自己說得興高采烈，正在興頭上，沒有注意到葉展顏已經不吃了，默默地蓋上飯盒蓋子。

「爸爸是精神病，她好可憐哦。成績好有什麼用呢？」同桌乾巴巴地說，同時，把飯盒裡的香菜都用筷子挑出來，堆到飯盒蓋上面。

「這跟張敏腦子有病有什麼關係？」

同桌側過頭，像看傻子一樣看著葉展顏：「你白痴啊！不知道這種病是遺傳的嗎？她早晚也會瘋的啊！」

同桌剛剛說完這句話，葉展顏呼地站起身，面無表情地說：「我去上廁所。」

同桌往嘴裡匆忙扒了兩口飯，說：「你等會兒再去，我也要去廁所。」

葉展顏如同未聞一般徑直朝門外走去，沒有理會背後同桌驚訝的一句：「你吃錯藥了？」

葉展顏從來不吃藥，以前她要餵她媽媽吃藥，現在不必了。

去年她媽媽就跳樓死了。

當時葉展顏從高高的窗口望出去，靜默地站在那裡看，想像著血慢慢溢出來，溢出來——只能是想像。故事中跳樓的人身下血流成河，會開出火紅的花。然而站在十五樓的高度看下去，什麼都看不清。

她心裡卻想著，總有這樣一天，果然有這樣一天，終於來了。

報警的不是她，而是路人們，一層層將她媽媽的屍體包圍起來的路人們。

對這個從天而降的女人的解脫，比她自己的女兒還要驚訝和惋惜的，路人們。

她和以前的同學解釋說，她媽媽是擦玻璃的時候從樓上不小心掉下去的，後來說辭又變成了車禍。

她自己都有點不明白到底想要遮掩什麼，可看著同學們竊竊私語的樣子，她知道，遮掩總是沒錯的。

後來父親善解人意地幫她轉學，轉到一個如此遙遠的新初中。這次，她再也沒和任何人說起過自己的媽媽。

於是這一次，她媽媽沒有死。

他們可以說張敏腦子有病，說精神病會遺傳，甚至分不清精神病和神經病的區別——但是誰也說不到她頭上來。

漸漸地葉展顏發現自己是如此天真。北方不大的城市裡，人際關係像千絲萬縷的蜘蛛網，將她緊緊地束縛在其中，動彈不得。

她看到家長會後，自己的爸爸在和張敏的媽媽寒暄。張敏媽媽高高的顴骨和瘦削的兩腮充滿了葉展顏的視野，她的大腦還沒什麼反應，腿一下子就軟了。

她媽媽跳下去那天，她都沒有感到這樣的害怕和難過。

她記得張敏媽媽的面孔。

幾年前，媽媽還沒死的時候，在療養院通風不良的探望室裡，她跪坐在椅子上，從鐵柵欄往一個大房間望，眼睜睜看著自己的媽媽和另一個不認識的男人坐在近在咫尺的桌子邊相談甚歡。她媽媽抓著對方的手，一臉苦楚，淚水沿著深深的法令紋往下流。

「你不知道我為了這個家付出了多少，我根本睡不著啊，頭髮一把一把地掉啊。你說，佛祖為什麼不救救我，我都按你說的，念了十幾遍了呀……」

那個男人疙疙瘩瘩的臉一直在抽搐，不知道是不是藥物起作用的原因，每說一句話，脖子就往旁邊扭一下，看得她心驚肉跳。

「心心心……心誠，你的心，不不不……不誠……」

門開了，她看到那時仍是短髮的張敏媽媽走出來。

原來那個男人是她愛人。

葉展顏避之不及的東西，卻是大人不想憋悶在心中的。她看著自己的父親風度翩翩地站在教室門口，安撫著將悲傷都擺在臉上的張敏媽媽，腦海中浮現出的卻是自己同桌那張令人生厭的臉。

原來是她，他們認識。她完蛋了。

葉展顏一步步退離教室門口的人群，落荒而逃。

「我病了兩天，返校的時候以為天都塌了，結果發現什麼事情都沒有。張敏媽媽過得苦，這種人訴苦也成習慣了。張敏自然什麼都知道了，她也來找我訴苦，以為我倆同病相憐。我嚇得躲得遠遠的，話都不敢跟她講。後來我很擔心她因此生我的氣，把我媽媽的事情傳揚出去。但是她什麼都沒說。」

洛枳驀然想起，高二文科班剛組建的時候，有男生不好好值日，活都是張敏一個人幹。葉展顏還曾經打抱不平，把幾個逃跑打籃球的男孩子都揪了回來。

也許是微不足道的回報。

葉展顏忽然低頭打開手包，拿出一隻打火機和一包壽百年，對著洛枳走過場般客氣了一句：「不介意我吸煙吧？」

「不介意。」洛枳說著，微微拉開了自己這一側的窗子，露出一道縫。

葉展顏嗤笑一聲，熟練地點煙，夾在纖細白皙的手指間，很美。

「對了，我聽說，你很羨慕我？」

洛枳從沒像此刻一樣惱恨自己那本事無巨細的日記本。她冷著臉沒回答。

「丁水婧說的，你很羨慕我，」葉展顏繼續說，「不過她說，不是因為盛淮南。我一開始不理解，後來就想通了。」

她忽然撥開自己的玫紅色大衣的下擺，將上衣微微撩起一點，露出了腰間一道褐色的狹長疤痕。

「我媽燙的，還羨慕嗎？」她又笑。

洛枳默然。正如葉展顏能了悟她羨慕的是什麼，她也能看出，葉展顏說自己不值得羨慕，也不只是因為這道疤。

葉展顏腰間的疤是很小的時候留下的。精神病前兆的母親拎著剛扒拉過煤爐炭火的鐵棍在家裡四處揮舞，狠狠地戳在了葉展顏的身上。兒童的癒合能力沒有想像中強大，那道陰影至今也沒有淡退，無論是身體上的還是心靈上的。

葉展顏從未在任何人面前埋怨過媽媽，雖然怨她至深——可葉展顏從小就知道，只要她敢開口，錯的就是她，所有錯誤都要她來承擔。

「她好歹是你媽媽，十月懷胎把你生下來。」所有人都會這樣教育她。

可是生孩子誰不會呢？

葉展顏唯一看過的名著就是《簡・愛》。她一直想著，如果有一天為別人講自己的故事，只需要一句話就夠了——假設羅徹斯特先生和閣樓上的瘋老婆曾經有過一個孩子，那個孩子可能叫葉展顏。

葉展顏的父親是個農村窮小子，會畫畫，字也寫得好，和葉展顏母親結婚的原因或許是愛，或許是為了大學畢業後能留在城裡，但真相已經沒人知道。隨著葉展顏母親的瘋病越加嚴重，他們之間哪怕曾經有愛，現在也都成了捕風捉影。

葉展顏長大後曾經想過，如果媽媽不是精神病，而是雙腿殘廢，她的父親會不會更忠貞一些呢？

愛情不怕身體殘破，卻承受不了靈魂的面目全非。

父親的形象在幼年的葉展顏心裡一直很模糊，只記得媽媽神志還算清醒時，一家人曾經一起慶祝他加入省書畫家協會，擔任了個什麼職位，然後才一年多，就忽然借一個機會混進了京城藝術圈，還到北京某美院當了個掛職老師。

她媽媽家還算殷實，外公很早就去世了，外婆身體還硬朗，一肩挑兩頭，照顧著瘋癲的女兒和年幼的外孫女。這種照顧並不慈愛體貼，外婆心裡不好受，脾氣又暴躁，罵人能罵出花來，她和媽媽一個動口一個動手，常把葉展顏修理得哭天搶地。

洛枳聽到這裡，忽然開始好奇。

那個初中時小心諂媚、擔驚受怕的小可憐，究竟是怎麼一咬牙蛻變為高中時水晶般耀眼張揚的校花？

最清楚的人也許是她初中的同桌吧，可自己無從知曉了。

葉展顏小學二年級期末考試那天，媽媽再次嚴重發病，被強制送去了醫院。外婆也在和媽媽扭打的過程中跌倒，病了半個月。老人病過一場後精神一日不如一日，忽然覺得大限將至，要把爛攤子託付給逃去北京的葉展顏父親。幾次電話喚不回女婿，老太太在一個下大雪的早上提了輕便的行李，二話不說踏上了去北京的火車。

葉展顏還記得老太太刀刻一般的面容。

「你們娘兒倆，到底還是得指望他。」

外婆把「羅徹斯特先生」和他的「簡·愛」堵在門口，捎去了閣樓上瘋女人的消息。小腹微隆的「簡·愛」不敢相信，狂奔離去。

「我外婆可不是好對付的人，」葉展顏笑道，「那個女學生大著肚子退學了。我爸灰溜溜地從美院辭職，回家待了三個月，看我外婆身體好些了，就又走了。」

她只顧自己講，沒有注意到洛枳聽到這個故事時突然灰下去的臉色。

她從這個缺席了自己成長歲月的父親身上，學會了「豁得出去」這一重要的人生智慧。她父親豁得出去，為了戶口結婚，為了前途拋家棄子，義無反顧，於是成了最後的贏家——丈母娘病死了，瘋老婆追著丈母娘跳樓了，一切隱患解除的時候，他剛好功成名就。只剩下一個女兒，也挺省心，漂亮又乖巧，只要給零用錢就好。

「我不恨他，反倒佩服他，」葉展顏認真地說，「我要做我爸爸，不要做我媽媽。」

洛枳內心極度震動。

「但是他當年欺騙美院的女學生，後來也惡有惡報，只不過報應在了我身上，」葉展顏俏皮地點著頭，「你猜那個女學生是誰？」

「那個女同學，居然是盛淮南的小姑姑，親姑姑。」

洛枳震驚的神色讓葉展顏非常滿意，笑容中的那絲悲意越發濃烈。

「有意思吧？嗯？有意思吧。」

不是所有的巧合都讓人會心一笑。

「這是你們分手的原因嗎？」洛枳問。

「為這種事有什麼好分手的，」葉展顏嗤笑，「就算他媽說我倆是表兄妹，我都不會分手，不生孩子不就好了？」

洛枳先是一愣，然後哈哈哈笑起來。

她不記得自己已經多久沒這樣大笑過了，葉展顏不過隨口一說，看她這麼開心，自己琢磨琢磨，也一起開懷大笑。

奇怪又有趣的場景，她們這樣的關係，為了這樣一個不合時宜的笑話，心靈卻靠得前所未有地近。

「我記得，」葉展顏悠悠地呼出氤氳的白煙，「咱們那次同學會，你跟我說讓我灑脫點，灑脫才像我，盛淮南一定喜歡我大氣點，嗯？」

「好像是，」洛枳點頭，「客套話。」

「但我不是個灑脫的人。你當時的話讓我很火大，因為你說中了。關於我，他什麼都不知道。他和所有人一樣，喜歡那個樣子的我，我就演給他看，演給大家看。久而久之，我就真的是一個又活潑又瀟脫的人了。」

風將葉展顏吐出的白煙吹向走廊另一端那扇遙不可及的窗。洛枳的目光順著煙霧飄遠。

那麼真實的葉展顏呢？也許還沒有長大，被留在了初中教室的角落，小心隱藏著祕密，等著被理解和拯救，卻被現在光彩照人的她刻意遺忘。

最深沉的陰影，背面總有最燦爛的光。

「可是你為什麼特意把我叫出來呢？」洛枳道，「既然你擔心張敏向我洩密，為什麼現在又自己講出來了？」

「我希望你能幫我把這些講給淮南聽，我自己怎麼都說不出口。」葉展顏聲音顫抖，煙灰打著轉掉落地面，帶著慢動作的美感，「丁水婧告訴他，你扔了我的分手信。我打電話給他，他都沒問過我一句那封信上寫了什麼。雖然是不存在的一封信，他還是拒收了。他不會為我主持正義了。」

你哪裡有正義。洛枳皺著眉，卻沒反駁。

「怎麼樣？我再求你一次，這次你一定要幫我。」

洛枳搖頭：「你自己去吧。我沒有辦法還原你想說的每句話。」

葉展顏露出不出所料的神態。

「那我換個請求，你永遠不要告訴他我們見過面，我對你說過的任何一個字，你都別透露，我會自己去和他說。」

葉展顏是不是腦子有問題？洛枳被她繞糊塗了，覺得怪怪的。

「好吧。」

不知怎麼，她竟然一丁點都不擔心葉展顏將對盛淮南傾訴衷腸。

葉展顏好像很開心，她跳下窗臺，走了幾步，在垃圾桶上按滅煙頭。

「那我走了。」葉展顏忽然說。

「啊？」

洛枳還懵著，葉展顏竟然真的鏗鏘有力地向樓梯間走去，陽光將她玫紅色的大衣照得格外耀眼。

走出一段距離後，她忽然停住，轉過頭說：「有件事想跟你說聲『對不起』。我記得一模的時候我跟丁水婧告狀，害得你倆鬧掰了。其實我沒喊你去打排球，我就是和盛淮南說這話的時候看見你從眼前走過去了，覺得你那個自命清高的德行特別礙眼，就隨便陷害了你一下。不好意思。……但是不保證以後不陷害了。」

洛枳沒回應，只是淡淡笑了一下。

「就是你現在這個德行，煩死了。」

高跟鞋聲在樓梯口轉彎，咔嗒咔嗒，漸漸消失不見。

洛枳摸摸自己的臉頰。高中時，她的冷漠有一多半是自我保護，然而現在能全程如此平靜地面對葉展顏，是因為真的有底氣。

所謂淡定，所謂高姿態，所謂心平氣和，不過就是因為你早就是贏家。

結果已經是最大的報復，何必在乎口舌上是否占了上風。

# 第79章　你給我多少時間

「你在家嗎？」

洛枳正坐在窗臺上胡思亂想，手機突然嗡嗡地振動起來，盛淮南的名字在螢幕上跳來跳去，像天使的來信。

「我在振華。」

她正在躊躇如果他問起自己為什麼來振華怎麼辦，既然承諾過葉展顏，她就不會將這段對話說出去。

短訊卻很快傳了回來。

「等我。」

洛枳在陽臺坐了一會兒，後背被陽光烤得暖暖的。

一年前她聽說他們分手，也曾聽說過不少人的閒言碎語，最後拼湊出的原因卻很普通。和所有異地戀的分手都一樣，低估了時間與距離，高估了自我和愛情。

盛淮南在網路上的痕跡始終少得可憐，無從揣測；葉展顏的網路形象一直都活躍而快樂，似乎在學生會做了積極分子，像一隻終於從高中囚籠逃脫的水鳥，分手這件事在她的頁面上連個水花都沒濺出來，沒有人覺得她受傷了。

回家的飛機上，洛枳倒是問過他。

「一個假期沒見，自從上了大學，她就變得很怪，情緒忽好忽壞，作得很。問為什麼，她也不說，好像憋著一股情緒，對我愛搭不理的，總說學生會很忙。期末考中國近現代史前，她傳簡訊說『分手吧』。我猶豫了一下，覺得她向來是個有一說一的人，不會拿這種事開玩笑，就回覆說『好吧，保重』。」

「完了？」

「完了。」

「心裡……不難受嗎？」

盛淮南這次認真回憶了一下：「比起難受，更多的是莫名其妙。」

「就沒問過為什麼？」

他詫異：「為什麼要胡攪蠻纏？」

洛枳撫額，也不知道自己到底希望得到怎樣的答案。她希望他是個深情的人，卻又不希望他對前女友深情，真是矛盾得很。

洛枳看了看時間，估摸著盛淮南快到了，就跳下窗臺下樓去了。

到了教學大樓的一樓大廳，她站在光榮榜前仰頭看。

又一屆成績優異的資優生的照片貼得滿牆都是，放大的證件照上，每個人都面容肅穆，端正得好像印刷用的鉛字。

誰能想到，這些莊重得像中年人的照片的主人笑起來時是怎樣的青春逼人？誰又知道，每個笑容背後究竟又藏著什麼祕密，埋葬在這所學校裡。

就像葉展顏，心裡有那麼多故事和恐慌，卻從沒有告訴過她喜歡的男生。她知道自己憑藉怎樣的性格讓他心動，於是變本加厲地扮演，去強化那個被愛的原因。

「葉展顏喜歡我像喜歡名牌包。」盛淮南曾經在氣急的時候如是說。

洛枳倒覺得盛淮南看輕了葉展顏的付出。她也許需要一個最完美的男朋友，但虛榮和愛情未必總是兩相衝突。與其用名牌包做比喻，倒不如說，她愛他，如同水晶愛射燈。

那麼他愛她，何嘗不是愛上了一本封面漂亮的書，卻從來沒有翻開過。

盛淮南就是這時候出現的。洛枳回過神來，聽見了背後的腳步聲，忍著沒有回頭，直到他從背後將她摟在懷裡，才低下頭，笑得像隻偷油的小老鼠。

「喂，我問你，」她搶在他前面開口，「新年的時候，你為什麼牽著葉展顏的手？」

抱著她的人僵了一下，半天才語氣發虛地說道：「我說我們沒可能了。她說，能不能最後再牽一次手在街上走，以前在學校裡都不敢。」

洛枳心中一片柔軟，竟有些事不關己的唏噓。

「好吧。但是以後不許這樣了。」她低聲說。

背後的人忽然笑了，親了一下她的頭頂。

「老師，我找的是她！」他轉身朝遠處的收發室大喊，將她拉過去。洛枳臉上的笑容還沒退去，就看到值班的語文老師驚訝的表情。

「哎呀，原來你們兩個……」語文老師的大嗓門在空曠的大廳迴蕩，洛枳尷尬得不知所措，盛淮南卻笑眯眯地摟著她的肩膀說：「相配吧，老師？」

「相配什麼？」語文老師忽然來勁了，「你看看人家洛枳的成績，再看看你自己，你當年的考卷差點沒把我氣出心臟病來……」

「天賦不行嘛，」他無賴的語氣為洛枳陰鬱的心情注入了一股活力，「所以找個語文好的女朋友，才好意思回學校來看您啊，這也算是回報師恩啊。」

她不禁莞爾，語文老師被他氣得倒吸一口涼氣：「那不也是我教出來的？！」

「所以才來謝您啊，沒有您為人師表，我可到現在都找不到女朋友啊。」

洛枳恍惚，光榮榜上面的一張張臉孔似乎也都因為他的胡鬧而有了笑意。

這個站在她身邊、緊緊擁著她的男孩。

她只是沉默地站在一旁，看著他什麼都不怕地和一直以來就拿他沒辦法的語文老師鬥嘴，竟然一點都不再可惜當年那些被他當作演算紙的作文範文。

陽光正好。

洛枳的媽媽問過她幾次關於男朋友的事情，都被她用各種方式搪塞了過去，只說正在嘗試著相處，還沒確定關係，是大學同學，人很好，理工科，很老實。

媽媽心疑，卻也漸漸不再問個沒完。

除夕的晚上，陳叔叔也到她家來吃年夜飯。將近半夜十二點的時候，她躲進冰冷的陽臺，凍得渾身都在抖，哆哆嗦嗦地打電話給他。

「新年快樂！」

「新年快樂。」他的聲音是喜悅的，卻有些疲憊。

「怎麼了？」

他笑了一下：「你聽出來啦？只是我爸爸媽媽在除夕夜大吵了一架，剛才勸得累了而已。我自己沒事的。」

每次他提到爸爸媽媽，她都不知道說什麼。

盛淮南倒不介意，自己轉了話題：「過完年之後，一起去圖書館看書吧。市圖書館現在不需要借書證了，開放閱覽和自習，估計這陣子人少，我想背單字，你能陪我嗎？」

「當然，」她溫柔地說，「早點睡吧。」

「謝謝你陪我。」

「幹什麼這麼見外？」

「嗯，晚安。」

「晚安。」

「等一下！」

「做什麼？」

「親親我。」

洛枳大窘：「……什麼？」

「親親我。」他像個無理取鬧的孩子，幼稚卻執拗。洛枳凍得耳朵發紅，握著電話的手心竟然出汗了。

「Mua！」她心一橫，很肉麻地發出了親吻的聲音。

她甚至不知道這親吻在外面震耳欲聾的鞭炮聲中，他究竟能不能聽見。

他應該聽見了。因為他說：「洛枳，我好喜歡你。」

閱覽室裡，洛枳最終挑了兩本電影畫報坐了下來。盛淮南在對面，從寬大的桌子底下伸腿過來踢她的鞋子。洛枳抬頭，看到他眉頭緊鎖，一副看書看得極為認真的樣子。

她也不動聲色地低頭繼續看，然後狠狠地踩了他一腳。

對面的人噗哧笑出聲來。

她穿著雞心領的黑色針織衫，新羽絨衣的商標就貼在脖子後面，癢得受不了，抓了幾下之後索性脫了下來，卻又覺得冷，只能認命地再穿上，拿了幾張紙巾鋪在脖子後面，將皮膚和商標隔開。

「我去廁所。」盛淮南站起身。

過了十分鐘，洛枳正盯著《世界百大恐怖片》的簡介，看得津津有味，突然背後一涼，披在身上的外套被抽走了。

她驚得抬起頭，看到盛淮南拿著一把黑色的大剪刀冷笑著站在背後，咔嚓咔嚓剪著空氣。

洛枳垂下肩膀：「想嚇唬我沒那麼容易。你要做什麼？」

盛淮南有些失望地看著鎮定的洛枳，拎著她的外套回到自己的位置，然後將自己的羽絨衣扔了過來。

「穿上，別凍壞了。」

說完，他就操起那把大得嚇人的黑鐵剪刀，低下頭翻開洛枳的外套，竟開始認認真真地用寬闊的剪刀，一下下挑開商標邊上那細細密密的針腳。

洛枳微張著嘴巴，羽絨衣傳過來的溫度讓她心裡暖洋洋的。

談戀愛果然影響學習啊，她看著把GRE紅寶書推到一邊的盛淮南，摟緊了他的羽絨衣，只顧傻笑。

「你哪來的剪刀？」

「借閱處的大媽那裡借的。大媽看我長得帥，二話不說就借給我了。」

不用照鏡子她就知道自己笑得賤兮兮。

她也不再看書，索性托腮呆望著他的每一個動作，笨拙卻小心。她覺得自己可以這樣一直看下去，看到地老天荒。

真正的幸福往往都是惶恐的。某一個瞬間，洛枳突然傷感起來，想起那個被葉展顏冒領的窗臺故事，它曾經成就過葉展顏的感情，也阻攔了她的回歸。命運的地圖早已寫完，縱橫交錯安排妥當，因果前緣一個不落，好像早就拿著剪刀，站在恰好的時間節點，咔嚓一下，剪掉所有的美夢。

只有他們一無所知，天真地以為可以不落窠臼。

而她，還有多少時間？它又給他們多少時間？

盛淮南費了九牛二虎之力收拾好了外套，用一副「有什麼大不了」的表情將衣服扔給她，也收起了單字書，裝進書包裡。

「出去玩吧！」

「玩什麼？」

「比如……放鞭炮？」

「你再說一遍？」

「走！我們去放鞭炮！」

這人是盛淮南？她覺得自己當初一定是認錯人了。這樣想著，也迅速地收了東西，笑著摸了摸再也不刺癢的脖子，「走吧。」

可是等他們買好鞭炮，提著袋子走到一條偏僻安靜的小巷時，盛淮南竟然不敢放。

洛枳默默無語地看著他拿著從小賣部買來的打火機，小心翼翼地湊近「小蜜蜂」，因為不敢靠得太近，點了幾次都點不著。

「你……從來沒有放過鞭炮，對不對？」

盛淮南有些難堪：「所以才想過來玩嘛，小時候我媽媽總是擔心得特別多，死活不讓我有機會接觸。再說每年都有一堆因為爆竹傷殘死亡的新聞，我自己也斷了這個念想。」

所以現在才這麼笨。洛枳走過去，從他手中接過打火機，回過頭笑得很陰險：「站遠點，看好了！」

盛淮南點頭如搗蒜。

「小蜜蜂」急速旋轉著升空，又落下來。洛枳得意揚揚地看向他，不出所料，在那雙好看的眼睛裡也滿是單純的崇敬。

曾經，高中的時候，她那樣孜孜不倦地努力，希望能有哪怕一次機會與他平分秋色，讓他知道世界上還有一個不容輕視的女孩子在默默地看著他；現在卻僅僅因為膽子大、會放鞭炮而被他刮目相看。

洛枳哭笑不得。她用腳尖踢了踢已經乾癟下去的「小蜜蜂」，半真半假地說：「哥們兒，多謝了。」

不久，盛淮南點燃鞭炮的動作就比她俐落多了，似乎是為了一雪前恥，他動作迅速地消滅掉了剩下的鞭炮，一臉尋求誇讚的表情，被洛枳捏了捏臉蛋。

不管多麼優秀的男人，總有一面像孩子，只展現給愛的人看。洛枳從來不想掃興，更不曾因此而詫異或者失望。

每每看到他流露出孩子氣的一面，她心裡總會泛起溫柔的情緒，想要好好地將這一面保護下來，用自己的力量去留存這份天真，哪怕螳臂當車，也要試著去對抗殘酷的時間。

他從後面抱著她，兩個人一起一搖一晃地往前面走，沿著空無一人的街道，踩著滿地鮮紅的鞭炮碎屑，不知道要走向哪裡。

「有時候我真的很擔心，你會發現我沒有你想像的好。」

洛枳微笑，知道他在背後看不到。

「你說，如果有一天，你發現我不行了怎麼辦？」

她疑惑：「哪方面？」

盛淮南的身體忽然一僵，半晌才說：「下流。」

洛枳一頭霧水，半天才慢慢明白過來，咬牙道：「誰下流？果然是心裡有什麼就看到什麼！」

盛淮南半天才克制住咬她的衝動，淡淡地解釋道：「我是說，如果有一天，我不再是你當初喜歡上的盛淮南。」

洛枳仔仔細細地思考著，並沒有急著去表白什麼。

「我記得，孟肯說過：『男人通過吹噓來表達愛，女人則通過傾聽來表達愛。而一旦女人的智力長進到某一程度，她就幾乎難以找到一個丈夫，因為她傾聽的時候，內心必然有嘲諷的聲音響動。』」她認認真真、一字一句地背誦著，盛淮南忽然停住了腳步，將她的雙肩扳過來，滿眼笑意地看著她：「謝謝你，這樣我就放心了。」

「為什麼？」

「顯然你的智力還沒長進到會嘲諷我的程度。」

洛枳連白眼都沒憋出來，就被他揚揚自得的樣子氣笑了。

「說真的，我特別喜歡看你認真地說著一些我一點都不想聽的名人名言的樣子。」他拉開羽絨衣的拉鍊，將她整個人包進了溫暖的懷裡。

她雙手環上他的腰。

「你為什麼要問我這個問題？」

「不知道，就是忽然心慌。我不知道你喜歡我什麼，直到現在還是擔心，如果有一天我不再是你欣賞的那個盛淮南，該怎麼辦。」

「只要你還是現在的你，哪怕明天因為某些事情身敗名裂、眾叛親離，我可能更開心，因為這樣，就只有我喜歡你了。」

「真的？」

「假的。」

「假的？」

「我還是希望全世界都喜歡你，因為你也喜歡全世界都喜歡你，對不對？」

盛淮南被她的繞口令逗笑了：「算是吧，對。」

「即便如此，你也只能陪著我。」

他大笑起來：「嗯，一定。」

女人談戀愛時果然愛說蠢話。

洛枳埋著頭，幾乎要沉睡在他舒適的臂膀中了。蒼白的少女時代，那些隱忍而微微苦澀的記憶像發生在另一個世界的事情，來不及告別，倏忽不見。

「到底還是成了一對庸俗的情侶。」她喃喃自語，不知道是開心還是失落。

盛淮南卻摟緊了她。

「世界上最幸福的事情，就是和一個不庸俗的人，做一對庸俗的情侶。」

# 第80章 序曲

「超市裡木瓜特價，我買了三個，你要嗎？我已經切了半個，桌上那半個你自己拿走吧！」

洛枳剛剛推門進宿舍，就聽到江百麗聒噪地大叫。她抬頭看到，百麗已經早早地換上了初夏的七分袖襯衫，卻在外面披著羽絨衣，正坐在上鋪捧著半個木瓜用小勺挖著吃。

洛枳皺眉，將手機、鑰匙都扔在桌上，斜眼看她：「現在這個季節的木瓜能好吃嗎？」

江百麗愣了愣：「你管它好不好吃呢，豐胸啊。」

洛枳大笑起來，江百麗的坦誠總是讓人心情明朗。

「我就不用了。」她反身騎在椅子上，將下巴輕輕擱在椅背上，拿起一本《布萊希特詩選》，胡亂地翻著。

「難道你已經不用豐胸了？」

洛枳一個眼刀殺過去，盯著江百麗的前胸冷笑：「呵呵，聊勝於無。」

洛枳讀到第四首的時候，江百麗的電話振動起來。洛枳曾經苦勸她放棄那些驚悚的華麗鈴聲未果，新學期她換了新手機，竟然從來沒有設定過任何響鈴，這讓洛枳萬分驚訝。

後來才得知是顧止燁的功勞。洛枳嘮叨了一年，顧止燁只是在江百麗手機鈴聲響起時笑了一聲，就讓她心虛地調成了振動。

洛枳能明顯地感覺到，江百麗在改變。她的心情和笑容漸漸恢復到大一初見時的樣子，行為舉止卻越來越沉靜大氣，也不再蹺課、不再邋遢——至少是在努力保持著整潔。

當然，這些改變更多的是體現在人前，並沒怎麼惠及洛枳。

「跟老男人戀愛真是獲益匪淺啊。」等江百麗終於掛掉了和顧止燁的電話，洛枳一邊看書一邊感慨道。

「我們沒有在戀愛！」百麗說著說著又叫了起來。

電話中確實少有當初與戈壁熱戀時的黏膩，百麗的聲音是快樂的，然而語氣和措辭保留著距離，更像曖昧的朋友。

每一個電話的結尾，都是百麗在說：「那你忙吧。」

那你忙吧。

你要是愛我，就應該立刻笑著說，我不忙。

「你感冒好點了嗎？聽起來鼻音還是挺重的。」

百麗聳聳肩：「我估計怎麼也得一個星期才能好吧，不過不發燒了。」

「清粥小菜的確能降溫。」她沒抬頭，輕輕地翻過一頁。

江百麗紅了臉，吞吞吐吐了半天也說不出一句話。

洛枳是昨天十一點半接到的電話，戈壁，說自己此刻正在宿舍樓下，請她下去一趟，帶點東西給百麗。

豬肝菠菜粥，清燙娃娃菜，香煎豆皮，一盒安瑞克，一盒康泰克[2]。

洛枳怔怔地看著一桌東西，想起樓下戈壁憔悴的樣子，竟然第一次對江百麗的手段生出了幾分佩服。

江百麗眼睛亮亮的，盯著那熟悉得不能再熟悉的豬肝菠菜粥，臉龐通紅，不知道是因為發燒還是別的。

還是洛枳先問她：「陳墨涵後來有沒有再找你的麻煩？」

江百麗搖頭。

「奇怪，她不可能沒發現戈壁心猿意馬啊，她那樣的女孩子，怎麼能嚥得下這口氣？」

「我當初不是也大半夜為他跑過好幾趟，扯平了。」百麗聲音有些抖，爬上床去，一口也沒有動。

「說得真委屈。」

「本來就委屈。」

「得了吧，」洛枳笑，「當初明明心甘情願的，怎麼現在又說得好像你多委曲求全似的？」

江百麗頭蒙在被子裡，許久許久都沒有說話。洛枳於是關上燈，將飄香的食物扔在了漆黑的夜裡。

洛枳想著昨夜的插曲，眼前紙面上的文字都開始打轉了。

「其實，顧止燁跟我說過，容易動情的人，其實心最狠。」江百麗回憶起昨夜的事情，坐在上鋪幽

2 安瑞克：布洛芬（ibuprofen）錠，用於緩解輕度至中度疼痛，如頭痛、牙痛、經痛。也用於普通感冒或流行性感冒引起的發熱。康泰克：感冒藥。

幽地說。

「當然，」洛枳點頭，「因為健忘嘛。」

「但是，我覺得戈壁真的不是心狠的人。」

「唔，」洛枳掏出日記本開始抄詩句，「那就去叫戈壁跟陳墨涵分手啊。」

這樣的話她不知道說了多少遍，每次她想要將百麗從舊情難忘的泡泡中砸醒過來，就會將這話再重複一遍。

江百麗自然不會真的這樣去和戈壁講。

不試探，不追究，就不會尷尬，不需要直面現實。

而不敢去講的原因，才是她幻滅和清醒的理由。

新學期，一切都很平靜。洛枳一整個假期都沒和自己的媽媽提起過從付姨那裡知道的消息，也沒聽盛淮南提起過自家的事情，心中那股莫名的惴惴不安也漸漸平復。

洛枳和盛淮南這學期選了兩門同樣的公共選修課，一門羽毛球課，三門週六授課的法律雙學位課程——張明瑞上學期的法導果然被當掉了，自此放棄了法雙。

兩個人每週都一起去打羽毛球，自習、看電影、打遊戲，坐車去各種久負盛名的地方吃東西……

像所有普通的情侶一樣。

一開始，洛枳羞於在宿舍裡打電話，後來也慢慢放開了。因為辦了情侶套餐，所以話費極少，她常常洗過澡後戴著耳機坐在床上，一邊翻書一邊有一搭沒一搭地和他聊天。

偶爾傻笑。

直到江百麗忽然從上鋪垂下頭，哀怨地說：「你完了。你談戀愛後一點都不酷了。」一臉「你看看你自己現在什麼德行」的痛心疾首。

「覺得噁心了？」洛枳冷笑。

「非常噁心。」

「噁心也受著吧，你以前噁心我的時候我都記著呢，君子報仇十年不晚。」

江百麗哀號著躺回上鋪。

洛枳曾經在每天早上醒來的時候，都會怔怔地拿起手機，看一遍前一晚睡前的簡訊，以此來確認現在的幸福不是一場夢。時間久了，倒也不再誠惶誠恐。

四月底的風已經格外溫柔，天色將晚，淡紫色的雲霞散散漫漫地鋪展在碧空裡。洛枳從食堂背後的小路繞去籃球場找盛淮南，邊走路邊想事情。猛一抬頭，才注意到就在自己前方不遠處，一對情侶正停在小路中央。男生騎在自行車上，回頭看自己的戀人，女孩子則跳下了自行車後座，踮起腳去嗅路邊的丁香。

「摘下來一枝，插到花瓶裡擺桌上吧。」男生建議。

「那是要做什麼呀，人家開得好好的，你忍心嗎？」

女生竟是許日清。

兩個人笑鬧了一陣子，許日清重新坐到車座上，男生確認她坐穩了才緩緩起步，慢慢消失在小路的盡頭。洛枳舒了一口氣，走到他們剛才停靠的地方，也不覺側過頭去嗅那淒迷的丁香香氣。

那個當初結著丁香般愁怨的姑娘，已經漸行漸遠。

她走到籃球場邊的時候，比賽早已散場，只有幾個穿著球衣的男孩子還坐在籃球架下一邊喝水一邊聊天。看到她走過去，他們紛紛賊賊地一笑，就知趣地拎起包離開了。

盛淮南正在投籃，躍起到半空，手腕輕抬的瞬間看見了她，於是嘿嘿地笑起來，球砸在了籃框上，彈到洛枳身邊。

洛枳一直覺得，籃球落地時的聲音像兩個人的心跳。

盛淮南一個接一個地投籃，洛枳扔下書包也跑到場上，將球撿起來一次次傳給他。

看男孩子打籃球，果然還是應該離得近一些，遠遠地觀望覺得平淡輕巧無比，可是距離近的時候，就能聽到衣服摩擦的聲音、喘息聲、腳步聲，才覺得觀者的心臟都跟著劇烈地跳動起來了。

洛枳的心臟此刻就跟著它的生命力跳動。橙黃的路燈在墨藍色的天幕下為他們兩個人撐起了一把溫柔的傘。她微笑著看他運球、跳躍，聽著空心進籃的聲音，心底忽然生出一種難以言說的快樂。

她終於不必心不在焉地在操場上面亂晃了，終於不用在這樣的時候故意把臉側過去了。

那麼多人愛過他。只有她走到了這一步。

這種快樂對於得不到的人來說自然是殘忍的，可她無法因此而強制嘴角不許上揚。

這樣想著，竟然也不再為心底那點不敢揭開的祕密而感到過分恐懼了。

洛枳，加油。

她默默地對自己說。

「我哥哥，洛陽，下個月5號要回家鄉辦婚禮，我需要回去一趟。本來想要叫你一起的，可你不是快要考6月的GRE了嗎？我想，你還是待在學校好好複習吧。」

洛枳一邊說著一邊將餐盤放在床邊的空桌子上，坐下來。

盛淮南坐到她對面，點頭：「那好吧。」

他用小勺攪了攪碗裡的皮蛋瘦肉粥，忽然問：「上學期，我生病的那次，為我送粥的女生，是你吧？」

洛枳好不容易才挑起一筷子麵，聞聲抬頭，麵一下子又全滑落進碗裡了。

「哦，你突然失蹤的那次啊，是我。」她挑挑眉。

盛淮南訕訕地一笑。

「不過，你怎麼知道的？」她好奇。

「應該就是耶誕節那天晚上，我拖著你的行李箱回宿舍，跟老大扯淡，他忽然問我上次生病的時候送熱粥的女生是誰，怎麼突然就沒影了。」

盛淮南生病期間咳嗽得很厲害，神色陰鬱地在宿舍待了一整天，狂打遊戲。下午，張明瑞為他帶了泡麵和煎餅，吃得他胃裡火燒火燎。晚上十點左右，老大接了一通宿舍電話就跑下去，然後拎上來一個袋子——皮蛋瘦肉粥、玉米餅和蔬菜。說來慚愧，他實在猜不出是誰送的，感冒來得急，除了宿舍哥們兒外，沒有人知道——也可能是院裡某個看他沒有去上課的女生？但是老大不應該說不認識。

洛枳也想起當時那個有點猥瑣卻又熱心腸的男生，笑了笑。

「我當時問起老大這個女生長什麼樣子，老大的描述是，美女。」

洛枳得意地刮了刮自己的鼻子。

「這描述簡直像放屁一樣等於沒說。」盛淮南面無表情地繼續說，無視洛枳在桌子下面踢他的腿。

「不過老大說，那女孩真是挺好玩的。老大逗她說讓她別抱太大希望……」盛淮南忽然停住不說了，似乎想到什麼不好意思的事情。

「我來幫你接著說，你們老大說，追你的美女都能編上號碼去抽六合彩了，姑娘就順口讓他賜個編號，對吧？」

那時候，洛枳在丟盔卸甲的當口兒仍然能夠用玩笑挽回失地；現在，她似乎在漸漸退去那層銳利和驕傲，再上演一次，未必能說得出同樣的話。

她正在發呆，卻被盛淮南用筷子另一端敲了頭：「又瞎想什麼呢？我問你這事只是想謝謝你。」

唯一沒變的是，她仍然不善於應對他認真說出的感謝和致歉，連忙掏出面紙遞給他說：「擦擦汗。」

「你幫我擦。」對面的男孩端著粥，頭也不抬。

洛枳嘆口氣，認命地伸手過去幫他擦了擦額頭。

不知道是不是她想得太多，最近的盛淮南似乎安靜了許多。他待她仍然很好，卻像被什麼心事壓著，越發沉重。

「你還好嗎？我覺得你最近不開心。」

盛淮南沒接話，忽然停下來，盯著筷子說：「你以前也練過用三根筷子吃飯吧？」

洛枳愣了愣。她到現在還並未跟他坦白過自己騙他的這些事情：三根筷子、肥肉塊，乃至……小皇后。她只能點點頭。

「我們再試試好不好？」

看到他開心的樣子，洛枳也覺得心裡舒服了一些，於是站起身又拿了一雙筷子，一根遞給他，一根留在自己手中。

她硬著頭皮上陣，麵條在她的筷子上面一個擺尾，就甩了她一臉的麵湯。

他們一起笑起來，盛淮南拿起面紙，在她鼻尖上輕輕地擦了擦。

「只是最近我爺爺的情況有點不大好，」他一邊幫她擦臉一邊輕聲說，「他是個很有趣的老頭，住在鄉下。我還想什麼時候有機會帶你去看看他呢。他年輕時曾經橫渡什麼江來著，養了很多小動物，什麼都會，三根筷子吃飯是他最早發明的。我看了好多年，高中的時候才忽然想要學著做。」

洛枳沉默。

「外公也是，心肌梗塞，已經進了加護病房。我也不知道最近怎麼了。爸媽天天吵。呵，總覺得，好像有什麼要發生了。我不知道。我真的不知道。」盛淮南側臉望向窗外沉沉壓下來的夜幕。

洛枳想說點什麼，卻害怕聲音發顫，只能輕輕地抓著他的手，輕輕地。

# 第81章　灰姑娘

洛枳對婚禮的感情一直很複雜。

她參加過不少婚禮，也親眼見過不少情侶商量起婚禮的細節時屢屢鬧矛盾，甚至吵到婚禮擱淺。兩家為面子而生閒氣，不可開交，心力交瘁。

這麼多年的演變，婚禮已經失去了當初那種莊重的儀式感，兩個早就領了結婚證書的人，還要站在司儀面前，像模像樣地說「我願意」，在她看來簡直匪夷所思。

真的會被那比結婚證書的小紅本還要遲到了大半年的「我願意」三個字感動嗎？

即使是她自己的哥哥嫂子，她開心歸開心，對婚禮仍舊充滿了牴觸情緒。

不知道是不是因為人生中參加的第一個婚禮以傷心收場。雖然年幼，卻記憶猶新。

洛陽打電話告訴她婚禮的日期時，洛枳還是直白地表達了自己的不解。她一直以為他們會等到陳靜碩士畢業之後再領證結婚，沒有想到，求婚之後的一切勢如破竹。

「反正拖著也沒什麼區別，結婚了，都安心。」

安心嗎？她想起丁水婧，於是沒有繼續問下去。

洛陽在電話另一邊似乎是伸了個懶腰，邊打哈欠邊說：「幸虧是在家裡辦。家裡那邊有你舅舅、舅媽和陳靜爸媽折騰著，我倆省心不少。不過，老人家的眼光真是愁人啊，他們挑的請柬都是看起來特別喜慶也特別醜的那種，還好陳靜對這些事情也不在意。我倆既然當了甩手掌櫃，也就不對這些小事情嘰嘰歪歪了。」

洛枳笑起來：「那就好，省心最好了。我知道，好多人一場婚禮下來憔悴消瘦，夫妻反目，還不如你們這樣。無論如何，你們結婚我特別高興，恭喜！」

洛陽卻轉了話題：「我聽你媽媽說，你有男朋友了，還死活不帶給她看？不帶給她看也沒問題，我總得看看是何方神聖吧？」

洛枳又聽見心底的祕密咕嘟咕嘟上湧的聲音。

由於星期五下午她就要飛回家鄉參加婚禮，所以將 Tiffany 和 Jake 的課程安排在了週三的晚上。她站在東門口招了一輛計程車，司機一聽她要去的別墅區的名字，有些疑惑地透過後照鏡看了她一眼，盤算了好一會兒才想好應該怎麼走。

新年後朱顏就辭掉了兩個菲傭，開始僱鐘點工在中午和晚上到家裡打掃衛生，為兩個小孩做飯。後來到三月，她將司機也辭掉了，所以洛枳都是坐計程車來往。

「只能這樣了，我替你報銷好啦，」朱顏當時在電話中抱歉地說，「我這半年很少待在北京，留著司機也沒什麼用。不過得辛苦你了，沒事就多去幾次，看看他們倆有沒有闖禍。週末搬過來住也行。」

她寧可拜託洛枳。洛枳至今也沒有見到過朱顏的任何一個朋友或親人出現在別墅中幫她照料孩子的起居。四處遷徙的單身女人總有這樣的無奈。

自從春節之後，洛枳只見過朱顏兩面。Tiffany 說媽媽一直在美國和新加坡之間飛來飛去，連她和 Jake 都很少能見到。

「媽媽說，我們可能又要 move on（搬家）了。」Tiffany 坐在沙發上晃著腿，小小年紀，將這句話說出來的時候並無不捨或擔憂，像是早就習慣了。

Move on，去往新地方，奔向新生活。

她只能更加頻繁地跑去看這兩個小孩，像半個媽媽一樣照顧她們。洛枳有時候會感慨，她和朱顏之間竟然有這種毫無理由的互相信任，再一聯想到這其中的緣故，她不覺嘆息。

洛枳在玄關脫鞋子，突然聽見一聲久違的「你來啦」，驚喜地抬頭，看到那個年輕的孩子媽媽正倚著樓梯朝她笑。

朱顏似乎又消瘦了些，但因為剪了非常俐落的短髮，露出修長的脖子和平直的鎖骨，所以看起來反而更加精神了。她繫著圍裙，手裡抱著一疊廢舊英文報紙，竟然有些灰頭土臉。

「好久沒自己打掃過房間了，做了一下午還是雜亂無章。」她自嘲道，邊說邊露出奇怪的笑容。

「我可不是來幫你幹活的。」洛枳連忙跳起來聲明。

洛枳為兩個小孩上完課，從樓上下來，看到朱顏還在和一客廳的雜物搏鬥，不覺失笑。

「我都多久沒見你了，上次本來有機會一起出來玩的。」洛枳抱怨。

四月底春光正好的時候，洛枳曾經將 Tiffany 和 Jake 帶出來，一起去玉淵潭看櫻花，也叫上了盛淮南。兩個孩子時隔大半年終於又見到他，自然開心得不得了。

「當時你明明也在北京，」洛枳走過去和她一起坐在客廳的地上，幫忙將各種CD和書籍裝入紙箱子，「可惜你臨時有事又不能來了。我還想叫你出來看看他呢。」

洛枳故意說得輕鬆，另一面卻緊張地窺探朱顏聽到盛淮南時的反應。

朱顏神色如常，頭也不抬地幹著活。

「我看他幹嘛，」她聳聳肩，「要是我見了，發現不順眼，你得多左右為難呀。一邊是友情，哦，一邊是愛情。」說到後面直接唱起來，洛枳被氣笑了。

「不喜歡就不喜歡唄。我倒覺得你會喜歡他，我眼光多好。」

「呵。」朱顏冷笑。

「他還說下個月天氣熱一點，就再帶他們倆去歡樂谷玩呢，你要不要一起？」

「我可不去。」朱顏搖頭，沒有注意到洛枳有些複雜的神情。

洛枳也不再勸，低頭俐落地包裝封箱，思緒慢慢回到了春風和煦的玉淵潭公園。

其實沒什麼好看的，櫻花林太過分散，無法形成遮天蔽日連綿不絕的美。如果要說驚喜，倒是一株株幹枝上盛開的白玉蘭。

在他和兩個孩子其樂融融的時候，洛枳沒有忘記向盛淮南討說法。

「當初問你要不要來為兩個小孩上課的時候，你的簡訊真是氣死我了。」

「哪則簡訊？」他忙著替 Jake 照相，一邊按快門一邊疑惑地說，無辜得讓洛枳差點以為自己記錯了人。

洛枳咬牙切齒地翻著手機裡的簡訊，然而和他的簡訊實在太多，她都捨不得刪，翻著翻著就淹沒在過往甜蜜溫馨的海洋中了。

「算了，」她鎖定螢幕，「找不到了。總之是諷刺我哄小孩還要錢的。」

「不可能。」

「真的！」

盛淮南沉默了一會兒，才慢慢地說：「那就是我太天真了。有時候我的確會說一些自以為是的話，拿自己的生活去限定別人，傷了人，自己都不知道。」

這樣正經的道歉，讓洛枳有些不自在。

「算了，我也只是忽然想起來而已。」

「不，」盛淮南認真地看著她，「這半年來，我一直都想跟你說，我看你打工、賺錢，很勤奮地自立，越來越覺得自己實在很慚愧。」

他轉過頭去看兩個正踮起腳去嗅滿樹怒放的白玉蘭的孩子：「我說的是真的。最近越來越這樣想。相比之下，我才是什麼都不懂的那個。」

洛枳盯著這樣的盛淮南，久久不知道該說什麼，慌亂的心跳彷彿鼓點，前段時間一度漸弱，此刻又緩緩地放大了音量。

「發呆想什麼呢？」

洛枳回過神：「啊？沒，就是想起那天去玉淵潭，他倆很開心。」

「是想那天在玉淵潭的你男朋友吧？」

你男朋友。相處快半年了，洛枳聽到這種叫法竟然還會害羞。

「其實，」她有些遲疑地開口，「我覺得，夢想成真的感覺，有點虛假。一切都很完美，但好像又少了點什麼。我也覺得我改變了不少，開始依賴人，以前自己習慣一個人做的事情，現在卻覺得孤獨，他不在，心裡就空落落的。這樣是好還是不好呢？以前總是嘲笑那些情侶，現在才明白，站在週邊遺世獨立地評判，是最簡單的事情。」

洛枳沒有在朱顏臉上看到那種「戀愛中的少女你醒醒吧」的揶揄。

「我覺得這再正常不過了。」朱顏整理東西確實是毫無頭緒的，她一邊講話，一邊像是賭氣一樣將手中一大疊裝CD的塑膠盒子「嘩啦」一聲全部塞進一個箱子裡，狠狠地用膠帶封住，然後一屁股坐在紙箱上，抬頭看向洛枳。頭頂橘黃色的壁燈將她的臉色照得明亮，她像個少女一樣伸直雙腿，晃著腳丫。

像個少女一樣。

三十多歲的女人，做起這樣的動作來毫不做作和彆扭。洛枳突然明白朱顏的魅力所在，就像那張她和陌生男人的照片一樣，你從她的眼睛中看不到她的年齡、她的過往、她的未來。

看上去，永遠有一份與單純無關的天真。

雖然只是看上去。

洛枳垂下眼：「你說什麼正常不過？」

「正常的意思就是說，童話故事結束了，生活開始了。」朱顏微笑，站起身走過來，彎下腰去捏她的臉。

「要不要來罐這個？」朱顏一邊說著一邊小心繞過一地亂糟糟的箱子和沒來得及收好的雜物，拐進了廚房，幾秒鐘後重新出現，還沒走到桌邊就將一個東西扔了過來，洛枳手忙腳亂地接住。一罐冰涼的啤酒。

「不喝茶了？」

「喝茶哪有喝酒爽，而且必須是啤酒，什麼紅酒、洋酒都死到一邊去！」朱顏似乎是被打包折磨瘋了，講話和動作都和平時不大一樣。

洛枳頓覺心中快活不少。

她們「啪」、「啪」兩聲拉開拉環，洛枳聽到樓上 Tiffany 跑來跑去的聲音，將食指比在脣上：「別讓小孩子看見我們這個樣子。」

朱顏聳聳肩，伸出手示意洛枳碰杯。

「曾經有一段時間，在他們還特別小的時候，我一個人帶著兩個孩子討生活，有時候他們哭鬧起來，我甚至有帶著他們跳樓同歸於盡的衝動。這樣一晃，居然也十多年了。」

朱顏晃著手裡的啤酒罐，眼睛亮亮的。

「你剛才說什麼，童話結束了？」洛枳連忙轉移話題。

「對呀，」朱顏仰頭灌下一大口，冰得直晃腦袋，半晌才能開口講話，「灰姑娘嫁給王子了，生活開始了。童話故事一般只講前半部，因為這樣小孩喜歡看，只有大人才要面對後面的故事。」

年少時仰望的從一而終、一塵不染的神聖愛情，最終不過就是一念起一念滅，和其他事一樣，沒什麼特別。

大人本身就是如此複雜的動物，陰暗的內心，牽絆的關係，披著偽裝的自尊心，怎麼可能醸造出一份不含雜質的感情？

她拍拍洛枳的手背：「歡迎成為大人呀。」

一罐喝完，朱顏意猶未盡，又跑去拿了兩罐，遞給洛枳。

「對了，你媽媽知道……」

「不知道。」洛枳立刻回答。

沉默了一會兒，她們又碰杯。

「真是不聽媽媽話的姑娘。」朱顏咯咯笑了起來。

「我以前不知道我是這種愛逃避的人，走一步看一步可不是我的習慣。」洛枳嘆息。

「船到橋頭自然直，總會有辦法，只要你堅持。」

洛枳猛地抬頭，眼睛亮亮地看著她：「那你的堅持，現在有結果了？」

朱顏噗哧笑了：「我堅持什麼了？」停頓了一下，她還是點頭：「我要去美國了，嫁給設文。」

洛枳摸索著一直在流「冷汗」的啤酒罐，一股氣從胃裡沖上來，一直沖到鼻腔，她竟開始流眼淚。

「哭什麼？」朱顏詫異，「你不恭喜我？」

「我會想你的。」

洛枳抹抹眼睛，用腳踢了踢角落的紙箱：「我一定會很想你。」

星期五，盛淮南送她上飛機，在安檢口笑著親了親她的額頭，說：「早點回來，路上小心。」

她點頭，看著盛淮南那張熟悉的臉，突然湧出一股深深的不捨。

只是回去兩天而已。她也不知道這來勢洶洶的情緒是怎麼回事，好像生離死別似的。她低下頭掩蓋熱了的眼眶，輕輕捏他的手背：「走了。」

# 第82章　我願意

整場婚禮洛枳都沒怎麼幫上忙。她起了個大早，和媽媽一起趕到舅舅家裡，然後作為男方家屬隨著車隊一起出發，穿越半個城市去陳靜家。

塞紅包、砸門、求伴娘放人這些活動自然有洛陽的一群高中好哥們兒幫忙，她站在半層樓下仰頭看著門口熱熱鬧鬧擠作一團的伴郎團，漸漸也被喜慶的氣氛感染了。

陳靜家不大，忽然擁進去這樣一群人，很快就連站的地方都沒有了。洛枳徘徊在樓梯間裡面聽，洛陽率領著伴郎們已經站在陳靜房間外面苦求新娘開門了，裡面陪伴的伴娘扔出來一道題，要洛陽說二十個誇新娘的四字成語，並交出工資卡才能進門。

洛枳微笑著聽遠處老哥在起哄聲中絞盡腦汁地說出越來越匪夷所思的成語組合。

又過了不知道多久，完成了攝影、敬茶等一系列過程，終於陳靜被洛陽用公主抱的方式抱著出了門，在攝影的指揮下，下一段樓梯停一段，拍著特寫，走得極慢。

按照傳統，新娘子要穿著紅色的高跟鞋，直到上了婚車開到夫家的樓下之前，腳都不可以落地。

人們紛紛走在新娘的哥哥後面，洛枳此時終於能看到跟在人群最後面的洛陽了，站在高高的臺階上，一身黑色西裝，胸口別著一朵很醜的紅色胸花。

看到洛枳的視線落在自己胸前，洛陽擺出一副苦相。

「你以後結婚可別這麼折騰，簡直是不要命。」

「老人喜歡熱鬧嘛，傳統一點，越煩瑣越好。」

「得了吧，」洛陽笑，拿起手中的礦泉水瓶子敲了敲她的頭，「兩家人都要面子而已。」

她又想起朱顏。童話結束了，生活剛開始。

童話裡的婚禮只有聖壇上的「我願意」。生活中卻要搶訂酒店，商議酒席菜單，反覆和賓客確認出席人數，考慮將誰和誰安排在一桌；司儀話太多了煩人，話太少了場面冷清；車隊太講排場了浪費錢，太樸素了新娘、新郎沒面子；全聽攝影的擺布索然無味，不聽攝影的擺布就留不下美好紀念……

洛枳同情地拍了拍洛陽的後背。

由於洛陽並沒有在家鄉這邊布置新房，所以車隊又開回了新郎家，類似的步驟在洛陽的家中又重複了一遍。洛枳從亂糟糟的人群中脫身出來，突然接到一個陌生號碼的來電。

「我是丁水婧。」

家鄉的習俗中，正式的典禮必須在中午十二點之前結束，所以不到十點他們就到了酒店。賓客稀稀拉拉地入席，洛枳站起身對媽媽說：「我去透透氣。」

麥當勞就在酒店的斜對面，門面很小，只有一個低調的M字。洛枳走進去，一眼就看到了穿著寬大的深藍色連帽T恤的丁水婧，托腮坐在窗邊的座位上，染了五顏六色的指甲，定神看著兒童遊樂區幾個搶溜滑梯的孩子，嘴角笑出淺淺的酒窩。

「頭髮都長這麼長了。」

洛枳也不知道為什麼自己竟然說出這樣一句開場白，不覺失笑，坐到丁水婧對面，將包放在窗臺上。

丁水婧笑得燦爛：「你是不是嚇壞了？以為我要去破壞他們的婚禮？」

她緊接著將面前的一杯橙汁推給洛枳：「替你點的。」

「謝謝……美術考試怎麼樣？」洛枳喝了一口橙汁，沒有急著去接她的開場白。

丁水婧一愣，倒也沒對婚禮的事情緊追不放：「還好吧，不過比我想像的還要黑啊，倒也不是非要花錢找關係打點，但架不住下功夫打點的人太多了。」

洛枳心領神會地笑笑。

「也可能是我常常塗鴉，塗習慣了，畫不出規規矩矩的東西了，反正北京那一片的學校沒戲了，恐怕要去上海或者大連了。這兩個地方各有一所學校進了專業前十，高考只要別手抖，文化課估計沒問題。」

丁水婧的語氣很灑脫，面對洛枳時態度也非常平和，和去年冬天在學校遇見時已經很不一樣了。要知道上次會面的結尾，丁水婧可是惡狠狠地罵了一句：「你們家人都這個毛病嗎？」

洛枳不清楚這種轉變是否與洛陽結婚有關。

「那提前恭喜你了，好好加油。」她掩飾住疑慮，笑著鼓勵。

丁水婧再也不諷刺洛枳的虛偽，也笑著接受：「好！我會的。」

洛枳的手機在桌子上嗡嗡振動起來，螢幕顯示「媽媽」，她接起來，謊稱不舒服，在外面轉一轉。

「典禮開始我就回去。」

「馬上就要開始啦！」

「好好好，我知道了！」

她索性關機。

「不要直接在聯絡人中把她的手機號碼設置為『媽媽』，」丁水婧提醒道，「否則萬一你的手機丟了，別人會順著這個線索去詐騙的。」

洛枳若有所思：「的確，我應該把裡面一眼看出來是親屬的都改成他們的本名。」

「男朋友也要改本名哦，別直接叫『老公』。」

洛枳差點嗆到：「哪有這麼肉麻的。」

丁水婧的手指在桌面上敲來敲去：「和盛淮南在一起了？」

洛枳點頭。

「冬天時我問你有沒有喜歡的人，你還在嘴硬呢。」

「是啊，那時候我也不知道把柄都抓在你手裡，本來我也沒有講實話的義務。說到這個，我的日記本，你是不是該還我了？」

「你怎麼知道在我手裡？」

「否則那件事情，」洛枳覺得故事拙劣得讓她不想重複，只好用「那件事」代替，「你是怎麼策劃出來的？是你對盛淮南說我暗戀他好多年的。」

丁水婧挑挑眉：「看樣子你好像不怎麼生氣啊，我覺得我這輩子也沒辦法理解你這種人了，」她再接再厲，身子向前探，認真地強調，「我們陷害了你哦。」

怪人，非要逼我揍你才爽嗎？洛枳哭笑不得地搖搖頭：「既然結果是好的，過程我不想和你計較。計較了又能怎麼樣呢？」

「你這話才真傷人。太沒成就感了。」丁水婧的聲音平平的，半晌，卻和洛枳一起笑了起來。

「其實，整件事情都是因為去年十月，我退學回來後很苦悶，在網上遇見了葉展顏。她說出來聊聊吧，我說好。然後呢，就互相訴苦了。她跟我說起那個傳說中的鄭文瑞跑來刺激她，說盛淮南和你快要在一起了。」

丁水婧頓了頓，看向洛枳：「這個鄭文瑞不是喜歡盛淮南嗎？她這是幹什麼？心理變態嗎？」

洛枳苦笑：「其實我覺得，咱們每個人都有不同程度的心理變態。」

丁水婧沒有追根究柢，繼續說道：「那天葉展顏哭得一塌糊塗，跟我說她和盛淮南分手是有苦衷的，是被盛淮南媽媽拆散的，但是由於涉及盛淮南家中的事情，她就一個人都承擔下來了，實際上心裡很苦。」

洛枳微笑，並沒有糾正丁水婧，分手本身與這件事情無關，但是如果複合，倒是可以利用一下這個苦衷。

「那時候我不知道為什麼就是特別討厭你。也許因為你不和我交朋友，不給我面子，也許因為我知道你和洛陽的女朋友，哦，老婆，」她停了幾秒鐘，笑笑繼續說，「感情特別好。反正我說不清。恰巧又出於我那恐怖的窺私欲拿了你的日記本，總覺得自己其實是俯視著你的祕密的，結果你竟然還敢在我面前裝，我特別受不了。」

「你恐怖的窺私欲？還是別這麼說自己吧。」

「這話不是我說的，是洛陽說的。」丁水婧被洛陽這樣評價，卻不生氣，笑容裡竟有幾分談及知己才有的滿足和得意。

洛枳一愣。洛陽也會講這樣的話嗎？

丁水婧擺擺手：「反正我就和葉展顏說你高中就喜歡盛淮南了，葉展顏勃然大怒。我當時倒想要提醒她，雖然大帥哥高中是她男朋友，可法律沒規定別人不能喜歡他，尤其別人又什麼都沒有做，你管天管地也管不著別人想什麼，不是嗎？」

洛枳不知道丁水婧這段話說的是她還是自己。

「但我覺得她罵你，罵得我心裡真舒坦，所以我就煽風點火，讓她出馬把那個帥哥搶回來。她聽了之後，轉身就走了。我估計，之後她應該就跑去聯絡盛淮南了吧？」

「應該是吧，」洛枳恍然大悟，點點頭，「我看到過她聯絡他。」

遊樂場的簡訊，鬆開的雙手，連帶那時候的難過一起退去。

「但我猜她沒成功。盛淮南這個人我有所了解，畢竟我高中時和葉展顏關係也不錯。這個男生打起太極來，堪稱一代宗師。葉展顏都快氣炸了，卻無能為力，於是在QQ上跟我說，當時還有一件事情她沒有告訴我，因為涉及你，而她覺得我跟你是朋友。」

「就是……那件事？」洛枳覺得不可思議。

丁水婧點頭：「就是那件事。什麼水晶、分手信的。」

洛枳笑了：「可是，葉展顏和我說，這個故事是你編出來然後教給她的。」

「我為什麼要管這檔子破事？」丁水婧嗤笑。

「可簡訊還是你發給盛淮南的啊。」

「我當時在QQ上就問她這事是假的吧，她一口咬定就是這麼回事，而且希望我以知情人的口吻傳簡訊給盛淮南，這樣比較可信一點。」

丁水婧說著說著就開始笑：「你愛信不信，反正我有聊天紀錄。我當時就是覺得整你一回也挺好的，這樣你就可以主動來找我興師問罪了，到時候我就把日記本摔你臉上，把你和洛陽的仇都報了。」

洛枳聽到這裡，反倒完全生不起氣來。

丁水婧的樣子就像個以惡作劇為榮的孩子。

「真的，」她用力地吸了一口可樂，兩頰都凹進去了，「我還拿了一本《新華字典》練了好多次摔日記本這個動作呢，」她比比畫畫地說，甚至有點興奮，「順便說一句，你的日記寫得真有意思。」

洛枳只是看著她，有點寬容地搖搖頭。

「心理健康的人聽到這些都應該把手裡的橙汁潑我一臉，」丁水婧看著她，「說你呢，難道你真的心理變態？」

「我都被你搞得沒脾氣了。惡人先告狀。」

丁水婧呵呵笑：「結果簡訊發出去之後，盛淮南居然還是不理葉展顏，連你回學校碰見我的時候都一臉天下太平，提都不提，我當時就覺得自己白激動了一場。」

「後來，」她緊盯著洛枳，「後來我也算是補救了一把。我要是沒記錯，應該是耶誕節那天半夜，盛淮南打電話過來問我到底是怎麼回事。我反問他，你覺得呢？我要說的都在簡訊裡，你還想知道什麼？」

然而盛淮南在電話另一端不斷重複「不可能，你一開始就在撒謊」。說來說去卻只有一句話，洛枳撫額，當初他信誓旦旦對她說自己能查出真相，結果還是打電話去問丁水婧。

丁水婧說著說著好像想起了當時的一幕，嘿嘿地笑：「我當時就想，洛枳真有本事啊，好好一個男生，被折騰得跟腦殘似的。」

洛枳心底一暖。

她突然有點不想回到婚禮現場。從她認識盛淮南的那一天開始，她就絕少有機會和別人提起他，朱顏也許算一個，可提供不了像現在一樣的快樂——丁水婧認識盛淮南，和她同齡，暢暢快快地講著另一面的盛淮南，好像閨密堂堂正正地在議論她的男友一樣。

有時候，和不相干的人提起自己喜歡的人，聽他們評價、八卦，凝神蒐集著所有自己已經知道或者從不了解的一切，能給人帶來莫大的快樂。

請和我講講他。

我很了解他，可我就是想提起，想聽你講講他。

講講我喜歡的這個人。

「然後呢，我就大發善心，和他說了實話。」

丁水婧停下來，看著洛枳。洛枳憋著笑：「怎麼，你難道在等著我說謝謝你？一開始就是你惹出來的事情吧？」

她「嘁」了一聲，不情不願地繼續說：「又過了一段時間，葉展顏又在網上跟我說，她終於見到盛淮南了，很禮貌地約會了一次，什麼都沒提起，對方和她說，我們還是做朋友吧。」

丁水婧彈飛了雞翅的包裝袋：「所以，我也沒告訴葉展顏，事情我早就招了。」

面對她討好的眼神，洛枳思索再三，終於還是投降了。

「雖然……好吧，謝謝你。」

丁水婧咬著吸管發了一陣呆，忽然抬起頭軟軟地說：「一會兒，你能帶我去看看婚禮嗎？」

洛枳的印象中丁水婧總是很伶俐的樣子，從來沒有用這種直愣愣的眼神看過人。

那眼神沒來由地讓人難過。

「我把你想知道的都和你說了，沒有一句隱瞞。現在你能帶我去看看嗎？我不會讓他們發現。就看一眼。」

可洛枳還是忍住了，那終究是陳靜和洛陽的婚禮。

「恐怕不行。」

似乎是她意料之中的回答，丁水婧點點頭，沒再堅持。

「你都知道了吧？是洛陽告訴你的嗎？」

洛枳搖頭：「我自己猜的。其實……你們具體的事情，我並不是很清楚的。」

丁水婧彎起眼睛，抿著嘴巴，笑得竟然有些不好意思。

不知道是為直白地問起這些而羞澀，還是因為洛陽沒有在洛枳面前提起她而訕訕。

「你著急回去接著參加婚禮吧？真對不起，其實我叫你出來，只是希望你能幫我把這個東西……」她一邊說著，一邊從包中掏出一本厚厚的塗鴉本，封皮上是艾菲爾鐵塔的照片，已經磨損得缺了半個角。

她唰啦啦翻到某一頁，毫不猶豫地當著洛枳的面撕了下來。

「幫我給你嫂子。」

那張紙上是兩個人並肩而立的畫像，寥寥數筆，卻格外傳神。

丁水婧和洛陽。

下面是一行俊逸的鋼筆字：「相見恨晚。」

是洛陽的字跡。

洛枳皺了眉頭：「你想做什麼？」

丁水婧拍拍腦袋，說：「對不起對不起，我忘記演示給你看了。」她掏出筆，在旁邊流暢地寫下「相見恨晚」四個字。

和洛陽的筆跡一模一樣。

「我以前拿著這張偽造的畫和字跡去找你嫂子，告訴她別傻了，洛陽早就喜歡我了，只是因為負責才一直不敢告訴她的。我問她，都已經這個年代了，遇到這種事情還忍辱負重，這樣做女人多沒勁。」

洛枳訝然。

「我以為她至少會找洛陽鬧一陣子呢。結果，她竟然咬牙忍了，在洛陽面前連一下眉頭都沒皺。」

丁水婧看著窗外燦爛到不適宜講這些故事的天氣，淡淡地說：「她真有種。」

洛枳長嘆一口氣，根本不知道該說什麼。

「跟她攤牌完全占不到上風，因為不管我說什麼，她都沒反應。唯一刺激到她的一句，恐怕是我問她：『你從高中一路追他到現在，就算追到手了，他真的愛你嗎，對你動心過嗎，你這樣有意思嗎？』」

洛枳想起地鐵裡，明晃晃的白熾燈和車窗外黑洞洞的隧道。

「你嫂子當時眼圈就紅了。原來除了我，沒有人知道是你嫂子倒追洛陽的呢。」

在所有人面前都維護著陳靜的面子，卻在丁水婧面前講了實話，維護起自己的面子。

洛枳印象中的洛陽一直少年老成，沒想到在讓他動心的女生面前，他只是個少年。

丁水婧驕傲又落寞地笑起來：「看到你嫂子的反應，我才知道，原來洛陽什麼都和我說過。什麼都說過，除了我喜歡你。」

丁水婧伏在桌面上，從一開始她就急急地唱著獨角戲，不讓洛枳插一句話，只是害怕停下來，她就沒辦法再灑脫下去了。

洛枳捏著手裡單薄的一張紙，心裡揣測著丁水婧究竟練習了多少遍才能將那四個字流暢輕鬆地寫好，如此逼真。

他們之間到底有過多少故事——甚至不是故事，卻比故事還要難以忘懷。

洛枳突然能夠想像出洛陽在丁水婧面前的樣子。

彷彿就在眼前。是她和陳靜從未見過的，卻清晰得彷彿就在眼前的樣子。

一定很神采飛揚，一定很愛講笑話，一定有點跳脫，有點愣頭愣腦，會和丁水婧一起大笑，做許多大膽而冒失的事情。

也一定會在某個時候低下頭，點一支煙，熟練而陌生，眼睛裡有別人從未看懂過的內容。

毫無預兆地，她就是能夠體會到那種感覺，那種對著某個明知道不應該的人，生出一股無法克制的鋪天蓋地的愛戀，滾滾而來，卻只能把心按在火苗上將它撲滅。

那是和陳靜在一起永遠都不會有的感覺。

然而洛陽一定知道，如果不是和陳靜在一起，恐怕連永遠都到不了。

一個人可以同時愛上兩個人嗎？

洛枳不敢再想下去了。

「這個，其實你沒必要給陳靜看。她和你不一樣，並不是什麼都要求有個明明白白的結果。她既然埋在心裡了，我就沒必要再拿著這個去和她說什麼了。真的。」

她將那張紙推回給丁水婧，聲音溫柔。她恐怕是第一次對丁水婧如此憐惜而坦誠。

「不管你信不信，我忽然覺得我是明白你的。」洛枳說。

丁水婧看向她，那眼神令洛枳一瞬間想起曾經的許日清。

有一天，丁水婧也會跳下某個人的自行車後座，踮起腳去嗅丁香的味道吧？

「你不覺得我當第三者很可惡嗎？」丁水婧歪頭問。

「如果我跟你講實話，你不要覺得我可惡就好。」

丁水婧沉默了一會兒，點頭，說：「說吧，我還沒聽過你說實話呢。」

洛枳失笑。

「其實在我內心深處，我很討厭責任、道德、血緣、家族和規矩這些東西。我見過太多被這些東西壓死的人，人生一世，總糾纏這些，才叫浪費。」

洛枳頓了頓，喝了口橙汁，好像才有勇氣繼續離經叛道。

「忠誠有什麼意義呢？人真正應該做的，是對自己的感覺和情緒忠誠。你怎麼想，怎麼感覺，就怎麼選擇。成功失敗，得到失去，都是選擇之後的結果，卻不應該是選擇時的原因。」

丁水婧眼裡蓄滿了淚水：「你這是在幫我自圓其說吧。」

洛枳笑：「我幫你做什麼？這是實話。」

我只是在說服我自己，這樣才有勇氣去面對同樣大逆不道的未來。

洛枳和丁水婧道別，一路狂奔到大廳門口的時候，剛好聽到陳靜說：「我願意。」

她發現自己錯了。任何時候，「我願意」這三個字都那麼打動人，哪怕在一場不那麼打動人的婚禮上。司儀太過聒噪，賓客大多素不相識，小孩子在座位間哭得太吵鬧——可是一句「我願意」，永遠包含著或幸福或悲壯的勇氣。

人心難測，世事無常。但我不願意將自己的一切都交予這些不確定。總有一些事情，是我不計後果，跟隨本心，甘願樂意。

丁水婧離開前，洛枳問她究竟為什麼退學。

不被人愛的大學女生有很多，並不是所有人都會用退學的方式收場，何況她沒有迫不得已的理由。

「其實挺簡單的。」

丁水婧刺激洛陽，說他是個懦夫，不敢追隨自己真正的心意。洛陽反過來，用那種讓丁水婧又愛又恨的寬和態度，安然地說：「你也說過你熱愛畫畫，不也還是坐在這裡上國際政治學院的課，寫著不知所云的論文？因為你聽說這個專業出國比較容易，至於為什麼要出國，難道你心裡真的知道？你那麼有天賦，那麼不甘心，為什麼不去考美院？因為世界上沒有那麼多衝動冒險的事情，大家彼此彼此。」

洛枳咋舌：「所以，你就退學重考？」

「去辦手續，學校輔導員輪番找我談話，我媽媽爸爸威脅我要跳樓，我都挺過來了。那時候不是不害怕，不是不想反悔，可是我也不知道是怎麼撐下來的。我真的不知道。可能是瘋了吧。」

她只是想要證明給洛陽看。

現在洛陽結婚了。

「但是我不後悔。」

丁水婧咬著牙哭。

「洛陽什麼都沒和我說，他跟我之間連手都沒牽過。沒有過曖昧的舉動，沒有不合宜的話，所以到最後，他說我誤會了，他只當我是個好朋友，我都沒什麼可以反駁他的，連去找他的女朋友鬧，都要自己偽造證據。」

丁水婧說到最後的時候，竟然笑了起來。

「可是他不知道。如果他真的說過什麼，哪怕是這四個字——相見恨晚，我甚至都會心滿意足地退到一邊，成全他和她的婚禮。他光以為不留證據我就不會怎麼樣，其實我從來就沒想要怎麼樣。」

我只想要他承認他喜歡我而已。

僅此而已。

洛枳端起酒杯，站起身。已經脫下婚紗、換上紅色旗袍的陳靜挽著洛陽的胳膊走到她所在的這一桌敬酒，朝她眨眨眼。

其實陳靜未嘗不勇敢。吞下一切，抓緊自己想要的，從不抱怨和追究。

洛枳被酒席吵得頭暈。她搖搖頭，放下萬千思緒，全心全意地笑起來，說著吉祥話，將杯中的紅酒一飲而盡。

# 第83章　所有人都會說再見

盛淮南結束GRE考試的當天得知了他的爺爺去世的消息，外公也病危了，正在搶救。

考場設在離P大很遠的一所高中。洛枳等在大樓外，六月的天氣已經有些熱，考試快結束前，她跑去旁邊的小賣部買了一瓶冰鎮礦泉水，包上自帶的毛巾，打算等他一出來就交給他。

盛淮南隨著人潮走出來時，表情平淡，沒有一絲笑意，見到洛枳才驚奇地揚起眉毛。

「你怎麼來了？大熱天亂跑什麼？」

「給你！」她笑得很甜，「考場裡有空調，一出來會受不了的，拿著一會兒降溫。」

他拉過她，輕輕地親在額頭，一起穿過校園往大門走。

「考得怎麼樣？」

「不錯。」

盛淮南從不假謙虛，洛枳笑著捏捏他的手心。

「我訂了明天的機票回家。可能要待幾天才會回來，參加完爺爺的葬禮，也陪陪爸媽。他們不大好。」

洛枳動動肩，不知道說什麼。

「所以，專業課都拜託院裡的兄弟了，體育課我準備了假條，其他幾門選修，你罩著我了。」他故意用輕鬆的語氣說著，怕她擔心。

洛枳點頭：「當然，我很靠譜的。作業肯定比你自己做的分數都高。」

「誰讓咱們選的選修課都是西方美術史這種，你要是選一門地震概論，試試看是誰分數高。」盛淮南不服氣地哼了一聲。

洛枳大笑。

她輕輕甩掉他的手，用溼毛巾擦了擦手心的汗，然後仰起頭去看頭頂繁茂的枝葉。綠色的夜空上灑滿了陽光的星星，在她臉上投下斑駁的影子。

他們一路慢慢走，很長時間誰也沒有說話，空氣安靜得很溫柔。

「前天葉展顏打電話給我，我忘記告訴你了。她去巴黎念書，上飛機前跟我道別。」盛淮南忽然說。

她點點頭。

「我都沒跟她說幾句話。」他補充道。

洛枳莞爾：「我又沒吃醋。她都半年沒聯繫你了，人家對你也未必有什麼想法了。」

「以後不會再那樣了。」盛淮南輕輕地說。

「哪樣？」

「發生任何事，我都會告訴你，我們把話攤開了說，不再有誤會。」

洛枳抿著嘴，心生感動。

「好。說好了。」

洛枳在週一的早晨將盛淮南送出了校園，看他坐上計程車消失在紅綠燈下的車流裡。大霧瀰漫，她甚至連最近的路口都看不清，之間一片模模糊糊的紅色車尾燈，一點一點，像迷霧深處潛藏了野獸的眼睛。

下午，她去別墅見朱顏，對方帶給她的就是要搬離北京的確切消息。

自從兩個菲傭消失不見，洛枳就隱約有了心理準備，直到陪她打包，陪她整理，聽她說自己終於要嫁到大洋彼岸。這並不漫長的過程倒也讓洛枳慢慢適應了，心裡不再有驚慌的感覺。

客廳裡堆滿了各種用膠帶封好的紙箱。洛枳突然有些想不起來自己第一次走進這裡時的樣子了。那架顯眼的三角架鋼琴應該是賣掉了吧，她想。

Tiffany和Jake眼淚汪汪地抱著她哭，洛枳忍著鼻尖的酸楚，拍著他們的後背，抬起頭，朝著站在玄關的朱顏微微一笑。

眼淚卻在這時候落了下來。

「什麼時候徹底搬走？」

「他們倆下週先過去。我這邊還要處理房產的問題，恐怕要留到七月底。」

洛枳點頭：「去吧。多保重。」

千言萬語堵在胸口。

「其實這樣很好啊，我臨走前看到你一切都變得這麼好，和一年多前已經完全不一樣了，自信又溫和，不戒備也不憂鬱了，多好，我都有種看到自己女兒成長的喜悅呢。」

洛枳破涕為笑：「你說話怎麼還是這麼奇怪？」

朱顏照例還是為她泡了一杯茶：「不好意思，還是普洱，湊合著喝吧。」

「也就只能在你這裡湊合喝到這麼好喝的茶了。」

「你在別的地方也不喝茶，沒有對比，哪來的好喝不好喝？」

「我用不著嫁遍了全天下的男人才對比出盛淮南……」洛枳住嘴，差點咬了舌頭。

朱顏笑起來，眉眼溫潤，恍惚中還是個大學女生的模樣。

「嗯，這個我信。」

洛枳被她揶揄得目光閃爍，站起身說：「我去陪陪他們兩個吧。」

兩個孩子仍是纏著她要聽故事。書架上的書已經差不多被清空了，當年擺在這裡的一整套顯眼的《芭比娃娃》電影DVD的塑膠殼常常會反射下午的陽光，光斑就落在書桌邊的洛枳臉上，已經習慣了那份溫度，現在忽然不見了，自然很失落。

洛枳拿起一本封面有些舊的《安徒生童話》，心知這兩個只喜歡漂亮東西的孩子應該是不打算要這本書了。

她坐在單人小沙發上，兩個孩子倚在旁邊，肩並肩坐在地毯上。夕陽投過彩繪玻璃在地上留下絢麗的光彩，洛枳一字一句地專注念著，像是行走在故事中的女巫。

「從前，有一個國王。」

一個國王遇見一隻夜鶯，後來他失去了牠。

童話故事結束了。

Tiffany 卻百思不得其解，夜鶯的故事讓她困惑：「那隻鳥為什麼不讓國王告訴別人牠為他唱歌的事情呢？」

「有些事情不說出來比較好。」

小姑娘的小腦袋瓜歪了歪：「我比較喜歡都說出來。」

洛枳拉拉她的馬尾辮，看著這個終究會成長到心中存有祕密的小丫頭，柔聲說：「嗯，那樣的確更好。」

沒有什麼不可言說的難過和計較，那樣的確更好。

晚飯後，朱顏結算了最後一個月的工資給她，親自開車送她到地鐵站。

「對不起，司機都辭了，回你們學校的路我不大認識，導航這個東西我更是從來就沒試過，你知道，女司機就是這個德行。」

洛枳笑了：「你敢開我也未必敢坐。」

烏雲密布的夜晚，地鐵口蒼白的節能燈盡心盡力地扮演著月光。洛枳抱了抱朱顏，嗅著她頭髮上的玫瑰香氣，心也定了下來。

「自己多保重，別太辛苦了。」

「我知道。」

「那我就走了。」

「……洛枳！」

她站住，看到朱顏溫柔得像個母親一樣的笑容，一瞬間竟然鼻酸。

「我不知道未來的事情會怎麼樣，不過，我覺得你早就做出了選擇。我知道，你認為自己是在用一個難題來遮擋另一個難題，最後還是都得面對，有點不知所措，但是……」

朱顏停頓了一下，堅定地說：「但是，你喜歡他。這本身就已經是這個選擇的答案了，你高一的時候就已經回答過這個問題了。」

洛枳像是崩潰了一般，小跑幾步衝回到她面前，伏在她懷裡哭。

朱顏拍著她的背，輕輕地說：「你是我見過的最勇敢的女孩。」

「我走了。最後幾天，如果有什麼事情我能幫得上忙的話，儘管叫我。」

她擦乾眼淚，擺擺手，大步朝著地鐵站的方向走過去，朱顏的聲音被風從背後送過來。

「洛枳，要幸福哦。」

聲音裡仍然是朱顏特有的戲謔，洛枳閉上眼好像就能看到她有些不正經的笑容，邪邪地揶揄著她。

「你噁心死了！」

也許再也不會遇見一個人，這樣溫柔而善意地聆聽，幫助那個一直沉醉在少年夢境中的女孩子長大。

她沒有回頭。

晚上睡覺前，洛枳打電話給盛淮南，想問問那邊的情況，沒想到他卻關機了。

她只能發一則簡訊表示問候。

宿舍的信號這幾個月變得越來越差，那條簡簡單單的「你還好嗎？」半天也發送不出去。

洛枳坐在床邊，默默盯著手機螢幕上方的信號從四個豎條一路減少到一個短短的小點。

世界上有多少人之間的關係，是靠這樣脆弱而無法控制的信號來維持的？

如果不上線，不開機，又有多少被想念的人就這樣淹沒在了人海中？

突如其來的恐慌爬上了她的後背。洛枳只能爬到床上，將手機保持開機，放在枕邊，每當快要睡得迷迷糊糊的時候總會忽然驚醒，伸出手按亮螢幕，盯著某處空白，等待著一個遲遲不來的信封圖示。

江百麗在這時推門進來，摔掉手機爬上梯子。

這一場景似乎已經很久沒有出現了。從前的每一天晚上，江百麗都會在和戈壁吵架後氣鼓鼓地衝進宿舍，撲到上鋪折磨她的手機。

好像時光倒流，洛枳突然睜大眼睛。

好像江百麗從來沒有和戈壁分手。

好像洛枳從來沒有和盛淮南在一起。

「百麗？你怎麼了？」

江百麗哭得嗓子都啞了：「沒事，陳墨涵找我的麻煩而已。」

洛枳翻了個身：「沒事，沒事，沒事了。」

盛淮南整個一星期都沒有任何消息，洛枳中間收到過張明瑞的消息，說已經一個星期沒看見他了，這都快期末了，他會不會有事？

她沒辦法回覆張明瑞，總不能說「我不知道」。

洛枳整個人都濛濛的，沒有擔憂，沒有難過，像所有情緒都罷工了。

臨近週末的時候，洛枳接到了媽媽的電話，說那位付姨獨自來北京看兒子，就住在東直門那邊他兒子工作的酒店附近。洛枳媽媽托對方帶了些東西，要洛枳週六過去一趟。

她記了位址和電話，答應下來。

「洛洛，你和你那個小男朋友，最近……怎麼樣？」

聲音裡是有喜氣的，又試探著，小心翼翼地，也不知道是為什麼。

洛枳笑起來：「挺好的呀。」

她想，自己的聲音聽起來應該是明朗的吧。

「你和陳叔叔呢？」

洛枳的媽媽好像鬆了一口氣般：「胡說八道！」

她也不逼問，就在這邊笑眯眯地等著答覆。過了幾秒鐘，媽媽忽然柔聲道：「其實我本來是打算過兩天和你說的。」

「是要結婚了？」

「我倆是覺得，這邊的事情差不多都……告一段落了，所以打算下個月挑個方便的日子去領證。不過他戶口不在這邊，在老家廣西那邊呢。其實他最近一直跟我提這麼個事，他家在那邊，兩個兄弟合夥開了個小船廠，他當初也是因為家裡的事情到這邊來的，現在想回去。所以跟我計畫，要不要一起去那邊，到自家的廠裡做事……」

洛枳一開始是認真聽著的，漸漸就開始心不在焉。窗外的那棵銀杏樹上落了一隻漂亮的大喜鵲，正沿著枝椏一跳一跳，朝著她的方向靠近。

她握著電話走過去，信號開始變得忽強忽弱，媽媽的聲音時斷時續，顯得如此遙遠。

她微笑著看那隻通體深藍的美麗鳥兒。

原來是來報喜的呢。她伸出手，喜鵲並沒有被驚飛，只是在不遠不近的距離，歪著小腦袋看她。

「洛洛？你怎麼看？我跟你二舅商量了半天，還是覺得等你大學畢業……」

「媽媽！」她出言打斷，非常肯定地對她說，「去吧。」

她媽媽在電話另一端忽然就哭了起來。

週六的早上，洛枳依舊是被江百麗的電話鈴聲吵醒的。她從床上下來，走到桌邊拿起水杯，抬頭看到江百麗正坐在上鋪興奮地接電話，前一天晚上紮的馬尾，睡了一宿後被壓得完全翹了起來，看起來很像昨天翩翩而來的喜鵲。

「好啊，那你來接我吧，十點半怎麼樣？」

江百麗掛了電話就下來了，喜滋滋地抓起洗面乳和牙刷往洗手間衝。

「顧叔叔要帶我去東直門那裡的麻辣誘惑，為期末考試打氣！」

江百麗就像無限再生的女神，前一天晚上因為戈壁和陳墨涵的糾結情事哭到眼皮發腫，今天早上就能因為一頓飯開心得像個六歲孩子。

洛枳此刻才認輸，自己的確不如她。

「你又原地復活了？」

江百麗剛拉開房門，聽到這話，轉過頭，眼睛裡亮得就像住了整條銀河。

「我昨天晚上哭乾淨了，現在終於想通了。我決定徹底忘記戈壁，邁向新生活！」頓了頓，又補充道：「當然沒辦法一下子忘乾淨，但是我決定勇敢點兒，去倒追顧叔叔！」

洛枳點點頭，笑起來：「嗯，去吧。」

她對百麗說去吧，對媽媽說去吧，對朱顏說去吧。

只有自己一個人站在原地，和一隻歪著腦袋的喜鵲面面相覷，看著她們大步前進，拋下苦苦守著一隻不會響起的手機的她。

或許她才是千里迢迢趕來報喜的鳥。

「對了，你們要去東直門是吧？帶上我吧，我今天正好也要去那邊。」

# 第84章 新生活

洛枳並沒有告訴顧止燁自己要去哪裡。那家大酒店和東直門麻辣誘惑還有段距離，畢竟人家兩人是要約會吃飯的，她不想耽誤時間，所以就隨便說了一個沿路的方位讓他把她放了下來。下車後才又揚手叫了一輛計程車。

洛枳到的時候正是十一點半，酒店退房查房正忙。付姨的兒子也忙得團團轉，根本沒有時間帶她去他媽媽住的地方。她索性就坐在大廳角落，拿出了筆記型電腦，一邊修改簡歷一邊等待。

有個相熟的學姐介紹她去一家規模不大的律師事務所實習，跟著一個專門做經濟法的律師做助理，每天大概能拿到一百五十塊左右的實習工資，現在急著跟她要簡歷。

朱顏離開後，她必須找到另一份薪水相當的工作。更何況，她原就不打算畢業後繼續深造，總是要及早累積好各種實習經歷，為以後找工作做準備。

洛枳低頭奮戰了半天，Word格式還是調得不滿意。她伸了個懶腰，抬起頭，竟然看到了戈壁和陳墨涵。

陳墨涵穿著淺藍色的細肩帶背心，外面披著一件白色的亞麻外套，墨鏡遮住半張臉，洛枳一時有些認不出。然而，旁邊那個穿著黑色T恤的背影必是戈壁無疑。

兩個人都冷著一張臉，並沒有牽手，看起來很像黑白無常結伴來索命。

洛枳才意識到，這裡很靠近陳墨涵所在的大學。

想到江百麗終於下定了決心，她看到這兩個人倒也不覺得太過煩悶——直到十分鐘後，她在大廳又看到了江百麗和顧止燁。

百麗和顧止燁相距有一段距離，兩個人一前一後，有說有笑地朝電梯間走，並沒有到前臺登記。洛枳第一個念頭還以為他們竟然進展如此神速，飯都不吃了就來開房……轉念卻覺得心慌。

她連忙將簡歷存檔。直接闔上電腦塞進包裡，大步朝電梯間跑過去。到轉角的時候，洛枳停了一下，微微歪過頭去看，見到他們兩個人進到電梯裡了，才慢慢走過去。

電梯門緩緩闔上，洛枳站在指示燈旁邊靜靜地看。

十六樓。

洛枳也搭乘另一部電梯上了十六樓，幸虧酒店走廊很長，她拐出電梯間，剛好遠遠看見走廊盡頭的顧止燁掏出一張卡，在門上刷了一下，推門進去，江百麗也笑嘻嘻地跟著。

她覺得有點怪異，可也沒辦法——她畢竟管不著你情我願的事情。

雖然江百麗看起來不應該那麼放鬆自然才對。

洛枳緩緩走過去，在他們房間附近待了好一會兒，才意識到自己此刻的行為非常愚蠢，正要離開，突然聽見背後兩扇門同時擰開把手的聲音。她連忙閃身到另一間房門口，藏在了轉角。

江百麗和顧止燁。

陳墨涵和戈壁。

兩個房間門對門，四個人同時走出來，面面相覷。

「百麗，你怎麼在這兒？」戈壁的臉蒼白一片。

陳墨涵則挎著戈壁的胳膊，笑得煞是甜美。

「我為什麼不能在這裡？！」

憑洛枳對江百麗的了解，她猜想這句話江百麗本來應該是想要說得淡定自若、清者自清的——然而眼中淩厲的神色和失控的音量都暴露了她有多驚訝和憤怒。

陳墨涵和戈壁十指交握，清清爽爽地出現在酒店這個曖昧的地點。即使江百麗早就接受了他們已成情侶的事實，也未必能夠掩藏住突如其來的情緒。

「你不也在這裡嗎？」百麗的聲音更大了。

戈壁臉色一暗，轉過頭去。

洛枳自然不知道這兩個人在後來的拉鋸戰中，是不是曾經有過什麼不真實的表白和兌現不了的承諾——戈壁有沒有誇張地說過他和陳墨涵之間有多麼生疏冷漠，有多麼比不上他和百麗曾經的親密？

也許有吧。否則，江百麗看到酒店房間門口的這兩個人，怎麼會如此激動。

這時候，陳墨涵抿嘴一笑，聲音聽起來落落大方，像個控制進度的報幕員：「行了，酒店這種地方誰有錢誰就來，有什麼好驚訝的。是吧，百麗？」

戈壁和百麗都愣住了。百麗臉色發白，卻不解釋，眼睛盯著牆壁。

「昨天戈壁還說你沒有男朋友，開什麼玩笑，都到這一步了！」

洛枳從未這樣厭煩過陳墨涵膩得泛油光的聲線。她不死心地盯著顧止燁，對方卻什麼都沒說，陳墨涵猜測他和江百麗之間的關係，他既沒否認也沒肯定，還是一副與己無關的樣子，只留江百麗在原地難堪。

雖然不是男朋友，總歸是朋友吧，何必這樣。

洛枳腦子裡迅速盤算著這件事情的蹊蹺之處，心底隱隱有種不好的推斷，來不及仔細思考，她只知道自己此刻一定要做些什麼。

「百麗，你們為什麼在這裡？」洛枳裝出很驚訝的表情，拎著還沒來得及拉上拉鍊的書包慢慢走向前。

在酒店開房都能開到隔壁房間來，真是巧。

「剛才下車時都沒好好謝謝你，我急著跑過來看親戚家的孩子，約好的時間都遲了，所以急急忙忙就跑了。那個，你們倆不是說好了去麻辣誘惑嗎，怎麼也到這兒來了？不吃飯了嗎？」她堆起滿面笑容，很自然地站到他們兩個身邊。

陳墨涵冷笑：「人家小情侶想做什麼還要先跟你打招呼嗎？」

「我也沒跟你打招呼，干你什麼事。」洛枳不看她。

江百麗只是低著頭看地板，一句話都不肯說。

「百麗，你吃飯吃一半來這裡做什麼？」洛枳窮追不捨。

她一定要江百麗親口說出顧止燁帶她來這裡的緣由。陳墨涵必然是希望讓戈壁誤會江百麗不自重，雖然在戈壁面前澄清這一點並沒什麼意義，但她不想讓陳墨涵得逞。

「他有個哥們兒住在這間房裡，」百麗勉強一笑，看了看顧止燁，「他拿著門卡來幫哥們兒帶一樣東西出去，因為著急，所以先不吃飯了，過來辦完了事情再去。」

江百麗活像在夢遊。

「別裝了，我沒興趣知道你們倆為什麼出現在酒店，該是什麼關係就是什麼關係，裝什麼純。」陳墨涵煩躁地皺起眉頭，拉著戈壁就要離開。

「哪種關係啊？在酒店裡從房間出來，一看就和你們兩個是一種關係？」江百麗嘴唇都在抖。

「你這個女生怎麼這麼煩人哪？！」洛枳忽然就火了，「我和百麗說話，你老插嘴做什麼？什麼叫『裝純』，你自己不純，看全世界都覺得裝！你有沒有點家教啊？人家為什麼來這裡，到底干你什麼事啊？牽著你的男朋友該做什麼做什麼去，行不行？」

她忽然就懂得了如何去做一個閨密。

洛枳大聲的呵斥嗆得陳墨涵臉色青白，她胸口起伏，半天說不出話來，終於想到反駁的話，剛要開口就被戈壁拉住了胳膊。

「走吧。」他緊緊抓著陳墨涵的胳膊，幾乎是用拖的方式將她拉向走廊另一端的電梯間。

「賤人！」陳墨涵倒著走，空著的另一隻手伸出食指惡狠狠地朝著江百麗的方向點啊點。

「沒人關心你叫什麼，用不著自報家門！」

洛枳覺得自己像是被踩了戰鬥模式的開關，冷笑都有些惡毒的猙獰。

陳墨涵又喊了些什麼，他們已經有點聽不清了。這兩個人離開後，洛枳才覺得心猛地向下一沉，她剛才所做的一切幾乎出於本能，此刻卻要好好計較——抬頭看著顧止燁平靜的臉，她一時拿不準自己要如何應對。

顧止燁剛才為什麼要沉默？

也許因為江百麗一廂情願，顧止燁只是覺得這一切與他無關，所以不講話；也許顧止燁只是紳士風度，不方便和陳墨涵一個女孩子針鋒相對。

也許，洛枳最壞的揣測是正確的。

她害怕走錯一步就會毀了江百麗的希望。

「我要倒追顧叔叔，開始新生活！」幾小時前，眼前這個低著頭的女孩子還坐在宿舍的床上大嗓門指點江山。

三個人尷尬地面面相覷了一會兒，還是洛枳乾笑了兩聲，裝傻道：「不好意思啊，我來找人，看到你們幾個就走過來了，沒想到是這種場面。我脾氣不大好，本來也不想和她吵的。其實我也餓了，要不這樣吧，我先不等我朋友了，我們一起去麻辣誘惑吧，我……百麗？百麗？」

在洛枳硬著頭皮說了這樣一大堆話後，江百麗忽然抬起頭，臉上沒有過多的表情，淚珠卻止不住地往外湧出。

「我先回去了。」她說著，急匆匆地轉身就走。

洛枳沒有去追她，倒是顧止燁愣了兩秒鐘，就大步跟了上去。

查房的清潔工推著推車經過她身邊，若有所思地打量著正呆站在走廊中央的洛枳，對她說：「姑娘，讓一讓。」

洛枳不好意思地閃身：「對不起。」

她說著，抬頭看了看自己背後的門牌號。

「對不起小姐，這個我不方便透露。」前臺小姐笑得很假，洛枳只好點點頭說：「我知道了，謝謝你。」

直接問，真夠笨的。洛枳這時候才想起來自己今天過來是做什麼的，連忙拿起手機。

「程鵬？還在忙吧？……我不急我不急，我是想麻煩你幫我查一個資訊。」

她坐在十幾分鐘前改簡歷的沙發上發呆，過了一會兒就接到了付姨兒子的電話。

「我查到了，叫……哎呀怎麼一轉身我就忘了？叫……」

「姓什麼？」

「姓陳。」

「陳墨涵？」

「啊，對對對！就是這個名字，有點複雜，我一直嘮叨著，到底還是給忘了……」

洛枳忽然感覺到身邊的沙發向下一陷，她側過臉，看見顧止燁坐過來。

她不知道說什麼，可能什麼都不需要說了。

# 第85章 時間的海洋

「你為什麼會想到要來查這個呢？」

當時顧止燁輕聲問她，語氣就像第一次一起出去吃飯時問起她們的期末考試安排一樣。

「百麗呢？」她先想起他本來是出去追百麗的。

「放心，不會自殺的。幫她招了車，送她回學校了。」

顧止燁說「不會自殺的」這句話時，輕笑了一聲。洛枳心裡明瞭。

他對江百麗，是真的沒有絲毫感情。

「所以，那個所謂你兄弟的房間是陳墨涵訂的吧？你們故意的？」她開門見山。

顧止燁低頭點起一支煙，門童走過來對他說：「先生不好意思，大廳也是禁煙的。」他愣了一下，搖頭笑了笑就掐滅了。

「你先告訴我，你為什麼閒著沒事去查這個。哪裡讓你懷疑了？」他笑著問。

「那天唱KTV，我在車裡聽你打電話，裡面似乎是一個女孩子在朝你喊什麼，聽不清，江百麗恐怕更沒注意到。門口的侍應生問你有沒有預約，找姓顧的先生找不到，你就把我們兩個支開了。後來出門的時候，我朋友去幫我問了，我們那個房間是一位陳小姐預訂的。真巧，那天也遇見了陳墨涵和戈壁呢。」

「就因為這個，你就推斷那個陳小姐是她？聯想到今天也是陷害江百麗？你這聯想未免太牽強。」

「那個陳小姐當然不一定是陳墨涵，也可能是你某個姓陳的祕書。我當時並沒有想太多，也不知道為什麼好奇地去打聽預訂人的姓名。不過現在回想起來，那天晚上你都把我們送到學校了，接了個電話就突然提出去唱歌，百麗都跟你說了附近有錢櫃，你偏要跑到大老遠的雍和宮，也是因為陳墨涵突然要求的吧。」

顧止燁看了一眼洛枳，眼睛裡竟然有些讚賞的意味，讓她覺得很不舒服。

他笑著嘆口氣，轉開眼：「她和她那個男朋友又鬧彆扭了而已，當著KTV裡很多大學同學的面，有點下不來臺，所以希望我幫忙，製造個巧遇，刺激她男朋友一下。」

顧止燁輕描淡寫解密的樣子激怒了洛枳。

「你三十多歲的人了，怎麼去配合一個腦子有病的年輕女生，花這麼大力氣去做這麼無聊的事情？閒的嗎？」

顧止燁聲音冷淡下來：「這話說得就有點難聽了，這事自始至終跟你沒關係吧。」

洛枳淩厲的眼神被她自己截殺在半路。她還有話沒問完，只好緩和了語氣。

「所以，全部理由都策劃好了，讓戈壁厭惡江百麗，誣陷她接近富二代……」洛枳另起話題，忍下所有對他們的評價，定了定神，繼續問，「那麼新年酒會上，你也是故意接近百麗的？」

「新年酒會的贊助是墨涵幫她男朋友聯繫到我的，本來就是露個臉捧個場，結果她忽然求我幫個小忙，說那個男孩的前女友來鬧了，能不能幫忙牽制住。」顧止燁說起這件事情，自己的口氣都有些無奈和戲謔。

牽制住。他這樣年紀和身份的男人，想要迷住一個小女生，何其簡單。

「她就告訴我說穿著白襯衫牛仔褲，紮起頭髮很樸素的女生。我怎麼知道你們倆穿了一樣的衣服，一開始居然認錯人了。」

原來那不是精神病發。洛枳回想起當時酒會上顧止燁奇怪的舉止，故意的接近和那些想來都覺得肉麻的搭訕，終於明白了其中的緣由。

「百麗跟我講起酒會後你去追她，說的那些安慰的話，包括你那個愛看言情小說的初戀女友什麼的，都是陳墨涵教給你的鬼扯吧？」

顧止燁笑著點了點頭。

「挺管用的。」

洛枳全力克制住自己想要站起來抽他的怒火。

「可是，你也在江百麗身上花了不少時間……」

「吃幾頓飯，開車與人便利而已，小姑娘就是喜歡多想。」

洛枳被噎得無話可說。

她原本想問他是不是有點喜歡百麗，想問他如果今天這齣戲自己沒來攪局，他究竟要怎樣結束或繼續與江百麗的交往，沒想到，這一切愚蠢的問題都可以省了。

以顧止燁剛才的態度，很容易推理出答案。如果今天陳墨涵沒有滿意，他就繼續耍江百麗一段時間；如果今天效果好，他就可以從此刪除聯絡人，都不必解釋一聲，徹底甩了她。

「洛枳，」顧止燁忽然用很耐心的語氣和她講話，神態寬和，「說白了，我沒怎麼樣你的好朋友。我沒欺騙她感情，更沒騙她上床，談不上傷害她。如果有，那真的是你們這些小姑娘想太多了。當然，我承認的確有撒謊和誤導，不過你別覺得我說話難聽，還是你們天真，自找的。今天不管你有沒有發現墨涵的事情，我都要離開北京回公司去了，也不會再聯絡百麗了。幫我跟她問好，願不願意帶話要看你自己了。」

洛枳低著頭，手握得有些無力。

「你為什麼要幫陳墨涵做這種缺德的——」

他笑著打斷她：「哄當官家的孩子開心，還要問為什麼？你讀大學讀傻了嗎？不過這跟你可沒什麼關係，別在這義憤填膺了。我是覺得你挺有意思才跟你說這些的，你別不領情。」

顧止燁說完就站起身，拍了拍褲腿因為久坐造成的褶皺，朝她點點頭，走了。

洛枳啞口無言，呆坐在原地，看著這個人從容地穿過旋轉門，朝自己的車走過去。

夜幕時分忽然下起雨來。

路燈像一座座昏黃的燈塔，都長著一模一樣的溼漉漉的臉。洛枳聽見窗外小路上行走的男男女女尖叫起來，腳步聲紛亂，向著四面八方逃開去，叫聲中卻沒有一絲氣急敗壞的味道，甚至夾雜著些許興奮和期待。

洛枳的手機像是患了失語症，她把手機握在右手手心裡，用拇指去摸索光滑的螢幕，忽然有種衝動，想要將它扔到窗外的雨海中。

從此不牽掛。

宿舍門忽然被推開，江百麗出現在走廊的燈影下。她不知道是從什麼地方回來，一身酒氣，穿著絳紫的裙子，一邊走路一邊自言自語。洛枳站起身去扶她，被她一個不穩帶倒，椅子翻倒過去，發出巨大的聲響。

江百麗笑著爬起來，坐到洛枳床上的那一刻，卻像按錯了開關一樣嗚嗚地哭，聲音很小，然後漸漸開始號啕。

洛枳倚窗站著，挫敗感爬滿心房。她不知道江百麗在哭什麼。為戈壁的搖擺不定、優柔寡斷，還是為陳墨涵的譏諷侮辱，又或者是為顧止燁？她知道真相嗎？如果不知道，那是不是還在為顧止燁的消失焦慮？

百麗哭得抽抽噎噎，始終說不出一句話。洛枳盯著窗外，初夏的夜晚大雨瓢潑，她想起家鄉那邊常常用「冒煙」來形容這樣的傾盆如注。

冒煙。洛枳走到江百麗的書桌前，卻沒有開燈，拉開第一層抽屜，借著外面微弱的路燈燈光，在裡面摸索了許久，才掏出一包煙和一個廉價的淺綠色塑膠打火機。

「抽煙嗎？」她問。

江百麗一邊抽抽搭搭一邊笨拙地吸了一口，猛然一打嗝，嗆得滿臉通紅，咳得驚天動地，鼻涕、淚水流得分外狼狽。

洛枳也沒好到哪去，她想不起來電影裡那些風情萬種的女人是用哪兩根手指夾著煙的，擺弄了半天，一口還沒抽就被煙灰燙了手背。

兩支煙在昏暗的屋子裡，點亮了兩隻眼睛，洛枳沒來由地想起顧止燁略帶嘲諷的神態。

江百麗稀裡糊塗地抽掉了一支煙，洛枳含了兩口就覺得味道奇怪，在水泥地上掐滅了，扔進垃圾桶。百麗又站起來翻出一堆不知道何年何月的指甲油，對著窗口薄暮一般的光線，細細地塗著。

「你瘋了吧？」洛枳呵斥。

江百麗沒回頭。

「洛枳，我後來發現，顧止燁和陳墨涵早就認識。」

她一面扇風晾乾指甲油，一面轉過頭，一臉淚痕，眼裡亮晶晶地對著洛枳笑。

「我覺得我就是個大傻瓜，心裡好疼啊。」

洛枳抓著江百麗的胳膊將她拖出宿舍的時候，對方一句話也沒講，任由她帶著走。洛枳自己也不知道要走到哪裡去，出門時踢到了床腳邊尚未打開的包裹，裡面是今天下午她剛從那個付姨手上拿到的家鄉零食。

腦海中，付姨的每一句話都和樓外的雨簾融在一起。

「你媽媽真是惦記你呀。」

她們推開大門，衝進雨裡，瀏海黏在額頭上，雨水流進眼睛裡，視線模糊成一片。

「挑挑揀揀拿了這麼多吃的，說都是你喜歡的。」

洛枳俐落地翻牆爬進早已關閉鐵門的體育場，江百麗也跌跌撞撞地學。

「她這輩子也算得到補償了，老天有眼，女兒聽話又優秀，現在又找到歸宿了，我也替她高興。」

洛枳沿著紅膠泥跑道大步地向前衝，大口呼吸，喉嚨、氣管和前胸痛得彷彿都有了獨立的生命和意識，風聲和雨聲混在一起，她漸漸聽不清身後江百麗的哭聲了。

「那家人終於遭報應了，老丈人病危，男的立刻就被抓進去了，聽說是從家裡被銬走的，祕密抓捕，正在調查，他們說肯定不能輕判。說不定，老婆也會受牽連一起進去呢！」

洛枳突然感覺不到自己的心跳了，手機估計已經進水短路了，再也不需要查看是否有遠方飄來的信封圖示。她卻不停，在雨中睜大眼睛，張開雙臂。

像是跑進了時間的海洋。

## 第86章 得不到和已失去

暑氣蒸騰的時節，期末考試來臨了。

這學期第一門是政治考試。洛枳沒有去圖書館湊熱鬧，安靜地待在宿舍裡，背一會兒複習資料，再看一會兒美劇。

電腦發出「叮」的一聲，私人信箱顯示收到一封新郵件，竟然來自鄭文瑞。

確切地說，這是一封轉發的e-mail，原始郵件的寄件者是葉展顏，收件人是盛淮南，被鄭文瑞轉給了洛枳。

整封e-mail只有一個音訊附件，無主旨。

音訊下載得很慢，洛枳站起身拿起窗臺邊的可樂瓶，為江百麗上個月買來的茉莉澆水。她曾預言，江百麗這種作息和習慣絕對不適合養任何有生命力的東西。沒想到，江百麗竟然再也不熬夜賴床，連這盆茉莉也感動得開了花。

一室淡雅清醇的香氣。

她坐回位子，音訊已經端正地在電腦桌面的最中央。她沒有戴耳機，只是將揚聲器音量調大，就按兩下圖示開始聽。

開頭便是葉展顏自己的聲音，在講述她母親的早亡和父親的缺席。是上次和洛枳見面時的錄音。洛枳訝然。

「……我小學二年級的時候，我爸在北京的一個美院教國畫，和一個女同學搞到了一起，騙人家說自己喪偶。傳到這邊，我外婆以為他要把瘋女兒和外孫女都扔給她一個人，氣得直接殺到北京去……那個女生是盛淮南的小姑姑……」

葉展顏要做什麼？洛枳耐心聽著，眉頭緊蹙。

「可是你為什麼特意把我叫出來呢？」

洛枳終於在音訊裡聽見了自己的聲音，只是說不出哪裡怪怪的，可惜她已經無法記清楚原話。

「我希望你能幫我把這些講給淮南聽，我自己怎麼都說不出口。丁水婧告訴他，你扔了我的分手信。我打電話給他，他都沒問過我一句那封信上寫了什麼。雖然是不存在的一封信，他還是拒收了。他不會為我主持正義了。」

洛枳聽到這裡，終於明白了葉展顏的意圖。

「其實我和盛淮南早就不可能了……我只是想再給你一次機會，請你告訴他，當年你背信棄義，沒有幫我轉達的那些苦衷，到底是什麼。」

這一段話在她們見面時並沒有出現過，借葉展顏十個膽子也不敢在洛枳面前這樣顛倒黑白，應該是補錄的。

洛枳神色清冷地繼續聽下去。

「你能不能幫我把這些，講給淮南聽？我自己怎麼都說不出口。」

「好吧。」

剪輯得真精彩。洛枳聽到這裡，甚至都想為這段音訊擊節喝彩了。

她關掉程式，重新去審視那封 e-mail。

鄭文瑞今天才轉發，可葉展顏的原始郵件實際上是二月份寒假期間，她們兩個剛剛見面之後就發送出來的。洛枳忽然想起葉展顏臨走前對她說過，以後不保證不再陷害她。

還真是說到做到呢。

五個月以前的郵件，盛淮南竟從未問起過洛枳，也不曾表現出一絲懷疑和動搖。

洛枳的心像泡在溫熱的檸檬水中一樣，暖和，卻酸澀難當。

然而，她不明白鄭文瑞為什麼會在這時候轉來一封久遠的控訴信給她，更奇怪她是如何得到這封郵件的。

就像一年前，鄭文瑞如何能像個預言家一樣，在她懷抱祕密的時候，就半路殺出來找她喝酒，一切真的只是巧合嗎？

洛枳撥通了鄭文瑞的電話，對方剛接起，她就聽到背景傳來地鐵報站的廣播，她說「你好」的聲音被列車高速行駛時的巨大風聲所吞沒。

「郵件我收到了。你能告訴我這是怎麼回事嗎？」

鄭文瑞輕笑一聲，語氣平平地解釋道：

「葉展顏來找我，說她的郵件石沉大海，盛淮南根本不接她的電話，其他哥們兒幫忙帶過話，讓盛淮南很反感，徹底沒轍了才求到我頭上，讓我去探聽消息。都到這個地步了，她的態度還是特別跩，而且死活不說郵件是什麼內容。於是，我就只有告訴她，盛淮南早就不用高中那個信箱了，她發錯了。而我立刻註冊了一個和盛淮南信箱非常像的新浪信箱，告訴她重發試試。所以那封郵件就被我收到了。」

「當然，我聽完錄音之後，覺得簡直太有意思了，也打電話去問了盛淮南。我要沒記錯，那天剛好是除夕吧。我打了好多次他才接的，這一點我早就習慣了。盛淮南在電話裡面罵我和葉展顏精神病，說郵件他看都沒看就直接刪掉了，讓我們以後好自為之，否則見一次罵一次。」

「怎麼樣，洛枳，聽著心裡爽嗎？」

洛枳垂眸問道：「這麼久遠的郵件，為什麼今天才發給我？」

鄭文瑞那邊卻很長時間沒有回音，洛枳只聽得到地鐵的風聲。

「沒有為什麼。他真心對你，你心裡有數就好。」

電話很粗暴地掛斷了。

洛枳握著電話呆了一會兒，然後，不知道是第幾次，撥通了盛淮南的號碼。

已關機。

她知道他平安，這一個多星期也通過種種方式打聽著他家中的情況，和他宿舍的同學分工合作，幫他分別搞定了專業課和其他必修、選修之類的所有作業與簽到……

他就是不聯絡她。

洛枳換了新手機，把振動調成了響鈴。但是他從未來電。

洛枳盯著桌上的電腦和那份音檔，突然很想拉拉他的手，踮起腳揉揉他的頭髮，然後將整個人埋進他的懷抱裡，狠狠地呼吸沒洗乾淨的洗衣粉清香。

她擁有過他，此刻忽然覺得，相比此刻，似乎還是不認識他的年歲更快樂；妒意好過悔恨，燃燒著的占有欲好過茫然四顧的空落落。

得不到和已失去，她寧願得不到。

政治課考試的早晨，洛枳五點半就聽見窗外的鳥兒叫得正歡，悅耳中帶有一絲囂張的吵鬧。她坐起身，迷迷濛濛地聽著，在自然雜亂無章的美中，得到了一丁點久違的快樂。

拎著早飯匯入人群，從宿舍區通向教學區的主道已經滿是趕去考試的學生。她一邊聽著歌一邊目光空茫地向前走，在前方一對情侶一錯身的瞬間，看見了一個穿著灰色襯衫的男孩。

後腦勺微微揚起的幾綹髮絲，端正的肩，單手拎著的黑色書包，和她一樣的白色耳機。

洛枳神色迷茫，默默地調整了步伐，從情侶並肩的空檔中，看到那個背影反覆地出現又消失。

不知為什麼，她絲毫沒有跟上去的衝動，只是一路平靜卻又恍惚地跟著走，一步步走回了三年前，一片高中校服的海洋，她在那麼多背影的掩護下，目不斜視，大大方方地盯著同一個人看，彷彿他的後背上能開出花。

洛枳疲憊地向前走，這樣慢慢地走，慢慢地回憶，人潮洶湧，路像是走不到頭。那封遲來的郵件一聲聲地催促她走過去，催促她去拉住他的手，然而等她回過神來，已經站在了理科教學樓的大廳中，眼看著他穿過中庭走進教工專用的電梯裡，一步步遠離了奔赴考場的人群。

你要去哪？

她一陣疑惑，目光上移，看到大堂正中央高懸的大幅資訊顯示幕。

資訊顯示幕上滾動播放著「嚴肅考風考紀」的通知，她看到了「盛淮南」三個字，後面跟著學號和院系，在一列嚴重違紀、取消學士學位資格的人名裡，一遍又一遍地出現。

鮮紅方正的字體刺痛了她的眼睛，好像許多年前，她一筆一畫地在那張成績分布表的上方寫下：

「盛淮南，921.5分。」

人群一批批擁入教學樓，四散前往各自的考場，彷彿勢不可當的洪流。只有她一個人站在那裡，仰著頭，像傻瓜一樣淚流滿面地痴痴看著，宛如激流中一塊孤零零的岩石，負隅頑抗，動彈不得。

# 第87章　天早灰藍偏未晚

洛枳無法接通盛淮南的手機，撥打張明瑞的，同樣也是關機。

距離考試開始還有三分鐘，洛枳終於艱難地挪動步伐，向考場走過去。

腦子裡一遍遍重播的，卻是剛才盛淮南的背影，一如高中時的鎮定安然，姿態昂揚，就那樣從大螢幕上自己鮮紅的名字下面，從容地走了過去。

考試結束鈴響。洛枳混混沌沌地被人群擁擠著從考場走出來，立刻清醒過來，掏出手機，想了想，撥通了張明瑞的號碼。

時隔幾個月又聽到洛枳有些沙啞的聲音，張明瑞態度如常。對於她的震驚，他只是疑惑卻平靜地說：「我以為你早知道了。他沒告訴你嗎？」

洛枳急急地問：「他究竟怎麼了？」

「洛枳，你先別著急，」張明瑞柔聲說，「盛淮南只是倒楣，他……其實是為了幫別人。」

「什麼意思？」

「我們是在同一個考場考英語，就是昨天上午。這次精讀3考試的作文題目裡有個明顯的超綱詞彙，很多人都不認識，可是不認識這個關鍵字就沒辦法寫作文。我們經常一起打球的一個師兄也考這門英語，事前我就知道他一定要盛淮南罩著他，所以碰見這個事，盛淮南就傳了張字條給他，結果就被學校教務的老太太給抓了。本來字條是從那個師兄手上被搜出來的，但是我也不知道怎麼回事，最後遭殃的居然是他……」

張明瑞的每句話都戳進了她的腦袋裡，她努力地控制住情緒，輕聲問：「盛淮南不會做這麼蠢的事啊，他以前考試的時候也會幫別人作弊嗎？」

「不可能，他絕對不會在這種事情上冒險，所以我們都覺得他昨天簡直不可思議。不過現在是沒轍了，處分來得特別快，昨天四點多鐘的時候竟然已經……已經公告了。」

洛枳顫聲道：「我今天看見他坐著電梯直接去你們的教工辦那邊了。」

「可能吧，」張明瑞嘆氣，「我昨天見過他一面，他看起來還算平靜，不怎麼說話。我們也不知道怎麼勸他才好，本來以為你……唉，其實如果是本系的考試，我們的教務抓到了應該警告幾句也就算了，但校教務是不一樣的。對了，法導考試那次，你也看到過的，那群師奶級別的，特別狠，殺一儆百，這麼多年抓作弊已經抓出癮來了……」

「張明瑞！」

「啊？」

「你如果看見盛淮南，可不可以幫我告訴他，我在等他的電話？」

張明瑞沉默了很久，似乎是想問他倆之間發生了什麼，最後才開口說：「好，我會和他說。」

「還有……」洛枳早飯也沒吃，太過激動讓她此刻有些頭昏，扶著樓梯扶手緩緩坐在臺階上，眼前像電視機的雪花螢幕一樣閃耀起來。

「還有，你能不能告訴我那個師兄的電話？」

洛枳一路狂奔到東門口，在烈日曝晒下等了二十分鐘才招到一輛計程車。車在四環上飛馳，兩旁的高樓大廈全部被甩到身後交織成一張迷離的網。好像有一列火車，帶起獵獵的風，在她腦海中轟鳴而過。

別墅無人，大門緊鎖。

背後那片薔薇花牆因為無人打理，早就亂得像枯藤了。天色一點一點暗下去，不多時便是一片濃重的灰藍色，無端地勾起人心中最肅穆的情感。

朱顏沿著花徑走過來的時候，看到的就是這樣的天色下，坐在她家門口臺階上，神色疲倦卻又悲傷的洛枳。

看起來，身影格外小。

「我打你的電話，打不通。以為你已經去新加坡了，但還是不死心，想要過來試一試，一直告訴自己再等十分鐘就走，結果一直等到現在。」她打起精神，笑著對朱顏說。

「我的手機今天上午和房屋仲介吵架的時候敲壞了，要不是突然想起來有個東西落在這裡了，我今天可能都不會過來了……幸虧過來一趟，」朱顏有些不好意思，「你嘴脣都乾了，一天沒吃沒喝吧？到底是怎麼了？」

洛枳依舊坐在臺階上，仰頭看她，看著看著，就淚水傾盆。

「你幫幫他，好不好？」

「誰？」

「你幫幫他好不好？我知道這樣很自私，我也知道你其實並不想接觸他和你以前的家人，不願意牽扯到過去，所以我一直憋在心裡沒有問過你，我覺得應該尊重你。可是這一次請你原諒我，我知道你是他姑姑，你能不能幫幫他？」

葉展顏甫一和她講起自己父親當年逃避患精神分裂的母親，到北京欺騙美院女學生的故事，洛枳就將它和朱顏自己講過的往事連接在一起了。

她猜朱顏早就知道盛淮南究竟是誰，卻從未提出要相見，必然是沒有興趣舊事重提，不想和家裡人再扯上什麼關係。她也提出過幾次，玉淵潭也好，歡樂谷也好，朱顏的回絕都已經表明了態度，她心知肚明。

然而現在，她已經沒有別的辦法。

「他家裡出事了，現在又遇到這種事情，不是我可憐他，可他的確還太年輕，再優秀也很難扛過去的。我不希望讓他知道，只能跑過來偷偷和你說。朱顏，你不要生我的氣，你能不能告訴我，我該怎麼辦？」

她哭得嗓子沙啞，聲音控制不住地顫抖，努力地想要將每句話冷靜地說出口，可是無論如何也無法掩飾濃重的鼻音和軟弱的哭腔。

拿到那個師兄的電話後，她立刻就打了過去，說盡了好話，一再承諾不惹麻煩，那個執意要盛淮南幫他作弊的師兄才勉強理會了她。

當對方告訴她自己的家庭背景時，洛枳才明白，為什麼同樣是作弊，這個人卻沒有受到任何處分。同樣的，盛淮南幫他的理由也如此明顯。

「我爸如果願意的話，也許能幫上忙。至少，盛淮南他媽就安全了，不需要進去了。」師兄含含糊糊地說，語氣中略帶歉意。

「沒想到會出這種意外，都怪我不小心……」

朱顏靜靜地聽洛枳說完，拍著她的背，像哄著一個六歲的孩子。洛枳哭得毫無形象，終於稍微平靜下來一些，頓時覺得嗓子痛得說不出話來。

「真是個傻瓜。」

「不是的，朱顏你知道的，」洛枳搖搖頭，「我們這一代，大部分沒有走過別的路。成長路上小心翼翼，不敢有一步差池，讀書拿學位，幾乎是一條主幹道。所有其他的分支——好工作、更高的學位、穩定的生活、社會地位、成就感，甚至婚姻，都是從這條主幹道分出去的。它意味著選擇人生道路的機會。但是現在，他還有能力，卻沒有了選擇的機會。他現在背負的東西這麼多，我卻沒有能力幫他什麼，更何況，你也知道，其實我們本來應該是仇人的。」

「傻瓜。」

「朱顏，我不是求你去疏通關係讓他拿回學位。我知道這種可能性微乎其微，但是可不可以，你幫他渡過這一關，也許你有比較便利的條件，可以將他帶出國去發展。比如，重新申請學校讀書如何？直接去美國讀本科好了，反正他總歸是要出去的……或者……我不知道。」洛枳痛苦地搖頭。

她從一開始就萬分囉唆、語無倫次，自己也不知道究竟在說什麼。

「我雖然不了解你後來的全部經歷，但我知道一定不容易。你遇到過很痛苦的挫折，一步步走到今天。我想，你的存在一定能讓他有所領悟，不光在現實中，更是在心理上渡過這個難關，這就是我來找你最重要的原因。」

洛枳努力抑制住淚水，擦了擦臉，沉聲繼續說。

「因為，我始終相信他，他是盛淮南，他的未來不會夭折在這裡。一定不會。」

朱顏和她並肩坐在花牆下的臺階上，輕輕摟著她的肩膀，聽她語無倫次地說著學位的重要性，一面強調以盛淮南的優秀，斷不會被這張紙片桎梏住；一面又很現實地擔憂，多年寒窗苦讀被斷送究竟有多麼覆水難收，未來又將多麼寸步難行。

朱顏就這樣一會兒一句「傻瓜」，將她哄到平靜。

「其實，我料到你總有一天會猜出來。這倒也真是緣分，他交的兩任女朋友竟然都和我有關係，」朱顏說著說著竟然笑起來，「我還記得好久以前我那個嫂子冷言冷語的樣子呢，說我一個人鬧得家宅不寧也就算了，惹來的冤家還差點纏上我那前途無量的小姪子。」

「我一直在想，你們聊天時如果談起他家中的親屬，怎麼都會繞到姑姑這個話題吧，那時候你要怎麼面對我呢？但是我願意和你交朋友，就是因為我信任你。」

洛枳何嘗不知道這一點。朱顏仍然對她坦誠以待，毫不迴避，她自然也對對方珍而重之。如果不是盛淮南此刻的遭遇，她可能會永遠將這個連結埋葬在心裡。

「其實，我對我的這個姪子沒什麼感情，」朱顏淡淡地繼續說，「他還小的時候，和我的哥哥嫂子以及他的外公一家都住在市區裡，我和我的父親仍然在鄉下住。不過，他和我爸倒挺親的。」

洛枳啞著嗓子說：「你父親病危時他和我說過，他爺爺是個很有趣的老頭，本來希望我也能見見的。」

朱顏點點頭：「是啊，我爸是個老頑童。我在鎮裡的高中埋頭學習，基本上很少陪小孩子玩，直到我離開家去上大學那年，他也才四五歲吧？可惜我連他小時候的樣子都記不清楚了，挺乖的孩子，很討人喜歡。」

朱顏頓了頓，回過頭笑著看洛枳：「對了，他五六歲時什麼樣子，你最清楚不過了，你還和他一起打過架呢。」

洛枳破涕為笑。

至於我哥哥嫂子，那就更不用提了。我爸以前是讀書人，成分不好，一輩子沒趕上好時候，老了也就安心待在鄉下自得其樂了，但我哥可不是安分的人。

「我們兩個年紀差得太多，感情也不深。嫂子家裡倒是非常有背景，他也是靠著這個關係和自己的鑽營，一步步到了今天吧。我跟他們斷絕關係之後，呵，我的事情你大概知道，但他們夫婦後來的發展我實在不關心，也不清楚他們怎麼就走到了今天這一步。反正兩個人都是心狠也敢貪的人，做到這個份上，不奇怪。」

「那你父親……」

「那句話怎麼說的來著？十個指頭還長短不齊呢。我父親到底還是更不放心我哥哥吧。退學之後我在設文的幫助下，開始謀生計，經濟條件好些了就常常寄錢給我爸。我爸說讓我回家，我哥卻按照我留給我爸爸的電話號碼打過來，對我說做人要知道廉恥。」

洛枳愣了愣，有些不安地捏了捏朱顏的手。

「真是小姑娘，」她反過來捏了捏洛枳的耳朵，「這麼多年，我都老了，當年的事情早就淡了，講講而已，心裡不難受的。」

「我還是會照例給我老父親匯錢，為人子女的本分嘛，可惜，他的葬禮我都沒參加。聽你現在這樣一說我大概知道了，也是急火攻心吧，為我哥哥的事情。我哥會有今天，估計是因為老丈人病入膏肓，指望不上了。」

朱顏嘆口氣，突然問她：「對不起，我能吸根煙嗎？」

洛枳驚訝地張口：「你們怎麼都吸煙？我最近才發現，這麼多我以為不吸煙的人都……」

「解千愁啊，你也試試？」

朱顏身上帶著一種洛枳覺得自己此生都不可能擁有的風情。她灑脫地低頭點煙，在風中用手攏著火的時候，溫暖的橙色火光照亮了她的臉龐，一縷碎髮垂下來，隨著微風搖啊搖。

「不過，」她徐徐吐氣，「聽到你說這些，我頂多是為盛淮南可惜。我倒也不是記仇，只是真的沒什麼感情，跟聽到新聞廣播沒區別，估計都沒有你聽說他家倒掉時的那種震撼感。當年的事情讓我最難過的不是那個騙子人渣，也不是世態炎涼，而是終於明白，骨肉親情，說穿了，也就那麼回事。」

朱顏沉思了一會兒，笑了：「其實現在想想，我哥哥嫂子的關係那麼緊張，人前和和氣氣，背地裡能把家裡砸得稀爛，這小孩到底是怎麼長大的啊。」

洛枳吸吸鼻子：「你以前不是感慨過嗎，說他終於平安長大了。那時候我還不知道你原來是這個意思。」

「你至今還沒有告訴過媽媽，你的男朋友是盛淮南？」

「我怕她崩潰。」洛枳苦笑。

「可你還是喜歡他。」

「對。你也是那個人的妹妹，我也很喜歡你。我不知道別人會不會覺得我大逆不道、狼心狗肺，但我就是這樣了，我不在乎血緣關係。你是你自己，盛淮南也是他自己，當年作惡的不是你們，而作惡的人本身也受到了懲罰，雖然遲了一點，但總好過沒有。」

洛枳站起身，朝朱顏笑笑，與剛剛那個崩潰哭泣的女孩已經判若兩人，很堅定地說：「我一直都想得很清楚，你說得對。我早就做出了我的選擇。」

「行啦，不提陳穀子爛芝麻的事情了，說這些有什麼意思，」朱顏眨眨眼，「走吧，帶你去吃飯，快餓死了吧。」

「那……」

「我答應你，」朱顏鄭重地說，「我一定盡我所能去幫他。」

洛枳開心地微笑起來，可是剛剛淚水被風乾在臉上，根本笑不開。

「但是洛枳，」朱顏補充道，「你要知道，生活比在學校中複雜得多。你能想清楚的事情，我不確定盛淮南和你想的一樣。他如果犯罪，甚至可能去怪罪你媽媽寫了檢舉資料，在他父親入獄的事情上也出了一把力。」

洛枳低頭凝神想了想：「不。憑我對盛淮南的了解，他不會這樣想。」

「這麼確定？」

「對。」

洛枳背對著風向，長髮好像被晚風一路帶向漫長的過去。

朱顏的臉色有些動容。

「那如果他並不怪你，卻因為愧疚、羞恥，或者其他什麼原因，死活不願意再見你呢？」

洛枳還愣著，朱顏繼續說：「就算這兩種假設都不成立，如果我真的幫他到海外去重新讀書了，你要知道，時間、境遇，其他所有不可控的因素，都會讓你們永遠沒機會在一起。你們這些少年輕有信念，是因為不知道外面有多可怕，自己又有多渺小。我幫了他，你們可能就真的結束了。」

「沒關係。」洛枳回答得很乾脆。

「我來找你，本來就不是為了和他在一起。我只是為他。」

這個答案在他們如膠似漆的時候就已經寫下。洛枳也同樣乾脆地回答過盛淮南。

相比你眾叛親離與我相依為命，我更希望你得天獨厚，應有盡有，被全世界喜愛，哪怕彼此相忘於江湖。

# 第88章 回憶瑪麗安

洛枳聽說盛淮南辦理了退學，從此再也沒有見過他。

期末考試一結束，她就奔赴那家律師事務所實習了，一整個暑假都沒有回家。

因為實習的地點距離學校比較遠，交通又不方便，她每天都要早上六點鐘起床，簡單化一點淡妝，在大熱天穿上正裝，踩著還不大適應的高跟鞋，戰士般衝進擁擠的地鐵，沙丁魚罐頭一樣被運送到西單，隨著洶湧的人潮踏上地面，重見天日。

那是一種全然不同的生活。她已經做了十幾年學生，駕輕就熟，對所有的技巧和困難心中有數。然而從現在開始，她又需要在很短的時間裡變成另外一種人，不同的思維方式，不同的相處模式，不同的一切。

奇怪的是，平時在學校自習一整天，晚上照樣可以看看有趣的書。然而在辦公室裡，在直屬上司身邊，哪怕工作難度不大，神經也永遠是緊繃的，每一分鐘都被瑣碎的事情填滿，大腦裡裝了一整條 to do list（待辦事項），每隔幾分鐘就自動過濾一遍。等到一路跋涉回到宿舍的時候，竟然已經頭腦發漲，除了弱智的電視劇和綜藝節目，其他一丁點兒開動腦細胞的活動都不想做。

倦得像漏電了的機器人。

這對她來說，自然是天大的好事。

她竟然靠著這份工作帶來的遲鈍和疲累，抵禦了洶湧而來的回憶和胡思亂想。

朱顏讓她放心，於是她就真的放心了。如果說曾經心上懸著一塊大石頭，那麼當它狠狠地砸在了心尖上，疼得翻滾，卻也踏實了，再也不用惶恐地時時抬頭。

實習的工作直到大學三年級開學也沒有結束，她每週仍然會去律師事務所三天，其中週六日的下午肯定是要工作的。洛枳一邊上著法律雙學位的課，一邊認真地盤算自己要不要開始複習一下註冊會計師和司法考試。這兩種考試有著公認的高難度，她還是及早準備比較好。

就這樣加班加點，忙得無暇分神，恍惚中好像回到了一年前。

又是初秋，頭頂的柿子樹已經準備好了又一次豐收。生命這樣安然地輪迴，柿子樹從來不會因為綠葉蔭蔽下曾經上演的悲歡離合而神傷，來來往往走過的是誰，經歷過怎樣的相識和離別，它從不掛心。

洛枳上法律雙學位課程的時候還會遇見鄭文瑞。

洛枳起初不明白，盛淮南都已經退學，鄭文瑞為什麼還會出現在這個課堂上；轉頭想想又釋然了，盛淮南未必會是鄭文瑞全部的生活重心，雖然她對他的關注和了解已經到了變態的程度，可誰也不能用「盛淮南」三個字來解釋鄭文瑞的一切。

或許當初真的是出於本意來上這門雙學位的吧，她想。

臨近期中考試，洛枳下課後走到講臺邊上，去聽人群中的教授答疑。有個女生從裡面擠出來，狠狠地撞上她的肩膀，她正仰頭抄黑板上教授寫下的案例，無暇看那個女孩子，匆匆地說：「對不起。」

「騙子。」

洛枳又低頭抄了兩個字才意識到自己被罵了，轉頭去看的時候，鄭文瑞的身影已經消失在了門口。

她叫她騙子。

洛枳這時候終於領悟，鄭文瑞將一封二月的老舊郵件在七月某個平淡無奇的夜晚發給她看的原因。

她說：「他真心待你，你心裡有數就好。」

那時候，鄭文瑞一定已經知道盛淮南被取消學位的消息了。她想要洛枳感動和愧疚，不離不棄。

然而，盛淮南的消失終究還是驗證了鄭文瑞內心的想法。洛枳是騙子，葉展顏也是，許日清也是，所有人都是騙子，所有人都只喜歡盛淮南光鮮的一面，只有鄭文瑞愛他的陰沉虛偽和所有不堪。

鄭文瑞可以得不到盛淮南，但鄭文瑞對盛淮南的愛，必須是百分之百的第一名。

洛枳一邊在本子上飛快地寫著，一邊在內心默默地對她的偏執致以哭笑不得的敬意。

光棍節那天，張明瑞邀她出來一起過節。

「吃個飯，然後一起去唱通宵吧，大概十六七個人，熱鬧熱鬧，怎麼樣？」

「唱通宵就算了，我已經答應我的室友一起去KTV唱歌了，不過吃飯沒問題。」

十月的時候，洛枳收到過張明瑞的一封郵件。附件是個不小的影片檔，脆弱的校園網路花了三小時才下載完畢。洛枳點開那個DV作品，第一秒鐘就聽見了鏡頭後面一群男生的怪叫和起哄。

然後她就看到了張明瑞，騎著自行車，雙手撒把，捧著一碗速食麵吃得悠閒，每每和一個女生搭訕一次，躲在DV後的哥們兒就歡呼一次。

然後洛枳在影片中看到了自己，背著黑色的書包，在人行道上看著張明瑞，邊看邊笑。

當張明瑞也看向她的時候，忽然身子一歪，速食麵灑了全身。影片後的男生幾乎全部衝向他，畫面也隨著奔跑變得搖搖晃晃。攝影的人跑到張明瑞身邊對著他和地上的自行車猛拍，所有人都在鬼叫大笑，有一瞬間鏡頭對準了天空，忽然晃過的太陽讓洛枳眼前一亮。

然後畫面變得一片漆黑。

郵件裡只有一句話：「我整理東西的時候才發現，我早就見過你。我竟然才發現。」

洛枳悵然，將那個影片看了好多好多遍，忽然有好多話想要對一年前的自己說。

但她沒有回覆郵件。

吃飯的時候，洛枳突然感慨，無論相隔多久，經歷過怎樣的波折，她永遠可以和張明瑞相談甚歡，毫無尷尬嫌隙，談天說地，若無其事。

「對了，我一直不明白，為什麼男生對光棍節這麼感冒啊？你們這麼害怕過節？」

「不是，」張明瑞搖頭，「我不害怕過這個節。」

洛枳點點頭，將半盤青筍都下進了骨湯鍋。

「我是害怕某個人不過節。」

她愣了愣，抬起頭，對面的張明瑞口氣隨意，可眼神認真地看著她。

洛枳笑起來，招手叫服務員：「幫忙加點湯好嗎？」

張明瑞轉了話題，去聊最近很紅火的《色戒》，原本是賊賊地笑，聽到洛枳極為認真地說自己看哭了的時候，不由得敗退下來，大呼女生真變態。

吃完飯，洛枳本打算和他道別，沒想到張明瑞將她帶到了哈根達斯門口。

「第一次請你吃東西的時候，我們是去DQ吧？」

「對啊，確切地說，DQ是我挑的地方，你看我多麼善解人意。」

「那今天把哈根達斯補上吧，雖然所有人都說是國外的超市貨，可是的確有點貴啊。」

「吃它做什麼，我不覺得比DQ好吃。」

「可是品牌多深入人心啊，」張明瑞故作深沉地說，「愛她，就帶她吃哈根達斯。」

「什麼嘛，」洛枳笑，「廣告語而已啦。」

「也有可能是表白啊。」

洛枳轉過臉去看他，張明瑞的笑容不知道什麼時候退去了戲謔。她緩緩呼出一口白氣，不知道什麼時候，蕭條的風裡已經沒有了秋意。

冬天就要來了。

洛枳遲遲不知道說什麼，張明瑞垂下頭，然後很快又抬起，哈哈笑著拍拍她的肩膀說：「瞧把你嚇的，我逗你呢。」

我逗你呢。

洛枳推開KTV的門時，江百麗在大廳指著黑壓壓一片排隊的顧客說：「要不是姐未雨綢繆，你現在就是他們中的一員。」

訂了包廂而已嘛，洛枳內心抱怨，她也沒想到光棍節竟然如此火爆。

洛枳聽說，陳墨涵到底還是和戈壁分手了。

倒也不算是聽說。上個月，江百麗坐在洛枳床上用筆記型電腦上網，跑出去上廁所的時候，電腦螢幕仍然開著，MSN全螢幕，戈壁的一大段話讓洛枳想忽視都難。

拜洛枳所賜，顧止燁消失的那天，醉酒又淋雨的江百麗大病一場，只是這一次戈壁沒有再為她送清粥、小菜。病癒後的百麗在暑假的時候跑去了貴州支教，又在新學期加入了一個關愛愛滋病患者的社會組織，每個週六還要去城郊的一個老年之家做義工。

洛枳曾經逗她，問江百麗是不是害怕再次孤注一擲投資失利，所以分散封箱，將一腔愛意灑向全社會了。江百麗卻非常非常鄭重地回答道：「這種事情，讓我心裡踏實。」

「我照顧的一個老奶奶已經九十歲了，有機會就給我看她老伴兒的照片，講他們的事情。我替他們排練合唱，幫他們做的每一件小事都會得到感謝，也都能看到切切實實的效果。你要知道，我從來沒有收穫過這種腳踏實地的快樂。」

洛枳不是一般地動容。

雖然兩個星期後她被拉去一起參加在東單公園舉辦的愛滋病宣傳活動時，順著江百麗幸福的目光，她看到了一個高高大大的男生志願者，導致江百麗在她心中的高大形象立刻打了個八折。

在讓世界充滿愛之前，江百麗首先要充滿花痴。

然而得知江百麗辦理了休學，決意用半年時間隨那個男孩子去青海支教的時候，洛枳還是表示了贊同。因為她知道，這和當年百麗因為愛情煩悶而學習抽煙、研究星座並不是一回事。那個男孩子至今對江百麗沒有任何回應，但百麗從幫助他人這件事情上得到的快樂，絕不是假的。江百麗內心的愛不會枯竭，受再多的傷害，她也永遠相信愛情。

所以，面對MSN上戈壁對百麗休學行為的大段勸阻，江百麗只回覆了四個字：「祝你幸福」。祝你幸福。

「不過，你不如大四的時候再申請，那時候去參加學校的專案支教一到兩年，還能換個研究生讀讀，很划算。」洛枳笑著揶揄。

「膚淺！」江百麗橫了她一眼，伴著忽然響起的伴奏音樂，從點唱機旁起身。

洛枳看著那個正霸占著麥克風、聲嘶力竭地吼著「聯合公園」的女孩子，在心中默念她的名字。百麗。

「雖然名字寫起來很普通，有點俗，可是念出來，那個『麗』字最後的口型很好看，像是微笑的樣子。」

洛枳記得大一剛開學不久，提起彼此的名字，江百麗曾經這樣一臉得意地解釋過。雖然洛枳一直在點頭，可是始終覺得有點牽強。

「你呢？」

「我？我媽媽老家有一片橘子園，本來是要叫洛橘的，據說很討喜。可是被算命的改了，說賤名好養活，這樣能渡劫。」

江百麗愣愣地問：「好厲害的感覺啊，那麼結果呢？」

洛枳無奈：「我才多大呢，你就問我要結果。」

還好不是要結局。

但是結局呢？淩晨四點，洛枳和江百麗瑟瑟發抖地相互扶著穿越馬路回學校，看著靜謐的馬路和穿破霧氣的三盞紅燈，洛枳麻木的心臟重新跳動起來。

這樣就是結局了嗎？

畢業、工作、賺錢，找一個差不多的人，結婚生子。

這樣就是結局了嗎？

洛枳抬起頭去看天上的月亮，才注意到，今天的月亮也是隱沒在一片薄薄的雲後，四周散發出彩虹樣淡淡的光華。

這樣熟悉的月亮。

然而她記得更清楚的，並不是盛淮南，不是定情，不是親吻，不是那晚上說過的任何一句話，不是圍牆上吹過的風。

而是那忽然消失的，不知所終的月亮，下落不明的雲。

洛枳扶著酒量不濟的江百麗，一邊艱難地向前走，一邊忽然輕輕地、輕輕地念起一首詩。

像是害怕驚醒一場早已醒來的夢。

那是藍色九月的一天，

我在一株李樹的細長陰影下，

靜靜摟著她，

我的情人是這樣，
蒼白和沉默，
彷彿一個不逝的夢。

在我們頭上，在夏天明亮的空中，
有一朵雲。
我的雙眼久久凝望它，
它很白，很高，離我們很遠，
然後我抬起頭，發現它不見了。

自那天以後，很多月亮，
悄悄移過天空，落下去。
那些李樹大概被砍去當柴燒了，
而如果你問，那場戀愛怎麼了？
我必須承認：我真的記不起來，
然而我知道你試圖說什麼，
她的臉是什麼樣子我已不清楚，

我只知道那天我吻了她。
至於那個吻，我早已忘記，
但是那朵在空中飄浮的雲，
我卻依然記得，永不會忘記，
它很白，在很高的空中移動。

那些李樹可能還在開花，
那個女人可能生了第七個孩子，
然而那朵雲只出現了幾分鐘，
當我抬頭，它已不知去向。

——德國詩人布萊希特《回憶瑪麗安》

# 第89章 原來你早就知道

洛枳的媽媽還是拖過了春節，才決定隨陳叔叔搬去他在廣西的老家。

打包收拾的事情都不需要洛枳擔心，她媽媽在料理生活方面一向非常能幹。實際上，當她大年三十晚上回到家的時候，見到的就是已經空了一半的屋子。

她媽媽臉上的不安和愧疚讓她著實想笑。大二暑假時她因為實習而不回家。據洛陽說，她媽媽不知道多少通電話給他媽媽，一遍遍地嘮叨：「是不是因為我要跟老陳搬走了，孩子覺得沒有家了，心裡不舒服，不想見我？」

這種認知讓洛枳哭笑不得，於是當年的十一國慶期間趕緊飛回家裡，讓她媽媽寬心。

「我總要獨當一面的呀，何況到了大學後期，很多人假期都不回家了。有些人實習，有些人準備考試，準備出國申請，總之各有各的努力方向。媽，你真是想的太多，我早就不是小孩了。」

她一邊說著，一邊打量自己的房間，裡面依然乾乾淨淨，連一個桌面擺設的位置都沒有動過。

「這房子，你是怎麼打算的？」

「廣西那邊他有自己的房子，足夠我們住的，我之前已經去過幾次，都收拾過了。」

「那這邊要不乾脆就賣了？」

「胡說什麼呢！這房子是留給你的。」

「給我？」洛枳啼笑皆非，「我畢業了肯定不會回來，這種老房子留著升值也沒多大空間，等著拆遷更是沒戲的事啊。」

洛枳的媽媽正在包餃子，聽到這話臉色一沉：「租出去也行，不能賣。」

「為什麼？」

「這是你外婆留給你的。」

洛枳訝然，送到嘴邊的熱牛奶差點燙了舌頭。她從來沒有想過這個小小的家是從哪裡來的。父親死後，她和媽媽搬離奶奶家，在外婆家短暫地住過一陣子，很快就搬來了這裡。其他前塵往事一概記不得，好像這裡是一個理所應當存在的地方。

她一直知道外婆實際上是個外冷內熱的人，可惜的是小時候她不夠懂事，看人只懂得看外表，認為外婆不喜歡爸爸，拒絕他們進門，是個恐怖的老太婆。

當她終於長大，懂得這個恐怖的老太婆時，老太婆已經不在人世了。

她以前對洛陽說自己和外婆不熟，還問他外婆是個怎樣的人。洛陽不知道的是，外婆的葬禮不是她第一次踏進老宅子的門。

實際上，再恐怖的老太太也有軟弱的一面。把忤逆自己、堅持要嫁給外鄉小工人的女兒趕出家門，老太太無論如何也很難一直忍心。洛枳記得自己曾經像做賊一樣被媽媽帶去外婆家，使勁點著頭保證自己一定不會告訴任何人。後來某天不知怎麼父親就知道了，將電話打到外婆家，說要去接她。

外婆的臉因此陰沉得像是那天的天氣。

那天，就是她父親因為機器事故死亡的雪夜。

那天之後的大半年，在洛枳的記憶中就是一場曠日持久的混亂戰爭。奶奶勃然大怒，將爸爸的死歸罪於媽媽——剋夫相。媽媽大鬧工廠，在事故鑑定書出來後歇斯底里，被拉攏，也被盛淮南爸爸僱來的混混兒威脅，他們在奶奶家周圍徘徊，而媽媽則被怕得要死的小姑姑他們直接趕了出來。

洛枳看著時至今日的自己，和那個正低頭擀餃子皮的婦人，忽然有點懷疑自己是不是都記錯了，這一切是不是都沒有發生過。

她媽媽並不是一個純粹溫柔的人，生活的挫折一度將她磨礪得尖刻無情，當她得知自己的女兒在婚禮上居然還和盛淮南玩得開開心心之後，一個耳光將洛枳抽翻在地。

生活從來沒有善待過這個女人，在漫長的時光裡，她拖著一個什麼都不懂的孩子，要學的實在太多。

然而關於外婆，洛枳始終記得一件事。

塵土飛揚的小路上，外婆帶著她，在很毒的太陽下面走，一路沉默。

洛枳不記得那是要去哪裡，做什麼，只記得那樣緘默的一條土路。就是那樣，閉著嘴巴忍著太陽往前走，沙子打在臉上也不說疼，好像賭氣，卻因為太小而說不清隔閡究竟橫在哪裡。

嘴皮都乾掉了，眼睛還噴著火。

她的外婆忽然冷冰冰地說：「你在這等我。」

五分鐘後她回來，手裡握著一瓶娃哈哈、一包卜卜星——洛枳兒時一看到電視廣告就兩眼發呆的兩種東西。

她急吼吼地要撕開卜卜星的包裝袋，被外婆打了手背，呵斥道：「路上這麼髒，一會兒再吃！忍著點，能急死嗎？！」

於是她委委屈屈地拿著，繼續走，走著走著，還是樂開了花。

這個沒頭沒尾的記憶片段，一度是她心中外婆愛她的唯一證據。

「你外婆外公的那間房子，後來賣了，我們幾個兄弟姐妹還了醫藥費後平分了。但他們都不知道這個地方的來歷。這個房子是外婆心疼你，替你留下的。外婆怕她走了以後，咱們無處可去。」

原來這麼多年，她們一直住在這個老太太的心裡。

「人家都年前來祭奠的，咱們初四過來，多不吉利。」

「你非要在走之前過來一趟，我因為實習，飛機大年三十才落地，怎麼趕在年前啊？就是看一眼，祭拜哪來的那麼多封建迷信啊。」洛枳說完，坐在副駕駛座位上的陳叔叔笑了一聲。

「他們年輕人有年輕人的想法，你就別爭啦。」他回過頭對洛枳的媽媽說，得到對方不情不願的贊同。

然而，洛枳媽媽仍然堅持她的一些傳統，比如燒紙錢時要先點燃兩張扔到旁邊，省得小鬼來搶錢。

洛枳站在一邊，不由得開始嘀咕陰間的治安到底有多差。

她站在一邊，看著媽媽用鐵鉤撥弄著紙錢，確保它們充分燃燒，然後不斷地嘮叨著希望洛枳的父親原諒，讓他放寬心，她絕不是扔下了他和他女兒。

洛枳翻白眼，心中有些無奈的溫柔。

洛枳的媽媽每每過來燒紙都會哭得臉色蒼白，站都站不住，因此她還是堅持由自己單獨將骨灰盒送回去。她再次穿越冷冰冰、空蕩蕩的走廊，手捧著那個像冰塊一樣的小匣子，忽然想起一年前的情景。

洛枳慢慢地走著，努力尋找那次她誤闖的房間，然而處處連著紅綢的停放間像憑空消失了一樣。她轉了許久，只好認命，看著門牌號走回到她父親骨灰擺放的架子前。

然後一瞥，瞧見了窗臺邊坐著的女人。

洛枳倒吸一口涼氣，差點直接將骨灰盒扔出去。那個女人看見她的動作，連忙跑過來伸出雙手接住了。

「你小心點！」

那語氣好像比洛枳更親近這份遺骨似的。

「怎麼又是你？」洛枳訝然。

那女人這次倒沒穿得那麼嚇人，正常的淺灰色羽絨衣，毛呢褲子和黑皮鞋，仍然紮著頭巾，臉龐不再浮腫，看起來就是個正常的中年女人。

眼睛依舊很美，閃耀著舊日的年輕光彩。

骨灰盒仍然在洛枳手裡，可那女人將粗糙紅腫的手輕輕地放在盒蓋上，一遍遍地摸索著，像是再也不肯離手一樣。

很長一段時間，洛枳都沒說話，她覺得自己好像並不怎麼害怕，想問點什麼，一想一定和自己的父親有關，又開不了口。

「你是誰？」

她到底還是選擇了最簡單的問題，沒想到對方卻同時開口，柔聲問道：「你能不能讓我把他的骨灰帶走一點？」

洛枳對這個問題反應了許久，呆呆地問：「為什麼？」

「算我求你。」

「為什麼？」

「你先答應我行不行。今年祭日你們娘兒倆沒來，我天天過來轉，就想著能不能碰見你們。我知道你媽要去南方了，不回來了，他的骨灰你讓給我不行嗎？我不全帶走，我只帶走一點點，不行嗎？」

女人說著說著，竟然跪了下來。

洛枳駭然，連忙蹲下，勸了半天，她就是不站起來。

「你認識我爸爸？」

「比你媽媽早。」她漠然地說。

洛枳回學校的飛機是初五的中午，她媽媽和陳叔叔的航班比她早了兩小時，很多行李之前已經陸陸續續地通過鐵路快遞到了廣西，所以三個人都是輕裝，一大早就到了機場。

「你們倆說說話，我去抽根煙。」

候機時，陳叔叔主動離開，留下洛枳媽媽緊緊地抓著她的手，囑咐個沒完。

「媽，我只是回學校而已。你不去廣西，我也每年只能假期見你一面，現在有什麼區別啊，不就是改成了以後我每年去廣西嘛。你鬧得和生離死別似的，真愁人。」

洛枳媽媽不好意思地笑了，又絮絮地說了一會兒，才靜下來，只是拉著她的手，不知道在笑什麼。

「洛洛，你和你的那個男朋友……他是我想的那個人嗎？」

洛枳驚訝地往後一退，看到她媽媽臉上複雜的笑容，竟摻雜著不少寬容和愧疚。

「你知道？你怎麼知道的？」

她媽媽嘆氣：「你別怪我，洛洛，你高中喜歡這個男生，我就都知道。」

洛枳恍然。

她媽媽看過她的日記，不僅僅是夾在練習冊中單獨的那一張。她並沒有上鎖和藏日記的習慣，但是一直以為媽媽不會窺探。她高中是個絕佳的學生，沒有過任何不良舉動，她以為忙於生計的母親一定懶得去看這些，畢竟她的成績和舉止無可指摘。

「我一直覺得，我對不起你。」

「你還覺得你對不起我爸，對不起我外婆，對不起所有人。老天爺才對不起你。」洛枳搖頭。

「不是。洛洛，等你上大學了，我才開始反省。你原諒媽媽，我也得慢慢學著怎麼去帶孩子，怎麼去教育你、關心你。你一直就不愛說話，什麼事都藏在心裡。我三天兩頭地鬧情緒，一會兒哭，一會兒發火——是，我心裡苦，可是我連累了你。」

洛枳必須承認，客觀來講，她媽媽的確不算是個非常好的母親。她小時候戰戰兢兢，長大了對一切都漠不關心，這些性格缺陷究竟有多少和這個相關，她很難講清，可是從來沒有回頭想過什麼如果。

誰也不是生來就會當母親，媽媽和她是一路成長的，到今天，兩個人都朝著好的方向改變了，這就是好事。

好事就夠了。她想。

「你當時都快氣死了吧？那也算是殺父仇人的兒子了。」她苦笑。

「我沒生氣。」

「不可能。」

「我說真的！」她握著洛枳的手緊了緊，嘆氣道，「我當時就覺得，這都是命。你小時候，我因為你和他家孩子玩就打你，後來又……可這都是命啊。我想找你聊聊，可你什麼都埋在心裡面，我怕說不好，又讓你難過。你好不容易開朗了不少，我就想，喜歡就喜歡吧，女孩子到這個年紀都會喜歡個誰，時間長了，淡了，也就好了。」

「那要是好不了呢？」洛枳忽然覺得鼻子很酸，她轉過頭，不想讓坐在右邊的媽媽看見。

「好不了了，那就這樣了唄。」

「哪樣？你不覺得這樣對不起我爸爸？」

「那是大人之間的事。只要你健康開心，我就對得起他。」

媽媽。洛枳閉上眼睛，眼淚在臉頰上像兩條滾燙的河。

她的飛機比較晚，所以看著她媽媽一步一回頭地和陳叔叔離開，招手招得胳膊都酸了。有那麼一瞬間，她竟然有點想為她媽媽唱「妹妹你大膽地往前走」——這個離經叛道的突發奇想也只能埋在心裡了。

她媽媽如果知道她在大樓裡費了半天勁撬開骨灰盒，幫別人偷自己父親的骨灰，恐怕不會這麼安心地上飛機。

那是一個她不希望媽媽知道的故事。青梅竹馬，兩相情願，只因為男方的媽媽想要攀附另一家，為家裡的幾個孩子安排工作和落戶口，才被硬生生拆散。女方墮胎，孝順的兒子乖乖地和介紹的對象結婚。老婆生了女兒，要讓孩子跟外婆姓，把他媽媽氣得發瘋。家中一對婆媳為孩子的姓氏吵得天翻地覆的時候，他滿心苦悶地跑出門，去別人家為初戀的苦命女人換煤氣罐。

骨灰是死的東西，靈位只是一塊賣得格外貴的塑膠。

因為活人的思念，這一切才有了意義。

洛枳裝了小半袋骨灰，說：「不要再來了。你帶走吧。」

她看著那個女人離開，也看著她媽媽離開。這個故事將隨著她對父親模糊的記憶一起遠去。當初她沒能守住自己的日記，讓它將自己的祕密透露了個遍，卻一定要守住她媽媽的堅持。

她的父親，很有可能並不愛她的母親。

但是這個懷疑只放在她心裡就可以了。

如果不是愛，怎麼能讓一個女人為了他的死討公道，包裡放著剪刀和滿街的混混兒對峙。

所以，不可以不是愛。

過去的就過去了，未來，她會給媽媽和自己幸福。

# 第90章　北京，北京

整個校園丁香搖曳的時候，初夏就來了。

江百麗常常會更新些她在青海和犛牛的合影。據說那個她看上的男生剛到當地沒幾個星期，就為了一份大公司的工作回了北京，從此杳無音信。然而洛枳並沒看到江百麗太過沮喪，她說有心事就可以哭給犛牛聽。

「我才發現我大一時多悲劇，」江百麗在簡訊中寫道，「你永遠連個P都不放，人家犛牛偶爾還能叫兩聲回應我呢。」

洛枳偶爾會收到丁水婧的簡訊，照例是和信件一樣沒頭沒腦的感慨和抱怨。不同的是，現在她基本都會回覆。她也曾經和許日清、張明瑞一起去798藝術區玩，當然，是分別去。

她換到了一家世界五百強公司的法務部實習，由於尚未畢業不能考註冊會計師，她不得不到安徽蚌埠一類對報名資格要求不嚴的地方去考試，因此閒暇時間基本都用來念書，倒也安心自在。

有時候也會和朱顏互通e-mail，和兩個小孩子影訊聊聊天。

卻從不提盛淮南。

所有人都說，洛枳變了。她開始擁有許多朋友，變得愛笑，變得隨和。

一個星期六的下午，洛枳正要結束加班，手機忽然丁零零地響起來。她以為是機票代理公司的回電，看都沒看就接了。

「喂，你好！」

「洛枳。」

白色冷光，收件匣旁邊43封未讀郵件的標記，高跟鞋深陷進地毯的觸感，旁邊印表機吐紙的聲音，會議室玻璃幕牆外來來往往、健步如飛的同事的側影……

這些麻痺和保護她的屏障，隨著電話邊的呼喚，瞬間土崩瓦解。

洛枳還沒走到地鐵出口，就望見了盛淮南。

白淨的青年站在出口處刷卡機的旁邊，身影隱沒在來往人群中，有些消瘦的臉龐上冒出青青的鬍碴，看見她，就彎起嘴角，笑得像暮春的風。

她快步走過去，卻不得不沿著護欄繞彎路。他就在人群後面，跟著她的路線走，中間隔著護欄和攢動的人頭。他們像在河的兩岸亦步亦趨，從縫隙中瞥見彼此的身影一晃而過。

洛枳終於站在了他面前。

一小時前，在電話裡，盛淮南問她：「你知道什麼地方可以看看北京嗎？」

洛枳竟覺得那聲音來自另一個世界。

她抬頭看了看牆上的掛鐘，溫柔地說：「是，我知道一個地方，可以看到北京。」

時隔那麼久，他們沒有談起近況，也沒有問候彼此。

竟然在聊北京。

下午五點半，景山。

他們像一對普通的前來觀光的遊客情侶，只不過沒有手牽手。不怎麼講話，卻並不生疏，彷彿這中間的種種都被暫且擱置，絲毫不影響他們直接拾起此時此刻。

洛枳並不是第一次過來，所以她走得比較快，帶領他穿梭在人煙稀少的園子裡。這個公園實在不大，沒什麼特別好看的景致，開門即見山，山也矮得出奇。沿著石階梯走上去，只要十五分鐘就能登頂。

中國所有的山頂，都不過就是個亭子。

「聽說這山腳下有棵樹是崇禎自縊的地方，可我不知道是在哪裡。」

「你說，皇帝自殺的時候在想什麼呢？」盛淮南問。

「我怎麼知道，」洛枳笑，「兵敗如山倒，又是個一生都高高在上的人，心裡想什麼我們怎麼會知道。不管是什麼，無非是絕望吧。」

無非是絕望。

她自知失言，又覺得他不會那麼脆弱，因此只是閉上嘴巴，並沒再說什麼來寬慰。

高跟鞋踢踢踏踏，在粗糙不平的花崗岩石階梯上卡了一下。她驚呼一聲，向後一仰，幾乎朝下面倒下去，幸虧盛淮南穩穩地扶住了她的腰。

洛枳心有餘悸，盛淮南若有所思地打量著她的衣著：「你今天也上班？」

「嗯，加班。」

「這鞋怎麼爬山啊？」

「山又不高，都是石階梯，我小心點就好了。」洛枳說完，將左腳退出來一點點，發現腳後跟的地方果然已經磨出了血泡。

盛淮南皺皺眉，不聲不響，走到上一級臺階，緩緩背朝著她蹲下來。

「我背你。」

她怔在原地，他回過身朝她笑：「快點呀，別磨蹭！」

洛枳脫下鞋子，拎在手裡走過去，輕輕地伏在他背上。少年的身上不再單純是洗衣粉的清香，還有年輕的汗水的味道。洛枳全身的重量都壓在他的後背上，下巴搭在他的左肩窩，心口熨貼得發燙。

狹窄的石道盤桓而上，直到石階梯越發寬闊，亭子遙遙可見。她手裡的高跟鞋隨著他的步伐一搖一晃。

她開始穿高跟鞋，開始改變，開始變得平和，開始接納不同的人進入她的生活，交朋友，開玩笑，不再將每一次的得失放在尊嚴的天平上左右衡量。

這都是好事。

可都不如這條路走不到盡頭。

到達山頂時，恰是夕陽西下。

亭子四面都有扶欄和木質長凳。他隨便找了一個方向，先將她放到椅子上坐下來，然後才坐到她身邊。整個亭子裡只有他們兩個與一位把腿架在護欄上一邊壓一邊吊嗓子的大叔。大叔穿著的確良[3]的半袖襯衫紮在皮帶裡，旁若無人的自得樣子也感染了盛淮南，他的臉龐在夕陽的餘暉下突然有了生氣。

「我以為只有早上才適合開嗓呢。」他笑。

「我們朝的是哪個方向？」洛枳沒有理會他，正獨自犯糊塗，大叔忽然止住了歌喉，指著西斜的太陽說：「姑娘，你讓我說你什麼好啊。」

洛枳連忙垂下頭去，盛淮南終於開懷大笑起來。

她光著腳，在空中搖來晃去，姿態倨傲而天真，靠在他肩上，看著夕陽一點點融化在高樓和雲霧中，散成一片曖昧的火燒雲。

天空另一邊已經有星星亮了起來。

「我來過這裡，很認真地對著地圖辨認過的，我來講給你聽！」她面向絢麗多姿的霞光，背靠沉沉逼近的灰藍天幕，突然張揚起來，笑得毫不保留。

「好。」他鼓勵地笑著看她。

「你看。」

「南邊是故宮，故宮的更南邊能看到長安街，由東向西，長得望不見盡頭。」

3 的確良：聚酯纖維（polyester），具有輕薄耐磨、易洗快乾、不變形的優點。

「西邊能看到西單，你用力望，說不定能在地鐵附近大十字路口的人群中，找出汗流浹背地等待紅綠燈的我。我們的學校也在西北，太遠了，這裡看不見。我有時候都懷疑，那個銅牆鐵壁的大工地究竟算不算北京的一部分。」

「東邊能看到國貿[4]，一片繁華。我們院的很多學長學姐天天在那個區域忙忙碌碌，也許我們能看到。」

「北邊有一條鼓樓大街，東西走向的街在眼前匯聚，像Y字形，下面這南北走向的一豎就和我們所在的景山以及南邊的故宮、天安門連成了一線。」

它就在這裡，全部都在這裡。

她絮絮地說著，將自己能夠辨認出來的都說給他聽。直到晚風習習吹沒了斜陽，直到吊嗓子的大叔不知道什麼時候消失不見，天空安靜下來，長安街上的燈一盞盞亮起。

天安門、人民大會堂，還有好多她分辨不出的，雄偉壯闊的，雖然在北京待了兩年卻從沒看過的地點。

那裡永遠人滿為患，攢動著無數對北京有著好奇和夢想的人，在各種並不好看的建築和雕像前排著隊，比著V字手勢，留下與這座城市有所瓜葛的證明。

然後有些人選擇留下，有些人只想要看一看，也就滿足了。

她不知道那裡是不是北京。

4 國貿：中國國際貿易中心，北京市最繁華的的地段之一。

國貿、西單的燈也亮起來，高樓林立，各自為政，像兩群冷漠的、背著手的人，遙遙地東西相對。霓虹燈流動著光彩，不知道是不是這座城市賴以為生的血液。

於是那裡算北京嗎？

北京是眼前這片夜色下漆黑如海洋的故宮？

又或者，北京的未來的確在西北方看不到的角落裡，因為那裡有無數為了征服它而來的年輕人？

還是在她永遠不會熟悉得如數家珍的胡同裡，在三輪車大叔穿梭而過的後海沿岸，在紫禁城城牆下遛鳥、拉二胡、談時事的馬扎上？

他們還能去哪裡看北京。

「我師兄告訴我，國貿附近有一座很高的建築，那裡最高層的男廁所的小便池，」她不好意思地頓了頓，繼續說，「是面對一塊玻璃的，落地窗，可以看到非常美的北京的夜景。」

盛淮南大笑起來：「那真的會給人一種尿了全北京的感覺。」

洛枳拍手大叫：「對，就是這句話，他們常常會在鬱悶的時候說：『走啊，尿北京去！』」

這不大雅觀的話，竟讓兩個人都興奮起來了。

「我沒想到，我會這樣離開北京。」

盛淮南著了迷似的看著四面八方的萬家燈火，聲音低落，卻不太傷感。

洛枳從朱顏的 e-mail 中得知，他們最終設法辦好了手續。在盛淮南媽媽的強烈要求下，他還是順從了她的心願，準備隨朱顏前往新加坡，並在當地申請大學。

「這樣沒什麼不好，我相信塞翁失馬焉知非福，尤其當主人公是你的時候。」洛枳真誠地說。

他感激地笑笑。

「你這一年，都在做什麼呢？」洛枳輕聲問。

盛淮南並沒有回答，反而站起身，走到她面前，鄭重地說：「我今天來找你，是希望能代替我的父母，對你和你的媽媽說一聲『對不起』。」

洛枳沒有看他，也沒有露出一絲驚訝的神情，只是看著遠方，輕輕問他：「你都知道了？」

「我那時候回家為爺爺奔喪，是眼看著我父親被從家裡帶走的。對他們不利的證據太多了，我媽媽甚至一個都沒有和我提，可能是不希望我看到他們太多不堪的一面吧。雖然我早就看夠了。」

洛枳不知道是否曾經有人看到過這樣的盛淮南，坦誠而不脆弱，像是終於要將一切攤開來給她看。

「是我自己去問了很多當時和父親關係還不錯的叔叔、伯伯才知道了大概。當然，說是很多，實際上都給我吃了閉門羹，最後只有一個人見了我。」

盛淮南的肩膀瘦下去很多，他背著她的時候，洛枳就已經能夠感覺到肩胛骨刺著她的喉嚨。

「我媽媽得了甲狀腺亢進，瘦得嚇人，眼睛也凸出來，精力充沛得很，沒日沒夜地在家裡哭。我當時提著禮品跑去問所有可能幫忙的人，無一例外吃了閉門羹。爸爸的事情結束了，沒有任何餘地，但是我想要救救我媽媽。她只是個大夫，這麼多年，這些事情她一直努力地攔著我爸爸，只是沒有成功，畢竟那是她的丈夫，和她已經好幾年不說話的丈夫，她……我不希望她什麼都沒有了，還要付出這種代價。」

盛淮南搔搔頭，嘆口氣，有些尷尬地笑了。

「可是我沒這本事，我連這種事情該找誰、怎麼求人都不會，站在人家社區的保安室，被人奚落得像個傻子一樣。世態炎涼。我這才知道，我的那些所謂的優秀和能力，都是建立在一個安穩的基礎之上，一旦毀掉，我只是個白痴而已，連怎麼求保安通融都不會。」

他說話的聲音依舊很好聽，帶著一種少年的昂揚和乾淨，即使說起再難堪的事情，也依舊帶著一種輕描淡寫的味道。

輕描淡寫得讓洛枳不敢深思。

「最後我終於抓住了救命稻草，結果把自己的學位都丟了。我媽被氣得吐血，直接昏過去了。不過幸好，學位的犧牲也算值得，最後她沒事了。」

「她好了之後，我就和她提到了你。我說我需要去趟北京，給你個交代。她聽完之後想了一會兒，竟然又昏過去了。」

盛淮南輕笑一聲，搔搔頭。

「後來，後來都是朱顏告訴我的。」他也叫她朱顏，而不是姑姑。

「我這才去問了我媽媽。她承認了，當年是我爸爸負責採購的，吃了好大一筆回扣。那批機器問題很嚴重，其中有幾臺幾乎都是要報廢的。你爸爸的意外，是機器的錯，也是我爸爸的錯。」

然而，最終事故被認定為操作失誤，擅離職守，責任歸於洛枳的父親。

盛淮南停頓了很久，深吸一口氣，慢慢地說：「是他太貪婪無恥，輕賤人命。」

「我能做的，也只是代替他們對你和你媽媽說『對不起』。」

男孩字字認真，眼睛裡倒映著遠方的燈火，像是隨時會熄滅。

那是他的父親，再是非分明，再鐵證如山，也像是讀了一個別人的故事，然後用故事中那個陌生男人的貪婪和無恥去形容心中那個依舊感情深厚的父親形象——洛枳心中五味雜陳。

「好，我代我媽媽接受。」

她也十二分鄭重。

「你本人應該承擔的，已經都完成了。」

盛淮南輕輕握住她的手，洛枳發現那雙手不復以往那樣溫暖乾燥，就像是抓住救命稻草的落水者的手。

她只有將他握得更緊。

「直到現在，我仍然覺得這像是在聽別人的事情。雖然我心裡知道，生活中的那些便利，過於輕易的機會，甚至包括上下學接送的車，都是規則之外的，然而也真的就習以為常了。我知道，他不是完全剛正不阿，甚至欣賞他很多時候的變通之道。可我從來沒想到，這種事情，竟然真的都是他做的。」

洛枳知道說出這些簡單的句子，對他來說有多難。她輕輕撫著他的後背，直到他僵硬的肩膀慢慢地鬆弛下來，側過臉，朝她感激地笑笑。

「回家的那段時間，以及被取消學位了之後，我沒聯絡你。我知道你在找我，只不過，我最不想面對的人就是你。」

「我知道。」

「我害怕你同情我。」

「在你心裡，同情就等於瞧不起吧？」

「瞧不起也不行，同情也不行。我也不知道我希望你怎麼對我，尤其是我都不知道怎麼對自己的時候。」

洛枳聽見直升機的聲音，夜空裡的蜻蜓飛過幽暗的紫禁城。

「尤其是朱顏和我說了這件事情後，我就更不明白了，你既然都知道，為什麼和我在一起？有時候我突發奇想，會覺得你是不是在準備給自己的爸爸報仇呢？當然，我的這種想法太傻了，可是我真的不懂。」

「那你現在出現，是因為想清楚了？」她沒回答他的問題，卻反問道。

盛淮南有些迷惑地抬起頭去看在頭頂上方盤旋的螺旋槳：「我不知道，就是突然特別想要見你。」

就是突然特別想要見你。

「就是這樣啊，我也沒有什麼理由，」洛枳笑，「我和你在一起，只是因為我愛你。」

盛淮南神色怔怔，風將他的T恤吹得鼓起來，像是下一秒就會飛走。

「洛枳……」他只是叫她的名字，什麼都不說。

洛枳突然站起來，光著腳踩在地上，背靠圍欄，面朝盛淮南，笑得滿足而愜意。

「小心著涼。」

「沒那麼嬌貴，我小時候跟別人打架，可是互相掐著脖子一路滾進泥坑裡去的。」

盛淮南聽到這句話，從剛剛搖擺的情緒中脫離了出來，笑道：「得了吧，別吹牛了。」

「我打架很厲害的。」

「哦，是嘛。」

「誰都可以不信，只有你不能不信。」

「為什麼？」

洛枳的長髮迎著風，一絲絲滲進夜裡。她笑容明亮，走近他，雙手輕輕扶住他的雙肩：「因為當年要是沒有我，他們就真的把你的腦袋按進水坑了，皇帝陛下。」

盛淮南怔怔地看了她一會兒，忽然站起來，衝過去用力將她抱在懷裡。好像一直以來用語言無法消弭的隔閡與防衛、懷疑和搖擺，都可以用原始簡單的擁抱，以最自然的方式彌合。

洛枳知道，彼此身體裡陰涼的毒最終都會被他皮膚傳達的溫暖一點點蒸乾，再度變得透明澄澈。甚至情慾也可以是乾淨平和，像一條河流，她說不出來的心事，終究會流向他。

「皇帝陛下，我終於能說出來了。」

# 第91章 橘生淮南

「我從來都沒有把肥肉擺在凳子的橫檔上，也沒有和人家女主人說過那樣的話。」

「我也沒有練成用三根筷子吃飯。那只是因為我喜歡你，聽說過，才去試試的。」

「那年那場大雨，我本來在宿舍，是你問我有沒有被雨困住，我才跑了出去。」

「我對你還撒過什麼謊，我現在都已經想不起來了。我想，我應該跟你道個歉吧。」

「但是我撒謊，只是因為我喜歡你，我也希望你能喜歡我而已。」

洛枳緊緊抱著他，臉頰貼在他的胸口上。她閉著眼睛，多年來所有沉積在心中的故事此刻一個個浮出水面，像一盞盞燈火，絲毫不遜色於北京的夜。

「在高中認識你以前，我一直在想，我一定要比你強，這樣我媽媽就不會再生氣了。我把你想像成特別猙獰的壞人的兒子，我成績要比你好，要學會很多能展示的才藝，以後一定要比你出名、優秀，這樣媽媽就會覺得老天有眼。可是越這樣想，越能想起當時你跑過來找我玩，跟我說『奉天承運，朕要娶她』。你是個多好的人。」

「可你的名字還是出現在報紙上、傳言中。優秀少年先鋒隊員、優秀班集體發言代表、競賽金牌。

我到現在還記得，有天我在報紙上看到你參加希望英語大賽的一篇很短的採訪，嚇得把整捆報紙都扔下樓了，差點砸到人。」

「謝天謝地，中考我考得特別好，全市前十都沒有你的名字，你考砸了比我自己考好了還讓我開心。」

「直到後來，我遇見了你。」

「我什麼都知道，可我還是喜歡你。」

盛淮南靜靜地聽著，緊緊地抱著她，下巴蹭著她的頭頂，聽了半晌才輕輕地說：「洛枳，我真希望我能重新成為以前你喜歡的那個盛淮南。」

洛枳怔住了。

她一直絮絮地說著，曾經的盛淮南有多麼優秀，她又是如何執拗地去接近那個優秀的盛淮南，卻無法讓現在的他相信她仍然會將這份愛堅持下去。

「謝謝你曾經這樣愛過我。」

「不是曾經。」她出聲糾正。

「現在也是。可未來未必是。我沒辦法保證我還能是你喜歡的那個人。你現在這樣喜歡這個人，以後就未必了。我不希望你後悔。」

她知道盛淮南說的都是對的。如果他家沒有倒，他畢業後也一定是要出國讀書的，她面臨的將是家庭和距離的阻隔。那時她尚且不怕，然而現在，天塹明明白白地橫在盛淮南的眼裡。

她想給他承諾，卻沒有辦法說出口。過去再如何綿厚，也無法撫慰現在的他。

輕飄飄一句「無論如何我都永遠愛你」就足夠了嗎？失信的人，未免太多。

洛枳想起朱顏說的，你們小年輕有信念，是因為天真。

她多麼希望，他們都是天真的小年輕。

他們就站在北京的中心，東南西北的高樓拔地而起，帶著流光溢彩，將一切吞沒包圍。

身後的鼓樓大街如一條Y字形的血管，車燈連綴，璀璨奪目。

不知道多少個夜晚，多少個失意的人站在這座帝王歸魂的山上，看著北京。

他們終究還是什麼都沒說。

三天後，盛淮南飛離北京。

洛枳並沒有去送他。她坐在辦公室裡，焦頭爛額地調整著下午會議需要的ＰＰＴ，抬起頭的時候，十點十五分，她愛的人已經飛走了十五分鐘。

她不知道十五分鐘能飛到怎樣的高度，是不是已經穿越了雲層。

「盛淮南，再見了。」

洛枳喃喃著，說給印表機聽。

洛枳發現自己並沒有太難過。她已經度過了一整年沒有盛淮南的時光。他驚鴻一瞥地出現，然後消失，就像某個夜晚做了夢，睡醒後第二天站在地鐵裡，聞著滿車廂韭菜雞蛋餡餅的味道，傷心都假得像劇本。

她的愛情開始時是個祕密，當祕密揭開，愛情也結束了。

只不過，他離開的這天下午，結束了工作的洛枳踩著高跟鞋疲憊地穿過圖書館背後的園子時，忽然感覺到一種無法形容的鈍痛趴在背上，隨著她的步伐，搖搖晃晃。

那個園子曾經住滿了各種大師，現在因為故人仙去而漸漸空下來。從熙熙攘攘的校園裡踏入低矮圍牆隔開的世界，外面浮躁的暑氣忽然就消散了，鬱鬱蔥蔥的樹木遮蔽了毒辣的日頭，一座座老房子在靜謐的過去佇立，懷念著它們的主人。

她曾經常常和盛淮南牽著手，從這個園子一路穿過去，一邊對著門牌號辨認曾經有哪些學者大師住在這裡，講著舊聞，悠悠閒閒地路過。

洛枳看到一隻流浪貓，輕巧地跳上圍牆，往她身後的方向看。

於是她也回過頭。

透過背後不高的圍牆，洛枳看到一扇綠色紗門被一位滿頭銀髮的老奶奶推開，露出因為高堆書叢而顯得過分擁擠的走廊。院子裡，一位老人坐在石凳上，看到老伴兒走出來，就站起身，拄著拐杖緩緩走到門前，顫巍巍地遞過一枝盛開的丁香。

丁香在夕陽的映照下，如雪一樣白。

老奶奶微微笑了一下，接過來。

洛枳看著看著，就淚眼模糊了。

那是她法學院雙學位的一位教授。文化大革命時期，他是知識份子臭老九，連累了自己的夫人。那時離婚的人何其多，在那個人性扭曲的時代，渺小的個人為了避禍，做什麼樣的事情都有可能，離婚更不算什麼。

然而夫人一直沒有同意。

「她當時對我說，我們只考慮著分開對彼此好，從來沒有想過，如果在一起，對兩個人有多好。」

當時洛枳聽到這句話，拿出日記本認認真真地記下來，盛淮南卻在一邊感慨，可惜太多人都不是能夠共患難的人。

洛枳和盛淮南，也不過就是「太多人」。

她穿越十多年的歲月，抛下上一代的糾葛，突破心靈之間的屏障，最後仍然做了「太多人」。

他認定她的愛情來自於仰望和欽佩，所以當他覺得自己不配，她的愛情也就失色了。她只知道不能用不確定的空口承諾去留住他，只知道求朱顏帶走他是對他好，讓他重新被全世界喜歡，哪怕再也無法見面。

他們從來就沒有設想過，如果真正在一起扛過去，會怎樣。

當她終於敢去承諾，他已經在千里之外，再也沒機會古稀之年在自家院子裡站起身，顫巍巍地遞給她一枝花。

她就這樣在人家的門口巴巴地望著，像一個吃不到糖的孩子。

「洛枳。」

她回過頭，那個曾經讓她心心念念的少年就站在斑駁的樹影下，襯衫上是零碎的陽光，書包扔在腳下，正看著她笑。

笑得就像從來沒有離開過，像是她在做夢。

你為什麼在這兒？

洛枳沒問出口，她害怕答案只是航班取消明天再走一類的答案。

「我不走了。」

他說。

洛枳撲進他懷裡，泣不成聲。他輕輕拍著她的後背，像是在笑她失態。她側過臉，看到院子裡的兩個老人也正看著他們，笑得慈祥而鼓勵，她反倒控制不住，哭得更大聲。

「你問我這一年在做什麼的時候，我沒敢回答你。其實我媽媽病好後，我就一邊準備SAT一邊到中關村科技園區這邊來做事了。一個認識的師兄以前一直希望和朋友一起開家專門做學生機的公司，但是朋友跑去讀MBA了，我大半年都在幫他的忙，聯繫各個學校的電腦協會做仲介，最近還打算幫他做個網站，試試數位類產品的網路銷售……」

他停頓了一下：「可是，這種事情風險太大，在我媽媽看來，也不是正途。當然，她想什麼不重要。重要的是，我發現在我心裡，以前從來都以為自己不介意的名校、獎學金和種種與之關聯的一切，現在都變得閃閃發光起來。」

「其實，你的日記在我手裡。我從那個丁什麼的女同學手裡要了過來。最難過的時候，我就看著它，一篇一篇地讀，從字裡行間看到了以前的我自己，還有你。申請的事情有了眉目之後，我就很開心，覺得那本日記裡寫的那個人又回來了。」

他從包裡拿出洛枳無比熟悉的那本破舊的筆記本。

「我想幾年以後重整旗鼓，重新做一個優秀的人，走在『正途』上，給我媽媽些信心。更重要的是，我可以有信心再站在你身邊，你會發現一切都沒有變，你的男朋友還是一個走到哪裡都拉風的人。」

他開著自戀的玩笑，眼睛裡卻全是真誠。

「但是上飛機前，我發現，我永遠不可能是那個用小聰明和優越感生活的人了，更重要的是，我希望能和你在一起。雖然我不想拖累你，但是，你未必討厭我拖累你吧？」

洛枳拚命搖頭。

「我記得去見你的前一天晚上，我自己扛了一個24吋螢幕加一個主機殼往中關村走，累得快要虛脫了，就站在天橋上休息。當時看著那個十字路口黑壓壓一片等待過馬路的人群、四周和我毫無關係的大樓，我突然很想你。那時候我就想，不管自己現在是什麼德行，一定要問問你，願不願意……」

他停下，不好意思地笑：「見到你，卻又改了主意，覺得自己沒資格接受你這麼多年的期待。」

「我期待什麼了？」洛枳忽然生氣地大喊起來。

從這份感情在暗無天日的內心深處滋生的那一刻起，她期待的就只是能和他在一起。他是盛淮南，傾注了她多年感情的盛淮南。退學也是盛淮南，變成窮小子了仍是盛淮南。

你再弱小也是你，別人再強大也是別人。

她揪著他的領子，眼淚不值錢地往下滾。

盛淮南很久才聲音艱澀地說：「我可提醒你，我什麼都沒有。」

洛枳笑了。

「還好，我喜歡的一切還都在。」

儘管她仍然不知道那「一切」到底是什麼。

他輕輕擁著她，對她說著自己未來的計畫，說朱顏支持他的決定，也同意借錢給他讓他入股，說他對學生電腦網路銷售和校園代理的想法，說他媽媽聽說他不去新加坡了之後又昏倒了，說他搬電腦練得肱二頭肌特別壯……

天南海北，不著邊際。

洛枳滿足地聽著，看著夕陽消失於圍牆的盡頭，天幕沉寂下來，貓咪在圍牆上跳上又跳下。

彷彿能聽到地老天荒。

然而地老天荒不是容易的事情，勇敢和天真永遠是孿生兄弟，她不知道他放棄的機會最終會證明他們是勇敢還是天真，但她願意相信，兩個人在一起，最終總會扭轉命運的手腕。

在提出一切現實的悲哀之後，在面對一切客觀的絕望之後，仍然決意要一起走下去。

無論兩雙腿能走多遠，愛情的眼睛從一開始就在眺望著永遠。

盛淮南注意到洛枳的沉默，有些擔憂地問她：「在想什麼？」

「我在想我們。」洛枳微笑著說，摟緊了懷中那個將她的祕密公布天下、周遊天下才回到手中的日記本，像摟緊了所有復返的少年歲月。

「我在想，如果有可能，我一定要跑回去，告訴高中時那個孤單的女孩子，別難過了，快點兒長大吧，長大後，你就能遇見我了。」

我在這裡，你喜歡的那個男生，也在這裡。

我成了很好的人，然後拉著他一起，成為更好的人。

快過來找我們吧。

## 後記
# 時間的女兒

西方有句諺語，原文我記不清了，翻譯過來大概就是：「真相是時間的女兒。」這個故事寫下結局一共花了接近四年的時間。這四年時間錘鍊的恐怕不僅僅是我這個業餘寫作者的文筆和架構故事的能力，更是直接地作用在了我的生活中，改變了我的心態、處世態度和對感情的看法與期待，而這一切，才是這個故事的靈魂所在。

不少人都問過我：「你是洛枳嗎？你也遇到過一個盛淮南嗎？這是發生在你身上的故事嗎？」

答案全都是否定的。倒不如說，我從自己的真實生活中提煉出那些與其他人相似的、卻又轉瞬即逝不易被人銘記的情緒和感慨，以這一切為核心和基礎，去架構一個完全虛構的故事，去注入人物當中，讓他們所有人看起來就像曾經在你身邊走過。

這是我努力的目標，不知道在這個故事中做到了多少。

我想許多人都曾經暗戀過一些人，有些時間格外漫長，像洛枳一樣，導致那份純粹的感情到最後都產生了自我懷疑；有些人則心直口快，短暫地觀察和蟄伏之後便放棄，或展開告白追求；有些人愛的男孩像盛淮南，優秀高傲，平易近人卻隔著千山萬水；有些人愛的男孩，別人怎麼都看不出他哪裡好，如果說出口恐怕會得到一句「不是吧，你什麼眼光」，心裡也很清楚他沒有那麼好，可不知怎麼就是放不下……

包括我自己，我不是洛枳，但我一定是「有些人」。窺視過，打聽過，掩飾過，若無其事過，黯然神傷過，毫無理由地竊喜過，自我厭惡地試圖放棄過。

再如何耿耿於懷，也會在時間和際遇的沖刷下褪色。經年之後，感情不褪色，那個人也褪色為背景了。

但是時間沒有白過，感情也從來不會水過無痕，你一定是短暫地，或者長久地改變了，也許朝著好的方向，也許留下了不怎麼美好的印記。可我相信總歸是好的居多。感情讓人不再像一截喘氣的浮木，無論你是否得到想要的結果，總能順便得到點別的。

《你好，舊時光》之後，有朋友問我：「你會不會有這種感覺，一旦那些你放在心中念念不忘的故事落在了紙上，就好像將它們從記憶裡轉移了一樣，之後就會忽然覺得有些想不起來了？」

我仔細想了想，似乎是這樣的，雖然我不是將心裡的故事和記憶按照原樣拿出來，而是改得面目全非，甚至有時自己都不記得某些語句和情節究竟可以映射到哪裡，然而，真的一落到文字上，它們就離我遠去了。

我很高興，隨著這本終於落下帷幕的《暗戀》，我的暗戀也終於離我遠去了。

這樣說並不準確，其實我自己的暗戀早已放下多年。雖然有些疑惑，但也早被時間解開。

大學三年級一整年在東京做交換生，學校的一些專業課只能挪到大四再修，加上秋冬季校園招聘，一派手忙腳亂，焦頭爛額。記得一次面試結束，心情極度抑鬱的我在回學校的路上突遇大雪，被風吹得搖搖晃晃，終於衝進校門，趕緊跑到小路邊上的奶茶店點了一杯燒仙草，然後就哆哆嗦嗦地在門口等。

這時聽到自行車倒地的聲音，回頭就看到了我曾經暗戀很多年的男生和他的女友一起摔在地上。那是個陡坡，自行車上坡起步很難，何況是帶著一個人。他曾經也用自行車帶過我，沒能帶起來，我不好意思地說：「我太重了。」他不好意思地說：「不不不，是我太笨了。」

現在想來仍不覺莞爾。

這時，我就聽見他衝女友吼：「說不讓你這時候跳上來，你偏要這樣，摔死我了！」

哦，現在你們肯相信了沒？我真的沒有遇見過盛淮南。

我一瞬間就想到，如果是我，可能這時候就冷著臉，對他道個歉，然後拎起包轉身就走吧？——你居然敢衝我吼？！

然而他的女友一歪頭，笑得很甜地說：「我想讓你帶我上坡嘛。」

他依舊沒好氣，卻不再堅持，板著臉說：「哦，上來吧。」

那時候，我真的是在他們看不到的角落從頭笑到尾，服務員小哥遞給我燒仙草的時候，我都還在傻笑。一對很有愛的情侶，一個聰明的、懂得如何去維持關係的女生，和一個還算珍惜的男生。

有些親密不屬於你，有些人是錯誤的。即使你擁有了，也終究會將一切搞砸。

我看到了時間的女兒在朝我微笑。

那麼說回洛枳和盛淮南，以及書裡所有的人。

我放下自己的暗戀是在大學二年級時，然後才開始動筆寫這本書，而這本書在近四年後的 2011 年才終於結束。由此可見，我從來沒想過透過洛枳和盛淮南來實現自己的什麼夢想，也沒想過用他們的好結局來實現你們的夢想。

你們的夢想應該是一個對的人，一段健康穩固、親密美好的關係，以及共同變得更好的努力方向，而遠遠不該是暗戀開花結果，雖然這很美好。

洛枳和盛淮南早就成了我的兩個朋友，我在他們身上看到了一部分的自己，但更多的，我只是簡單地寫這樣的兩個人的故事，寫他們的改變、頓悟和成長，寫他們應有的結局。我喜歡書裡的每個人，他們並不完全美好善良，但都是在努力地執著地追求點什麼，並在適當的時機學會放棄點什麼。

四年過去了，我直到現在才落筆，是因為我覺得現在有能力和足夠的眼界來階段性地完成結局了，否則是對這群人的不負責任。我不喜歡超出自己生活閱歷的高談闊論，也不喜歡超出現實範圍的理想意淫，但更不喜歡因為懂得一點現實的黑暗和無奈就粗暴地斷絕其他人不妥協的希望。

我想，我終究對得起我這兩個不可愛的朋友。

未來仍有很多變數，但既然是他們兩個，我相信就沒有問題。

我對自己都沒這麼信任過。

我仍舊會寫少年的故事。因為我曾經是，所以我永遠懂得。隨著我本人年齡和閱歷的增長，我想我有能力將那段歲月和青春寫得更好，無論是深度還是廣度，我都有信心對得起它。

素昧平生，如果你讀我寫的少年，看到了你自己，原諒了你自己，也原諒了別人，我想這真的就是最奇妙的緣分了。

祝大家萬事如意。

八月長安

二〇一一年十二月十二日

## 番外之一　柳條公園

鄭文瑞衝上臺的時候，所有人都炸了。

剛下去一個當眾求婚的，莫非還要來一個當眾表白的？連主持人都懵了，一個躲閃不及，麥克風就被鄭文瑞奪走了。

不過麥克風有些故障，她「喂喂喂」了幾聲都沒有反應，這倒給了臺下觀眾反應的時間。一時口哨聲、歡呼聲齊飛，連坐在第一排的評委們都忍不住頻頻回頭去看一片歡騰的會場，外請的明星都在笑，本校的領導們臉上更多的是尷尬。

愛看熱鬧的小師妹幾乎要站起來，用手肘不斷地碰張明瑞：「師兄，你看你看！……師兄，你怎麼了？」

張明瑞怔怔地望著燈光裡那個一邊躲避工作人員的圍堵一邊忙著敲打麥克風的胖姑娘。

他忽然猜到了鄭文瑞的真正意圖。

張明瑞第一次遇見鄭文瑞竟然是在宿舍門口。

不是大樓門口，是房間的門口。

正是大二結束的夏天，走廊裡滿是半裸的大小夥子，有的甚至接近全裸，笑嘻嘻地從公共浴室走出來，一看到路中央擋著一個冷面女生，紛紛慘叫著躲回去。

女生視若無睹，平靜地將目光移回到面前同樣用門板擋著大半個裸體的張明瑞身上。

「盛淮南搬走了？」

張明瑞點點頭。

「所有東西都搬走了？」

「沒，有些他說用不上了，就扔這了，讓我們幫忙丟掉。」張明瑞忽然想起來，「對了，你是……你找他有事？要不要我幫你跟他說一聲？」

「你能聯繫到他？」女生的三白眼終於有了點光澤。

張明瑞這才想起來，盛淮南囑咐過他，不要讓洛枳找到自己。這個女生也許是洛枳派來的。他為難地咧咧嘴：「他不接我們的電話，說了近期有事要處理，不想聯絡。」

這倒是實話。張明瑞從害得盛淮南作弊被抓的師兄口中聽說過他父親出了事，無暇分神，連散夥飯都沒吃，就拎著行李離校了。

真是屋漏偏逢連夜雨。張明瑞內心湧起一絲難過。

女生沒有過多糾纏，上前一步：「他扔下什麼東西了？我看看行嗎？」

雖然是請求，可疑問句的語氣是下沉的，根本容不得商量的樣子，張明瑞被她盯得都有些心虛了。怎麼會有人長著這樣的眼睛，應該去讀刑偵專業。

張明瑞尷尬地笑了笑：「倒也不是不行，不過你得稍等我一下。我沒料到是女生敲門，你好歹讓我穿上條外褲再讓你進來。」
女生冷淡地點點頭，依然直直地盯著他。張明瑞連忙關上門，用「光速」套上了一條到膝蓋的運動短褲，拿起T恤的時候猶豫了一下——椅背上搭著的是一件乾淨T恤，他本來想洗去一身臭汗再換上，沒想到不過就是拖延了十幾分鐘打了一局遊戲，就迎來個不速之客。
張明瑞咬咬牙套上了T恤。宿舍沒空調，只有電扇，黏膩的上身皮膚貼著T恤，像纏了一層密不透風的膠帶一樣難受。
「請進，」他踢開門口的一些雜物，「太亂了，別介意。」
女生擠過他直奔最裡面的書桌，看了看，又轉頭打量上鋪空出來的床位。
你變態吧……張明瑞趁她翻找床鋪上的深藍色大旅行袋時忍不住想要問問對方的來歷，恰好女生在這時回頭看了他一眼，冰冷的眼神瞬間把一句「你是誰」硬生生拐成了「請問您怎麼稱呼」？
「我叫鄭文瑞。他的高中同學。」
真夠的！張明瑞很是為自己沮喪。
還附贈笑容。
「那你……應該不是盛淮南讓你來翻他的東西的吧？是誰讓你來的？洛枳？」
聽到洛枳的名字，鄭文瑞冷笑了一下，手中的動作一刻不停。
「我問你呢！就算他不要了，你也不能這麼隨便翻啊，你總得給我個理由。」
很好！張明瑞！就這樣堅持住！別害怕！即使對方看上去像是一言不合就會從背後捅他一刀。
張明瑞說完控制不住地往大敞著的門口挪了兩步。

鄭文瑞停了下來，看著他：「你叫張明瑞吧？」

「你怎麼知道？」他訝異。

「盛淮南的事，我都知道。」鄭文瑞輕描淡寫。

變態！絕對是個變態！

看到鄭文瑞若無其事地繼續翻翻揀揀，張明瑞鼓起勇氣走過去拉住了鄭文瑞翻找東西的胳膊：「我問你話呢，你陰陽怪氣地瞎扯什麼？再不好好回答問題就請你離開。」

「這些東西他不是不要了嗎？我拿走。」

鄭文瑞掙脫張明瑞的手，扛起袋子就走。袋子裡的水杯、刷牙杯等小件瓷器碰撞出「叮叮噹噹」的聲響。張明瑞火了：「你這人是不是有病！再這樣別他媽怪我不客氣，就算你是女生也不能耍無賴啊！」

之後鄭文瑞的舉動讓張明瑞至今想起來都脊背發涼。

她沒有和他爭搶袋子，也沒有尖叫踢打。

鄭文瑞仰起臉，用那雙眼白過多的冷漠眼睛極近距離地死盯著他，說：「盛淮南現在這個樣子，你是不是挺高興？」

張明瑞竟然沒能在第一時間反駁。

他愣神的工夫，鄭文瑞背著袋子奪門而出。

第二次見到鄭文瑞已經是這一年的年底了，大三上學期。

期末考試期間，一大早張明瑞背起書包準備去圖書館自習。老大躺在被窩裡起哄：「今天我要吃捲餅啊！聽說草莓上市了，草莓我也要。」

「我也要吃草莓。」老五也不消停。

「都給我滾！」張明瑞一邊往水壺裡倒熱水，一邊對大家虎視眈眈。

「你不說，我就自己跟小師妹說。」老大已經從枕頭邊拿起手機開始傳簡訊。張明瑞哭笑不得。

小師妹叫姚浚欣，人和名字的發音一樣清新甜美：小小的個子，小鹿一樣的眼神，笑起來有兩顆虎牙和淺淺的酒窩。雖然不是許日清那樣驚豔的大美女，但也是電腦學院院花級別的姑娘了，居然被張明瑞這個學生物的給搶了，一度讓電腦學院的男生無地自容。

難得的是小師妹不驕不縱，還是個人精，自從看上了張明瑞，就順便把一整個宿舍的懶漢都照顧得妥妥貼貼，即使被他們開了沒輕沒重的玩笑，也只是躲在張明瑞背後嘿嘿笑，從不生氣。

但是有一次，張明瑞生氣了。

那天老大非讓小師妹給全宿舍男生的帥度等級排名，她笑嘻嘻地打太極。大家忙著七嘴八舌地往自己臉上貼金，忽然老六說：「這也就是盛淮南不在，否則還有啥好排的？」

宿舍裡安靜了兩秒鐘。

小師妹也不是第一次聽說這個生物學院的傳奇了。盛淮南這顆耀眼的星星雖然隕落了，可女生唏噓，男生也同情，罕有人幸災樂禍，這種狀況實在難得。而他現在消失得又太過徹底，讓曾經忌妒他的人都不忍心再去落井下石了。

小師妹曾經幾次向張明瑞打聽過盛淮南的事情，即使知道一切只是出於大一新生的好奇，張明瑞也每次都給含糊過去了。

此刻聽到老六對盛淮南的高度評價，小師妹臉上再次浮現出曾經沒被滿足的好奇。

「真的嗎？我在ＢＢＳ上看到過幾張照片，都不是正面，不過大家都說他很好看。」小師妹歪著頭說著。

「老四肯定有啊，以前一起出去玩的時候照過相，讓他找出來給你看看！」老大示意張明瑞，被張明瑞直接無視。

旁邊老六注意到了，嘿嘿一笑，賤賤地玩笑道：「老四哪兒敢啊，好不容易勾上這麼漂亮的小師妹，再被盛淮南的遺照給橫刀奪愛，冤不冤？」

全場哄笑，張明瑞也一邊罵人一邊跟著笑，第一次拉住了小師妹的手，說著「來，師兄救你逃離虎穴」，就將她拉出了宿舍。

走出大門的時候，張明瑞心情有些沉重，無名火都堵在胸口，卻不能發作。他意識到自己的失態，連忙鬆開手，卻被小師妹再次反手牽住。

緊緊地。

小師妹說：「他長得再帥，我也只喜歡你。」

張明瑞心頭一跳，也握住了她，緊緊地。

到了圖書館，小師妹已經在一樓的自習室裡等，看到他就笑著搖搖手機，輕聲說：「老大又在討吃的了，自習完後我去買草莓。」

「買什麼買，別搭理他們。」張明瑞把書包往座位上一甩，忽然發現小師妹身邊坐著的女生竟是鄭文瑞。

「我介紹一下，」小師妹悄悄地說，「這是我們師姐，學霸，叫鄭文瑞，也是你們大三的。師姐，這是我男朋友——張明瑞。」

張明瑞半天才擠出一個笑容，鄭文瑞沒搭理他們。

連八面玲瓏的小師妹都尷尬了，笑著打圓場道：「你看，你倆名字都有個『瑞』字……真是……」

張明瑞看不下去，掏出水壺朝她努努嘴：「替你裝的熱水，你不是說飲水機壞了，不能泡咖啡嗎？拿這個去吧。」

小師妹如蒙大赦，屁顛屁顛地跑遠了。

張明瑞以為自己會和鄭文瑞聊兩句的——初次見面的結尾實在是太讓他惱火了。什麼叫「你是不是挺高興」，他要是高興，那他成什麼人了？關鍵是自己像個二愣子一樣傻在原地，讓對方跑了，這一局是徹底扳不回來了。

可鄭文瑞自始至終沒有抬過頭。

到了午休飯點，小師妹正想客氣一句，鄭文瑞已經拿起桌上的手機、錢包起身走了，連一句「我自己去吃」都沒說。

張明瑞注意到了小師妹的沮喪，笑著摟過她說：「這兩天複習太累了，咱們不去食堂擠了，出去吃吧！」

飯桌上，小師妹喋喋不休地傾吐著她對鄭文瑞的崇拜之情。鄭文瑞是電腦學院女生心中的大牛，

GPA長年排前三，做人又酷。以前因病緩考過一門專業課，今年和這群大一新生一起上，全面秒殺一眾小豆丁，把小師妹她們唬得一愣一愣的。

「這門課我特沒底，就厚著臉皮求師姐陪我一起自習，替我講講題目。我們師姐從不搭理人，居然同意了。我都不敢告訴別人，生怕他們也過來蹭自習，師姐會生氣的。」

「全程我也沒看見她跟你說一句話。」張明瑞沒好氣地往嘴裡扒米飯。

「那是我沒問嘛，我問了師姐就會講的。」小師妹忙出言維護，「不過，雖然我們很喜歡師姐，但貌似師姐在你們這級的人緣不好。好像以前在BBS上還有過熱門帖子，是關於她砸車的。」

張明瑞聳肩：「反正在你們剛入學的小孩心裡，師兄師姐都是大神，我們同級知根知底當然就不是了。你長點心吧。」

小師妹乖巧地點頭，甜甜一笑。

回到圖書館後，張明瑞卻賤賤地戴上了耳機，打開筆記型電腦在BBS的搜索欄裡輸入「砸車」，第一條就是十大熱門帖，主樓便是一段影片。他裝作無意地抬頭看了看對面正在埋頭自習的小師妹和鄭文瑞，小心翼翼地點開了影片。

影片並不清晰，但「匡噹匡噹」砸自行車的聲音和周圍人的議論聲倒是真真切切。他正凝神湊近螢幕，把進度條往後拖，小師妹忽然伸出手，從對面狠推了一把，將筆記型電腦闔上了。

「怎麼了？」

「你幹嘛開聲音啊？自習呢！」

靠，耳機是戴上了，可沒連接插口。張明瑞傻眼了。

小師妹瞪他一眼，朝鄭文瑞道歉，繼續咬著筆桿看書，顯然並不知道張明瑞放的是什麼影片。張明瑞心虛地偷看了一眼鄭文瑞——對方冷厲的眼神幾乎把他射穿孔了。

完了，今天的BBS熱門帖肯定是砸他。

圖書館晚上十點關門，張明瑞送小師妹回宿舍樓，擁抱過後剛要鬆手，忽然唇上一熱——她踮起腳摟住他的脖子，狠狠地親了上來，還咬了一口。

「以後不許看那種影片。」

「哪種影片？」張明瑞反應過來，氣笑了，張嘴要解釋自己當時沒在看愛情動作片，小師妹卻瞪他一眼，飛快地刷卡進門了。

他只好掏出手機撥她的電話，還沒按鍵，背後就傳來陰森森的一句：「我有話跟你說。」

閉館時招呼都不打一聲就獨自離開的鄭文瑞，不知道什麼時候出現在了自行車車棚下，默默地看著他。

張明瑞這次反應迅速，抓住機會脫口而出：「我還沒找你算帳呢，入室搶劫，臨了還噁心我一把，你這女生真夠可以的。」

「我到底是不是說中了你的心思，只有你自己清楚，不用和我解釋。」

誰他媽要跟你解釋啊？張明瑞七竅生煙。

「我就是想問你，你能不能聯繫上盛淮南？」

「你喜歡他？」張明瑞挑釁。

「你能不能聯繫上他？」

「能。」他張口就撒謊。

「那你……」

張明瑞打斷：「別指揮我，我憑什麼幫你？」

鄭文瑞回答得很快：「我可以告訴你洛枳的事。」

這回輪到張明瑞沉默了，沉默了很久。

「干我什麼事啊？」他笑了，繞過鄭文瑞大步離開，沒有回頭。

就在兩個月前，光棍節，張明瑞叫洛枳出來一起吃飯。

誰也沒有提起盛淮南。張明瑞不知道洛枳為何閉口不提，他自己一半是出於體諒識趣，另外一半恐怕是有些不願承認的慶幸。

鄭文瑞也沒有全說錯，但誰的心底沒有一點點惡意呢？誰又真的承認過？

和洛枳的聊天還是一樣有趣，有趣到讓他幾乎忘記了中間一年多的曲折，像是回到了第一堂法導課後，他們一見如故，一無所知。

他說帶她去哈根達斯，上次請DQ太慘了。

「愛她，就帶她吃哈根達斯。」

在洛枳漫長的沉默中，他笑嘻嘻地說：「瞧把你嚇的，我逗你呢。」

真的只是個玩笑而已，單戀的人，誰開不起玩笑呀！

笑著笑著，就忘了自己其實有多認真。

等到目送洛枳離開，張明瑞走進店裡，把剩下的所有口味的冰淇淋各要了一球，狠狠心刷了學生信用卡，拎著十幾個裝滿乾冰的紙袋推開店門，重心不穩，兩個小袋子掉在了臺階上。

一個女生小跑著過來，幫他撿起袋子，聲音溫柔：「小心點，拿得動嗎？」

張明瑞沒抬頭，也沒接袋子：「送你了。光棍節快樂。」

女生愣愣地看著他一路走向校門口，見到所有姑娘都發哈根達斯，說的都是同一句話：「送你了。」

後來再次偶遇，小師妹笑著和他提起哈根達斯。張明瑞心情早已痊癒，有些尷尬地搔後腦勺，說：「哈哈哈，別提了，這是老光棍的瘋狂。」

小師妹竟然真的再也沒問過他一句，那天究竟是為誰而失態。

張明瑞內心溫柔。

他走在回宿舍的路上，哈出一口白氣，抬頭看著朦朧的滿月，重新掏出手機打電話。

「淩欣，我看的真不是那種影片。真的，你別生氣，真不是……」

他解釋著解釋著，就忍不住笑了起來。

後來又在幾門選修課上遇到過洛枳，偶爾也會為她占個位、聊聊天，漸漸也能說起盛淮南。

與其說是在聊盛淮南，不如說是在聊鄭文瑞。張明瑞陸續聽完了全部的環節，半晌只憋出一句：

「真夠苦逼的。」

倒是洛枳苦笑：「我和她也沒什麼區別呀，你不如同情同情我。」

張明瑞脫口而出：「那你有沒有同情過我？」

片刻的靜默之後，洛枳捉弄地扭轉了局勢，她朝張明瑞書包上的情侶吊飾努努嘴：「你需要同情？要臉嗎你？」

張明瑞於是把吊飾珍惜地在手中摸來摸去，故意笑得賤兮兮的，方才的尷尬消失於無形。

「你到底還是找了個皮膚這麼白的，唉。」

這麼長時間過去，洛枳仍然沒有放棄「生斑馬」這個笑點。張明瑞這次終於反擊了。

「其實我小時候特別白，是後來晒黑的，基因還是很好的。」他說著，一不做，二不休，歪頭將腦袋瓜頂對著洛枳，扒開一縷頭髮，露出雪白的頭皮，「不信你看！」

洛枳栽倒在桌上，笑得後半節課都沒爬起來。

張明瑞並沒有告訴洛枳，他剛剛見到過盛淮南。

初夏時節，張明瑞帶小師妹去玉淵潭公園，照的每張照片都被小師妹嫌棄，還放話出去，未來要換一個靈光的。張明瑞一怒之下決定去買個單眼相機研究研究。

中關村的幾座電子大廈照例熱情如火，他剛一進門就被一群大叔團團圍攻：「看電腦嗎？」、「聯想看看嗎？」、「宏碁看看嗎？」……他好不容易找到貨運電梯，準備直奔十五樓的小辦公室去找一個相熟的師兄拿內部貨。電梯中途停在七樓，一個男生抱著紙箱子走進來，他也同時抬頭。

好笑的是，盛淮南的第一句話竟然是：「這電梯是上去的？」

「是啊，上去的。」

「那我一會兒還得再下去。」

半秒鐘後，電梯裡爆發出兩個男生的大笑聲。

這棟大樓裡也沒什麼像樣的咖啡廳，最後兩個大男生只能就近去吃DQ。盛淮南告訴張明瑞，自己很快就要去新加坡了，現在只是來這邊打打零工。

「你就是荒廢十年再從頭來，也比我們都強。去新加坡好好發展。」張明瑞誠心實意地祝福道。

盛淮南心不在焉地笑笑，沒謙虛也沒道謝。

「你好像練壯了啊，」張明瑞觀察他，「比我們強。你走了以後咱宿舍都不打球了，尤其老大，一不小心碰他一下，我靠，全身的肥肉都在做阻尼振動！」

盛淮南擠了擠肱二頭肌，又笑了笑，還是沒說話。

張明瑞終於明白，盛淮南的沉默並不是因為對現狀的失落，至少不是一個失學生面對天之驕子的彆扭。

「我知道你想問啥。洛枳嘛，她挺好的，還在等你呢。你差不多得了，就算要去新加坡，也不是不能異地戀，玩什麼失蹤啊，你當你演電影哪！別裝了，等人家真想通了，move on了，有你哭的。」

盛淮南的沉默讓張明瑞變得很煩躁，他幾口吃完了抹茶冰炫風，吃得太急導致冰得腦袋疼，不管不顧地站起來：「作為兄弟，你有任何事需要我幫忙，直接開口說。如果你不找我，我就絕不多管閒事，更不會告訴她你在哪兒。行了嗎？我也不是閒得沒事幹，憑什麼撮合你倆？以前我無意中撮合了許日清跟你，就算那次不怪你，後來呢？法導課是我先看上洛枳的吧？你還假模假式地要幫我追她，介紹基本資料，我去，後來怎麼就把我甩到一邊去了？我怎麼到現在也沒搞明白啊？」

張明瑞終於一股腦發洩了出來。

「許日清你看不上，洛枳你看上了又甩。盛淮南！我跟你有仇啊？長得帥了不起啊？我告訴你，你甭想見到我現在的女朋友，你休想！」

張明瑞說得盛淮南哈哈大笑，連他自己也繃不住笑出了聲。

陳穀子爛芝麻的困惑，隔了這麼久才發作，竟然被他自然而然講成了笑話。

他總是這樣。

就算喜歡過，也絕不長情。可以喜歡上麵包餅，也可以再也不吃。人生就是有了新的忘了舊的，何苦爭第一，又何苦太過計較？

他們的人生實在是太軸了[5]，倔得沒有回頭路。

張明瑞慶幸自己從不執著。

「想她就去找她吧，否則為什麼巴巴地跑中關村來打零工，騙誰呢？」

臨走前，他就這麼朝盛淮南扔下一句話。電梯門關上，也閉合了盛淮南最後的感激表情。

張明瑞覺得自己簡直太他媽帥了！

那年夏天，盛淮南終於決定不走了，在中關村自己創業。盛夏夜晚，521宿舍第一次大聚餐。盛淮

5 太軸了：北京方言。形容一個人個性鑽牛角尖、不知變通、一意孤行。

南帶了洛枳，張明瑞帶了小師妹。一群人在西門外的烤翅店吃到淩晨，喝得酣暢淋漓。

小師妹拉拉張明瑞的手，悄悄在他耳邊說：「我覺得，盛淮南師兄沒有你好看呀！」

張明瑞已經微醺，聽完這句話就把她狠狠摟進懷裡親了一口。

「我說真的！」小師妹正色，「真的沒你好看。」

張明瑞從背後摟著她，笑道：「我早就這麼覺得了。」

她們都瞎了。

兩人笑鬧間，張明瑞恍惚好像看到了鄭文瑞，依舊陰沉沉地坐在不引人注意的角落小桌邊，隔著熱鬧的食客，靜靜地看著他們。

她的哀傷中竟然也有一絲開心。

第二天宿醉醒來，張明瑞想，應該是自己看花眼了吧。

大四最熱鬧的事情莫過於校園十佳歌手大賽。許多臨近畢業的學生都會去湊個熱鬧，反正都大四了，早就無所謂了，以緬懷青春、不留遺憾的名義去報個名，好歹參加初賽露個臉，讓兄弟姐妹們最後為自己喝幾聲彩。

張明瑞全宿舍都上去了，五個人唱《流星雨》，戴中分長假髮。張明瑞還被「勒令」模仿演唱會上的朱孝天，全程耍帥蹭著唱。盛淮南、洛枳和小師妹一起在臺下為他們錄影，轟動全校。

不過，十佳歌手大賽向來只是各個學校內部的盛事，鮮有博得社會關注的。真正讓這次的P大十佳轟動全社會的，是一個五音不全的研三女生，叫王麗。

王麗參加十佳整整七年了，從大一到研三，永遠止步於初賽第一場。王麗唱歌走調，唱腔「驚天地、泣鬼神」，而且似乎講話也不靈光，發音像含了半口水，意思都無法表達準確。

但這只是王麗所在學院小範圍的笑料，不知道哪個好事者將她七年參賽的影片做了一個集錦，迅速在網路上竄紅。

大家是不是真的被這位夢想家「永不放棄音樂」的堅持所感動，張明瑞不得而知。他們宿舍憤憤不平的是，王麗居然進入了複賽，而且在PK戰中，把他們F5直接挑落。

「搞什麼啊！」老大幾乎要爆炸，「就因為她火了，唱火星語都能贏我們？評委有沒有廉恥啊？」

再怎麼憤怒，決賽還是因為王麗而備受矚目。大家在她唱跑調歌曲時大笑，全網路熱議、嘲諷，模仿秀層出不窮。然而每當王麗講起不放棄音樂夢想的時候，網路上又是一片感動聲。

王麗說：「我是一隻想飛的鴕鳥。」

這句話不知道變成了多少人的QQ簽名。

決賽進行到五進三，中場休息時，學生會前主席突然上臺，向臺下的一位女生求婚。各大電視臺的攝影機都對準了這一刻，會場氣氛達到高潮。

小師妹一噘嘴：「走後門，就因為他以前是學生會主席，這都是安排好了的，就衝著這次電視臺的報導才特意上來秀的，根本不是臨時起意，我早聽說了。」

張明瑞笑：「我也給你來一段？」

小師妹搖頭：「我才不要。公共場合求婚，最傻了。」

他寵愛地摟緊她。

學生會主席終於下臺，主持人接過麥克風說了一通熱情洋溢的祝福話之後，把話題拉回到比賽：

「下面，我宣布，最後一位晉級三強的是——王麗！」

掌聲雷動，王麗淚流滿面地對著麥克風說：「謝謝大家肯定我的歌聲。」

鄭文瑞就是在這時候衝上臺的。

和張明瑞對她以往的印象一樣，也不知道她之前究竟蟄伏在哪裡，竟無聲無息地混上舞臺，劈手奪下主持人的麥克風。

「沒人肯定你的歌聲，你唱得太難聽了！」

「師姐瘋了吧？」小師妹摀住嘴。

鄭文瑞一邊躲避著追她的主持人，一邊語速極快地說著：「所有人都覺得你唱得難聽，就是很難聽，你有這個夢想壓根兒就是錯誤的！他們所有人都在騙你，耍你玩，覺得你很好笑！你的歌聲從沒得到過認可，大家都拿你當笑料，笑夠了後誰也不會繼續聽你的歌，你是不是腦子進水了？你為什麼要相信這些漂亮話？！你給我醒一醒！」

說最後幾句時麥克風已經被奪走，鄭文瑞是喊出來的，只有坐在前幾排的張明瑞他們才聽得到。

全場譁然。

鄭文瑞被架走，她說完了該說的話，面色平靜，絲毫沒有掙扎。

張明瑞和洛枳隔空對望了一眼。

「大家都覺得她很過分，大錯特錯。實際上，我不知道她做得對不對，甚至我覺得她做的是對的，只是我自己不敢承認。」洛枳說。

漂亮話是沒有用的，這世界上就是有種難過叫作「得不到」，你無計可施，你早晚會認。何必再用糖紙去包裹一粒石子？認命得越早越幸福，就像張明瑞。

認得晚些也沒關係，就像鄭文瑞。

張明瑞畢業後留在本校直博[6]，再也沒見過鄭文瑞，和洛枳、盛淮南倒是一直有聯絡。小師妹也曾經直覺準確地問起過張明瑞，是不是和洛枳有過什麼。每次張明瑞都壞笑著說：「我鬱悶的就是——沒有過。」

小師妹真是可愛，從來都只是擰他一把，耍兩分鐘性子，然後撥雲見日，繼續愛得毫無芥蒂。張明瑞覺得她比洛枳可愛一萬倍，冥冥中他甚至覺得，如果有機會，洛枳應該會希望自己能夠長成小師妹這樣的姑娘。

雖然只是無厘頭的臆測罷了。

一個平淡無奇的晚上，小師妹拿著拷了幾百部經典電影的隨身硬碟來找他。兩個人隨便挑了一部，坐在椅子上邊吃櫻桃邊看。

電影叫《柳條公園》（Wicker Park）。前半段兩人看得都一頭霧水，劇情才慢慢浮出水面。電影表面上是一個男人偶然知道前女友芳蹤，於是不顧一切地循著線索追查對方下落的故事；實際

6 直博：直接攻博，本科生直接讀博士學位。

上，當故事被翻面，這竟是另一個姑娘如何處心積慮地將曾經的愛侶拆散多年，直到最後仍然試圖阻撓他們重逢的故事。

壞女配Alex暗戀著男主角，為了接近他，甚至主動拿著壞了的DV跑去他的店裡維修。沒想到，男主角看到了DV裡錄製的另一個女孩——Alex的好友，對其一見鍾情。

真相大白，一對戀人在機場伴著The Scientist（酷玩樂隊經典歌曲）的音樂深情相擁。小師妹看得泣涕漣漣，張明瑞忽然說：「那個Alex好可憐。」

「她也是忌妒瘋了才會做這樣的事，畢竟是她先認識男主角的。」

「那也不能用陰謀啊！」小師妹爭執，「她再喜歡男主角，也不應該做這樣的事情。即使她認為是自己先遇到的男主角，甚至男主角是透過她才陰差陽錯地認識了女主角，這也不是理由！」

「那什麼是理由？」

「男主角愛誰，誰就是正義。」

你愛誰，誰就是正義。

所以，張明瑞的一切都不是理由。

即使他的DV裡先錄進了洛枳，即使盛淮南和許日清在超市門口的爭執是因為張明瑞嘴賤而故意引起的，即使洛枳是因為幫盛淮南解圍他們才第一次正式認識的……那又怎樣。

這都不是不相愛的理由。

張明瑞緊緊地抱住小師妹，感覺到心裡最後一點點陰霾，也被她的光芒照亮了。

「我愛你，所以你就是正義，比誰都帥，比誰都好。」小師妹言之鑿鑿。

張明瑞的嘴唇貼著她的頭髮，笑得開懷。

「那當然。」

## 番外之二　當時的月亮

新校區有許多樹。從建校劃地時就保留了下來，橫枝蔓葉，毫無章法，和校區裡的大量新派雕塑相得益彰。

樹木自然得蓬勃肆意，雕塑人造得隨心所欲，相互冷對著，站定各自的地盤。如果不出意外，未來會這樣互看幾十年。

丁水婧躲避著正午毒辣的日頭，在樹蔭下蹦蹦跳跳，踩著影子走。已經九月中旬了，天氣仍然沒有轉涼的勢頭。頭髮隨著她的跳躍掃在脖頸上，癢癢的，有點悶熱。

她到底沒能把頭髮留長。每每到這個長度，髮梢就會在脖子附近翹得亂七八糟，整個頭看上去像一個倒過來的鳳梨，她瞧著煩，就會去理髮店剪掉一點點。這樣循環往復，頭髮依舊半長不短，倉皇地掛在肩頭。

丁水婧一邊走一邊隨手將碎髮盤在腦後，整個人清爽了不少。蟬鳴不休，吵得她心煩意亂，不知道是不是宿醉的關係，她胸口惴惴的，手心一片溼滑，汗都是冷的。

手機振動了一下，是簡訊。她不敢立刻打開看。

可能是那個熟悉的黑車司機告訴她，車馬上就到了。

也可能是洛陽告訴她，你不必來了。

丁水婧木木地解鎖，看到「王師傅」三個字時，胸口一陣輕鬆，心從高位回落到半空中，但也沒有踏實到底。

洛陽沒有說「你不必來了」。

可他也從沒有說過「你來吧」。

丁水婧坐在校門口的大石頭上，靜靜地等著車。盛夏時節，樹蔭下的石頭也暖暖的，甚至有些燙。

她想起高中時語文課上學的沈從文的《邊城》。

傍晚時分，祖父不讓翠翠坐在被強烈陽光晒了一天的大石頭上，擔心餘熱會讓人生癤瘡，但自己用手摸摸，也一起坐到了石頭上。祖孫兩人一起看著月光下的清溪，美得不像話。

丁水婧對文學沒什麼愛好，也曾經附和著葉展顏她們一起抱怨這些語文課文「狗屁倒灶都在說些什麼廢話」，但是對於《邊城》這一篇，她總是記憶猶新。

文字間藏著一幅幅畫面：薄霧的清晨，山間的清溪，兩岸婉轉的歌聲間流淌的愛慕心思；緩慢的生活，不慌不忙的時代，沒有結果的等待……每個人的生命都是一條簡單的線，也許蜿蜒，但連貫而清晰。

總不會像她自己：口是心非，自以為是，糾結成一團麻。

她並不是上高中時就喜歡這篇文章的，只是後來認識了洛陽，在西湖邊散步，月亮照在湖面上，他忽然講起了笑話。

「甲問：『你學過沈從文的《邊城》嗎？』乙回答：『沒有，我們學的是C++。』」

因為這個笑話實在很難讓人捧場，所以丁水婧沒有笑。

倒是講完笑話後，兩人之間尷尬的沉默讓他們一起大笑出聲。他笑彎了眼，她翹起唇角，笑了很久都沒辦法停下來，實在不明白是為什麼。

為他犯傻，為她使壞，或者就為了這湖邊月色下五秒鐘曖昧的不作聲。

《邊城》，丁水婧搜腸刮肚，也只能記起關於帶著餘熱的石頭不能坐的片段，於是問洛陽知不知道什麼是痱瘡。

「屁股上長的火癤子吧？」洛陽搔頭，「我上哪兒知道去。那篇文章好長，我只記得他們那裡的民俗很有趣，喜歡隔著江對唱山歌。」

「你記成劉三姐了，」丁水婧笑道，「邊城裡，男孩在夜裡為女孩唱山歌，好遠好遠都能聽見。」

他拉著她走向湖邊的長椅，兩個人並肩坐下。夜風微涼，十月的杭州是最好的時候，金不換。

「後來呢？」他問道，「好像是個悲劇？」

望著洛陽殷殷期待的臉龐，丁水婧暗暗叫苦。早知道有現在這種狀況，當年她就好好看看那篇課文了。

「翠翠的媽媽當初就是和一個軍人私訂終身，祕密生下她後，兩個人一起殉情了。她被外祖父養大，一對船工兄弟同時喜歡上了她，她自己喜歡的是弟弟。」

洛陽挑了挑眉，笑了：「果然，我就知道。」

「這篇課文你明明都學過，裝什麼福爾摩斯。」她毫不留情地打斷他。

洛陽曾經說過，他最喜歡看丁水婧伶牙俐齒戳破別人的樣子。

他說過許多和「喜歡」有關的話，但後面總是接著很長的賓語，從來沒有任何一次，只是連著一個簡單的「你」。

丁水婧繼續說：「可是，翠翠的外祖父誤以為和她有情的是哥哥，就鼓勵哥哥表白。哥哥被拒絕後，傷心中出了意外，死了。弟弟因此埋怨上了翠翠的外祖父，於是一個人背井離鄉走了。老爺子懊悔不已，去世了。最後只剩下翠翠一個人，天天等著心上人回來。」

她挑著記憶中還算踏實的部分，磕磕絆絆地講給他聽，沒想到他聽得那麼入神。

「好慘。」他總結道。

丁水婧剛仰頭灌下最後一口檸檬茶，差點噴出來。

語言功能障礙的呆瓜。她看著他，心中一軟。

他總是給她無奈又心軟的感覺，人又有趣，讓她忍不住想捉弄他；沉默溫和不計較，某個瞬間又透露出內心的涼薄，令她心驚，也令她心折。

令她如此想要去征服。

丁水婧腦子裡碎碎地出現了一切與洛陽有關的評價，人生中第一次無法拼湊出一幅畫面給這個男人——因為最契合的畫面，就在眼前。

「是呀，很慘，」她看著他，深深地看進眼睛裡，「愛情是很難如意的，如意了就沒意思了。」

丁水婧至今也不知道自己是不是故意那樣講的——誰讓他和那位女朋友的愛情是圓滿如意的呢？她偏要說「這樣沒意思。」

不知道是不是裝的，洛陽只是笑了笑，點頭說：「是啊，悲劇比較容易讓人記住。」但他很快又笑著看向她，說：「丫頭片子，別瞎感慨。」

他看她的檸檬茶喝完了，跑去為她買新的。丁水婧獨自坐在長椅上，看向遠處的湖灣，綿延的路燈連成蜿蜒的珠鏈，尾端伸向漆黑的夜空，襯得湖面上冉冉升起的那輪滿月好像斷裂在夜空中的吊墜。

月色很好，湖光很好。她很好，他也很好。

一切才剛剛開始，卻不知道會不會有結局。所有曖昧的游走本應是甜蜜的試探，在他們之間，卻隔著一道無法突破的城牆。

可丁水婧說不準，那道牆到底是他的女朋友，還是他自己。

她轉過頭，看到他舉著兩杯飲料穿過窄窄的馬路，朝這邊跑過來。

丁水婧內心第一次充盈起真正的憂愁。

她望著他，就像一個賊，貪婪而悲傷地盯著牢牢嵌在銅牆鐵壁上的珍寶。

黑車師傅到了馬路對面，按了一下喇叭，然後掉頭停在了校門口。丁水婧坐上去，車內的悶熱讓她皺起了鼻子。

「熱吧？我開空調。」司機王師傅迅速地關了四扇窗子，將空調開到最大。一股土味沖入鼻腔，他不好意思地轉頭朝丁水婧笑笑，「太長時間沒用了，空調有點味兒，別急，馬上就好了。」

丁水婧笑笑，表示不介意，眼神早就渙散得不知道飄去了哪裡。

王師傅也是從外地來此打工的，拖家帶口在轉塘開了幾年黑車，和老婆晝夜倒班，早就對美院的情況摸得很清楚了，連附近的藝考培訓班招生和美術用品採買都多少摻和過，大大小小，不放過任何賺錢的機會。

「你今天去市區有事？」王師傅問。

「啊？」

「沒啥，就是看你挺緊張的，以為你去市區有啥大事。」

被看出來了？丁水婧點頭又搖頭，紛亂的思緒讓她的知覺有些遲鈍，與真實的世界隔絕開。

「開學就大四了吧？做畢業設計？」

「還沒開始呢。」

「以後接著讀嗎？」

「以後……」丁水婧恍惚，「沒想好。可能，出國去吧。」

王師傅樸素地點頭評價道：「出國好，出國能學到好東西，但得去好學校。還讀雕塑？」

「……不讀了吧。可能換別的。」

學藝術類的向來很難出頭，王師傅流露出意料之中的理解神情，但是丁水婧反而被刺痛了。他如果知道她當年為了考藝術類而退學耽誤了兩年，又會怎麼想呢？

丁水婧從來都佩服努力的人，但她更欣賞那些在天分或財富方面無比充盈，即使肆意揮霍也不心疼的人。葡萄美酒夜光杯，興之所至，也可以照直了往牆上砸。

她曾經以為自己多多少少也算是後者。

從新校區去市中心湖邊的老校區要開很長時間的車，穿過荒涼的郊區，路過參差不齊的高矮民房，一塊塊醜陋的牌匾迅速閃過，連成模糊的一片。右手邊是錢塘江，丁水婧遠遠望見一座造型恐怖的古城突兀地站在江邊──人造的假山巨石裡，上演著粗製濫造的「大型民間山水史詩歌舞劇」，欺騙大量旅遊團到此一遊。「古城」白天看上去有些醜得可憐，到了夜裡，被慘綠的射燈猙獰地照著，竟展現出幾分解構美。

她記得這片慘綠。

昨天夜半時分，他們也是從這條路開回學校的。他們四個人擠進一輛計程車裡，醉得剛好可以忽略司機的不悅──市區司機不喜歡往轉塘新校區開，因為回來的路上免不了要空駛。但他們還是擠進車裡，吵吵嚷嚷地自說自話，誰也沒把那個嘟囔的司機放在眼裡。

在醉酒的人眼裡，一段路途能被拖長到無限，也能短得像一眨眼的工夫。丁水婧坐在後排最裡側，額頭抵在左側玻璃上；剛和同居男友分手的室友在她身邊默默流淚，臉上的兩道淚痕沾滿了睫毛膏，像一個悲傷的小丑；大師兄伏在副駕駛位上，哭得像是被什麼附身了一樣，把他許多年的厚道矜持、謹小慎微都號出了裂紋。

但一切記憶都像糊上豬油的鏡頭，看不清楚，唯有那一尊慘綠的怪物，巍然佇立，神情憐憫地從丁水婧的腦海裡緩緩地走過。

正想著，手機鑽進一條新簡訊。她照例又心慌了一下，還好，是大師兄的訊息，很應景。

「昨天失態了，不好意思。」他說。

丁水婧臉上浮現出一絲冷笑，輕輕闔上手機，沒有回覆。

昨夜的KTV裡，同學們唱歌打鬧，鬥骰子拚酒，結伴去洗手間嘔吐。而她就靜靜地坐在沙發的角落裡，捏著手機，一遍遍瀏覽那條剛刷出來的人人網消息。

洛陽的公司要來西湖邊的美術館做活動了。

心情正如暴風雨海面上的孤船般翻滾飄搖，大師兄忽然坐過來，靠近她，說：「小師妹，來，喝一杯。」

「我知道你想囑咐我什麼，」丁水婧轉頭看向他，毫無耐心地打斷他，「我不會說出去的，對任何人。」

車開入市區後就越走越慢，他們運氣不好，幾乎每個紅燈都趕上，王師傅兀自唉聲嘆氣，用福建話罵些丁水婧完全聽不懂的東西。

「師傅，咱們能再快一點嗎？」她忍不住探身向前，催促道，「我兩點半必須趕到。」

「我盡力吧，誰知道這麼堵，我也不能飛過去啊！」

丁水婧無奈地跌回座位，神經質地把手機裡保存下來的活動通知看了一遍又一遍。

昨天午夜，洛陽公司的官方帳號在網上發了一個路演活動的預告。他還在活動頁面上和他的同事們互動，彼此打氣，說著：「明天杭州見。」

丁水婧的手輕輕抖起來。

之前也有過許多機會。同學之間總有千絲萬縷的聯繫，總能聽說，總能見到。大家都認識她，都喜歡她，聽說她忽然退學重考追求夢想，更是平添了傳奇色彩。每次她去北京，都會被師兄師姐招呼到各種聚會中，這些聚會裡常常也有洛陽。

但她沒有。有洛陽的場合她都缺席了，沒有哪怕一次放縱自己、裝作不經意地出現在KTV裡，沒有一次心懷不軌。

咄咄逼人地拿著一張偽造的簽字去直面陳靜，那是十九歲的丁水婧會做的事。每個人的內心都有一個容器，盛著滿滿的自私與孤勇，屬於她的那一份，早就在他們婚禮那天，被速食店的陽光蒸發殆盡了。

那種事她再也不會做了。

陳靜不動聲色，能忍耐，這都是本事，卻不是丁水婧失敗的原因。

她敗在沒有資格。洛陽沒有給她任何可以爭取的資格。

那些她本來應該出席的聚會，她知道洛陽會去，洛陽也知道她會去。但是最終缺席的是她，洛陽從未爽約。

但這能證明什麼呢？十九歲的丁水婧會篤定，他是想見她的，即使照樣談笑風生，望向被她空出來的座位時，他也一定會失落、會難過。

然而二十四歲的丁水婧，什麼都無法判斷了。她有本事讓所有人都喜歡她，和她成為朋友，不曾對任何一個人判斷失誤，連仇敵、對手都能看明白，只有洛陽讓她屢屢瞎眼。

他會一場不落地出現，也許並非想見她，只是因為內心光明磊落，不需要躲著她而已。

一個個夜晚，丁水婧盯著天花板翻來覆去地猜測，猜到淚眼滂沱，再用珍藏好的回憶來溫暖涼透的心。

他午夜陪她爬上圖書館的天臺，裹著擋風雨披，等待獅子座流星雨。他被她慫恿，買了煙來陪她嘗試。兩個人都嗆出了鼻涕、眼淚，後來分別學會了，除了彼此無人知曉。

社團裡一群人合影時，他們永遠故意不站在一起，卻總用眼神相互打招呼，目光繞過無數人的肩膀，纏在一起。

丁水婧記得有一首歌，唱著「愛是一種眼神」。她明明沒有看錯，明明沒有。

記憶中所有曖昧的溫暖，像冬夜被窩裡的熱水袋，一不留神，最後都成了心口翻滾的慢性燙傷。

車終於停在美術館的馬路對面，她扔給王師傅六十塊錢，拎著包飛速跑下車，像隻兔子一樣張皇地奔過馬路。

這裡她來過許多次。室友經常接大師兄安排的私活來賺外快，幾次布展都拉她作陪。丁水婧從包裡翻出二十塊錢買了門票，輕車熟路地直奔三樓工作人員休息室。

樓梯上到一半，她就從樓梯間的鏡子裡看到了自己。

頭髮紮得不牢，因為奔跑顛簸而散下了一半，像個瘋子；巴掌大的臉藏在碎髮後，因為激動和緊張，紅得像發了高燒，唯有一雙眼亮得嚇人，目光穿過遮擋在面前的碎髮，直直地注視著自己。

丁水婧慢慢地停下腳步，把背包扔在腳邊，開始對著鏡子認認真真地紮起了頭髮。臉色漸漸淡了下來，眼睛也漸漸暗了下來。

真的闖進去了又會怎麼樣呢？昨天她鼓起勇氣傳簡訊，問他是不是在美術館辦活動，他理都沒理。

難道現在要她直白地走到他面前說：「一起喝杯咖啡吧，我聽說你要離婚了？」

丁水婧怔怔地看著鏡子中的自己。

那年婚禮結束，洛枳回到麥當勞找到她，給她看用手機拍的現場照片。

她求洛枳去拍，看完了後又問洛枳為什麼這麼殘忍。

洛枳沒有怪她無理取鬧，只是微微垂眼看著她，神情複雜，唯一能被分辨出來的只有憐憫。

「畢竟結婚了，你以後就不要再找他們了，」洛枳說，「你別誤會，我知道你退學後再沒聯絡過他們。我這不是提醒或者警告，你別誤會。」

「不用這麼小心解釋，好像我是顆定時炸彈似的，」身旁的落地玻璃微微映照出自己一臉的譏諷，「你哥沒那麼值得我執著。」

說完這話，她自己都覺得假到令人髮指。洛枳坐在對面，善良地低頭笑笑，沒有戳破。

丁水婧也覺得沒意思，甩甩髮尾，把等待途中撕碎的所有炸雞包裝袋都搓成一小堆兒，半晌才鄭重地說：「我不會去找他了。我知道結了婚是不一樣的。你也不用擔心，如果我找他有用，他們這婚也結不成，你得對你哥有信心，是不是？他看不上我，是我自作多情，臭不要臉而已。真的，別擔心。」

她說這話的時候難得沒有一丁點想要掉眼淚的衝動，眼圈乾乾的，難聽的評價都像是在說別人。

洛枳抬起頭，慢慢地說：「我不讓你找他，就是因為我對他沒信心。我覺得，你並不是自作多情。」

竟是這句話，讓丁水婧眼淚傾盆。

於是他三年的婚姻，她什麼都沒有做，維持著道德上的正義，卻沒有哪怕一刻停止在內心詛咒他的婚姻不幸福。

伺機而動算不算是另一種無恥？等待讓她覺得自己卑鄙又卑微。

樓下是前來看展的觀眾，樓上的門裡也許是洛陽。她站在半空中，找不到自己的位置。

就像復讀那一年。她早習慣了大學裡自由的生活，見到了外面的世界，已經無法再被一間小教室困住，卻自投羅網，重新成了一個小小的高中生，每天蜷縮在擁擠的教室角落裡，旁觀那群小同學幼稚地上演爭鬥與悲歡，冷笑看別人，冷笑看自己，像是被兩個世界同時扔下的孤兒。

「是你。」

丁水婧回過神來，在鏡子中看到了陳靜，站在她背後兩級臺階下，穿著一身寬鬆的亞麻色連身裙，帶著一臉恬靜的笑容看著她。

丁水婧迅速鎮定下來，深吸一口氣，轉過身，一臉無辜。

「學姐，」她禮貌地笑了一下，「你怎麼會在這？」

陳靜沒料到她會倒打一耙，愣了愣，才繼續笑著說：「我老公他們公司今天在這個館裡辦活動。」

丁水婧眨眨眼，抓緊了書包，心跳的聲音大到讓她連樓下的人聲都聽不清。

「哦，他們是主辦方嗎？」她看了看樓下稀稀落落的觀眾，「我同學送的票，來交個差。那我走了。」

錯身而過時，陳靜拉住她，說：「如果你沒什麼急事，就陪我聊聊天吧。」

丁水婧內心有一瞬間的掙扎，忽然放鬆下來。

伸頭也是一刀，縮頭也是一刀，今天上帝揪住了她亂翹的髮尾，容不得她縮頭。

她帶著近乎訣別的坦然，點頭問：「你要聊什麼？」

天氣不算好，中午熱辣辣的太陽很快被烏雲遮蔽，湖面上一片迷濛的灰，水面和遠山都模糊了邊界，沒來由地讓人不清爽。

她和陳靜一起走到湖邊坐下，陳靜走得很慢、很小心，輕輕扶著腰，於是她也配合著，嘴角漸漸上揚，勾起自嘲的笑。

「我去買杯飲料吧，」丁水婧說，「不買混色素的，礦泉水好嗎？溫的。」

陳靜微微驚訝地看著她。丁水婧動了動唇想問什麼，但還是忍住了，轉頭跑開。

她很快就回來了，將水遞給陳靜，自己擰開一瓶檸檬茶，仰頭「咕咚咕咚」灌下去。

喝完第一口，她才發現自己真的很渴。

陳靜沒有喝，一直微笑地看著她，意味深長的樣子，一言不發。丁水婧忽然覺得這種母性的笑容和居高臨下的打量讓她很煩躁，轉頭看回去：「不敢喝嗎？我又沒下毒。」

陳靜又笑了，這次的笑容讓她更火大，眼角、眉梢寫著清清楚楚的一行字：「不跟小姑娘計較。」

丁水婧擰上瓶蓋，站起身：「你要是沒什麼話說，我就走了。之前大學時不懂事，冒犯過你，我也道過歉了，你沒必要這樣揪著不放。」

陳靜突然伸出手拉住她的胳膊：「我沒有笑你。你別激動，陪我說說話。」

丁水婧不敢甩開她，怕動作太大真的會傷到陳靜。

「你是不是聽說我提出離婚的消息了？」陳靜平靜地問道。

丁水婧搖頭：「我怎麼會知道這些？」

陳靜：「上個星期，你進我的空間，忘記刪除訪客記錄了。」

丁水婧扭過臉迴避陳靜，拚命掩飾著自己的難堪。

「其實我也一直在偷偷看你的動態，」陳靜拍拍她的手臂，「這幾年你過得很精彩啊！我看到很多你的雕塑作品，還有參展的活動，出去旅行的照片，世界各地都去過了吧？真好。」

語氣裡的真誠不似作假，丁水婧眯著眼睛看陳靜，想要看出一絲破綻，目光漸漸地下移到陳靜平坦的小腹上。

陳靜低著頭，再次習慣性地撫上小腹，沉默了許久，才再次緩緩地開口：「我知道，你憋著一口氣，覺得洛陽是因為責任才跟我結婚的，實際上他喜歡的是你，對不對？你當初跑來找我的時候，雖然很有禮貌，但話裡話外對我都是那麼鄙視，就是覺得我在用責任感脅迫他。」

丁水婧此刻真正感到了難過，難過於埋在心底的不服氣被這樣直白又樸素地講出來，聽上去是如此幼稚不堪。

「學姐，你誤會了。當年我年少無知，盛氣淩人，沒有禮貌，請你原諒，」她淡淡地垂下眼，語氣卻強硬了起來，「但那是過去那麼久的事情了，你今天還一再提起，是想做什麼？」

丁水婧頓了頓，直視著陳靜的眼睛：「何況，人這一輩子，不可能永遠不犯錯，學姐，你說呢？」

陳靜的表情終於僵了一僵。

十天前，丁水婧坐在貴賓區舒適的真皮沙發上吹著冷氣，一邊翻著系裡教授贈送大家的新書，一邊靜等自己的表姐下班。附近韓國參雞湯的小店十分火爆，丁水婧訂了六點鐘的位置，眼看已經五點五十，表姐依舊沒有上樓找她的意思。

遠遠聽見爭執的聲音，丁水婧跑到二樓的護欄邊探出頭去看樓下的大廳，就看見自己的表姐從陳列展示車的隊伍中左拐右拐地跑向門口正在咆哮的男人，一臉狼狽，高跟鞋踢踢踏踏，像是在為男人的怒火打著節拍。

丁水婧再定睛一看，那個正在發怒的男人竟是大師兄。

丁水婧進美院時，大師兄已經大四了。所有人都尊稱他一句大師兄，並非因為他才華出眾，而是因為他替美院裡所有家境平常、才華平庸的學生殺出了一條血路。大師兄考美院本就是為自己爛到爆的文化課成績找到一條投機的出路，自從入學就沒打算鑽研藝術，而是憑藉外表和口才混進了學生會，陸續搭上一些神祕的皮包公司，承攬師弟師妹們出去做私活，賺了不少錢。

雕塑班每一屆畢業後至多有兩三個人會繼續琢磨作品，其餘嫁人的嫁人、做前臺的做前臺。大師兄便是這群注定成不了藝術家的藝術生最堅實的後盾。美院不同系別的人初次見面沒話聊的時候，都聊大師兄。丁水婧和室友也接過大師兄的私活，平面設計、路演布展，什麼都試過。大師兄英俊而八面玲瓏，知情識趣，一直很受學妹們歡迎。他就像高中時的丁水婧，左右逢源，見人說人話、見鬼說鬼話。只不過大師兄比她更進一步，他從這些關係人緣中實實在在地賺到了錢。

可誰能想到，這麼溫文得體的大師兄，也會有如此氣急敗壞的時刻。

表姐細聲細氣、點頭哈腰地和大師兄解釋著什麼。大師兄聽了一會兒，氣得繼續大吼起來：「我用不著你跟我再解釋一遍！普通員工跟我這麼說，就已經夠不講理了，你一個事故主管還這麼解決問題，要你過來有什麼用！」

丁水婧想了想，抓起沙發上的斜挎包，從玻璃樓梯上跑下去，跑到一半，就聽到他們的爭執升級了。

「何先生，您聽我說，您這種情況，理賠金額超過五千元了，保險公司硬是要往總公司報告，我們也不能干涉。何況您車子的損壞情況的確存在一定審核風險，您也知道，如果只有輪轂輪胎單獨損傷，保險公司是免責的。」

「我當然知道，但現在我並不是輪轂單獨損傷啊！我刹車擋板跟著一塊兒壞了啊！這種情況當然要賠，保險公司還有什麼好說的？還不是你們從中作梗？」

丁水婧從沒見過大師兄這樣發怒。印象中這個男人永遠都是笑眯眯的，有空子就鑽、塞包中華就能走捷徑的主兒，怎麼會急得如此大動干戈？

「刹車擋板更換價格才五百塊錢，為了五百塊錢的小零件，搭上兩個輪轂的兩萬塊錢，保險公司會懷疑這塊刹車擋板是您自己用鉗子扳的也不奇怪。當然，我們4S店會出具公正的檢測報告，您大可放心。但何先生您也得理解，我們這一方是沒辦法對保險公司的審核結果做出擔保的……」表姐還在低聲下氣地解釋，但大師兄已經暴跳如雷。

「靠，當我傻嗎？明明今天就能理賠修車，非要報總公司，給老子拖上五個工作日？這破縣城荒郊野嶺的，難道讓我在這兒住一個星期等你們審核？保險公司不就是不甘心嗎？我這是輛新車！我把一輛新車輪轂折騰壞了來騙保？我他媽吃飽了撐的，是不是！」

丁水婧無法再旁觀下去，疾跑了幾步下到一樓。

「表姐，大師兄！」

她三言兩語介紹了雙方，笑眯眯地勸大師兄有話好好說，表姐一定會盡力為他的車好好處理問題。大師兄神情極其不自然地擠出了個笑容，頻頻回望著大門口，不知道在等什麼。

「什麼時候買的荒野路華呀，我們都不知道。哪一單生意又賺了一大筆？」丁水婧笑嘻嘻地調戲著他。

大師兄尷尬地「嗯」了一聲，沒搭腔。丁水婧的表姐稍稍鬆了口氣，正要開口繼續勸，突然，一個女聲在她們背後響起：「家琛，他們怎麼說？」

丁水婧緩緩地抬頭，望著這個親暱地伸出手摟住大師兄腰的女人。背後的夕陽把她的影子拉得很長很長，一直延續到了丁水婧的腳邊。

「學姐，好久不見。」她笑著說。

丁水婧深深地吸了一口氣，像是要把遠處湖面上薄薄的霧氣都收進胸腔。

「後來我表姐告訴我，那輛車的車主名叫洛陽，北京牌照。說來也巧，我就去鄰市一天，竟然就遇見了你們。關於你那天的去向，你一定是對洛陽撒謊了吧？他不知道你們開著他的車去遊山玩水了吧？偷偷摸摸的短程遊竟然出了個這麼麻煩的車禍，難怪當時大師兄那麼著急。」

陳靜面沉如水，兩隻手都撫著小腹，耐心地聽完。

「所以，你今天是親自來向洛陽告狀的？」溫和如陳靜，語氣也難免帶了點譏諷。

「如果不是你一直舊事重提，我也不會拿這件事出來刺激你。何況這是你們夫妻之間的事，哪輪得到我這個外人和洛陽講？我沒那麼討厭。」丁水婧霍地起身。

她只是想來看看他而已，僅此而已。她什麼都沒做，什麼都不會去做，可當未來出現一絲光明的縫隙，誰也不能責怪她的衝動與興奮。然而在陳靜面前，這許多年的暗暗窺視變了味道，讓她格外羞恥。

「你是不是覺得，我很對不起洛陽？」陳靜柔聲問道。

「我再說一遍，那是你們夫妻倆的事。」丁水婧冷聲道。

「丁水婧，別裝了，行嗎？你心裡清楚，是你毀了我的生活。」

多年來，這是陳靜第一次明明白白地指責她。

丁水婧詫異地回過頭去。陳靜的眼睛卻看著湖面。

「丁水婧，我不想再帶著你這顆定時炸彈生活下去了。」

陳靜一直相信，世界上的愛情分很多種。電影裡的一見鍾情自然算一種，但她和洛陽之間的未嘗不是。

「你是小姑娘，懂得少，人又很自以為是，不理解也沒關係。何況你並不是第一個衝到我面前來示威的姑娘，我早就習慣了。」

陳靜說話的時候，目光一直沒有離開過湖面，彷彿深不可測的水底藏著勇氣的源頭。

「高中我倆之間剛有點傳聞的時候，就有些女孩覺得我配不上洛陽，明裡暗裡地貶損我。直到我跟他在一起了，她們也沒消停過。上大學時前赴後繼的師妹，從來不把我放在眼裡。當然，洛陽從沒和她們曖昧過，這一點誰也挑不出他的毛病，你總不能因為大家都想搶銀行，就說人民幣有罪吧？」

「洛陽私下裡會去教訓她們，替我討公道，但當他想要跟我面對面解釋或者道歉的時候，我從來都躲著他，打岔，換話題，沒講過一句不滿，也沒誇獎過他一句。」

「你會奇怪為什麼嗎？你這種小姑娘，肯定要矯情地大鬧一場，對不對？但我不會。越鬧越等於證實了自己的弱勢。反正我一直在意的是，兩個人之間若有真感情，用不著講得太多。」

「但第一次看到你和洛陽在一起上課，我就覺得不對勁了。」

陳靜並沒有繼續說下去，像是一本回憶錄，到了最關鍵的部分，被撕了個乾淨。

丁水婧卻無法開口去詢問這一段。

「以前所有的姑娘找到我面前，說的都是我配不上洛陽。只有你，對我說，洛陽不愛我，洛陽不愛我。」

陳靜喃喃自語，聲音輕顫。

「對不起」三個字哽在丁水婧的喉嚨口，她知道說出來也不過像湖面上的霧一樣蒼白縹緲。

「謝謝你讓我知道了洛陽真的戀愛了是什麼樣子，」陳靜終於轉過來看著丁水婧，「當然，後來我自己也戀愛了。我也什麼都沒做啊，沒有背叛，沒有承諾，只是動了動心，和他一樣。」

陳靜歪頭笑了，十分開心的樣子。

「我和他，終於扯平了。」

丁水婧獨自在湖邊的長椅上坐到天黑。

陰天看不到日落，晚上雲卻漸漸散開了，在清朗的夜空中稀稀落落地鋪排著，被月光照亮了輪廓。

又是一樣的月光。記憶中邊城清溪上的月光覆蓋了此時此刻，有一瞬間，掂著手裡空空的檸檬茶杯，丁水婧忽然恍惚，彷彿只要一回頭，就能看到洛陽手捧兩杯滿滿的檸檬茶，穿過馬路朝她跑過來。

她遲疑著回過頭，看到身後的美術館敞開著大門，橙色的燈光傾瀉在門口的地磚上，圈出一片溫暖的圓形懷抱。

丁水婧真的看到了洛陽，遠遠地，和他的同事們在門口說笑道別。

五年不見，她仍然能一眼認出他。白襯衫西裝褲，西裝外套搭在肩上，袖子都挽起來，好像終於放鬆了，有些頹廢，又有些頑皮。

她淚眼模糊。

這個男人要當爸爸了。

在美術館看到陳靜慢慢走路的樣子，她就意識到對方懷孕了。她遞出一瓶溫溫的礦泉水，也遞出了最後的一丁點希望。

陳靜是真的喜歡大師兄，還是只是為了報復洛陽？

丁水婧沒有問，她相信陳靜自己也未必說得清。

生活永遠沒有清晰的邊界，所有底線上都鋪滿了漸漸色。

她只記得陳靜溫柔地說，大師兄其實過得很辛苦，他是熱愛藝術的，可是沒天賦，只能每天硬著頭皮去應酬。他不是個油滑的人，真的不是。

「其實你和洛陽很像的。你們都是做什麼都很輕鬆的人，我們不是。就算是同病相憐吧。」陳靜站起身，還沒顯懷，就已經習慣用手扶著腰。

有那麼一瞬間，惡意升騰，丁水婧很想問「孩子真的是洛陽的嗎」？

誰都有惡意，但還能把它控制在內心的黑匣子裡，也算得上是好人。

自己竟也是個好人，丁水婧苦笑。

她記得陳靜離開的時候臉上淡淡的光華，那是為人母才會有的平靜，和曾經作為洛陽女友的隱忍完全不同。

陳靜小心翼翼地撫摸著小腹說：「兩個月了，昨天下午才檢查出來的。洛陽還不知道，我打算今天告訴他。本來想主動提出離婚的，可是居然有了這種意外。我覺得這是個預兆，過去的就讓它過去吧。」

丁水婧微笑著目送她遠去，最後說：「嗯，他一定會高興的。」

同事的車漸漸開遠，車尾燈像小路盡頭野獸的紅眼睛。丁水婧看到洛陽點了根煙，從褲袋裡掏出手機。

半分鐘後，丁水婧口袋裡的手機振動起來。

她站在湖堤邊，遲遲沒有接，遠遠看著陳靜從洛陽的背後靠近，輕輕從後面抱住了洛陽。

洛陽一驚，立刻扔下煙頭用腳踩滅，轉頭扶住了陳靜。

漫長的一分鐘裡，丁水婧微笑著，看陳靜哭泣著訴說，看洛陽喜不自禁地緊緊回抱住她，美術館的暖色燈光下，又一齣人間喜劇。

丁水婧忽然想起五年前的夜晚，她沿著湖堤邊走邊說：「翠翠心裡知道，那個人也許永遠不來，也許明天就回來。」

洛陽卻說：「多可惜，一個小姑娘，要為一個不知道會不會回來的人等一輩子，何苦。」

何苦。

丁水婧，你何苦。

在退學重考前，她問過洛陽最後一個問題——這樣的人生，有意思嗎？拚命摁滅心中的火焰，把短短的、寶貴的一生獻祭於規則與無奈……這樣過一生，會不會不甘心？

洛陽當時沒有回答她。

此刻，丁水婧看著美術館前親密擁抱的愛人，終於相信一切都是一場誤會。是她誤以為自己窺見了他心中的豔火，誤以為彼此是同類。

後來他選擇自己摁滅那團火。

也許是陳靜出現得太及時，洛陽的電話一直沒機會掛斷；也許只是興奮得忘記了這個電話。丁水婧沒有糾結，伸手主動掛斷了。

她隱匿在黑暗的樹影下，仰頭看著月亮。

薄薄雲幕背後的那一輪月亮，和當年一樣的月亮。

人間留給他們吧，她只要這一輪月亮。

丁水婧大步離開，再也沒有回頭。

## 番外之三　遊園驚夢

陳曉森時常想，評價很多事情對錯和值得與否，往往都取決於未來自己變成什麼樣子的人。人的過去和歷史一樣，是由後來人蓋棺論定的。

如果某天她和自己的親姐姐一樣，從乖乖女成了大齡剩女，三十二歲的交際圈狹窄的市博物館講解員，每天奔波於一場又一場的相親中、尋找一個門當戶對、平頭正臉的男人充當歸宿——也許她會因此對大學二年級的十一長假抱有深深的怨念和悔恨。

那個慌亂的長假中，她放開了一個平頭正臉的男人。

許多往事在腦海中念念不忘的只是一個場景，慢慢地賦予了自身一些說不清道不明的意義。或者說，它已經昇華成某種感覺，儲存在記憶的角落裡，稍一觸碰，就在心田瀰漫開來。

瀰漫的是什麼——這是無論如何形容都永遠不可能貼切的。

所以，每當別人問她，究竟為什麼和徐志安分手，她想到的，並不是那個陽光下雙手插口袋眯著眼心不在焉的少年——雖然從任何一個角度來看，他都是他們分手的誘因。

腦海中蒸騰著的霧一般的畫面，其實是列車，深藍色的夜空，一閃而過的橙色路燈，鐵軌「哢嗒哢嗒」的響動，乃至鄰座睡相恐怖的大嬸。

其實，在夜奔的某一刻，一切就都寫好了結局。

9月30日晚上，陳曉森坐在奔向北京的夜行列車上，儘管是軟座車廂，但是坐得太久屁股也會有些痛。身邊的陌生女人已經熟睡，臉微仰著側向自己這一邊，嘴巴自然地張著，顴骨突出、臉頰凹陷，醜得嚇人。呼吸間伴著若有若無、時強時弱的鼾聲，氣息淡淡地噴在陳曉森的脖頸間。儘管女人閉著眼睛，可是仍然帶給陳曉森一種被視線籠罩的不安全感。

她無奈地轉移視線，安靜的車廂裡除了微弱的鼾聲，就只剩下列車駛過鐵軌接縫處時發出的有規律的響動。陳曉森始終處於一種混沌而清醒的狀態。被鐵軌聲和光線不明的車廂催眠，卻又捨不得睡。

對，就是捨不得。

周圍到處都是人，可是其實一個人都沒有。他們都很陌生，他們都很沉默，只有她睜大了眼睛，只有她自己存在。

平常即使閒暇也往往會找些事情做——時間就在食堂、宿舍、教學樓的往復中，電腦前網路後一遍遍地刷新中，自己都無意識的情況下，慢慢流逝。

她回頭，看不到自己的軌跡。

上個星期天做了什麼，為什麼作業又是臨時抱佛腳抄室友的？既然沒學習，那為什麼好不容易借到的全套的《銀魂》DVD到現在也沒看？

我真的活過嗎？

陳曉森不敢肯定。

只有此刻。她清楚地聽得見自己的心跳，摸得到自己的靈魂。

原來靈魂還在身體裡。

原來她還存在。

那一刻她突然很想哭，她想向上帝耶穌佛祖如來一起禱告，請求他們，讓這列車永遠不要停下來，在深藍的夜色中，伴著零星的路燈和安眠的稻田，開向無所謂的遠方。

不要黎明，不要終點。

彷彿她的靈魂是露水，見光就死。

陳曉森是個平凡的女孩。

平凡的五官，平板的身材，平靜的表情，平庸的智力，平整的人生軌跡。當年同學聊天提到周迅有部新電影上映，名字叫《明明》，坐在週邊看雜誌的陳曉森無意中聽到了，抬起頭問：「叫什麼？《平平》？」

《平平》，莫非這部電影講的是她和她的姐姐？

陳曉森的媽媽是中學老師，爸爸是大學老師，既不是重點中學也不是重點大學。家裡的房子不大不小，存款不多不少，對兩個女兒基本上也沒有太多的期望和要求，健健康康、平平安安過一輩子就好。

他們都不知道，陳曉森很討厭疊詞。

所以新年的時候她捏著徐志安的賀卡，對著扉頁中的「紅紅火火、平平安安、健健康康、順順利利、快快樂樂」看了許久，然後還給他，說：「你寫字的時候結巴嗎？」

火車終於還是到站了。雖說是初秋，但北京早晨的空氣仍然有點清冷，她沒穿太厚的衣服，因為徐志安說中午的時候會很熱。許多乘客早早地就把行李準備好，過道裡塞得滿滿的，車剛一停就急著下車，推擠著向前走。陳曉森不明白這些人究竟在急什麼，好像被別人搶先了就是很吃虧的事情似的。

她坐在原位，靜等著人走光。

透過窗子，看到徐志安。他穿著黃色的長袖T恤和深藍色的牛仔褲，從遠處跑過來，大腿圓滾滾的，好像又胖了些，而球鞋還是髒髒的。

看到他，陳曉森才確切地記起他的長相，然而分開後一轉身，好像就會忘記。

高中畢業後，有人知道徐志安和陳曉森在一起了，很善意地開玩笑說，你們倆真的挺有夫妻相——陳曉森笑，心想，跟自己這樣的人有夫妻相的，全中國能找出大約一億來。

徐志安一路瞄著車廂號碼，到了她這節車廂的出口停了下來，透過下車的人往門裡看。而陳曉森就在不遠處透過窗子看著他。

早晨還是來了。她的存在感一點點地變弱，弱到忘記要尋找存在感這回事。

他牽著她，時不時地側過臉傻笑。陳曉森心中不是不開心，只是當她也用微笑來頻繁地回應對方久別重逢的喜悅感的時候，嘴角總是往下墜，所以每次的微笑都格外用力。

他們都說，和徐志安在一起，是陳曉森的福氣。

曾經沒多少人關注過他們。陳曉森是掉進大海中就再也分辨不出來的一滴水，不活潑也不沉悶，成績不好也不壞；徐志安則是他們一中連續三年的理科第一名，是個憨厚的、愛踢球的書呆子。

他們是同桌。

只有徐志安知道陳曉森牙尖嘴利和懶洋洋的一面。陳曉森倒也不是特意對其他人偽裝或者只對徐志安真誠。平凡如她，其實也有幾個側面，究竟展示的是哪一面，基本上看的是心情和習慣。眾人面前從不爭強好勝，這並不是她韜光養晦或者淡泊名利，只是因為她的確沒那個本事，也沒什麼發光的渴望；至於在同桌徐志安面前刁鑽暴躁、尖刻無情，也許只是出於她偶爾的發洩欲，以及欺軟怕硬的人類天性。

可是，就是這樣的反差感把徐志安吃得死死的。

徐志安從高二開始追她，可是她絲毫沒有意識到。對方是全班公認的好人，誰請教習題，他都認真真、一個步驟一個步驟地為對方講解。所以即使他主動為她做了兩年的輔導，每到期中期末就為她縱向知識點串燒複習，她除了和別人一樣說聲「謝謝」，絲毫沒有感覺到有什麼特別。

他是個好人，她想。

當他高考前問她，你覺得我怎麼樣時，她還是回答：「你是個好人。」

對方臉色一變，低下頭沒說什麼。

大學開學在即，他要去北京了，臨行前，又把她叫了出來。

「我要去北京了，祖國的心臟！」

最後五個字，聲音很大，意義不明。雖然她知道他不是炫耀，可能只是有些興奮過頭，或者緊張？

不過，她還是懶洋洋地回了他一句：

「去了也是塊血栓，只能給心臟添堵。」

他憨厚地搔著後腦勺，笑。

永遠都是這樣。

徐志安是個很乏味的好男孩，聰明，勤奮，憨厚。可還是乏味，永遠都沒辦法回嗆她一句，哪怕只有一次。

可能好學生都這樣吧，陳曉森失落地想。

當然，或許在別人眼中，自己也沒比徐志安有趣到哪兒去。

「去吧，去吧，為祖國心臟發光發熱去吧。」她真心地祝福他。

然後他說：「那個……其實，我一直都……喜歡你。」

陳曉森心跳平穩。

「能不能……當我女朋友？」

陳曉森面色平靜。她現在已經回憶不起來當時的自己到底是什麼感覺，也許這份健忘本身已經說明了一切。

她說：「好啊。」

他驚呆了，語無倫次地說：「我，我以為……我就是……反正我也要去北京了，所以鼓起勇氣……沒想到……太好了，太好了……」

原來是臨行前好死不死的最後一搏。

這表白立刻有種酒壯人膽的嫌疑。

不過，畢竟是表白。

他送她回家，她牽著他，好像牽著自己的哥哥。

曉森的姐姐最先知道了自己妹妹異地戀的事情。得知對方是名牌大學的高中同桌，很是為她高興。她姐姐與她很不同，姐姐的平凡中透著純真和善良，而陳曉森的平凡，潛伏著懶洋洋的無所謂和她自己也不是很了解的暗潮湧動，以及刻薄。

反正她沒有喜歡的人，反正也沒有人喜歡她，反正對方是個潛力股，反正對方是好人，反正她也不是壞人，反正未來誰也說不準，反正……

反正她沒發現，一直對迫於現實而不斷相親的姐姐長吁短嘆的自己，其實才是最冷酷、最現實的那個。

總有一些人沒資格享受風花雪月的轟轟烈烈，那就市儈到底。

從火車站坐地鐵，輾轉到了P大，正好是九點。招待所房間緊張，徐志安為她預訂的標間客房的上一位客人還沒退房，所以他先帶她到自己的宿舍，把厚重的背包放下。

走廊裡有一點通風不良的霉味，不過打掃得還算整潔。徐志安掏出鑰匙開門，探頭往裡面看了一眼，然後輕聲地對她說：「他們都在睡覺，我們輕聲點。」

假期的早晨不睡懶覺，天誅地滅。

室內有些熱，不過沒有想像中的臭襪子的味道。左側六張組合書桌，右側三張上下鋪，門口有衣櫃和鞋櫃，雖然書桌上有些亂，筆記型電腦資料線、網線糾結成一團，不過大體上還算是乾淨的宿舍。徐志安輕手輕腳地走到盡頭的書桌前，把她的書包放到地上，然後開始在自己亂亂的桌子上翻找學生證。陳曉森站在門口附近，熹微的晨光透過窗簾的縫隙照進來，能看到灰塵飛舞。

這是她第一次進男生宿舍。陳曉森好奇地四處巡視，小心而略帶罪惡感地偷窺著下鋪兩個男生的睡相。一個男生把頭整個蒙在了被子裡面，床上只有一大個鼓起的包。另一個男生雪白的被面和他黝黑的臉龐形成了鮮明的對比，他仰臥著，一隻手擺在耳側，一隻手搭在肚皮上。陳曉森記得以前在新浪做過心理測試，據說具有這種睡相的人，明朗而誠懇。

她不小心咳嗽了一聲，聽到旁邊的床有響動的聲音，朝右側偏頭一看，和自己視線高度差不多的上鋪有個男生正好翻身轉過來。她站得離床太近，男生的鼻息恰好噴在她的耳側，陳曉森突然渾身一激靈。

那個男孩子翻身帶動的氣息，有種淡淡的清香。

陳曉森凝神。

那是怎樣出色的眉眼輪廓，乾淨帥氣，好像出色的黑白炭筆素描，但又說不出的生動。

那張臉的主人微皺著眉頭蹭了蹭枕頭，陷進了柔軟的淺藍色羽絨被中，然後突然輕輕地咳了一聲，迷迷糊糊地睜開眼。

看見陳曉森的瞬間，他傻傻地愣了一下，然後突然坐起來，床鋪隨之「吱呀」一響。他的格子睡衣的一邊領子還立著，半眯著眼睛，一臉懵懂的神情。

這讓人不由得想去捏他的臉。

這個念頭讓她愣了幾秒鐘，不由得「噗哧」笑了出來。

這次，嘴角再也不覺得下墜。

他們宿舍的床品質並不是很好，稍稍一動就「吱呀」亂響，男孩坐起身的時候也吵醒了其他幾個人。原本大家都是可以瞬間迷迷糊糊地睡下去的，不過眼睛微睜的時候看到了陳曉森，於是一個個都難以置信地揉了揉眼睛，紛紛坐起來。

徐志安見狀也只能笑笑，說：「這是我女朋友，曉森。」

幾個人都嘻嘻哈哈，邊打哈欠邊笑，說：「怪不得你起得那麼早，原來是接老婆去了！二嫂早！」

只有角落上鋪的男生沒有穿上衣，不好意思地往裡面縮了縮，伸出胳膊露出半個肩膀，說：「見笑了，弟妹隨便坐，隨便坐！」

陳曉森不知道說什麼好。她記得自己宿舍的姐妹常說很喜歡和自己男朋友的哥們兒一起出去玩，以家屬的身份，有種溫暖大家庭的感覺，何況男生往往都是幽默的、有趣的、略帶猥瑣卻無害的。

她剛一見面，就對這些男孩子很有好感，雖然她並不喜歡別人叫她「弟妹」或者「二嫂」。她紅了臉，笑得有點勉強，點點頭，算是打招呼。

目光不期然和剛剛那個最早醒來的男孩相接，和剛剛那幾個雖然大聲叫著「二嫂二嫂」可是實際上又有些羞澀的男生不同，他自然大方地朝她微微一笑，說：「你好。」

「你好。」

即使眼睛好像還有點睜不開。

「二哥找什麼呢？」男孩的聲音有些像上杉達也（日本動漫《鄰家女孩》的男主角）的中文配音，陳曉森有些分心。

「學生證。我要帶她轉轉學校，要進圖書館可能會查證，昨天向咱班女生借了一張給她用，結果我自己的反倒找不到了。」

「拿我的吧，在錢包裡，你打開抽屜就能看到。」

「那好吧，謝了。」

徐志安走向整個宿舍唯一收拾得很整潔的組合書桌，半蹲在地上，拉開了抽屜。

陳曉森回頭，另外幾個男生已經紛紛重新倒下，把頭埋進枕頭繼續入睡了。只有「上杉達也」同學靠牆坐著，略帶怔怔的神色，眼睛半睜半閉，看著漏進室內灑在地板上的那一塊方方正正的陽光。

他看得入神。她也看得入神。聽到抽屜闔上的聲音，陳曉森慌忙低頭，徐志安向床上的男生說了聲「謝謝」。男生笑起來，眼睛彎彎，說：「不客氣，有事打電話給我。」

眼睛彎到看不清目光的指向，所以有一瞬間陳曉森覺得那目光是投向自己的，彷佛舞臺上方的聚光燈，周圍都是黑暗的虛無，只有她自己孤零零地存在。

存在。

她並沒有遺失全部的存在感，即使陽光普照。她想著，心情漸漸好起來。

他們繞著P大的湖轉了幾圈，陽光正好。十月初的北京還有些許夏天的殘溫，湖邊居然還有花開著，不知名的花綻放得正盛，一簇簇豔麗的粉紅開滿了枝椏，甚至遮蔽了葉子，擁擠得很是熱鬧。圖書館終究還是沒進去，今天查證的老師格外嚴格，看了一眼就把徐志安攔在了外面：「這是你的學生證嗎？」

站在他身後的陳曉森看了一眼被老師捏在手中的橙色卡片，上面那個笑得滴水不漏的男孩和徐志安相差太多，連撒謊矇騙的餘地都沒有。

他低頭跟老師道歉，兩個人只能離開了入口。陳曉森迎著陽光抬起頭，高大的深灰色建築物背靠湛藍的天空安靜地佇立在眼前，徐志安一個勁地道歉，她輕鬆地笑笑說：「我就沒想進去。」

「走馬觀花，不過就是因為它很有名氣，可是裡面海量的藏書我又不會看，何必要進去。」

徐志安鬆了一口氣，問她想要去看看建設中的鳥巢、水立方，還是去後海，琉璃廠什麼的老北京景點。她禮貌地笑笑說：「你決定吧，我無所謂。」

陽光晒在身上很舒服。她莫名地開心，又莫名地沒興致。

很久之後，徐志安慢慢地嘆了一口氣。陳曉森目視前方，慢慢地打了一個哈欠。

牽著她的那隻手不知道什麼時候鬆了下來，陳曉森停住，他們此刻已經走到了學校的大門口。

「這是？」

「西門，算是正門。一起照張相吧。」

「哦，好吧。」

拜託路過的本校同學，他們肩並肩照了一張平淡無奇的照片。徐志安沒有表情，T恤的領子歪到一邊，額頭上有些許汗珠；陳曉森笑容平淡，一夜行車讓她有點黑眼圈，臉上也油油的。

徐志安盯著數位相機的螢幕，看了好長時間。陳曉森詫異於這樣的照片有什麼好研究的，不過沒有開口催促。

「曉森，你不高興嗎？」

她訝異：「沒有啊。」

「那你開心嗎？」

她停頓了一下：「挺高興的。」

「你能過來，我很開心，昨晚差點睡不著覺。」

徐志安陳述的語氣中並沒有開心，卻有隱約的心酸。陳曉森扭開臉，她不想承認自己此刻竟然有些同情徐志安——同情自己的男朋友，毫無資格和立場，滑稽而悲哀地同情。

別人的異地戀都是怎麼談的？每天用簡訊、QQ不停地告訴對方「我愛你」、「我想你」、「你過得好不好」、「乖不乖」、「有沒有思念我」，一到假期，就忙著訂票收拾行李，輪流奔赴彼此的所在地？又或者，牽手、擁抱、親吻？

陳曉森發現自己並不是很清楚。

他們之間有些尷尬的隔閡，明擺著，卻誰都不戳破。徐志安用盡心力地對她好，每天在QQ上等待，早中晚的簡訊，噓寒問暖，五一、十一都跑回家鄉去她讀書的大學看她……

誰都說：「你男朋友真好。」上鋪的室友在背後不平，認為陳曉森跟她都屬於平均分的雞肋，憑什麼陳曉森的男朋友是深情高材生？

所有人都在對她說：「你真幸福，徐志安真好。」

這種輪番的轟炸強化讓她一度錯覺，自己的確應該愛他，因為他很好。

畢竟不是不切實際的爛漫灰姑娘了。灰姑娘並不是真的灰姑娘，她是個落難公主，除了被迫做苦力之外，她的一切都是完美的。

所以，陳曉森比誰都懂得自己應該安分。她告訴自己，安安分分地過日子，反正她已經得到了太多平均分，她的人生已經及格，不必像別人那樣因為爭強好勝的欲望或者迫於無奈的現實而焦灼拚搏，甚至連感情都馬馬虎虎得令人羨慕。

人要過好日子，就不能瞎折騰，不能胡思亂想。世界上究竟有多少能夠在婚禮現場提著婚紗狂奔逃跑的新娘？

當QQ徐志安告訴她系裡的學生會十一有活動，他走不開，所以不能去看她的時候，語氣中有濃濃的歉疚。她明明因此甚至鬆了一口氣，然而看到那份歉疚，良知讓她不忍。

「我去北京找你吧。」她說。

就是這麼一個未必很真情真意的舉動，讓他感動萬分，開心地打出一大堆表情符號。陳曉森默然，手指懸空在鍵盤上，抖了抖，但還是收了回來。

這份廉價的關懷，給了她安慰自己的理由——畢竟，我也為這份感情付出過，我也是在經營著的。

在北京走馬觀花了一整天，她累得早早地睡了。

鬧鐘時間設得很早，她特意早起，因為要化一個淡妝。今天的活動很特殊，她不能像昨天那麼狼狽。

不過，有自知之明的人往往比較痛苦。陳曉森對著鏡子，不得不承認，她長得太平凡了：微微有些大的額頭，鼻翼兩側粗大的毛孔，下巴有點方，只有眼睛還稱得上有神采，不過遠遠稱不上顧盼生輝。

她很久沒有特意打扮過了，手指觸及蜜粉盒的時候有些抖。她努力迴避自己特意修飾的原因——每每想到此，心底就罪惡感翻滾。

徐志安來接她，眼前一亮，一個勁地誇她好看。

他每誇讚一句，她就難過一分。

他們搭車到了歡樂谷時，其他人都已經在門口集合了，她從遠處走過去，忽然覺得自己連走路的姿態都很彆扭。

今天除了陳曉森和徐志安，還有同宿舍的老五、老六和他們的女朋友，以及，盛淮南。

昨天，徐志安的學生證被老師抽走的時候，她極為留心地看了一眼，連「盛淮南」那麼小的三個字都看清楚了。

「人齊了就趕緊進去吧，」盛淮南笑著招呼他們倆，「今天遊客多，大家要注意，不要走散了，請時刻圍繞在我這個電燈泡周圍。」

大家嘻嘻哈哈地跟著他朝檢票口走了過去。徐志安拉起陳曉森的手，她微微掙脫了一下，像是一種本能。

罪惡的本能。

一路走馬觀花，她的沉默在熱鬧的環境和活潑的同行者們的掩護下，顯得並不突兀。徐志安只是牽著她，並沒勉強她參與大家的聊天，自己倒說得很開心。

陳曉森偶爾抬頭看看徐志安興奮的樣子，對比昨天的沉默尷尬，感到了一絲愧疚。

他喜歡她。她卻讓他很難過。

陳曉森從昨天到現在都還沒跟徐志安聊起過昨天看到的同宿舍的同學，也沒問過他們誰是誰——原本遊覽的路上有些沉悶，這是絕佳的話題，可以不費神地讓徐志安一個個地為她介紹，講講宿舍裡的事情……可是她沒問，沒有側面打聽，哪怕是一句話。

動機不純的事情，她不想做。一想到徐志安可能會盡心盡力地為她詳盡介紹，並以此逗她開心，她就罪惡感滔天。

老五、老六的女友都打扮得很花俏，把陳曉森襯托得很樸素。排隊買票，入場，商量先去哪個設施排隊……單身一人的盛淮南扮演著協調指揮者的角色，但是並沒有獨斷的感覺，始終是商量的語氣和態度，但說出來的話自然讓別人覺得不需要操心，由他決定就好。笑眯眯的表情充滿親和力，但是只有陳曉森發現，他總是和他們站得有一定距離，彷彿不是一個集體內的——或者說，周圍的一切，熾烈的陽光，熙熙攘攘的遊客，假山，水池，飄過的歡呼聲尖叫聲……也包括他們六個，通通都成了盛淮南的背景色。

「花痴了嗎？」她自嘲道。

一個乾淨、好看、舉止文雅的白襯衫少年而已。

可是他身上有種強烈的存在感，和陳曉森平淡、懶散的人生完全不同的存在感，讓她無法不全神貫注地追隨著。

她不是沒有遇見過帥氣的男生，自己在大學裡也會被室友拖去運動場或食堂偷看財會系的校草，臥談的時候聽著她們的評論，用各種動漫詞彙來給各位帥哥歸類：溫柔眼鏡系、冰山腹黑系……可是她懶洋洋的心，從來沒有一絲一毫的震動；也不是沒有遇到過學生會裡看起來忙碌充實、神色匆匆的幹部，能夠把一群人指使得團團轉……然而，她也不曾羨慕或者欽佩過。

她要是嚮往成為那樣的人，現在也不會這麼心甘情願地安於平庸。

然而此刻，陳曉森才知道，她能夠安於混沌的平庸，只不過是因為光芒的誘惑力還不夠大。

被蠱惑，只要瞬間就夠了。

目光黏著，然後就這樣瞎了眼。

很久之後回想起那個短暫的上午，陳曉森始終覺得，那些瞬間充滿身體卻又壓抑不發的情緒——卑微，豔羨，悸動，欣喜，無望……彷彿無窮的動力。她不再覺得無所謂，而是一下子明白了，那些在她自己的室友身上出現過的、被她在心裡冷笑著評價為肉麻白痴十三點[7]的情懷和小動作，原來並不是真的那麼肉麻白痴十三點。

「那個盛淮南，好像挺大氣的，蠻喜歡出頭策劃的。」

她學會了旁敲側擊。

「啊？校草？別鬧了，我們學校有的是比他好看的。」

7 十三點：用來形容一個人愚昧無知，說話或做事不經大腦。

她也學會了欲蓋彌彰。

憋了半天，好奇心還是淹沒了良心。

她輕聲地問著徐志安，偶爾提及一兩句盛淮南，夾在對老五、老六和女友們的大篇幅八卦中，夾雜在「太空飛船好幼稚啊」、「喂，這個設施很可愛」當中，包裹得很安全、很隱蔽，可還是在問出口的時候，喉嚨微澀。

知道她頭暈，不想坐海盜船，徐志安也堅持要留在下面陪她，最終還是被她推了上去。

「只有三分鐘，不用陪我，好不容易排了這麼長時間的隊，趕緊上去！」

他傻笑著，在一片「你看，嫂子多疼你」的笑鬧聲中，坐進了椅子裡。她返身退出，跑下樓梯，站在下面等待。

電鈴響起來了，她轉身，看到盛淮南雙手插口袋背靠著人工湖的欄杆站著，頭側向湖面，正失神地望著什麼。她雙手交疊在身前，安靜地站在五步以外，終於可以明目張膽地看他。

背後是海盜船帶來的風聲，女孩子們尖叫的聲音像一陣陣海潮，廣播裡傳來的愉快的音樂，來來往往的行人的說說笑笑，交織成一片嘈雜的煙雲。一切都是熱鬧的，只有他們兩個是靜止的，而內心是涇渭分明的兩個世界，陳曉森甚至能看清那層透明的牆。

三分鐘很短，也很長。

就像她見到他，短得只有兩幕，但也許回味會長過一生。

溫柔的秋風吹亂了她的額髮。陳曉森心中一片溫柔。熾烈的陽光透過湖面折射，在她眼底鋪展出一片明晃晃的無望。

她會記得。

記得自己是怎樣手牽著自己的男友，時刻準備迎接男友的目光，做出快樂的笑容，卻在乘坐每一個遊樂設施的時候想方設法假裝無意中坐到他的身邊。

記得她一上午廢話出奇的多，好像和徐志安交往一年說過的話的總和也沒有這麼多，其實只是為了隱蔽地夾雜兩句關於他的問題。

記得她一動不動的三分鐘，那麼強烈洶湧的情緒化成了安靜的注視觀望，綿延成了不再見光死、不再混沌消失的自我存在感。

記得，就夠了。她學著他的樣子，雙手插進口袋裡，在離他很遠的角落靠著欄杆，直直地望向燦爛耀眼的水面，直到視線一片模糊。

中午他們一行去「螞蟻王國」的餐廳找位子，她在外面接了媽媽和姐姐的電話，示意徐志安他們先進去，不必等她。

她媽媽對於女兒的愛情極為支持——高中同學，知根知底，又是高材生，人又憨厚……儘管還是不放心地囑咐了很多自我保護方面的事情，不過仍然能從言語中聽出滿溢的喜悅。

陳曉森苦笑，有一搭沒一搭地回著，牽動著嘴角。等電話傳到姐姐手裡，她不再勉強應和。

「怎麼了？」姐姐感覺到了她的異樣。

「姐，如果……如果你找到了一個相親對象，一切都很合適，然後準備結婚了，可是這時候，這時候……」

「怎麼了？」

「這時候，你從初中喜歡到現在的『仙道彰』突然出現在你的生活裡，然後要帶你私奔，你會不會……」

「呵呵，」電話那邊的姐姐了然地笑道，「你又胡思亂想了，我會不會什麼？」

「會不會……會不會……」

「我會。」

「嗯？」

姐姐的聲音柔和而堅定：「我會提起婚紗的裙角，甩掉高跟鞋，頭也不回地跟著『仙道彰』跑掉。」

頭也不回。

陳曉森心中驀然一片清明。

「遇到『仙道彰』了？」姐姐的聲音有些許揶揄的味道。

「嗯。」她點頭，毫不遲疑。

「曉森，剛才有句話我沒說……」

「我知道。這只是如果。實際上你等了這麼多年，也沒有『仙道彰』來找你私奔。」

「世界上不是沒有『仙道彰』，只是他不會拉著我私奔，所以我還是會乖乖地相親，嫁人。」

「可是我不同。」陳曉森突然發現，這是第一次，她大聲地說，她是不同的。

重點不在於「仙道彰」會不會在婚禮的時候拉著你去私奔。

重點在於，陳曉森發現，要跟你結婚的人，即使他再好，即使你再惜福，一旦面對一個假想的「仙道彰」，仍然會堅定地選擇甩掉高跟鞋，跟著這個如果中的人逃向遠方——那麼，無論這個如果是否會成為現實，她都會提起婚紗，大步地衝出祝福籠罩的婚禮現場。

再也不回頭。

她掛斷電話，走進餐廳，那幾個人已經吃完了，盛淮南不在。

他們開玩笑說，盛淮南扔下他們六個，帶著美女和孩子跑了。

陳曉森同樣微笑。

微笑著在黃昏與大家道別。

微笑著告訴徐志安「對不起。」

微笑著坐上返程的火車。

當它又一次駛進沉睡和夜色中，陳曉森用外套為自己堆出一個舒服的姿勢，頭靠在玻璃上，漸漸入眠。

少年從床上爬起來，一臉迷茫。他的出現和消失同樣突然，沒有道別，短暫得以至於陳曉森現在竟然有些記不清他那出色的眉眼了。

他只對她說過一句話，他說：「你好。」

像一道迅疾的光，晃花了她的眼睛。

然後因此看清了腳下的路。

她要怎樣跟別人解釋，她並不是愛上了另一個人。

只不過，偶然發現，提起婚紗，光著腳迎著陽光飛奔的感覺，是那麼好。

她會一直跑下去。

## 番外之四　院子裡開了不認識的花兒

「藤架上開了不知名的花兒，鮮紅色的，小小的，像紫藤蘿瀑布一樣傾瀉下來。我從山上回來才看見。出門時天還濛濛亮，我只是聞到一陣淒迷的香氣，像是它們才醒來，卻哀傷地發覺，夏天已經過去了。」

洛枳在日記本上把這一段寫下來時，背後的盛淮南瞥到了，一聲嘆息。

她聽到了，忍不住笑出聲來。

盛淮南總說洛枳的日記讓他看了頭疼，如果要他來寫，可能只有一句話：

「院子裡開了不認識的花兒。」

他像洛枳的媽媽一樣喊洛枳「洛洛」卻不明白洛枳為什麼到現在還是連名帶姓地喊他「盛淮南」，甚至日記裡也要把這三個字寫全。

洛枳自己也說不清，也許因為她曾經一度沒辦法光明正大地喊出他的名字，也許因為她高中的日記，第一篇的末尾就用藍色水筆寫了半頁他的名字：盛淮南、盛淮南、盛淮南、盛淮南……

鄰居老奶奶告訴他倆，可以趁天亮前去爬後山，看日出，順便接一桶山泉水回來做酒釀湯圓。現在正是賞桂花的最好季節，金燦燦的，後山遍野都是，隨便摘幾枝最新鮮的，灑進湯圓裡，比酒釀還醉人。

可盛淮南錯過了，他醒來的時候已經八點半，窗子對著東邊，陽光剛好照進來，一室明亮。

「怎麼不叫我？」他坐在床上賭氣，後腦勺的頭髮豎起，像隻氣急敗壞的喜鵲。

洛枳眯著眼睛笑，好聲好氣地哄著他起來吃早飯。

其實她是故意不叫他的，並不僅僅是因為心疼，想讓他多睡一會兒。當時她借著床頭燈幽暗的光線看他，看他整個人蜷在被子裡熟睡，眉頭舒展，安心恬靜的樣子，特別好看。然後她就悄悄溜下床，輕手輕腳地穿衣，走出了門。

走在上山的土路上時，她腦海中還回憶著他睡得酣熟的樣子，有種特別的感覺。

她在路上，愛的人在家裡；她很快會回到他身邊，但是現在，只有現在，她獨自一人在路上。

這種感覺說不清，像是魚和熊掌盡在掌握之中。

早晨霧大，山又不高，她沒看到美麗的日出，只是打了一桶甘冽的清泉，採了一大捧金桂。回去時用清泉水煮了兩碗清甜的酒釀湯圓，將金桂細細地篩好，灑在湯碗裡。盛淮南還沒醒，於是洛枳就自己坐在小院裡吃，抬頭是無名花的哀婉氣息，低頭是碗裡小小的清甜。

她一個人吃掉了兩碗。

頭頂的薄霧漸漸散去，天空越見清澈，整個世界明亮起來。

那一刻，她突然覺得特別幸福。

這種感覺，盛淮南才不會明白呢。

本來說好今天一起去海邊看看的，可上午一個電話把盛淮南叫去了杭州。

他的生意越來越好，他開發的手機遊戲很受歡迎，洛枳周圍的很多同事都在玩，他卻一直生氣自己的老婆從來不裝他們的app。

洛枳手機裡一直都只有「寶石方塊」這一款遊戲。她的確嫌盛淮南他們做的遊戲太山寨、太弱智，可出奇地受歡迎，讓盛淮南大賺了一筆。

洛枳真是越來越不懂這個世界了。

幾個月前，她還被拉去幫他們開發團隊做遊戲配音。產品經理一本正經地要求洛枳用歐巴桑的音色和語氣說「賺翻啦」、「漂亮的後空翻」、「天哪，我撿到錢了」……

她錄音的時候，盛淮南一直在旁邊狂笑，她知道他就是在故意整自己。

所以洛枳不裝那款遊戲，只是因為不想聽到自己那麼十三點的聲音。

但是盛淮南堅持認為，這是因為洛枳薄情，得手之後就不珍惜他了。

得手你個大頭鬼，她哭笑不得。

洛枳的確不再會像高中時一樣做犯傻的事了，她不再學習三根筷子吃飯，卻會扔下他一個人去爬山。

但她每一天都變得更喜歡他，也更像真正的她自己。

盛淮南中午就走了，只帶了一個電腦包。他自己叫了計程車，不讓洛枳送他去高鐵站，而是把租的車留在了村裡。洛枳午睡了一會兒，醒過來看到一則來自陌生號碼的新簡訊。

「聽說你在寧波，要不要出來吃個飯？」

洛枳硬著頭皮問對方是誰，他說：「你好，我是你高中的同學，我叫秦東寧。」

洛枳記得他，高中的時候，他是盛淮南的同桌。

除此之外，她對這個人就幾乎沒什麼了解了。盛淮南高中時的班主任是個教數學的男老師，娶了振華另一位教語文的女老師。夫婦倆有一個共同的帶班方式——分座位的時候，永遠是男生和男生一桌、女生和女生一桌。據說是女老師首先提議的，得到了男老師的讚賞，因為這樣的方式可以杜絕學生產生不恰當的心思，以免影響學業。

所以時常會有同學調侃，在這對夫婦的班級裡，大家只可以搞同性戀。

然而，究竟什麼叫作「不恰當的心思」呢？洛枳高中時還是個模範生呢，也許比動不動就氣語文老師、耍無賴逃避掃除的盛淮南還要模範。但是她這樣恰當的學生，照樣對盛淮南生出了不恰當的心思。

盛淮南的男同桌便是這個秦東寧。洛枳曾經和盛淮南晚上睡不著時閒聊，說起高中時形形色色的同學，盛淮南就提到過這個同桌。秦東寧身高不到一百七十公分，高一排座位時，卻主動要求坐在靠後排的位置上。這種要求是最容易被滿足的，許多家長都提出想要為孩子往前面調動座位，這才是麻煩事。秦東寧的請求正合班主任的心意，所以也沒有問過他這樣做的理由。

洛枳猜，也許是因為男生的自尊心。

他不想再繼續做「前排的小個子男生」。

洛枳一邊聽著盛淮南描述這個「同桌整三年都沒什麼交情」的平淡同桌，一邊在腦海中清晰地浮現出了對方的樣子。

秦束寧是個看上去很安靜的男生，略瘦，白淨清秀，戴著眼鏡，斯斯文文的樣子。

洛枳被自己震驚到了。

盛淮南還在講著，她的頭枕在他的胸口上，聽著胸腔嗡嗡的共鳴聲，因為這個念頭而走了神。

應該是以前在偷看盛淮南的時候見過的吧——洛枳當年再怎麼掩飾自己那不恰當的心思，也絕不是路過三班門口時也貞潔烈女般目不斜視的女生。她會狀似無意地轉過頭去看一眼，再平靜地將目光移往別處，舉止正常，特別正常。

盛淮南坐在倒數第三排，從前門是望不到的，後門才有希望，前提是他沒有搬到靠牆壁的那一組。

應該就是這時候順便看到過秦束寧的吧，她想。

他約洛枳在市中心的一家日本料理店裡約會，聽說她住在郊外，還說要來接她，被她婉拒了。

如果是大學時，對於這種遠距離陌生人的邀約，她肯定不會去。工作磨鍊心性，何況身邊的盛淮南和丁水婧他們也在潛移默化地影響著她，不知不覺中，她竟然也改變了不少。

從郊外開入市中心的一路上，導航害得她繞了不知道有多少個圈子。終於找到目的地了，可又找不到停車位，等停好車時已經遲到了十分鐘。洛枳小跑幾步過去，就在大門口遇上了秦束寧。

雖然是個沒什麼交集的人，他卻很好認，像是那個記憶中的形象從洛枳的意念中跳了出來。小平頭，無框眼鏡，白襯衫外面罩著深藍色薄羽絨背心，個子的確不高，因為身材很瘦，看上去並不矮。她和高中相比自然成熟了不少，稜角突出，但也不可避免地老了。

洛枳走進門時下意識地透過門玻璃看了看自己。

二十七八歲的人了，應該也變老了吧？

這種變化，自己和身邊人是很難看得出來的，但是忽然見到秦束寧，十年的時光以最直接、最猛烈的方式顯示了威力，她心裡竟然有點慌。

笑，寒暄，點菜，謙讓。

這種無聊的社交環節一直讓洛枳頭痛。這次沒頭沒腦的見面開始讓她後悔了。

「你喝酒嗎？我們要不要來一壺清酒？」

洛枳還沒開口拒絕，他就自己笑著說：「不好意思，我忘了，你開車。」

在他低頭研究酒水單時，她實在忍不住好奇地問道：「現在才十一，你穿羽絨背心，不熱嗎？」

秦束寧抬起頭，竟然笑得很靦腆，搖搖頭，不說話。

這反襯得洛枳倒好像是個怪怪的老阿姨，在為難一個高中生。

實際上，洛枳之所以答應來見秦束寧，到底還是有點私心的。

她所認識的盛淮南的朋友幾乎全是他創業之後的夥伴，老同學們天各一方，高中、大學的哥們兒畢業後大多去國外讀博士了，不可能在身邊。盛淮南現在的許多好友都比洛枳認識他還要晚，所以她從未有過那種「被男朋友帶入他的兒時玩伴圈子」的感受，更沒機會跟任何一個人探聽些他過去的故事。

哪怕一個微不足道的小故事也好，哪怕笑著說一句「他這小子啊……」也好啊！

她心裡一直有點遺憾。

無聊地等菜時，洛枳開始主動和他聊天，其實就是盤問。

原來秦束寧是通過一個朋友得知洛枳在寧波玩，而那位朋友則是看了洛枳的微信朋友圈。

她本來想問，他到底是從哪個朋友那裡知道的，他們又為什麼聊起了自己——卻眼見他越發不自在。

她直到這時候才覺得不對勁。秦束寧既然知道洛枳和盛淮南一起在寧波，為什麼今天傳簡訊過來時，壓根兒沒提起過邀請盛淮南？

更何況，按理說他想見老同學，也應該直接聯絡盛淮南才對。

她懊悔於自己的遲鈍，開始嚴陣以待，不敢再冒失地深問下去。

「我外婆家就在寧波。我都兩年沒回國了，這次回家待的時間長，不管怎麼說也要到這邊來看看老人家。」

兩年沒回國？那你去哪兒了？洛枳沒有追問，笑著點點頭。

秦束寧喝了口水，繼續說：「下週一我就要回美國繼續讀書了。」

服務生端上來一小碟芥末章魚和一小碟海藻。

「你來寧波出發嗎？那一路平安。」

「去北京轉機。」

「哦。」

秦東寧沉默了一會兒，突然鄭重地開口道：「聽說你也在寧波，我特別開心，鼓起勇氣碰碰運氣，沒想到你真的會來。」

洛枳傻眼了，這話讓她怎麼接？

盛淮南的這群老同學，真是天生適合待在實驗室裡，可千萬別出來了，她內心抱怨道。

她心思一轉，抬頭沒心沒肺地咧咧嘴。

「真可惜盛淮南臨時有事，要不然他一定很高興見到你，出國在外，老同學見面一次不容易。」

秦東寧笑容舒朗，並未流露出一絲一毫的失落或意外。

「是不容易。而且我覺得我以後也都很難見到你和他了，本來就沒什麼理由見面。我和他關係一般，而你，不認識我。」

洛枳靜靜地咀嚼著這句話的含義，一時沒有回應。

秦東寧為自己斟了一杯清酒，舉起來向洛枳致意：「我知道自己冒昧，自罰一杯。」

他仰起脖子灌下去，將酒杯底朝向洛枳，以示自己喝光了。這個動作讓洛枳有些意外——盛淮南在創業初期常年跑業務，酒量不濟，還曾經拉著洛枳陪他練，後來遊刃有餘了，聊天時就會獻寶一樣為她講解各個地方的「酒桌文化」。但是，洛枳的許多同學都甚少有機會接觸到喝酒的場合，像秦東寧這樣習慣性地做出這樣動作的，很罕見。

「你常常喝酒嗎？」她問。

秦東寧搖搖頭，又點點頭。

「自己一個人時很少，但是每次回家的時候都會陪長輩喝。我家裡的長輩都很能喝，我的堂表親們酒量也都很好。相比我這個書呆子，爺爺奶奶都更喜歡他們，因為頭腦靈光，會獻殷勤。後來我不服輸，逢年過節的時候也開始跟他們比著喝酒，漸漸地就練出來了，」他抬起酒杯放在嘴邊，想了想又放下，笑了，「其實這有什麼好比的。但我就是喜歡和別人比，努力了也比不過，那我就認命，所以考上振華之後的三年，我漸漸地就認命了。呵，你會不會覺得我的好勝心太強？」

洛枳搖搖頭：「大人的偏心表現得太明顯，孩子很難保持心態平衡。誰不想做最招人喜歡的那一個，沒人天生喜歡看白眼。」

秦束寧垂著眼睛想了想，嘴角的笑意更濃了。他再次舉杯向洛枳致意：「為這話敬你。」

洛枳連忙阻止：「你自己一個人這樣喝下去，我會很尷尬的。」

他一愣，倒是有點手足無措了，放下杯子，不好意思地搓搓手：「對不起，那我不喝了。」

氣氛一時有些冷清。洛枳看著他小心翼翼的樣子，不禁自責。

她有些衝動地為自己也倒了一杯酒，輕輕抬手道：「不好意思，那我陪一杯，別介意。」

她在秦束寧訝異的目光中一仰而盡，清酒度數不算高，可她喝得太猛，還是嗆了一口，好不容易忍住了，用溼毛巾掩住嘴巴輕輕地咳了兩下。

「我現在確定，我喜歡你這麼多年，挺值的。」

秦束寧忽然說出口的一句話，到底還是讓洛枳劇烈地咳嗽起來。

「其實我高一就見過你。」他體貼地無視了洛枳的尷尬，側過頭看著窗外湖邊的燈火闌珊，獨自用文弱的聲音慢慢地講道。

「高一秋天的一個中午，我們班在操場上打球。我看到一個女生抱著一疊書穿過操場從食堂往教學樓走，文文靜靜的，皮膚很白，眼睛特別亮。我也不知道怎麼一眼就注意到你了，而且從此忘不了。特別奇怪。後來我跟我大學的朋友說起過，他們都說，可能是青春期發春了，」他笑道，「真的，我到現在也想不通。」

昏暗的燈光下，洛枳只能看到秦束寧的眼睛在桌上燭臺的映照下，像兩盞朦朧的燈籠。

「我當時打後衛，看你走近了，忽然很想表現一下。我個子矮，球打得也不好，以前打半場的時候都只是在每局開始的時候傳第一個球，之後幾乎就沒我什麼事了。但那天，我居然運著球，指揮我們這一隊的大小前鋒走位，而且特別大聲地喊，『盯住陳永樂』、『盯住盛淮南』……」

洛枳眨眨眼。

她記得那一天。曾經淡忘了，卻因為秦束寧的話而清晰地浮現在眼前。那時的自己憋著一口氣要考第一，要讓盛淮南知道知道自己的厲害，並卯足了勁讓自己避開一切可能認識盛淮南的機會——於是在聽到一句很大聲的「盯住盛淮南」之後……

「我怎麼都沒想到，我這麼賣力地叫喚，你怎麼也該側頭看我一眼吧？沒想到，你居然一轉頭大步走掉了。我都不知道你為什麼像是生氣了。」

洛枳哭笑不得，並沒有解釋。

「畢竟離得遠，所以我也沒太看清你的樣子。之後過去了一段時間，就在我快要忘記你的時候，我忽然發現，你每天晚自習之前都會來操場上散步。我們班每天傍晚都在籃球場升旗臺附近的位子上打球，所以我總能看見你。我覺得你這個女生很奇怪，別人都是三三兩兩姐妹結伴，只有你是自己一個人，而且每天都像是在找人。可我觀察了許多天，也沒看出來你在找誰。」

「但是時間一長，到底還是讓我看出來了一點點。你每次走到我們班附近的時候都會有些不自然，我在那邊賣力地耍寶，冒著被大家取笑的風險扮演全隊的靈魂人物，可你從來都不看我一眼。我那時候忽然開始想，有沒有可能，她是來找我的？」

洛枳微微低下頭，用餘光看到秦束寧苦笑了一下。

然而他並沒有很快揭曉那個彼此心知肚明的謎底，而是話鋒一轉，將故事繼續講了下去。

「但是我們見過的，你記得嗎？」

面對秦束寧殷殷期待的目光，洛枳眉頭微微皺了一下，她下意識地點點頭，又想不出具體是怎樣的一次見面。

「高一下學期快期末了，下課的時候我正要出門，站起來一轉身就看到你磨磨蹭蹭路過我們班門口，正往我的方向看過來，看到我也在看你，你立刻就把眼神轉開了。我知道你是裝的。我當時特別開心，心想，這下讓我找到證據了。」

海邊城市的空氣中總會有一種潮溼而腥鹹的味道，讓人的心也被浸泡得柔軟溫暖。墨藍的天幕下，遠方的絢麗燈火也被這溼潤空氣暈染開，將銳利化為一團團帶著毛邊的光圈。

整個世界都恍惚著，跌入回憶裡。

「我打聽了你的很多事情。每次我們語文老師拿來歷次考試的優秀範文，一發到我手裡我立刻就翻開看，就是為了找找有沒有你的名字。後來我也開始好好寫語文考卷，希望能跟你一起出現在優秀作文裡面。你別說，還真有一次，高三的模擬考試，咱倆的作文挨著，你在前面，我在後面。但我想，你應該是從沒注意過吧？」

洛枳十二萬分真誠地撒謊道：「我記得。雖然不記得你寫的是什麼文章了，但是我記得這件事。」

秦束寧的眼睛亮了起來。

她一直都很希望，當初盛淮南能對她撒這樣一個謊。現在只能還給別人。

他很感激地笑了。

「謝謝你，真的謝謝你。我很高興。」

她搖搖頭：「沒什麼，我只是……」

他爽朗地笑了起來：「放心，我不會誤會的，你只是順便看到了。」

只是順便，不是特別。秦束寧坦蕩得讓洛枳汗顏。

「你乾淨得像一張白紙。你沒有特別好的朋友，沒有和哪個男生傳過八卦。但我就是相信，你並不是一個簡單的書呆子。我永遠記得你的眼睛很亮，你的表情裡有故事，只是我沒機會了解。」

「其實，說句實話你別生氣，你高中時沒有現在好看。高中的時候我也試探著跟周圍的幾個朋友提起過你，當然就是閒聊天的形式，不敢暴露我對你有意思。大家幾乎都聽說過你，那個文科班的第一名。但是他們也都說，覺得你挺普通的，還說，果然學習好的裡面沒有美女。」

「可我覺得你很好看，是人群中一眼就能被注意到的。他們看不到是他們眼瞎。」

洛枳哭笑不得。

她打斷他，舉起酒杯，笑盈盈地敬了一杯：「謝謝你。」

秦東寧沒有問她這份謝意代表了什麼，只是沉默地一飲而盡。

他沒有再提「喜歡」兩個字。她也沒有刻意迴避。

洛枳知道，這並不是一份遲來的表白。少年時代那些隱密到透露一點就可能會羞憤而死的愛情，總歸會在多年後，伴隨著成長，漸漸地找到一個娓娓道來的機會。

有些願望最終得以實現，有些願望，最終只成了一段故事。

他只是需要將這個故事講出來。

一頓飯吃得安靜卻並不沉悶。

他們各自想著往事，有時候想到的甚至也許是同一件事，卻長著不同的面目。喧鬧的籃球場上，太多的少年有太多的心事，投向同一個方向的目光，卻激起了不同的心跳。

結帳時，秦東寧忽然問，可不可以加洛枳的微信。

洛枳點頭，說：「你告訴我你的微信號吧，我來加你。」

秦東寧看了她一眼，鄭重地說：「柯南Conan2005。」

「C要大寫嗎？怎麼，你喜歡柯南？」她埋頭專心地輸入。

桌子對面半晌沒人講話，洛枳抬起眼，看到秦東寧失落又釋然的樣子。

「你真的不記得了？是你喊我柯南的。」

柯南。

她看著眼前這個穿著不合時節的深藍色薄羽絨背心的男生。

高三那年的冬天，她一個人從食堂走出來，回教室去上晚自習。北方冬天的晚上，天黑得很早，像是一不留神時間就被偷走了似的。

洛枳看到盛淮南獨自一人拎著書包、戴著耳機走在前方不遠處，心中有小小的雀躍。枯燥的高考複習時光中，能遇見盛淮南是她為數不多的小樂趣。倒也不會太激動，充其量就是走在街上撿了一百塊錢的感覺。她也不會做什麼，只是篤定地跟著他走，抬起頭光明正大地看著他的背影，聽著那些快樂或者憂傷的祕密「咕咚咕咚」地湧上來，把這一路的好心情當作對自己的獎勵。

不巧，剛拐到小路上，就有一個男生插進來，正好走在她和盛淮南之間。

男生不高，但也遮住了洛枳的視線。她有些煩躁，不由得看他很不順眼。那個男生來勁了似的，走著走著就很滑稽地用雙手食指拇指比出相機取景框的形狀來，對著路燈「哢嚓哢嚓」地「拍照」。

神經病，她憤憤地想。

這時飄起清雪，在路燈光線形成的橙色傘蓋下，雪片翩翩落下來，溫柔得讓人想哭。洛枳忘記了內心抱怨眼前的「神經病」男生，也抬起頭，順著他的取景框，抬頭去看。

全世界的雪落進全世界的燈光裡。

她站著看了許久，男生也「拍」了許久。

等她去看前方的時候，盛淮南的影子早就消失在了小路盡頭，隱沒在黑夜裡。

但她並沒有覺得很失望。

洛枳有些冷，向前快走了幾步，側身輕輕地繞過那個還在「拍照」的男生，將他落在背後。

她還是忍不住打量了一下，只是個半側面，白襯衫外面套著深藍色羽絨背心，學生服西裝褲下面居然穿了一雙球鞋，個子矮矮的，戴著一副眼鏡。

她脫口而出：「柯南。」

還好，聲音不大，但是男生好像聽見了，在他轉頭看過來的瞬間，她連忙沿著路大步跑掉了。跑進一片片燈光下，跑進一片片黑暗裡。

「我記得這件衣服，你居然還穿得上。」

秦束寧快活地自嘲：「是啊，不長個兒就這點最好，省錢。」

他們愉快地相視大笑，也愉快地道別。

秦束寧拒絕了洛枳送他的提議，他步行將洛枳送到停車場，幫她叫了一個代駕，就擺擺手，一個人轉身走了。然後在路燈下停步，轉過身，抬起雙手比出取景框的樣子，對著站在原地目送的洛枳笑著說：「喀嚓。」

洛枳忽然感到了一種酸澀卻又甜蜜的情緒，溼漉漉的，將整顆心都泡得沉甸甸的。

車開過一段連路燈都沒有的土道，終於回到了村裡。車停在文化宮的小空場地上，洛枳獨自一人慢慢地往小院子的方向走去。

頭頂一輪滿月，照得一路明亮。

手機振動了一下，是盛淮南傳來的簡訊。

「快到寧波站了，估計我十點前就能回來，你做麵條給我吃。」

洛枳笑了，回覆道：「好。」

也許是火車上無聊，盛淮南的簡訊回覆得特別快：「開了一下午會，屁股都坐疼了。你晚飯吃什麼，在做什麼？」

她有些惆悵地抬頭看著那輪滿月，那麼圓，讓人心中擁擠。

在一起七年，她幾乎忘卻了少女時代那段百轉千迴的暗戀。所有人都說，現在的洛枳平和而寬厚，讓周圍的人都感到了安定的力量。她不知不覺地幸福起來，過去的陰暗執拗和清高孤傲都不復存在，這是好事。

但為什麼會忽然懷念起當初那個銳利的少女？

這種惆悵是無病呻吟的，是甜蜜的，也是注定無法與任何人分享的。即使現在盛淮南和她生死與共、心有靈犀，也永遠不會明白她一筆一畫地寫下作文時的期待。

她沒辦法回報秦束寧的愛。

但這不妨礙她動容。

並不是被感動，更不是為了他。

是為了自己，是為了他眼中的光芒，讓她想起許多許多年前，她的雙眼也曾被別人點亮過。

她並不希望重回那段苦澀的時光，但她可以懷念它。

她趴在小院的石桌上，紅色的花瓣落了滿身。

這世界上有些事情，就像一場不知名的花開，粗心的人只嗅到香，有人卻會停下來問一問，記住它的樣子。

花開終有時。沒人會為它停留，但至少有人會記得它。

身邊亮起的手機螢幕上還顯示著她發給盛淮南的簡訊。

「我在做什麼？我在想念你。」

洛枳嗅著滿院的花香，不知為什麼笑了。

我在想念你，而你馬上就要回來了。

我愛你。

我們會永遠在一起。

但是現在，我只是想要想念一下我自己。

# 2014後記　漫長的道別

2003年深秋，我上高中一年級，第一次聽說××的名字。

就叫他××吧，起名字是很累的。暗戀故事中的男主角本來就不應該有名字。

無法大聲講出來的名字，叫××就夠了。

高一第一次期中考試前，我後桌的女孩忽然看上了一個體育特長生，忍不住拉著我們幾個去體育場看他跑操場。體育特長生發現居然有女生觀摩，立刻像打了雞血一樣，百米衝刺跑出了吃奶的勁。

後桌忽然冷了臉，大失所望的樣子。

回班後，她就宣布自己不喜歡這個體育特長生了。

我問她為什麼，她說：「你沒看到嗎？他衝刺的時候，迎風跑，臉抖得醜死了！他！臉！抖！」

對後桌來說，「喜歡」不過就是一種寄託，青春期的少女幻想長著翅膀在空中盤旋，時刻尋找著真實的軀體作為落腳之處。只可惜體育特長生這個宿主不夠完美，對不起她的期望。

放學後坐在公車靠窗的座位上，從遠在郊區的學校一路顛簸回到市中心。我看著外面灰頭土臉的街景，腦海中還在無限迴圈「他臉抖他臉抖他臉抖……」，一邊笑著，一邊也有些躍躍欲試。

好想找個人用來喜歡。

但也只是想想。這個念頭瞬間就被肩膀上的重量壓了下去。書包裡沉甸甸的滿是練習冊，新同學中那麼多競賽生，每個看起來都好厲害的樣子，我自己初中時成績也不賴，如果在新班級第一次考試就排名倒數，豈不是丟死人了……

少女的心思化成一聲嘆息，和街景一樣灰頭土臉。

期中考試結束後，我在班主任辦公室幫忙整理學年分數段統計表，這張表格將在放學後的家長會上發給所有的人。我正準備拿著列印好的一張原始稿去複印，忽然被班主任叫住了。她指著題頭的那片空白，說：「你在這寫上，×班，××，數學150，物理98，化學……」

我一筆一畫，因為是聽寫，所以把××的名字寫錯了。班主任本能地感到不對勁，拿著那張紙朝另一個老師揮舞，問××的名字到底該怎麼寫。

那位老師堅絕不同意我們班主任用××來做典型範例。那位老師教語文，而××的語文成績……呵呵。門門成績都漂亮，只有語文丟臉，如果我是他們的語文老師，也不會樂意樹這種典型。

看完了熱鬧之後，我重新列印了一份表格，複印了許多份，而那張寫著××名字的，本來想揉了扔掉，不知怎麼就折好留起來了。

這次的第一名其實是另一個女生，但備受矚目的是隔壁班的××。在我們這所以理科見長的高中，更受關注的永遠是數理化[8]，而這位××，在這三門科目上幾乎沒扣分。

我剛回到班級，就聽見後桌女生在嘮叨著××的名字，聽說××初中的時候就如何如何，他平時更是如何如何，他……

那天起，××徹底取代了體育特長生，成了一眾少女幻想的宿主。

我當時轉過頭問後桌，萬一這個××長得像大猩猩該怎麼辦？

後桌不屑地哼了一聲：「才不，我去他們班門口圍觀過了。」

我那時可是個渾然天成的裝逼少女，淡淡地一笑，就轉回頭去做題目了。

女生們對這個××的好奇與崇拜，更加襯托出我遺世獨立的卓然風姿、冷靜自持……總之就是，我真是太他媽的特別了。

我有過好幾次機會見到××的廬山真面目。

比如，後桌女生站起來說：「××他們班在外面打球，我們去看吧。」

比如，我的學霸同桌捏著一本字跡極為醜陋的筆記說：「這是××的競賽筆記，我請假回家，你能幫我把它送到隔壁班嗎？」

我的答案都是：「不去。」

說來也怪，其他風雲人物我都會心態平和地去跟著圍觀，但到了××這裡，竟然彆扭上了。

8 數理化：數學、物理、化學學科的簡稱。

可能是有點忌妒吧。我忌妒聰明的人，從小奧數就是我的噩夢，直到考上重點高中，我也不曾對自己的智商放心，總覺得只是因為勤奮刻苦才有機會和好頭腦們平起平坐，稍一放鬆就會跌落谷底，上天為何如此不公平。

內心的自卑感在××這裡蔓延起來。

好希望他長得像大猩猩。

日子就這樣過去了。我在××班級旁邊的教室坐了一整年，他們班的同學幾乎都混了個臉熟，但我沒有見過他。

還因為他差點和後桌女生鬧翻。

初夏的下午，我和後桌一起去小賣部買冰淇淋吃。穿過操場時，對面走過來一排男生，七八個人，不是三三兩兩，而是真的排了整齊的一橫排，氣勢驚人地迎面走過來。

我從不盯著別人看，和後桌說笑著，與他們錯身而過。

後桌卻心不在焉，等到這排男生走過很久了才說：「那個穿白衣服的是××。」

我本來是不想回頭的，但也懂得裝逼要適度的道理，就很自然地轉身看了一眼。男生們已經走遠了，變成一排「養樂多」。裡面至少有四個男生穿著白色的衣服，其他人穿的是白色的衍生色。

「請問，你是在玩我嗎？」我好笑地看了一眼後桌。

後桌忽然變得出奇地沉默，我趕著在上課前吃掉冰淇淋，所以沒注意到她的異樣。走進教室時，她忽然輕聲問：「你覺得××怎麼樣？」

我一愣。

想想那一排男生的背影，看起來資質都好愁人的樣子。

「矮了點兒吧？」我笑著說。

後桌忽然發飆了：「你有病啊！他不比你高啊？故意挑毛病，有意思嗎？！」

好多同學都在看著我們。我脾氣也上來了，冷笑著說：「比我高也算優點？」

我們各回各位，賭了一堂課的氣。

本來也不是朋友，只是表面親熱，所以一旦撕破臉，說軟話都找不到落腳點。

我那時的性格還不像現在這麼自我，推崇以和為貴，於是拉下臉寫了張字條傳給她。大意就是我開玩笑的，本來以為你天天嘮叨××也只是鬧著玩的，沒想到你會這麼在乎，對不起。」

後桌姑娘回覆道：「我不該那麼衝動。可你不要這樣說他了，他是個很好很好的人。」

我忽然好奇了。

「哪兒好？」一下課，我就轉身趴在她的課桌上問道。

後桌矜持了一下，才輕聲開口講道：「我跑去跟他上了同一個英語補習班，坐在他旁邊。每次他的橡皮擦掉在地上了，我幫他撿起來，他都會說『謝謝』。」

我：「……。」

看到後桌眉毛又要豎起來了，我連忙狗腿子地補上：「成績這麼好，又這麼有禮貌，真好。」

誇××就等於誇她，看著後桌眉飛色舞的樣子，我把那句賤賤的「他做數學題時會不會激動得臉抖」吞了回去。

××話很少，××很討厭語文課，××最喜歡睡覺，××其實是個很有冷幽默感的人……

總結一下，如果流川楓的愛好不是籃球而是數理化，那麼他就變成了好看版的××。

我始終記得那天下午，天氣很好，我倚著窗臺，歪著腦袋看著外面湛藍的天，一朵雲飄過去了，又一朵雲飄過去了……她絮絮地講著一個我從沒見過的人，全是邊角料，全是廢話，全是臆測，全是一廂情願。

全是最好的年華。

××依舊保持著驕人的戰績。理科班臥虎藏龍，但他總能出現在前三名，考第一的時候居多。

高二時，我去學文了。

終於體會到了做老大的感覺，果然還是考第一比較爽。

也因此減輕了對××的忌妒。

我媽跟我講過我三四歲的時候在公園裡和他們玩遊戲的故事。廣場的地磚按照顏色從裡到外排成一圈一圈的，我們一家三口沿著最外圈玩追逐遊戲，她和我爸在後面追我，眼看就要被追上了，我忽然一步跳到裡圈，理直氣壯地跟他倆說：「我過關升級了。」

後來還有一次是在大家打雪仗的時候，我忽然搬起石頭打人，並聲稱「我吃了一顆星星，所以換機關炮了」。

再後來，我媽就禁止我玩紅白機了。

總之我耍無賴的這個習慣是從小養成的，理科班生活艱辛，就往裡圈一跳，學文去，自立山頭稱霸王。

可惜，理科崇拜在文科班依舊存在，所以我也依舊沒有停止聽到××的名字，只是這次××的狂熱粉絲換成了我的前桌。

我就不明白了，為什麼，為什麼文科班的第一是我，可大家還是覺得××最牛逼？誰能為我解釋一下？

時間就這樣稀裡糊塗地過去了。每個人的高中生活概括起來都很像：上學放學，考試排名，合唱表演，籃球聯賽，有朋友有對頭，有快樂有憂愁。但是鋪展開來，各有各的動人。

我們學校在郊區，屬於封閉式住宿管理。我常常偷看鄰床女生的言情小說，看得眼淚傾盆再偷偷放回去，聊天時繼續冷淡地表示對這類無邏輯發春故事的不屑。

然而，高一時被沉重的理科班氣氛壓迫下去的少女心思，被這些故事撩撥得鬆動起來，抖抖翅膀上的塵土，就飛上了天。

有一次為一個同學慶祝生日，大家在食堂把桌子拼成長長的一列，正在點蠟燭時，旁邊走過一群男生，前桌女生忽然興奮地小聲說：「哇，××。」

我條件反射地側臉看他們，一個男生也轉過臉來看我們。

……大猩猩。

××果然長得像大猩猩！蒼天有眼！

我微笑著和大家一起唱生日歌，嘻嘻哈哈地打鬧，忽然有點失落。

好吧，不是有點，是很失落。

可這是為什麼呢？

她們的少女幻想都落在一個具體的人身上，只有我的，落在了一個名字和一堆傳說上。

即使萬般不願意承認，我也的確很難過。

對於我毫無理由的憂鬱，我爸媽的評價是：「嘖嘖，孩子長大了。」

別以為他倆多開明。他們只是喜歡看少女懷春，更喜歡看少女懷春而不得。我要是成功了，他們能打折我的腿。

再聽到別人嘮叨××時，我心中不再有忌妒和好奇交雜的奇異感覺，只覺得可惜，更為自己之前愚蠢的小心思而羞愧。

真可惜。

我並不是真的希望你像隻大猩猩的。

每個週五大家都會帶著一週的換洗衣物回家，我拎著一個大行李包在月臺等車，身邊站著我的鐵哥們兒L。

他的戲份不重要，隨便用字母代替就好。

L正在和我閒扯淡，不知怎麼往我背後望了一眼，立刻換上了一副狗腿子的嘴臉：「啊呀，今天真榮幸啊，能跟文理科第一一起坐車呢！」

我一開始只是條件反射地綻放一臉「哪裡哪裡，大家那麼熟就別見外了，你看你這小子總是這麼客氣」的謙虛笑容，忽然覺得哪裡不對。文科第一和理科第一？

我怔怔地回過頭去。

這是××？長得還不賴嘛，那麼大猩猩去哪了？

我這才意識到，之前是我認錯人了。

××的衣著打扮很清爽，個頭的確不高，但是也不算矮，神情很冷漠。

我寫小說寫過這麼多角色，至今無法描述清楚××的樣子。

大概就是那樣吧，你們也不用知道得太清楚，反正你們又不需要喜歡他。

或者你也可以這樣想，我喜歡的人和你喜歡的人，都長著一張同樣的面孔，一張只有我們覺得特別好卻永遠都羞於仔細描摹出來獲取他人認同的面孔。

××拖著行李箱走過來，就站在離我們五公尺左右的地方，抬頭去看站牌。

我大方地側過頭去打量了一下他的背影。

那應該是高中階段我最後一次大大方方地看這個人。

後來我坐在最後一排靠窗的位置上，一邊和L繼續談天說地，一邊看著外面暖洋洋的夕陽，陽光特別好。L問我今天吃錯藥了嗎？笑得這麼開心，我沒回答。

我記得那天從車站走回家的一路，連地磚和垃圾站都變得比平時好看。車站在坡上，而我家在坡下，我需要穿過一條僻靜的小路，下一段長長的臺階。

站在臺階上方，俯視著下面錯落有致的一棟棟房子，還有遠處沒入都市叢林的夕陽，忽然胸口被一股奇怪的情緒充滿了。

不僅僅是高興。

像是發現了人生的奧祕、生活的樂趣，整個世界都在我腳下鋪展開。

我扔下旅行包，張開手臂，踢踢踏踏地跑下臺階，飛快地衝下一個緩坡。風在耳畔，心跳在胸膛，書包一顛一顛地拍打著屁股，不知道是在勸阻還是慫恿。

我和我的少女心，一起飛了起來。

然後像個弱智一樣再次爬上坡去拿扔在地上的旅行包。

發現了嗎？我們 Drama Queen（假面女王）活得都很辛苦。

我從不覺得暗戀是苦澀的。

對一個人的喜歡藏在眼睛裡，透過它，世界都變得更好看了。

我會在每次考試之後拿數語外[9]這三門文理科同卷的成績去和××比較；會特意爬上××班級所在的樓層去上廁所；會在偶然相遇時整整衣領，挺直後背，每一步都走得神采奕奕；會豎著耳朵聽關於他的所有八卦，哪怕別人只是提到了××的名字，我都高興。

當然，作為一個資深的裝逼少女，我不能表現出來一絲一毫對××的興趣，只能絞盡腦汁、笑容

9 數語外：數學、語文、英語學科的簡稱。

淺淡地將談話先引向理科，再引向他們班，最後在大家終於聊起××時假裝回簡訊或看雜誌，表示不感興趣。

連這種裝模作樣都是快樂的。

夏天來臨時，天黑得晚，晚自習前的休息時間很多男生擁上操場去打球。我不再抓緊時間讀書，而是獨自一人去籃球場散步。十六個籃球架，我慢慢地繞著走，每走過一個都看看是不是他們班在打球。一旦發現真正目標，我又絕不敢站在旁邊觀戰。

好像只要一眼，全世界就都會發現我的祕密。

我說了，車站相遇之後，我再也沒能光明正大地打量過他。

一臉平靜地裝作在看別處，目光定焦在遠處的大荒地上，近處的籃球架就虛焦了，只能看到模模糊糊的一群人。

這群人裡有他。

只有一次見到過他投三分，空心進籃，唰的一聲。大家歡呼的時候，我把臉轉到一邊，也笑了。

想起高一後桌女生說，他是個很好很好的人。

高二的暑假去國外玩，趴在酒店前臺寫明信片，寫給他。寫一句畫一句，寫一張撕一張，最後我拿著厚厚一疊撕碎的明信片去大廳的垃圾桶丟掉。我們導遊看到了，笑著調侃我：「小姐，炫富嗎？」

那是我第一次想要實際地做點什麼去接近他。

之前我喜歡他。現在我希望，他也能喜歡我。

一旦這種念頭浮上來，我就變得不快樂了。

最後還是寫好了一張，被我原封不動地帶了回來。我自然不敢真的寄一張明信片給他——沒頭沒腦的，蓋著國外的郵戳，大家一打聽就知道是誰，恐怕他還沒看懂，別人就全懂了。

但是我還能做些什麼嗎？高三的晚自習常常被我一整節翹掉，去升旗廣場亂逛，坐在黑漆漆的行政區走廊窗臺上，想著一萬種可能被他認識的方式。

我們兩個班是同一個語文老師，所以我作文寫得特別認真，每次考試之後，優秀作文都會被教研組複印傳閱。我至少能先混個臉熟，讓××知道知道我是多麼多麼的，嗯，才華橫溢。

轉念一想，他這麼厭惡語文課，不會順便也覺得我是個矯情的酸文人吧？

少女型擰巴成麻花，做人好難。

直到有一天，我媽從書桌旁的地上撿起一張明信片，問我，××是誰？

如我所料，我媽依舊對少女懷春而苦求不得的故事喜聞樂見。

她當然問了我一個經典問題：「你喜歡他什麼呢？」

高三上學期，各個高中的保送生和自主招生選拔開始了。他是競賽生，參加保送選拔；我是普通少女，希望能努力爭個自主招生加分。

廣播讓大家去教導主任辦公室填寫資料，我去得晚，意外地看到了他……和他的媽媽。××坐在沙發上，一臉漠然。他媽媽拿著表格去問東問西，我心不在焉地坐到茶几的另一端，拿著表格低頭填，寫幾筆就緊張地往他那邊看一眼——我期待著無意中眼神交會，我會笑著向他點點頭，說：「你是××

吧？你好，我叫……」

我並不是個怯場的人。

可他自始至終就是沒有看過來，只是一句句地聽著他媽媽的指導，按部就班地埋頭填表。

我們都通過了第一輪資料初審，一起參加在省招生辦舉行的筆試。我考得並不好，走出考場時人還濛濛的，等遠遠地望見人群中的我媽媽時，整個人一激靈。

我媽，和××的媽媽並肩站著，乍一看上去，相談甚歡。

我的家長會都是我爸爸去開的，我媽從不與其他家長有過多交流，甚至連我班主任的名字都記不住，現在卻笑容滿面地在和××的媽媽聊天！

這位女同志，您是怎麼回事？您想玩死您親生女兒嗎？您聽說過「虎毒不食子」嗎？！

我全身僵硬地走過去，我媽一臉無辜地拉過我介紹道：「這是××的媽媽。」

廢話，我當然知道！

××的媽媽是個俐落又熱情的人，寒暄了幾句，我就看到××面無表情地走近，無視在場的另外兩個人，拉了拉他媽媽的胳膊，說了兩個字：

「走吧。」

……走吧。

他媽媽朝我們笑著點點頭，接過××的書包，母子倆親親熱熱地走開了。

我媽意味深長地朝我微笑，說了一句讓我至今難忘的話。

「你未來的婆媳關係會很難處啊。」

「你到底想幹嘛？」我的臉已經抽筋了。

「在外面站著無聊，聽到她提起『我們家××』，我就走過去跟她隨便聊了兩句，」我媽笑得如沐春風，「你喜歡的就是那個××？怎麼像個機器人？」

我依稀聽到我們的母女關係發出了「唠嚓」的斷裂聲。

其實我知道我老媽的意圖。她覺得××並不值得喜歡。然而她不能回答我的是，「喜歡」究竟是什麼？情感的發生是一定能找得出理由的嗎？喜歡就是一個壞掉的水龍頭，理智告訴你不值得，可怎麼擰緊都是徒勞的，感情覆水難收。

那天晚上，我挽著媽媽的胳膊，慢慢地走回家。頭頂上是灰沉沉的天空，孕育著一場初雪。

媽媽感覺到了我低落的情緒，忽然捏捏我的手，說：「他媽媽早就認識你，知道你學文、以前是哪個班的，還知道你作文寫得很好。」

「真的？」

「嗯。」媽媽笑道，「真的。而且，她說是××和她說的。」

即使知道這些基本資訊很可能都來自××媽媽密布的情報網，與××毫無關係，我還是瞬間開心起來了：「還有嗎，除了作文呢？」

「沒有了。」

「啊……」我很失落。

「哎，對了，他媽媽說你很好看。」

「真的？！」

「……我編的。」

母女關係第二次發出「啰嚓」的斷裂聲。

我媽媽從未停止拿××的事情取笑我。甚至連一起去超市買書包，我們意見不同，她也一定會指著自己看中的那一款說：「這款看上去像是××會背的風格。」好像這麼一說我就會聽她的似的。

是的，我的確聽她的了。

我一直很想知道她敢這麼肆無忌憚，是不是因為確信××不可能搭理我。××越好，我就越樂於單純地欣賞他；××的形象越普通，我反而越想要接近他，像是要親手通過實際例證來殘忍地使自己的幻想破滅似的。

所以這年冬天，當我媽媽陪著我去北京參加自主招生的面試時，我第一次鼓足勇氣和××打了個招呼。

在理科教學樓的大廳裡，我手裡抱著一堆表格，站在柱子旁邊等我媽媽，忽然看到××獨自一人面無表情地從旁邊的教室裡走了出來。

他經過我身邊時，我突然鼓足勇氣，打起精神微笑著說：「嘿，××。」

然後他走遠了，沒看我，沒停下步。

我呆站了一會兒，然後抬起右手，拉了拉自己的左手臂，說：「走吧。」

對於這個故事，我媽媽的評價是：「哈哈哈哈哈哈。」

但我現在還記得，在理科樓大門口，我看到他爸爸媽媽陪著他一起走遠。門口來來往往的都是參加面試的考生和家長們，每個人都一臉焦灼與興奮，豎立著耳朵探聽其他人的來頭和捕風捉影的消息。我抬起眼，望見一隻通體幽藍的長尾巴喜鵲落在枝頭，正歪著腦袋打量著我們。

這隻喜鵲是怎麼看待我們的？我一直想知道。

××拿到了保送生資格。我無比感謝他們班那位嚴厲古板的班主任，由於他硬性規定這群競賽保送生也必須照舊每天來上課，我得以在高三的最後一學期時常見到××。

我知道他喜歡穿哪件T恤，也發現了他搭配衣服的規律，小動作，走路的姿態，後腦勺的形狀……估計比朱自清對他爸的背影都熟悉。

那段時間，我最喜歡玩的遊戲就是擲硬幣。我在文科班的好朋友是個非常活潑又非常害羞的女生，可以大聲講黃色笑話，也可以在見到自己喜歡的男生時嚇得連個屁都不敢放。食堂的飯那麼難吃，我們照去不誤，就為了在進入門口的時候可以玩這個擲硬幣的遊戲。

她喜歡的人常在一樓出沒，我喜歡的人常在二樓出沒。我們需要用硬幣正反面來決定今天去幾樓吃飯。

好友說：「這不是遊戲，這是一場占卜。」我們聽從上天的安排，好運氣要省著點用，不能太任性，這樣才能在關鍵的事情上心想事成。

我們體貼地沒有詢問過彼此的「那個人」姓甚名誰，一直恬不知恥地用「你的honey（親愛的）」和「我的honey」來稱呼。我至今都很感謝這個遊戲，讓我心裡那個不能說的××在安全的領域粉墨登場，被我盡情談論，彷彿只要我樂意，他就真成了我的誰。

高中生活就這樣結束了。

高考之後的夏天，我意外地接到了一個陌生來電，對方自稱是××媽媽的同事，女兒讀文科，很不聽話，希望我可以去和她女兒聊聊天，以身作則地「震撼」一下她。

如果這事是我媽為我攬的，我肯定早就發飆了，但對方一說是××的媽媽熱情推薦，高度讚賞，我就心花怒放了，立刻在電話這邊狂點頭，帶得電話線也一晃一晃的。

我記得自己和那個讓她媽媽操碎了心的小姑娘一起坐在花壇邊，她忽然問我：「你們學習好的人，也會偷偷談戀愛嗎？」

我哭笑不得，點頭說：「當然會，我周圍許多人都談過戀愛。」

她繼續問：「那你呢？」我搖頭。

小姑娘想了想，忽然興奮起來：「至少有喜歡的人吧？」

我點點頭。

「那他知道嗎？」

於是，當嫡系學姐把籌備大學裡第一場同鄉迎新聚會的任務交給我時，我突然覺得，自己應該做點什麼了。對別的班級，我都只是通知一位領頭人，再由他來向自己班的同學傳達；但是到了××的班級，我居心叵測地從領頭人手中將他們班那十幾個新生的聯絡方式全部要了過來，一一通知，就是為了光明正大地要到××的手機號碼，親自發上一條冠冕堂皇、無可指摘的簡訊，也把自己的姓名電話強行塞給他。

當愛情和自尊心相遇的時候，我們總是居心叵測，企圖兩全。

幾乎所有接到簡訊的同學都會回覆我說：「謝謝你，需要我幫忙通知其他人嗎？」

只有他，回覆的是：哦。

哦。

得到這個字的時候，我站在學校西門外，頭頂上是熾烈的暮夏日光，烤得人心裡發虛，一瞬間好像又聽見我媽媽捉弄的聲音：「你喜歡他什麼呢？」

吃飯的那天，我略微打扮了一下。我這種面目平凡的姑娘打扮起來總是很尷尬，有一顆變美的心，卻資質普通，又擔心做得太過火，被所有人嘲笑不自量力。所以每每用心修飾過後，在別人眼裡還是同一個樣子。

我沒敢和他坐在同一張圓桌上，一頓飯吃得心不在焉。我們高中這兩屆考上同所大學的人加在一起足足有60個，自我介紹一輪下來差不多就要散夥了。我一直遠遠地看著××，看平日冷若冰霜的他興高采烈地和一個同系的師兄談論，交換電話，請教選課祕訣……

這一切都發生在我站起來造作地自我介紹的當口。

很久以後，我和他聊天說起自己剛入學時的窘境，明明左胳膊打著石膏卻選了籃球課，簡直是作死。他眉毛一揚——「你骨折過？」

我點頭，沒有過多地解釋。

我那麼顯眼，畢業表揚時打著石膏，迎新晚餐時也打著石膏，所有人都圍著我問：「你怎麼了？」「要不要緊？」、「哎呀，小心點」……我們距離最近的時候，兩隻肩膀之間只有十公分，但是他從未看見過我。

後來我們還是認識了，以一種非常平淡的方式。

第一則簡訊是他發過來的，問我開學時的英語分級考試考了多少。我回答：「三級，你呢？」他說：「我也是。」頓了頓又發過來一條：「你也考了三級我就放心了，那咱們高中應該沒有人考到四級。」

我知道這只是一條沒頭沒腦的、學霸跑來尋求安全感的簡訊，誇別人也誇了他自己。可能他已經打探過很多人，可能他只是客套。

但我在課堂上幾乎把手機螢幕都看裂了——這麼說，他知道我還挺厲害的，怎麼知道的？很早就知道嗎？他是怎麼看我的呢？他不是從不注意學習以外的事情嗎？

我小心翼翼地回覆著他的訊息，要熱情，又不能發狂；要回應他的話，同時留出足夠的尾巴讓他繼續回覆我，防止談話無疾而終……

左手剛拆了石膏，還軟軟的，用不上力，可我還是右手記著筆記，用左手握住手機，和他不鹹不淡地聊了一條又一條，獨自維持著一場艱難的對話。

我並不是一個很有耐心的女生，卻可以在他選課有衝突傳簡訊來求助的時候，頂著烈日跑去遙遠的英語系教學樓幫他詢問修改流程；可以在他掛掉我的電話、傳來簡訊說「不喜歡打電話」的時候，費勁巴拉地編輯長長的簡訊撰寫「改課攻略」；可以在他說自己感冒的時候，買一堆藥送到男生宿舍樓收發室；可以在百度、Google還不甚發達的年代裡，站在路邊的資訊崗亭裡幫他查詢從學校到北京站的乘車步驟——哦，當然還是用簡訊傳送的。

謝謝他，我的左手恢復得特別快。

然而我們沒有見面，我和他之間唯一的連結只有手機桌面上的信封圖示。我沒有主動約過他，不曾在夜裡傳訊息沒話找話，更沒要求過他謝謝我。

於是他也就真的沒有謝過我，連一句客套的「請你吃飯吧」都沒說過。

不久後，徐靜蕾的電影《當夢想照進現實》在我們學校的講堂公映。我盯著海報上的這七個字，哭笑不得。

我終於鼓起勇氣，傳了則簡訊給他：「你看電影嗎？我請你。」

他回覆我：「。。。。。。」

我心裡「咯噔」一下，連忙找回破碎的自尊心：「算啦，不想看就直說，我就是看到海報了，隨便問問。」

他又回覆：「又沒說不看。。。。。。」

直到現在，我都很討厭用一串句號代替刪節號的人，包括偶爾為之的我自己。

電影六點半開場，六點鐘我從自習室走出來，發現外面下起了雨，立刻傳簡訊問他：「你在宿舍？下雨了，記得帶傘。」

「那你呢？你有傘嗎？」

澆了半條江的水進去，仙人掌終於開花了。我止不住地傻笑，回覆他：「沒事，我跑過去就算了。」

快說來接我！

他說：「哦。」

黑漆漆的環境裡，這部電影不只難懂，更是讓請客的我難堪。映後主創上臺和大學生交流，我看著××說：「不聽了，走吧。」

他如蒙大赦。

回宿舍的路上，我忽然問道：「你沒有朋友吧？」

××很誠實地搖頭，白皙乖巧的樣子，讓我對他的好感又回來了不少。

過了幾秒鐘，他突然轉頭看著我：「現在你是我的朋友了……你是吧？」

「為什麼？」

「否則你為什麼對我這麼好？」他有點不好意思，「沒人對我這麼好過。」

幸虧夜晚的樹影遮住了我的表情，否則他一定會以為我扭曲的臉是中邪了。

我為什麼對你好，您缺心眼兒嗎？

終於走到了開闊處。月光下我看著他，悲壯地微笑道：「我這個人，天生熱情。」

半個月後，我在屈臣氏裡買洗髮精，接到他抱怨的簡訊：我幫你申請的QQ號，你為什麼從來不用？

我少年時代沒趕上QQ的熱潮，作為資深裝逼少女，凡是我們沒趕上的事情，對外都要說成不屑於。但××還是強硬地為我申請了QQ，並勒令我用，不得不說心裡有點甜蜜。

我想逗逗他，便問道：「為什麼一定要我用QQ，你想和我聊天？」

五分鐘後，我收到回答。

「我要和你對英語答案。」

這是壓垮駱駝的最後一根稻草。我氣得發抖，理智卻告訴自己，××沒有錯。所有傾囊而出的熱情與善意，都是我自發自願的，為何要怪罪別人？

但我沒必要再委屈自己一直配合他的習慣。我直接撥打他的電話，不出所料被他拒接，再打，再次被拒接。兩個電話後我沒有再聯絡他。一天後，他像什麼都沒發生過一樣，又問起我買火車票的事情，我沒有回覆。

夜裡，他沒頭沒腦地傳來一則簡訊：「我就是一個可怕又自私的人，現在你知道了吧，離我遠一點。」

原來××並不傻。

沒有聯絡的兩個月裡，我加入了新社團，學著趕潮流燙頭髮買衣服，認識了形形色色的新同學。大學生活熱鬧地展開，漸漸地不再每天都想起××，也終於能夠客觀冷靜地評價他了。

傳聞不虛，他的確情商很低，的確不惹人喜歡。

那麼，我又喜歡他什麼？難道是「當初驚豔，完完全全，只為世面見得少」？然而還是會在夜裡一則一則地翻閱曾經的簡訊。他每一則沒滋沒味的回話，包括我深惡痛絕的連排句號，都擠在諾基亞小小的收件匣裡，滿了也捨不得刪。

臨近期末的初冬清晨，我忽然在一條小路的盡頭看見他的背影。

高中時無數個清晨，我算準時間從食堂出來，總能看到他拎著書包往教學樓走的背影。內心有一個更囂張的自我，好像下一秒就要衝出來，對著前面的男生大喊：「××！你好！認識一下啊！」

還好，她沒衝出來。可惜，她沒有衝出來。

這樣回憶著，無意中他的名字已經脫口而出，聲音脆亮，輕鬆得彷彿我們已認識多年，而這只是一個平常的早上，偶遇熟人。

他轉過身來，有點羞澀地笑了，說：「我以為你再也不會理我了。」

我說：「怎麼會？」

曾經的齟齬閉口不提，我們聊各自的期末考試，聊選修課的論文怎麼寫，聊哪個食堂的煎餅果子好吃……終於不再是我自己一個人滔滔不絕。或許是因為我放下了表現自我、拉近關係的渴求，所以一切就都變得簡單了。

我們一起在圖書館自習，偶爾我還是會拿自己會做的題目故意問他；自習後陪他練習騎自行車，他也試圖用後座帶我，差點沒摔死我；跳下車後他說不好意思，我說是我太重了；騎車累了就坐在湖邊，月光溫柔，我不懷好意地打聽高中的事情，一點點地印證傳聞的真假，一點點地拼湊當年的他心裡的我的模樣。

高一的後桌和他在補課班聊過天，他卻早已不記得這個人了。

原來他從沒進過三分球，如果有，恐怕就是我看到的那一次。

「的確很討厭語文啊，但你的作文我是看過的，有一次交換評改作文，你的那篇還是我評的呢。」

我一下子就想起卷面上寫了「沒看懂」三個大字評語的作文，哭笑不得。

我終於認識了一個真實的××，不是我心裡想像的任何一個樣子。他是個普通的男孩，喜歡打球卻打得不好；畢業後想要去美國，和所有學理科的男生一樣；很依賴媽媽，卻又覺得她煩人；性格悶騷，朋友很少，喜歡看動畫片，不知道如何與人相處，稍微繞彎子一點的話，通通聽不懂。

我也不再抱著手機輾轉反側，斟酌每一則回覆；懶得傳簡訊的時候我就會直接打電話，他也終於肯接，雖然仍然有點緊張結巴；看到好玩的東西依然會推薦給他，但是他說「看不懂」的時候，我不再惶恐尷尬，笑笑就過去了，有時候還會直接罵他蠢。

我本不是天生熱情的人，但我終於成了他的朋友。

一個平淡無奇的晚上，下了晚自習後，我們騎車到湖邊坐了一會兒。我忽然說：「唱首歌吧。」

他說：「我從來不唱歌，小學音樂課老師逼我，給我不及格，我也不唱。」

我說：「好吧。」

但靜默了一會兒，他忽然開口唱了起來。聲音清亮，沒跑調，但也不是多麼好聽。是周杰倫的《七里香》。他牽著我的手唱的。

我們好像都在等著對方說什麼，最後卻一起沉默了。

我記得一年前剛入學的時候，他唯一答應我的事情就是和我一起加入了手語社。我慫恿他的原因是，我聽說，第一堂課老師會教大家用手語打「我愛你」。

兩百人的教室擠得水泄不通，他堅持不住，皺皺眉說：「好無聊，我走了。」

我都來不及阻攔，他也沒和我打招呼。他剛消失在門口，站在前面的社長就笑嘻嘻地說：「我知道大家最期待這個，來，我們來學最重要的一句。」

我愛你。

後來，他傳簡訊問我：「後來又學什麼了，好玩嗎，我有沒有錯過什麼內容？」

我說：「沒有。」

我百分之百的熱情一股腦地燃燒在了過去，真是悔不當初啊，悔不當初。

那一瞬間，我終於看懂了自己的心意。我和當初那個在籃球架旁假裝散步的高中女生依舊血脈相連，分享著同一片記憶，我也為她的懵懂愛戀而拚命努力過。只可惜，渴望與獲得之間有著如此漫長的時間差，它不知不覺地改變了我，我不願再為她的幻想埋單。

這也許是她想要的吧，可我沒辦法穿過似水流年把她帶到此刻的月光下，說，一切都給你。

終究還是晚了一點點，晚到我已經不是她。

我還是輕輕地抽出了我的手。

十八九歲的年紀，人生多熱鬧。我還是輕輕地抽出了手。

而我們，漸漸地就淡了。

大三一整年我要出國交流，於是臨行前的暑假，他約我出來吃飯，說要為我餞行。

我的第一反應是他的手機被盜了。開什麼玩笑，××怎麼會做這麼有人情味的事情。

但我依然興高采烈，依然用心打扮。八月的天氣熱得嚇人，我們去看周杰倫的《功夫灌籃》，電影開場前半小時一起坐在外面的樹蔭下閒聊，說他GRE考得不錯，說我一人在外要注意安全……我忽然問他：「你記得上次一起看電影嗎？」

我們一起看過三次電影，中間的那一次，也是夏天，是周杰倫《不能說的祕密》。他不知道為什麼買了電影票請我看，都沒問問我是否有時間。而我，從西藏回程的火車上下來，用了一小時就從北京火車站奔回了海淀劇場電影院，中途還回了一趟學校換衣服。

××驚訝：「你來不及，怎麼不和我說一聲？」

我笑著說：「誰讓我天生熱情呢。」

電影後一起吃了午飯，他自己刷刷刷地點了四百多塊錢的菜。我說：「你讓我看一眼菜單能死嗎？」他才驚覺自己失禮了，尷尬地說：「我和我爸媽過來就吃這些，我就直接照著那天的菜點了。」

我心裡滿是酸澀的溫柔。

飯後他不知道應該怎麼回家，我再次哭笑不得地把他送上了車，看他坐在後排一個勁地朝我招手。藍天白雲下，背影匯入車水馬龍中，我在原地站了很久，很久。

這到底是誰為誰餞行啊，我笑著想，眼淚卻流了出來。

「再見了呀。」我心裡默默地說。

這個故事，過程平淡無聊，好歹有一個善良的結尾。

然而，毫無聯繫的半年之後，我突然在校內網上收到了他的一封站內信，內容只有短短的一行字：我有女朋友了。

內心驕傲的那個部分在瘋狂吐槽——特意告訴我幹嘛？難道老娘會很在乎嗎？

但也只是一閃念。這個消息竟然沒有讓我悵然，一丁點都沒有。我很快回覆他：「恭喜呀，祝你幸福。」

又過了幾分鐘，一個陌生的女孩也傳了一封站內信給我：「他是我的了，我會替你好好照顧他的，別擔心。」

彆扭的惡意撲面而來，我愣住了。

幾乎是同時，××回覆了一封信：「剛才說有女朋友那封是她用我的帳號發的，她非要這樣做，我也攔不住。」

我呆看著螢幕，內心滿是荒誕和怒意。我迅速關掉了頁面，端起碗回到飯桌前繼續吃東西，誇張地稱讚和我同住的美國姑娘 Bo 馬鈴薯炸得好——Bo 忽然問：「你哭什麼？」

我哭了嗎？

最好笑的是，我第一次完完整整地和別人講起與××的故事，居然是用英語講的。

我不斷地對 Bo 說：「你一定會誤解，但我不是因為他有女朋友了而難過，我不是忌妒，真的不是這個原因。」

Bo 抱著我，溫柔地拍著我說：「I know, I know，It shouldn't be like this。」

It shouldn't be like this.

不該是這樣。我曾對他很好，他也曾示我真心。對於這段可以寫進「百大失敗案例」的曖昧情愫，我們曾經好好地道過別了，再無聯絡。

我是那麼在乎結局。最終的道別理應從容，不應該是在汗味瀰漫的火車站門口，「再見」還沒說出口就被揮舞著大包的旅客甩得鼻青臉腫，再抬頭時，人已不見。

形式感是如此重要，它讓我們在猥瑣失落的人生中，努力活出一絲莊重。我需要這點莊重感，不是為了××。

而是為了她。

為了當年那個把行李包扔在地上，雙手張開，像鳥一樣從臺階上飛奔而下的女生。

幸而老天待我不薄，我想要的收尾，終於收穫在一年後。

大四那年冬天，剛面試結束的我穿著好看卻不保暖的風衣哆哆嗦嗦地走回學校，站在店門口買了一杯燒仙草，捧在手裡取暖。這時，聽到自行車倒地的聲音，回頭就看到了××，和他的女友一起摔到了地上。

那是個陡坡，自行車上坡起步很難，何況還是大冬天，還帶著一個人。

我想起曾經他也用單車帶過我，摔了一跤後，我們彼此客套，就差鞠躬了。

這時我聽見他衝女友吼：「說不讓你這時候跳上來，你偏要這樣，摔死我了！」

我不由得聯想，如果這樣的場景發生在我身上，我會是什麼反應？恐怕只是冷著臉，向他道個歉，然後拎起包轉身就走吧？——你居然敢衝著我吼？

然而女友一歪頭，笑得很甜地說：「我想讓你帶我上坡嘛。」

他依舊沒好氣，卻不再堅持，板著臉彆扭地說：「哦，上來吧。」

我在不遠處笑出了聲，真心實意地覺得一切都很好。

這才是戀人。不虛偽、不假裝，沒有無聊的自尊心擋道，一切都是那麼自然可愛。

當年的事也沒什麼過不去的。他遇到了真正的愛人，想要坦承自己的一切，包括當年莫名其妙曖昧過的阿貓阿狗姓甚名誰，之後又無奈地看著心愛的女孩向這些阿貓阿狗齜牙示威……這是多麼正當而甜蜜的一件事。

故事有一萬種講法。我選擇接受他們的那一種作為結局。

我站在原地，笑出了一整套長鏡頭。

這不過是一段狗屁倒灶的暗戀，乏善可陳，我卻萬分鄭重地寫下每一個字，想要讓它聽起來很特別。

因為我感覺得到，十六歲的自己正坐在桌邊，托腮看著新鮮出爐的每一個字，時不時伸出食指戳著螢幕說：這裡寫得不好，重寫；這裡你撒謊了，重寫；這裡……這裡就不要寫了吧，咱們自己知道就好。

我試圖不去聽她的。人很難不為記憶加上濾鏡，有些事情何必那樣真實，搞不好別人還會誤認為我至今，仍對××念念不忘，這誰受得了？

然而十六歲的我說：「你必需要誠實呀。」

你要對我誠實。
於是我丟棄了成年人的面具，努力地和自己的虛榮心鬥爭，去講述她的少女心是如何墜毀的故事。
我聽到她說謝謝我。
謝謝孤軍奮戰這麼多年，終於迎來了一個二十六歲的我。
一個遲到十年的戰友。
我們牽著手，一起對這場青春期，做最漫長的道別。
自此以後，好的都留給她，剩下的人生，我已足夠成熟去消化。

八月長安
二〇一四年六月

高寶書版集團
gobooks.com.tw

YH 003
暗戀・橘生淮南〈下〉
作　者　八月長安
責任編輯　林子鈺
封面設計　謝佳穎
內頁排版　賴姵均
企　劃　鍾惠鈞

發 行 人　朱凱蕾
出　版　英屬維京群島商高寶國際有限公司台灣分公司
Global Group Holdings, Ltd.
地　址　台北市內湖區洲子街88號3樓
網　址　gobooks.com.tw
電　話　(02) 27992788
電　郵　readers@gobooks.com.tw（讀者服務部）
pr@gobooks.com.tw（公關諮詢部）
傳　真　出版部 (02) 27990909　行銷部 (02) 27993088
郵政劃撥　19394552
戶　名　英屬維京群島商高寶國際有限公司台灣分公司
發　行　英屬維京群島商高寶國際有限公司台灣分公司
初　版　2019年 9 月

本書中文繁體版由北京知書文化傳媒有限公司授權
高寶書版集團在港、澳、台、新加坡、馬來西亞地區獨家出版發行。

國家圖書館出版品預行編目(CIP)資料

暗戀・橘生淮南〈下〉／八月長安著;
-- 初版. -- 臺北市：高寶國際出版：高寶國際發行, 2019.09
面；　公分. --

ISBN 978-986-361-733-4(平裝)

857.7　　108011941